Die Spionin von nebenan: Ein historischer Thriller voller dunkler Geheimnisse

David Krämer

Published by David Krämer, 2024.

This is a work of fiction. Similarities to real people, places, or events are entirely coincidental.

DIE SPIONIN VON NEBENAN: EIN HISTORISCHER THRILLER VOLLER DUNKLER GEHEIMNISSE

First edition. November 21, 2024.

Copyright © 2024 David Krämer.

ISBN: 979-8230471974

Written by David Krämer.

Inhaltsverzeichnis

Prolog 1
Kapitel 1 19
Kapitel 2 33
Kapitel 3 51
Kapitel 4 65
Kapitel 5 79
Kapitel 6 95
Kapitel 7 109
Kapitel 8 123
Kapitel 9 139
Kapitel 10 155
Kapitel 11 171
Kapitel 12 187
Kapitel 13 199
Kapitel 14 215
Kapitel 15 231
Kapitel 16 249
Kapitel 17 267
Kapitel 18 283
Kapitel 19 297
Kapitel 20 313
Epilog 327

Prolog

Der Regen prasselte mit einer ungewohnten Beharrlichkeit gegen die hohen Fenster des ehrwürdigen Palais in der Wiener Innenstadt. Es war eine jener Nächte, in denen die Dunkelheit schwer wie eine Decke auf der Stadt lag und selbst die Gaslaternen es nicht schafften, mehr als einen schummrigen Lichtkreis auf die nassen Pflastersteine zu werfen. Im dritten Stock des Gebäudes brannte ein einzelnes Licht.

Oberst Alfred Redl saß an seinem schweren Mahagonischreibtisch und fixierte die Papiere vor sich mit dem Blick eines Mannes, der wusste, dass jede Entscheidung, die er traf, seine letzte sein könnte. Seine Uniform war tadellos, der Kragen steif, das Abzeichen funkelte im Licht der Gaslampe auf seinem Tisch. Doch der Ausdruck auf seinem Gesicht sprach von allem anderen als militärischer Ordnung. Ein Hauch von Schweiß glänzte auf seiner Stirn, und seine Hand zitterte leicht, als er zur Feder griff.

„Ein weiterer Bericht, den niemand lesen wird", murmelte er trocken, während er eine Zeile auf das Blatt kratzte. „Oder schlimmer noch – den jeder lesen wird, nur ich nicht mehr."

Er lehnte sich zurück und seufzte. Die Stille im Raum war ohrenbetäubend. Nur die Wanduhr tickte unbarmherzig, als wollte sie ihm in jedem Moment die Sekunden seiner verbleibenden Zeit vor Augen führen. Doch war es wirklich die Uhr, die ihm diesen nagenden Druck bereitete? Redl war ein Mann, der seit Jahren mit der Präzision eines Schachspielers agierte, doch heute Nacht fühlte er sich wie eine Spielfigur, die keinen Zug mehr hatte.

Plötzlich unterbrach ein Geräusch die Stille – ein leises Klopfen an der schweren Doppeltür seines Büros. Es war kein entschiedenes Klopfen, sondern eher das Zögern eines Menschen, der wusste, dass er nicht willkommen war. Redl runzelte die Stirn, doch sein Instinkt, geschärft durch Jahre in den Diensten der österreichisch-ungarischen Armee, ließ ihn sofort die Feder zur Seite legen und aufstehen.

„Herein", sagte er, seine Stimme war fester, als er sich fühlte.

Die Tür öffnete sich langsam, und ein Mann trat ein, dessen Gesicht im Schatten blieb. Redl kniff die Augen zusammen, doch bevor er etwas sagen konnte, sprach der Neuankömmling mit einer ruhigen, fast hypnotischen Stimme.

„Ich hoffe, ich störe nicht, Herr Oberst."

Redl schnaubte leise, obwohl er seine Nervosität kaum verbergen konnte. „Natürlich stören Sie. Es ist Mitternacht, und ich habe eine anstrengende Nacht mit Berichten vor mir. Also, was wollen Sie?"

Der Mann trat einen Schritt vor, und Redl konnte jetzt zumindest einen Teil seines Gesichts sehen. Es war eines jener Gesichter, die man leicht in der Menge übersah, doch die Augen – oh, die Augen – waren unvergesslich. Sie schienen direkt in Redls Seele zu blicken.

„Ich bringe eine Nachricht, Herr Oberst. Eine, die nicht warten kann."

Der Oberst spürte, wie sich sein Magen zusammenzog. Eine Nachricht. Nachrichten waren in letzter Zeit selten erfreulich gewesen. Dennoch, er war ein Soldat, und Soldaten liefen nicht vor Nachrichten davon – zumindest nicht offiziell.

„Dann setzen Sie sich, und machen Sie es kurz", sagte Redl und wies auf den Stuhl vor seinem Schreibtisch.

Der Mann setzte sich nicht. Stattdessen zog er einen kleinen Umschlag aus seiner Jackentasche und legte ihn mit fast zeremonieller Vorsicht auf den Schreibtisch.

„Was ist das?", fragte Redl scharf.

„Lesen Sie es", war die knappe Antwort.

Die Unverschämtheit des Mannes war fast erfrischend, dachte Redl. Fast. Mit einem leisen Seufzen öffnete er den Umschlag und zog ein einzelnes Blatt Papier heraus. Sein Blick fiel auf die erste Zeile, und sein Gesicht erstarrte. Für einen Moment schien es, als hätte er das Atmen vergessen.

„Das ist ein schlechter Scherz", sagte er schließlich, seine Stimme war kaum mehr als ein Flüstern.

„Ich versichere Ihnen, Herr Oberst, es ist kein Scherz. Und ich bin sicher, dass Sie die Tragweite dessen, was dort steht, verstehen." Der Mann sprach mit einer Ruhe, die fast unheimlich war.

Redl legte das Papier ab und sah den Fremden direkt an. „Warum kommen Sie damit zu mir?"

„Weil ich weiß, dass Sie ein Mann sind, der Entscheidungen treffen kann. Schnelle Entscheidungen. Und weil ich weiß, dass Ihre Zeit begrenzt ist."

Diese letzten Worte ließen Redl zusammenzucken. Der Fremde hatte recht. Seine Zeit war begrenzt – aber woher wusste er das? Der Oberst lehnte sich zurück und ließ seinen Blick erneut auf das Papier fallen. Die Worte darauf schienen ihn förmlich anzuspringen.

„Und wenn ich mich weigere?" Seine Stimme war jetzt leise, fast resigniert.

Der Fremde zuckte die Schultern. „Dann müssen Sie mit den Konsequenzen leben. Aber ich denke, Sie sind ein Mann, der lieber die Kontrolle behält, nicht wahr?"

Redl antwortete nicht. Stattdessen griff er nach seiner Zigarre, zündete sie mit einer fast mechanischen Präzision an und nahm einen tiefen Zug. Der Rauch füllte den Raum, doch er brachte keine Klarheit in die Dunkelheit, die sich um ihn zusammenzuziehen schien.

„Sie wissen, wo die Tür ist", sagte er schließlich. Seine Stimme klang nun wieder wie die eines Offiziers, der daran gewöhnt war, Befehle zu erteilen.

Der Fremde nickte, ohne ein weiteres Wort zu verlieren, und verschwand so lautlos, wie er gekommen war. Redl saß noch lange da, die Zigarre in der Hand, die Asche wuchs und wuchs, bis sie schließlich auf die Schreibtischplatte fiel.

Er starrte auf das Blatt Papier vor sich, als würde es ihm die Antworten geben, nach denen er suchte. Doch es war kein Text, der Fragen beantwortete. Es war ein Text, der Fragen stellte – zu viele Fragen.

Die Uhr schlug ein Uhr morgens. Redl legte die Zigarre ab, griff nach seiner Feder und begann zu schreiben. Seine Schrift war präzise, wie es sich für einen Mann seines Ranges gehörte, doch die Worte auf dem Papier waren ein einziges Chaos. Es war, als ob er all die Gedanken, die ihn quälten, auf dieses Blatt bannen wollte, bevor es zu spät war.

Als er fertig war, faltete er das Papier sorgfältig zusammen und steckte es in eine Schublade seines Schreibtisches. Er schloss die Schublade ab, stand auf und ging zum Fenster. Der Regen hatte nachgelassen, und die Straßen waren still.

„Es gibt immer eine Wahl", murmelte er, doch die Worte klangen hohl.

Draußen in der Dunkelheit war kein Licht, das ihn führen konnte. Und doch wusste er, dass er diese Nacht nicht überleben würde. Es war nicht der Regen, der ihn ertränkte – es waren die Schatten seiner Entscheidungen, die er nicht mehr abschütteln konnte.

Mit diesem Gedanken schloss er die Vorhänge. Die Nacht war noch jung, doch für Oberst Redl schien sie bereits zu Ende.

Oberst Alfred Redl schritt mit steifen Bewegungen durch sein Büro, als könnte ihn die endlose Bewegung vor der Schwere der Situation bewahren. Der Besuch des Fremden hatte eine Unruhe in ihm geweckt, die sich nicht so einfach abschütteln ließ. Das Dokument, das er auf den Schreibtisch gelegt hatte, schien ihn förmlich anzustarren, und doch weigerte er sich, es noch einmal anzusehen.

„Die Wahl. Es gibt immer eine Wahl", murmelte er vor sich hin, als ob die Wiederholung dieser Worte ihn von der Verantwortung befreien könnte, die auf seinen Schultern lastete. Doch bevor er diesen Gedanken zu Ende bringen konnte, erklang ein weiteres Klopfen an der Tür – diesmal laut und entschieden, wie der Auftakt zu einer unausweichlichen Symphonie.

Redl blieb abrupt stehen, seine Augen schossen zur Tür. Ein zweiter Besuch, mitten in der Nacht? Das war entweder ein schlechter Scherz des Schicksals oder ein Zeichen, dass seine Uhr tatsächlich abgelaufen war. Mit einem Zucken seiner Mundwinkel – eine Geste, die zwischen einem spöttischen Lächeln und einem resignierten Seufzer lag – rief er: „Herein!"

Die Tür schwang langsam auf, und eine Frau trat ein, deren Silhouette im gedämpften Licht des Büros sowohl elegant als auch bedrohlich wirkte. Sie war in einen Mantel gehüllt, der ihre Gestalt fast vollständig verbarg, und ein Hut mit breiter Krempe verdeckte ihr Gesicht, sodass nur ein Hauch von Lippen und Kinn sichtbar war. Dennoch hatte sie eine Aura, die den Raum sofort füllte.

„Herr Oberst", begann sie mit einer Stimme, die süßer klang, als die Situation es erlaubte. „Ich hoffe, ich störe nicht."

Redl hob eine Augenbraue. „Natürlich stören Sie. Aber da ich anscheinend heute Nacht zum Mittelpunkt aller unerwarteten Besuche geworden bin, bitte, machen Sie es kurz."

Die Frau lachte leise, ein Klang wie das Klingeln von Kristallgläsern – charmant, aber schneidend. Sie schloss die Tür hinter sich und ging mit gemessenen Schritten zum Schreibtisch. Ihre Bewegungen waren so präzise, dass sie fast choreografiert wirkten.

„Nun, Herr Oberst", sagte sie und zog langsam ihre Handschuhe aus, „ich fürchte, kurz kann ich nicht versprechen. Aber lassen Sie mich Ihnen eines versichern: Unsere kleine Unterhaltung wird von höchster Bedeutung sein."

Redl musterte sie mit dem Blick eines Mannes, der wusste, dass er in einem gefährlichen Spiel saß, ohne die Regeln zu kennen. „Das hat heute Abend schon jemand behauptet", bemerkte er trocken. „Vielleicht sollten Sie sich absprechen, bevor Sie mich in den Wahnsinn treiben."

Die Frau lächelte, ein Lächeln, das mehr Fragen als Antworten aufwarf. „Ah, Herr Oberst, wenn ich Ihnen eines sagen darf – Wahnsinn ist oft eine Frage der Perspektive. Doch ich bin nicht hier, um Sie zu verwirren. Ich bin hier, um Sie zu retten."

Das Wort „retten" ließ Redl auflachen, ein kurzes, humorloses Lachen, das wie ein Messer durch den Raum schnitt. „Rettung. Wie poetisch. Und was, wenn ich Ihnen sage, dass ich gar nicht gerettet werden möchte?"

Die Frau neigte den Kopf, als würde sie über seine Worte nachdenken. „Dann würde ich sagen, dass Sie lügen. Niemand wünscht sich den Untergang, Herr Oberst. Nicht einmal ein Mann wie Sie."

Redl verschränkte die Arme vor der Brust und lehnte sich gegen die Fensterbank. „Ein Mann wie ich? Und was, wenn ich frage, was Sie damit meinen?"

Die Frau trat näher an den Schreibtisch und zog einen kleinen Umschlag aus ihrer Manteltasche. Sie legte ihn mit der gleichen Sorgfalt auf den Tisch wie der Mann zuvor. „Lesen Sie das, und Sie werden verstehen."

Redl zögerte. Noch ein Umschlag, noch eine Nachricht, die sein Leben verändern sollte? Sein Blick glitt von ihren geschmeidigen Bewegungen zu dem Umschlag, der wie eine Zeitbombe auf seinem Schreibtisch lag. Schließlich griff er nach dem Papier, öffnete es mit einem Ruck und zog das Dokument heraus.

Seine Augen flogen über die Worte, und eine Kälte kroch ihm den Rücken hinauf. Es war, als hätte jemand seinen schlimmsten Albtraum auf Papier gebracht. Die Worte waren präzise, und doch schien jede Zeile ein Rätsel zu sein, das er nicht lösen konnte – oder nicht lösen wollte.

„Und was genau soll ich jetzt tun?" Seine Stimme klang härter, als er es beabsichtigt hatte.

Die Frau trat zurück und zog die Krempe ihres Hutes tiefer ins Gesicht. „Das liegt ganz bei Ihnen, Herr Oberst. Ich bin nur hier, um Ihnen die Möglichkeit zu geben, die richtige Entscheidung zu treffen."

„Die richtige Entscheidung", wiederholte Redl spöttisch. „Das sagen Sie mit der Leichtigkeit eines Menschen, der keine Konsequenzen zu fürchten hat."

„Konsequenzen sind unvermeidlich", entgegnete sie. „Aber manche Konsequenzen sind erträglicher als andere. Wägen Sie Ihre Optionen gut ab, Herr Oberst. Die Zeit ist nicht auf Ihrer Seite."

Mit diesen Worten wandte sie sich um, ihre Bewegungen so glatt und präzise wie ihr Auftreten. Sie öffnete die Tür, warf ihm einen letzten Blick über die Schulter zu und verschwand in der Dunkelheit des Korridors.

Redl stand für einen Moment regungslos da, der Umschlag in seiner Hand fühlte sich plötzlich schwerer an, als er sein sollte. Seine Gedanken rasten, jede Möglichkeit, jedes Szenario drehte sich wie ein Karussell in seinem Kopf. Er legte das Papier zurück auf den Tisch und starrte es an, als könnte es ihm die Antworten geben, die er so dringend suchte.

„Die richtige Entscheidung", murmelte er erneut, diesmal mehr zu sich selbst. Doch welche Entscheidung das war, wusste er noch nicht. Und die Uhr tickte unbarmherzig weiter.

—-

Der Raum war still, bis auf das monotone Ticken der Wanduhr, das wie ein Hohn in Alfred Redls Ohren klang. Zwei Botschaften lagen nun vor ihm, jedes einzelne Wort wie ein Gewicht, das auf seinen Schultern lastete. Die Welt war ein Schachbrett, auf dem er glaubte, ein Meisterspieler zu sein – doch die letzten Stunden hatten ihn eines Besseren belehrt. Er war kein König, kein Turm, nicht einmal ein Bauer. Er war der Tisch, auf dem das Spiel gespielt wurde.

Mit einem langen, resignierten Seufzer ließ er sich in seinen Ledersessel fallen, das Papier in der Hand. Die Tinte schien fast frisch, das Blau schimmerte im flackernden Licht der Gaslampe. Er ließ seine Augen über die Worte gleiten. Die Schrift war klar, schnörkellos – eine Handschrift, die keine Fehler erlaubte. Doch der Inhalt? Ein Rätsel in einem Rätsel.

„Natürlich", murmelte er sarkastisch. „Warum einfach, wenn es auch kompliziert geht?"

Er griff nach seiner Zigarre, nur um festzustellen, dass sie längst abgebrannt war. Mit einer mürrischen Bewegung warf er den Stummel in den Aschenbecher und zog stattdessen einen Schlüssel aus seiner Schreibtischschublade. Der Schlüssel öffnete eine weitere, geheime Schublade – eine, die selbst seinen engsten Kollegen unbekannt war. Darin lag ein Buch, unscheinbar gebunden in braunes Leder, doch für Redl war es ein Schatz: ein persönliches Notizbuch voller Codes und chiffrierter Nachrichten, die er im Laufe der Jahre gesammelt hatte.

„Wenn ich schon keine Ruhe finde, kann ich wenigstens etwas für die Nachwelt tun", murmelte er, während er das Buch aufschlug und nach dem richtigen Schlüssel suchte. Die verschlüsselte Nachricht war keine, die er auf Anhieb entziffern konnte. Die verwendeten Symbole waren nicht Teil der Standardprotokolle seiner Zeit, und das machte ihn nervös. Es bedeutete, dass die Absender dieser Nachrichten entweder außergewöhnlich kreativ oder außergewöhnlich gefährlich waren – oder beides.

Er griff nach einem Bleistift und begann, die Symbole zu kopieren, Linie für Linie, mit der Präzision eines Uhrmachers. Jede Linie war ein Stück des Puzzles, ein Hinweis, der ihn der Wahrheit – oder dem Abgrund – näher brachte. Doch selbst während er arbeitete, konnte er die Stimmen in seinem Kopf nicht zum Schweigen bringen.

„Natürlich ist es ein Schachzug", sagte er laut zu sich selbst. „Die Frage ist nur, bin ich die Dame oder der Springer? Oder bin ich bereits Matt?"

Er arbeitete schnell, seine Gedanken rasten. Die Zeichen schienen eine Art geometrisches Muster zu bilden, doch jedes Mal, wenn er glaubte, den Faden gefunden zu haben, entglitt er ihm wieder. Es war, als ob die Nachricht sich bewusst gegen ihn wehrte.

Eine Stunde verging, dann zwei. Die Zeit hatte jede Bedeutung verloren, während Redl versuchte, das Mysterium zu entwirren. Schließlich lehnte er sich zurück, rieb sich die Augen und starrte auf das halbfertige Muster vor sich.

„Es ist fast so, als wollte jemand sicherstellen, dass ich keine einzige ruhige Minute mehr habe", murmelte er. Sein Sarkasmus war der einzige Schutzschild gegen die aufsteigende Panik.

Er stand auf, ging zum Fenster und schob die Vorhänge ein Stück beiseite. Die Straßen von Wien lagen dunkel und still unter ihm, das Kopfsteinpflaster glänzte im fahlen Licht der Laternen. Irgendwo da draußen, das wusste er, warteten Menschen auf eine Entscheidung – seine Entscheidung. Ob sie Freunde oder Feinde waren, konnte er nicht sagen. Und vielleicht war das der schlimmste Teil von allem.

Zurück am Schreibtisch nahm er die Nachricht erneut in die Hand, drehte sie in verschiedene Richtungen, als könnte ein anderer Blickwinkel etwas enthüllen, das er zuvor übersehen hatte. Doch nichts. Die Worte blieben stumm.

Er schloss die Augen und ließ die Nachricht sinken. Für einen Moment war er in Gedanken ganz woanders – in der Vergangenheit, in einer Zeit, in der Entscheidungen noch schwarz oder weiß waren, ohne die Grautöne, die ihn jetzt umgaben.

Ein leises Geräusch riss ihn aus seiner Trance. Er erstarrte, sein Herzschlag beschleunigte sich. Das Geräusch kam von draußen, ein leises Knirschen, als ob jemand auf das nasse Kopfsteinpflaster getreten wäre. Redl stand langsam auf, sein Blick glitt zur Tür. Doch die Stille kehrte zurück, und er begann, an seinem eigenen Verstand zu zweifeln.

„Vielleicht werde ich tatsächlich wahnsinnig", sagte er mit einem bitteren Lächeln.

Doch sein Instinkt sagte ihm, dass es mehr war als bloße Einbildung. Die Welt hatte sich verändert, das wusste er. Irgendwo in den Schatten wartete eine Wahrheit, die er vielleicht nie ganz verstehen würde.

Mit einem letzten Blick auf die Nachricht entschied er, dass es für diese Nacht genug war. Er legte das Papier behutsam zurück in den Umschlag, schloss es in seine geheime Schublade ein und drehte den Schlüssel um. Was auch immer diese Botschaft bedeutete, sie würde bis morgen warten müssen. Aber Redl wusste, dass der Morgen keine Antworten bringen würde – nur mehr Fragen.

Er löschte die Lampe und ließ den Raum in Dunkelheit versinken. Doch in seinem Kopf tobte ein Sturm, und er wusste, dass der nächste Schritt unausweichlich war. Die Botschaft hatte ihre Arbeit getan: Sie hatte ihn an einen Punkt gebracht, an dem es kein Zurück mehr gab.

Und draußen, in der Dunkelheit, wartete jemand – jemand, der genau wusste, wie das Spiel enden würde.

—-

Der Mond lugte zwischen den dichten Wolken hervor und warf ein bleiches Licht in das spärlich beleuchtete Büro. Oberst Alfred Redl stand am Fenster und blickte auf die schlafende Stadt Wien hinab. Seine Hände lagen hinter seinem Rücken verschränkt, doch die angespannte Haltung verriet die innere Unruhe, die in ihm tobte.

"Ein perfekter Abend für eine Tragödie", murmelte er mit bitterer Ironie. "Fehlt nur noch, dass ein streunender Hund ein Requiem heult."

Er wandte sich vom Fenster ab und ließ seinen Blick durch den Raum schweifen. Die schweren Bücherregale, die akkurat gestapelten Akten, das Porträt des Kaisers an der Wand – alles schien plötzlich eine Last zu sein, Symbole einer Welt, die ihn erdrückte.

Sein Blick fiel auf den Schreibtisch, auf dem die verschlossenen Schubladen wie stumme Wächter über seine Geheimnisse wachten. Die beiden mysteriösen Botschaften lagen immer noch dort, als ob sie ihn verhöhnten.

"Zwei Besucher in einer Nacht, beide mit Geschenken, die man am liebsten zurückgeben würde", sagte er sarkastisch und schüttelte den Kopf. "Vielleicht sollte ich demnächst einen Teeabend veranstalten."

Er setzte sich an den Schreibtisch und zog eine Schublade auf, aus der er eine kleine Flasche Whisky hervorholte. Ohne ein Glas zu nehmen, nahm er einen kräftigen Schluck.

"Auf die Entscheidungen, die uns das Leben so großzügig anbietet", toastete er ins Leere.

Der Alkohol brannte angenehm in seiner Kehle, doch er brachte keine Erleichterung. Die Schwere der Situation lastete weiterhin auf ihm, unerbittlich und kalt.

"Also gut, Alfred, genug der Selbstmitleidstour", sagte er zu sich selbst. "Zeit, die Karten auf den Tisch zu legen."

Er griff nach Papier und Feder und begann zu schreiben. Die Worte flossen zuerst zögerlich, dann immer schneller. Es war kein Abschiedsbrief, sondern eher ein letztes Protokoll, eine Zusammenfassung der Ereignisse, die ihn an diesen Punkt gebracht hatten. Doch je mehr er schrieb, desto klarer wurde ihm, dass es kein Entkommen gab.

Ein leises Klopfen ließ ihn aufhorchen. "Wirklich? Ein dritter Besuch? Was ist das hier, ein Tag der offenen Tür?"

Er stand auf und ging zur Tür, öffnete sie jedoch nicht sofort. "Wer ist da?", fragte er mit einem Anflug von Gereiztheit.

Keine Antwort. Nur das gedämpfte Rauschen des Windes im Flur.

"Vielleicht halluziniere ich jetzt schon", murmelte er und öffnete vorsichtig die Tür. Der Flur war leer, nur ein Schatten huschte am Ende des Ganges vorbei. Redl spürte, wie ein kalter Schauer über seinen Rücken lief.

"Na schön, wenn das ein Spiel sein soll, dann spiele ich nicht mehr mit."

Er schloss die Tür entschlossen und drehte den Schlüssel um. Zurück an seinem Schreibtisch, nahm er die Pistole aus der untersten Schublade. Das kalte Metall lag schwer in seiner Hand, ein vertrautes Gewicht, das ihm seltsamerweise Trost spendete.

"Eine letzte Entscheidung, die mir niemand abnehmen kann", sagte er leise.

Er setzte sich wieder hin und betrachtete die Waffe. Erinnerungen fluteten über ihn herein – an bessere Zeiten, an Momente des Triumphs und der Freude. Aber auch an die Fehler, die er gemacht hatte, die Kompromisse, die Lügen.

"Vielleicht ist das meine Art, die Kontrolle zurückzugewinnen", dachte er. "Wenn schon alles andere aus den Fugen gerät."

Ein unerwartetes Klopfen an der Fensterscheibe ließ ihn zusammenzucken. Er drehte sich abrupt um und sah, wie ein Vogel gegen die Scheibe flog und dann in die Nacht davon flatterte.

"Selbst die Natur macht sich über mich lustig", sagte er mit einem humorlosen Lachen.

Er stand auf und ging erneut zum Fenster. Die Lichter der Stadt funkelten unter ihm, als ob nichts Ungewöhnliches geschah. Das Leben ging weiter, unabhängig von seinen persönlichen Dramen.

"Vielleicht ist das die größte Ironie von allen", flüsterte er. "Die Welt dreht sich weiter, egal was wir tun."

Er schloss die Augen und atmete tief durch. In diesem Moment fühlte er eine seltsame Ruhe über sich kommen. Die Entscheidung, die vor ihm lag, war schwer, aber sie war seine eigene.

Er kehrte zum Schreibtisch zurück, legte die Pistole sorgfältig neben den Brief und die verschlüsselten Nachrichten. Dann zog er seine Uniformjacke aus, hängte sie ordentlich über die Stuhllehne und setzte sich.

"Ein Oberst bis zum Schluss", sagte er mit einem schwachen Lächeln.

Er griff nach der Feder und fügte dem Brief noch eine letzte Zeile hinzu. Dann faltete er das Papier sorgfältig zusammen und legte es in einen Umschlag, den er versiegelte.

Draußen begann es zu dämmern, der erste Hauch des Morgens kündigte sich an. Die Schatten in dem Raum wurden länger, das Licht kühler.

"Zeit, Abschied zu nehmen", flüsterte er.

Er nahm die Pistole in die Hand, fühlte das Gewicht, das kühle Metall. Ein letzter tiefer Atemzug, ein Moment des Friedens.

Die Stille des frühen Morgens wurde von einem einzigen, dumpfen Knall durchbrochen.

Der erste Sonnenstrahl fiel durch das Fenster und traf auf den leeren Schreibtisch. Die Stadt erwachte langsam zum Leben, nichtsahnend von dem Drama, das sich in der Nacht abgespielt hatte.

Doch irgendwo in den Gassen Wiens bewegte sich eine Gestalt im Schatten, ein leises Lächeln auf den Lippen.

"Das Spiel ist noch nicht vorbei", flüsterte sie und verschwand in der Menge.

Das erste Licht des Tages kroch langsam durch die schweren Vorhänge und tastete sich wie ein neugieriger Spion durch das Büro. Der dumpfe Knall, der in der Nacht die Stille durchbrochen hatte, schien längst vergessen – zumindest von der Welt außerhalb dieser vier Wände. Drinnen jedoch herrschte eine bedrückende Stille, die von der dröhnenden Wanduhr nur noch erdrückender gemacht wurde.

Die Tür öffnete sich zögerlich, und ein junger Adjutant, kaum älter als 20 Jahre, trat ein. Er hatte das Gesicht eines Mannes, der gehofft hatte, niemals die Aufgaben übernehmen zu müssen, die ihn erwarteten. Seine Uniform war tadellos, seine Bewegungen militärisch korrekt – doch seine Hände zitterten leicht, als er die Schwelle überschritt.

„Herr Oberst?" Seine Stimme war vorsichtig, als würde er hoffen, dass eine Antwort die Realität auslöschen könnte.

Natürlich kam keine Antwort. Der Anblick des zusammengesunkenen Körpers hinter dem Schreibtisch ließ keinen Zweifel daran, dass Oberst Alfred Redl seine letzte Entscheidung mit unerbittlicher Präzision getroffen hatte.

„Scheiße", murmelte der Adjutant und schlug sich sofort die Hand vor den Mund, als ob das Fluchen die Szenerie noch schlimmer machen könnte.

Er näherte sich langsam, seine Stiefel knirschten auf dem teuren Teppich. Der Schreibtisch war ordentlich, als ob Redl sogar in seinen letzten Momenten auf Disziplin geachtet hätte. Ein versiegelter Umschlag lag im Zentrum, sorgfältig platziert, fast wie ein Schachzug, den der Oberst bis zuletzt durchdacht hatte.

„Ein Brief", murmelte der Adjutant und streckte zögerlich die Hand aus, um den Umschlag zu nehmen. Doch bevor er ihn greifen konnte, wurde die Tür hinter ihm mit einem lauten Knall geöffnet.

„Halten Sie das! Nichts anfassen!" Die Stimme war scharf, fast schrill, und gehörte zu einem Mann mittleren Alters, dessen graue Schläfen ihm mehr Autorität verliehen, als er tatsächlich besaß. Major Karl von Strasser war bekannt für seine kompromisslose Haltung – und für seinen Hang, aus jeder Situation eine persönliche Bühne zu machen.

„Herr Major", stammelte der Adjutant und nahm sofort Haltung an. „Ich... ich wollte nur..."

„Sie wollten nur, sich in Dinge einzumischen, die Ihre Kompetenz übersteigen!" Von Strasser schob sich energisch in den Raum, seine Augen scannten die Szene mit der Präzision eines Geiers, der nach der nächsten Mahlzeit suchte. Er ging direkt zum Schreibtisch, betrachtete den Umschlag und zog ein Taschentuch hervor, um ihn vorsichtig aufzuheben.

„Der letzte Wille eines Mannes, der mehr Geheimnisse hatte, als gut für ihn war", murmelte von Strasser und hielt den Umschlag ins Licht. „Ich wette, dieser kleine Zettel hier wird mehr Fragen aufwerfen, als er beantwortet."

Der Adjutant stand stumm, unsicher, ob er etwas sagen oder einfach in den Boden versinken sollte. Schließlich räusperte er sich leise. „Soll ich jemanden rufen, Herr Major?"

Von Strasser drehte sich zu ihm um, seine Augen funkelten vor Ungeduld. „Ja, tun Sie das. Und zwar schnell. Wir brauchen den Leichenbeschauer, die Fotografen und am besten jemanden, der diesen Raum luftdicht versiegeln kann, bevor jeder hier reinspaziert, als wäre es ein Jahrmarkt."

Der Adjutant salutierte und stürmte aus dem Raum, froh, dieser angespannten Atmosphäre entkommen zu können.

Von Strasser blieb allein zurück. Er legte den Umschlag behutsam auf den Schreibtisch zurück und betrachtete den toten Oberst mit einer Mischung aus Respekt und Misstrauen.

„Ein Mann wie Sie, Redl", sagte er leise. „Ein Mann mit einem Gehirn wie ein Labyrinth und einem Herzen wie Stein. Und doch hat Sie irgendetwas in die Knie gezwungen. Was war es? Ein Feind? Ein Geheimnis? Oder haben Sie einfach den Glauben an dieses ganze Theater verloren?"

Er seufzte und ließ seinen Blick über die verschlossene Schublade wandern. Er wusste, dass Redl keine Fehler machte. Jede einzelne Bewegung dieses Mannes war geplant, jede Entscheidung kalkuliert. Wenn er also gegangen war, hatte er dafür einen verdammt guten Grund gehabt.

Von draußen hallten Stimmen und Schritte durch den Flur. Die Kavallerie war angekommen – Beamte, die vor Tatendrang strotzten, und neugierige Kollegen, die hofften, einen Blick auf das Drama erhaschen zu können.

Von Strasser straffte die Schultern, zog seine Uniformjacke zurecht und bereitete sich darauf vor, die Regie für den Rest dieses Theaters zu übernehmen. Doch in seinem Inneren wusste er, dass dies erst der Anfang war.

„Ihr letztes Spiel, Redl", flüsterte er. „Mal sehen, ob Sie auch nach Ihrem Tod noch die Fäden in der Hand halten."

Mit diesen Worten machte er sich daran, den Raum zu versiegeln – nicht ahnend, dass die Botschaften, die Redl hinterlassen hatte, längst begonnen hatten, ihre eigenen Schatten zu werfen.

Kapitel 1

Der Flohmarkt in Berlin war an einem Sonntagmorgen ein Ort, an dem sich die unterschiedlichsten Menschen versammelten: Künstler mit selbstgebastelten Skulpturen, die aussahen, als hätte ein Kind versucht, einen Toaster zu malen; mürrische Sammler, die mit Adleraugen nach verschollenen Schätzen suchten, und natürlich Touristen, die mit überteuerten Brezeln in der Hand Fotos von Vintage-Lampen machten. Für Lotta Weber war es jedoch mehr als ein bloßes Hobby – es war eine Mission.

„Es gibt nichts, was das Herz so erfreut wie der Geruch von alten Büchern und falschen Versprechungen", murmelte sie, während sie zwischen den Ständen hindurchschlenderte. Ihr langes, kupferrotes Haar war zu einem losen Knoten gebunden, und ihre grünen Augen blitzten jedes Mal, wenn sie einen Stand mit Büchern entdeckte.

„Schauen Sie, wie alt die Schrift ist! Das muss ein Original von Goethe sein!" rief ein Verkäufer mit einer Stimme, die eher für einen Fischmarkt geeignet gewesen wäre. Lotta warf einen Blick auf das fragwürdige Exemplar, das eindeutig mehr Klebstoff als Geschichte enthielt, und lächelte höflich.

„Sehr beeindruckend", sagte sie, ohne stehen zu bleiben. „Wenn ich das nächste Mal einen Kamin anzünde, denke ich daran."

Sie wusste, dass der Flohmarkt immer eine Mischung aus Schätzen und absolutem Unsinn war. Aber irgendwo in diesem Chaos, davon war sie überzeugt, wartete immer etwas Besonderes auf sie. Es war wie ein instinktiver Spürsinn, eine Gabe, die sie seit ihrer Jugend kultiviert hatte.

Sie machte vor einem besonders überladenen Stand Halt, dessen Besitzer ein alter Mann mit einem Hut war, der so groß war, dass er fast einen eigenen Stand hätte haben können. Der Tisch vor ihm war mit allerlei Büchern, Papieren und – warum auch immer – einer rostigen Teekanne übersät.

„Interessieren Sie sich für Geschichte, junge Dame?" fragte der Mann mit einem Lächeln, das mehr Zähne zeigte, als sie erwartet hatte.

„Nur, wenn sie weniger staubig ist als das hier", antwortete Lotta trocken und griff nach einem Buch, das auf dem Stapel lag. Es war in braunes Leder gebunden und hatte keinen Titel. Das weckte ihre Neugier.

„Das ist ein Unikat", sagte der Verkäufer mit einer Stimme, die vor Stolz triefte. „Ein echtes Sammlerstück."

„Natürlich", murmelte Lotta und schlug das Buch vorsichtig auf. Die Seiten waren leer – bis auf eine Stelle in der Mitte, wo sich eine kleine Notiz befand. Sie beugte sich näher, konnte aber nichts lesen. Die Tinte war verblasst, die Buchstaben kaum mehr als Schatten.

„Wie viel?", fragte sie, mehr aus Reflex als aus Interesse.

„Für Sie, junge Dame, ein echtes Schnäppchen: 50 Euro."

Lotta blinzelte. „50 Euro? Für ein Buch ohne Titel und ohne Inhalt? Soll ich noch extra zahlen, damit Sie es einpacken?"

Der Mann lachte, ein raues, krächzendes Lachen. „Ein Schnäppchen, wenn man bedenkt, was für Geschichten es erzählen könnte."

„Ja, und vielleicht fängt die erste Geschichte mit ‚Ich wurde auf dem Flohmarkt abgezockt' an", sagte Lotta, die aber trotzdem den Geldschein aus ihrer Tasche zog. Irgendetwas an dem Buch ließ sie nicht los. Vielleicht war es die geheimnisvolle Notiz, vielleicht einfach ihre ewige Schwäche für alles, was nach einem Abenteuer roch.

Mit dem Buch unter dem Arm zog sie weiter durch die Reihen, während der Verkäufer ihr nachblickte, ein eigenartiges Lächeln auf den Lippen.

„Viel Glück, junge Dame", murmelte er. „Sie werden es brauchen."

Doch Lotta hörte ihn nicht mehr. Sie hatte bereits ein Ziel vor Augen – zurück in ihren kleinen Buchladen, um herauszufinden, was es mit diesem merkwürdigen Fund auf sich hatte.

Der Flohmarkt hinter ihr begann sich langsam zu leeren, doch die Geschichten, die dieser Morgen angestoßen hatte, waren noch lange nicht vorbei.

—-

Lotta schlenderte weiter über den Flohmarkt, das alte Buch fest unter den Arm geklemmt. Sie hatte sich selbst geschworen, nicht mehr als 30 Euro auszugeben – und hier war sie, um 50 Euro ärmer und mit einem Buch, das nach mehr Fragen als Antworten roch. „Ein echtes Schnäppchen", murmelte sie sarkastisch, während sie an einem Stand mit antiken Kerzenleuchtern vorbeiging, die eher wie verbeulte Rohre aussahen.

Doch irgendetwas hatte sie an dem Buch fasziniert. Es war nicht der Verkäufer mit dem seltsamen Lächeln, nicht die Notiz, die sie kaum entziffern konnte, sondern eine undefinierbare Ahnung, dass es nicht nur ein weiteres altes Buch war. Ihr Bauchgefühl täuschte sie selten – außer, wenn es um Männer ging, aber das war eine andere Geschichte.

Sie blieb an einem weiteren Stand stehen, der mit alten Schmuckstücken und kleinen Andenken aus der Nachkriegszeit übersät war. Es war nicht ihr Stil, aber sie hatte die Hoffnung, vielleicht noch ein paar Geheimnisse zwischen den verstaubten Gegenständen zu finden. Gerade als sie einen silbernen Anhänger aufhob, hörte sie eine Stimme hinter sich.

„Ah, Sie haben sich also für das Buch entschieden." Die Stimme war rau, fast ein Flüstern, und als Lotta sich umdrehte, stand der Verkäufer von vorhin direkt hinter ihr. Sein großer Hut war jetzt noch schief auf seinem Kopf, und sein Grinsen hatte einen Hauch von Verschwörung angenommen.

Lotta blinzelte. „Und Sie? Haben Sie beschlossen, mich zu verfolgen?"

Der Mann hob die Hände in einer beschwichtigenden Geste. „Nein, nein, ich dachte nur, Sie sollten wissen, dass dieses Buch... sagen wir, eine gewisse Geschichte hat."

„Oh, jetzt kommt's", sagte Lotta mit hochgezogenen Augenbrauen. „Lassen Sie mich raten: Es gehörte einem berühmten Spion, oder es ist verflucht, und jetzt habe ich drei Tage, um das Geheimnis zu lösen, bevor ein Geist mich heimsucht?"

Der Mann lachte, ein kehliges Geräusch, das ihr einen leichten Schauer über den Rücken jagte. „Nicht ganz. Aber sagen wir, es hat schon viele Besitzer gehabt – und nicht jeder von ihnen hatte Glück."

„Das klingt, als ob Sie mir gerade eine Versicherung verkaufen wollen", entgegnete Lotta und verschränkte die Arme. „Also, was soll das? Ist es ein alter Verkaufstrick, oder sind Sie wirklich so mysteriös, wie Sie tun?"

Der Verkäufer trat einen Schritt zurück, seine Augen funkelten unter dem Rand seines Hutes. „Ich bin nur ein einfacher Mann, der alte Bücher verkauft. Aber manchmal findet ein Buch seinen Besitzer – nicht umgekehrt."

Lotta starrte ihn an, unentschlossen, ob sie beeindruckt oder einfach nur genervt sein sollte. „Okay, Indiana Jones, danke für die Warnung. Jetzt, wenn Sie mich entschuldigen, ich habe ein Leben."

Sie machte einen Schritt zur Seite, doch der Verkäufer hielt sie noch einmal zurück, indem er ihr sanft auf den Arm tippte. „Nur eins, bevor Sie gehen: Lesen Sie die Notiz nicht zu schnell. Manche Geschichten entfalten sich erst, wenn man bereit ist, sie zu hören."

Lotta zog ihren Arm zurück und sah ihn an, als wäre er gerade aus einem Film über Verschwörungstheorien entsprungen. „Danke für den literarischen Rat. Ich werde ihn zu Herzen nehmen."

Mit einem letzten, skeptischen Blick ließ sie den Mann stehen und ging weiter. Als sie sich schließlich umdrehte, war er verschwunden – zusammen mit seinem Stand. „Natürlich", murmelte sie, „wahrscheinlich auf der Jagd nach dem nächsten leichtgläubigen Opfer."

Doch trotz ihrer sarkastischen Bemerkungen hatte sich etwas in ihrem Inneren verändert. Das Buch unter ihrem Arm fühlte sich schwerer an, fast als ob es mit jedem Schritt an Bedeutung gewann. Sie hatte keine Ahnung, was sie erwartete, aber sie war sicher: Dies war kein gewöhnlicher Flohmarktfund. Und die Geschichte, die sie jetzt ahnte, hatte gerade erst begonnen.

—-

Lotta trat mit einem energischen Ruck die schwere Holztür ihres kleinen Buchladens auf. Die alte Glocke über dem Eingang klingelte, ein vertrauter Klang, der sie normalerweise beruhigte. Heute jedoch wirkte er fast wie ein Weckruf – ein schrilles Signal, dass sie gerade etwas gekauft hatte, das mit Sicherheit mehr Ärger brachte, als es wert war.

„Sherlock, ich bin wieder da! Und bevor du fragst: Nein, ich habe keine Leckerlis mitgebracht", rief sie in den Laden, während sie die Tür hinter sich zuschlug. Ein langgezogenes „Miau" aus der hinteren Ecke des Ladens antwortete ihr, gefolgt von dem schweren Plumpsen eines Katzenkörpers, der sich offenbar beleidigt von seinem Aussichtspunkt auf die oberste Bücherreihe fallen ließ.

Sherlock, ein stattlicher grau-getigerter Kater mit der Anmut eines griechischen Gottes und der Einstellung eines beleidigten Monarchen, stolzierte in den Raum. Seine grünen Augen fixierten sie mit einem Ausdruck, der „Das war's?" bedeutete.

„Ja, ja, ich weiß", sagte Lotta, während sie das mysteriöse Buch auf den Tresen legte. „Aber bevor du mich verurteilst, lass mich dir sagen, dass ich vielleicht gerade die Hauptrolle in einem schlechten Spionageroman übernommen habe."

Sherlock schnippte mit dem Schwanz, als hätte er das schon immer gewusst. Lotta zuckte mit den Schultern und begann, die Läden zu schließen. Der Sonntag war normalerweise ihr freier Tag, aber heute fühlte sich jeder Moment, den sie nicht mit diesem Buch verbrachte, wie eine Verschwendung an.

„Also, mein pelziger Freund", sagte sie und lehnte sich an den Tresen. „Was denkst du? Verflucht? Geheimnisvoll? Oder einfach nur ein überteuerter Türstopper?"

Sherlock antwortete mit einem kurzen Fauchen, das sowohl Zustimmung als auch Skepsis bedeuten konnte.

Lotta nahm das Buch vorsichtig in die Hände und betrachtete es genauer. Es war aus braunem Leder, das mit der Zeit rissig geworden war. Keine Gravur, kein Titel – nur die mysteriöse Notiz in der Mitte. Die Seiten rochen nach Geschichte und ein wenig nach Moder, ein Duft, der sie immer ein wenig glücklich machte.

„Na schön, dann wollen wir mal sehen, was du zu bieten hast", murmelte sie und schlug das Buch auf.

Die ersten Seiten waren leer, was sie fast enttäuschte. Doch als sie zur Mitte blätterte, sah sie es wieder – die Notiz. Die Tinte war verblasst, die Schrift elegant, aber altmodisch. Sie nahm die Lupe, die sie immer griffbereit hatte, und betrachtete die Worte genauer. Die Buchstaben formten Wörter, aber es war keine Sprache, die sie sofort erkannte.

„Natürlich ist es ein Rätsel", sagte sie laut. „Weil mein Leben ja nicht schon kompliziert genug ist."

Sie griff nach einem Blatt Papier und begann, die Notiz Wort für Wort abzuschreiben. Sherlock sprang auf den Tresen und beobachtete sie mit schräg gelegtem Kopf, als wäre er der Chefermittler und sie nur seine Assistentin.

„Ja, du hast recht", sagte Lotta, ohne aufzusehen. „Das wird der Teil sein, in dem ich herausfinde, dass es sich um irgendeinen obskuren Geheimcode handelt, den nur Spione und verrückte Mathematiker verstehen."

Sherlock schnurrte, ein lautstarker Kommentar, der so viel bedeuten konnte wie „Weiter so" oder „Du bist unverbesserlich". Lotta ließ sich davon nicht beirren und schrieb weiter. Die Schrift hatte etwas Künstlerisches an sich, fast wie ein Tanz über das Papier.

Doch als sie die letzten Zeilen abschrieb, spürte sie, wie ihr Herz einen Schlag aussetzte. Einige der Zeichen sahen fast aus wie Koordinaten – oder war das nur ihre Fantasie? Ihre Finger zitterten leicht, als sie das Papier weglegte.

„Okay, das ist der Moment, in dem ich entweder aufhören sollte, bevor es zu spät ist, oder direkt in das Kaninchenloch springe", sagte sie und sah Sherlock an. „Was meinst du? Aufgeben oder weitermachen?"

Der Kater sprang vom Tresen, landete mit einem leisen „Wupp" auf dem Boden und stolzierte in Richtung Bücherregale. Ohne sich umzudrehen, ließ er ein leises „Miau" hören, das Lotta wie ein eindeutiges „Weitermachen" interpretierte.

„Na gut", sagte sie und holte tief Luft. „Du hast gewonnen. Wir machen weiter. Aber wenn ich morgen in einer Verschwörung lande, werde ich dir die Schuld geben."

Sie legte das Buch beiseite und begann, in ihrem Computer nach möglichen Mustern und Hinweisen zu suchen. Währenddessen huschte Sherlock zurück zu seinem Platz auf der obersten Bücherreihe und legte sich dort nieder, als wüsste er genau, dass die Nacht noch lang werden würde.

Was Lotta noch nicht wusste: Das Buch hatte seine ersten Fäden gesponnen, und sie war bereits tiefer in die Geschichte verwickelt, als sie es ahnte.

—

Der Abend hatte sich über Berlin gelegt, und in Lottas kleinem Buchladen herrschte eine seltsame Mischung aus Gemütlichkeit und Spannung. Die meisten Lichter waren gedimmt, doch auf dem Tresen strahlte eine einzelne Schreibtischlampe, die das mysteriöse Buch in goldenes Licht tauchte. Sherlock lag ausgestreckt auf dem Regal über ihr und schnarchte leise, als hätte er sich entschieden, dass sein Beitrag zu den Ereignissen des Tages beendet war.

Lotta nahm einen Schluck ihres kalten Kaffees – die dritte Tasse seit ihrer Rückkehr – und strich mit den Fingern über das raue Leder des Buches. Etwas an diesem Buch ließ ihr keine Ruhe. Es war mehr als die Notiz oder die eigenartige Begegnung auf dem Flohmarkt. Es fühlte sich... lebendig an. Als ob es sie beobachtete.

„Okay, du geheimnisvolles kleines Ding", murmelte sie, während sie das Buch erneut aufschlug. „Was versteckst du noch?"

Mit vorsichtigen Fingern begann sie, die Seiten durchzublättern, diesmal langsamer, methodischer. Einige Seiten waren leer, andere zeigten verblasste Tintenflecken oder Kritzeleien, die wie kleine Zeichnungen aussahen. Doch als sie fast am Ende angelangt war, spürte sie einen Widerstand. Irgendetwas war dazwischen versteckt.

„Natürlich", sagte sie sarkastisch. „Weil nichts jemals einfach ist."

Mit einer Mischung aus Aufregung und Frustration begann sie, die Seiten vorsichtig auseinanderzuziehen. Es dauerte ein paar Sekunden – Sekunden, die sich wie eine Ewigkeit anfühlten –, bis ein kleiner, ledergebundener Gegenstand aus dem Buch rutschte und auf den Tresen fiel.

„Ein Tagebuch", flüsterte Lotta, als sie es aufhob.

Es war klein, kaum größer als ihre Handfläche, und so alt, dass die Ecken bereits abgewetzt waren. Auf dem Umschlag war nichts geschrieben, doch als sie es öffnete, sah sie die ersten handschriftlichen Einträge. Die Tinte war verblasst, aber noch lesbar. Die Schrift war elegant, doch die Zeilen schienen in Eile geschrieben zu sein, als hätte der Verfasser versucht, so schnell wie möglich seine Gedanken zu Papier zu bringen.

„Na, das wird ja immer besser", sagte Lotta und setzte sich, um den ersten Eintrag genauer zu betrachten.

Die Worte waren in deutscher Kurrent geschrieben, der alten Schrift, die sie in der Schule nie richtig gelernt hatte. Sie konnte nur Teile entziffern – „Wien", „1913", „Gefahr" –, aber das reichte, um ihr Herz schneller schlagen zu lassen.

„Wien, 1913? Was zum Teufel hast du in einem Berliner Flohmarkt zu suchen?", fragte sie das Tagebuch, als ob es antworten würde.

Sherlock hob den Kopf und warf ihr einen schläfrigen Blick zu, bevor er sich wieder zusammengerollte. Lotta seufzte und legte das Tagebuch auf den Tisch. Sie griff nach ihrem Notizbuch und begann, die ersten Zeilen abzuschreiben, um sie später besser analysieren zu können. Doch während sie schrieb, überkam sie ein seltsames Gefühl, als ob sie nicht allein wäre.

„Beruhig dich, Lotta", sagte sie zu sich selbst. „Es ist nur ein Buch. Ein sehr altes, sehr mysteriöses Buch, das zufällig in einem verfluchten Flohmarkt gekauft wurde. Kein Grund zur Panik."

Doch ihre Hände zitterten leicht, als sie schrieb. Die Worte auf der Seite schienen fast zu pulsieren, als ob sie eine eigene Energie besäßen. Sie zwang sich, tiefer durchzuatmen, und versuchte, die Nervosität abzuschütteln.

„Vielleicht bin ich ja einfach nur müde", sagte sie und legte den Stift beiseite. „Oder ich habe zu viel schlechten Kaffee getrunken."

Doch tief in ihrem Inneren wusste sie, dass es nicht der Kaffee war. Dieses Buch – oder besser gesagt, dieses Tagebuch – war nicht einfach nur ein Stück Papier und Tinte. Es war ein Puzzlestück, das zu einer viel größeren Geschichte gehörte. Und diese Geschichte war alles andere als harmlos.

Ein lautes Klopfen an der Tür ließ sie zusammenzucken. Sie fuhr herum und starrte in Richtung Eingang. Es war fast Mitternacht – wer um alles in der Welt konnte zu dieser Stunde noch etwas von ihr wollen?

„Vielleicht ein weiterer Flohmarkthändler mit einer unverschämt teuren Antiquität", murmelte sie, während sie zur Tür ging. Sherlock folgte ihr mit seinen Augen, ohne sich zu bewegen.

Doch als sie die Tür öffnete, war niemand da. Nur die kühle Nachtluft wehte ihr entgegen, und die Straßen waren still.

„Großartig", sagte Lotta und schloss die Tür wieder. „Jetzt fange ich auch noch an, Gespenster zu sehen."

Doch als sie sich umdrehte, sah sie, dass das Tagebuch nicht mehr auf dem Tresen lag. Es lag stattdessen offen auf dem Boden, als ob es jemand oder etwas absichtlich dort hingelegt hätte.

Ein Schauer lief ihr über den Rücken, aber sie zwang sich, ruhig zu bleiben. Sie hob das Tagebuch auf und legte es zurück auf den Tresen, ohne es erneut zu öffnen.

„Gut", sagte sie laut, mehr zu sich selbst als zu Sherlock. „Das reicht für heute. Ich werde schlafen, und morgen werde ich mich damit beschäftigen. Vielleicht habe ich dann genug Verstand, um zu erkennen, dass ich mich in etwas verrenne, das mich nichts angeht."

Doch tief in ihrem Inneren wusste sie, dass sie morgen nicht aufgeben würde. Das Tagebuch hatte sie bereits in seinen Bann gezogen – und egal, wie sehr sie sich dagegen wehrte, sie war jetzt ein Teil dieser Geschichte.

—-

Am nächsten Morgen war Berlin von einer leichten Nebeldecke umhüllt, die sich durch die engen Straßen schlängelte und den Tag wie in einen diffusen Schleier tauchte. Lotta saß bereits an ihrem Tresen, die Ärmel ihres alten Cardigans hochgekrempelt und eine Tasse schwarzen Kaffees neben sich – diesmal frisch und dampfend. Vor ihr lagen das Tagebuch und ein Haufen Notizblätter, die sie am Vorabend vollgekritzelt hatte.

Sherlock sprang mit seiner üblichen eleganten Verachtung für die Schwerkraft vom obersten Regal herunter und landete neben der Kaffeetasse. Er schnüffelte an dem Dampf, verzog das Gesicht und warf Lotta einen Blick zu, der eindeutig „Wirklich?" bedeutete.

„Ja, ich weiß, ich sollte Tee trinken", sagte Lotta und blätterte durch die erste Seite des Tagebuchs. „Aber Tee hilft mir nicht, kryptische Nachrichten aus der Hölle zu entziffern."

Sherlock antwortete mit einem kurzen „Miau", das sie als Zustimmung interpretierte.

Die Schrift in dem Tagebuch war eine Herausforderung, die Lotta gleichzeitig frustrierte und faszinierte. Es war die altdeutsche Kurrent, eine Mischung aus Schönschrift und Albtraum, die sie nur mühsam entziffern konnte. Einige Wörter sprangen ihr ins Auge: „Verrat", „Geheimnis", „Wien". Andere waren völlig unleserlich, als hätte der Schreiber bewusst gewollt, dass nur ein Auserwählter – oder ein sehr geduldiger Mensch – sie verstehen konnte.

„Na gut", murmelte sie, während sie die Lupe wieder zur Hand nahm. „Wenn ich das entziffern kann, ohne dabei den Verstand zu verlieren, sollte ich mir selbst ein Abzeichen verleihen."

Die ersten Sätze waren wie ein verwobenes Netz aus Andeutungen und halbfertigen Gedanken. Es klang fast, als hätte der Schreiber unter enormem Druck gestanden, als er die Einträge verfasste. Lotta spürte, wie ihr Herz schneller schlug, während sie las:

„7. April 1913. Der Kontaktpunkt ist vereinbart. Sie sagen, ich solle vorsichtig sein. Doch Vorsicht ist ein Luxus, den ich mir nicht leisten kann. Es gibt keine Zeit mehr, keine Zeit für Zweifel. Die Dokumente sind sicher – noch."

„Dokumente? Kontaktpunkt?" Lotta lehnte sich zurück und legte die Lupe auf den Tisch. „Das klingt ja wie der Auftakt zu einem Agentenfilm. Was zum Teufel ist das hier?"

Sherlock sprang auf den Tisch und schnüffelte an der Seite des Tagebuchs, bevor er es mit der Pfote zur Seite schob. Seine grünen Augen fixierten sie, als wolle er sagen: „Was hast du erwartet, als du das Ding gekauft hast? Ein Kochbuch?"

„Ja, ja, ich weiß, was du sagen willst", murmelte Lotta. „Aber wenn ich recht habe, dann steckt hier mehr dahinter, als nur ein bisschen altmodisches Gejammer."

Sie griff zu ihrem Handy und begann, nach historischen Verbindungen zu den Begriffen zu suchen. „Wien, 1913" brachte eine Flut von Ergebnissen: politische Spannungen, Attentate, Geheimdienstaktivitäten. Es war, als hätte jemand ein explosives Pulverfass beschrieben, das nur darauf wartete, entzündet zu werden.

„Natürlich war Wien damals das Zentrum von allem", sagte sie laut. „Weil wir es ja nie mit kleinen, harmlosen Geschichten zu tun haben, oder?"

Sherlock schnurrte und rollte sich auf dem Tisch zusammen, als ob er beschloss, dass ihre Probleme nicht seine Probleme waren. Lotta ignorierte ihn und vertiefte sich wieder in die Notizen.

Der nächste Satz im Tagebuch ließ sie erstarren: „Wenn die Wahrheit ans Licht kommt, wird es keine Rückkehr geben. Man wird mich verfolgen, doch ich habe keine Wahl. Der Schlüssel liegt im Unscheinbaren."

„Der Schlüssel liegt im Unscheinbaren? Könnte das noch kryptischer sein?" Lotta rieb sich die Schläfen und versuchte, ihre Gedanken zu ordnen. Sie fühlte sich wie in einem dieser Escape-Rooms, in denen jede Lösung zu einem noch schwierigeren Rätsel führte.

Doch dann fiel ihr Blick auf die Ecke der Seite. Dort war ein kleines, fast unsichtbares Symbol eingeritzt, kaum größer als ein Stecknadelkopf. Es war ein Dreieck, in dessen Mitte ein Punkt lag.

„Das habe ich schon mal gesehen", flüsterte Lotta und sprang auf, ihre Kaffeetasse fast umwerfend. Sie eilte zu einem der Regale, wo sie ihre Sammlung alter Enzyklopädien und Kryptografiebücher aufbewahrte. Während sie hektisch durch die Seiten blätterte, hörte sie Sherlock leise murren – ein Kommentar zu ihrer mangelnden Anmut.

Nach ein paar Minuten fand sie, wonach sie suchte. Das Symbol wurde in einem Buch über Freimaurerzeichen beschrieben: „Das Auge der Wahrheit", ein uraltes Emblem, das für geheime Botschaften verwendet wurde.

„Freimaurer", murmelte Lotta. „Natürlich. Weil mein Leben ja nicht schon chaotisch genug ist."

Sie setzte sich wieder hin und starrte auf das Symbol, als ob es ihr die Antworten geben könnte. Doch statt Klarheit zu bringen, schien es nur noch mehr Fragen aufzuwerfen. Wer hatte dieses Tagebuch geschrieben? Welche „Dokumente" waren gemeint? Und warum landete dieses Stück Geschichte ausgerechnet in ihren Händen?

Während Lotta versuchte, all diese Gedanken zu ordnen, ertönte plötzlich ein lautes Klopfen an der Tür. Es war scharf und entschlossen, als ob jemand keine Geduld hatte.

„Das darf doch nicht wahr sein", murmelte sie und ging zur Tür. Sherlock richtete sich auf und beobachtete sie mit wachsamen Augen.

Lotta öffnete die Tür – und stand einem Mann gegenüber, dessen Gesicht ernst und aufmerksam war. Er trug einen beigen Mantel, hatte dunkle Haare mit einem Hauch von Grau und Augen, die zu viel gesehen hatten, um noch überrascht zu wirken.

„Frau Weber?", fragte er, seine Stimme ruhig, aber mit einem Unterton, der sie alarmierte.

„Ja, das bin ich", antwortete sie vorsichtig. „Wer fragt?"

Er zog eine Visitenkarte hervor und reichte sie ihr. Sie las die Worte: „Markus Schmidt – Historiker und Experte für Geheimdienstgeschichte."

„Ich bin hier, um über ein Buch zu sprechen, das Sie kürzlich erworben haben", sagte er, sein Blick durchdringend.

Lotta blinzelte, unfähig, eine Antwort zu finden. Eines war jedoch klar: Dieses Rätsel hatte gerade eine völlig neue Wendung genommen.

Kapitel 2

Der Tag begann mit einer vertrauten Mischung aus Kaffeegeruch und Sherlocks energischem Versuch, seine Frühstücksportion einzufordern. Lotta, die ihre Nacht zwischen der Entschlüsselung des Tagebuchs und wilden Theorien verbracht hatte, wirkte wie eine Hauptfigur in einem schlecht geplanten Noir-Film – zerzaust, übernächtigt und mit einem schiefen Dutt, der jeden Moment auseinanderzufallen drohte.

„Sherlock, wenn du noch einmal so miauend auf mich losgehst, werde ich anfangen, deinen Napf mit Instant-Kaffee zu füllen", murmelte sie, während sie den dritten Espresso in die kleine, rußgeschwärzte Maschine füllte. Der Kater schnurrte unbeeindruckt und strich um ihre Beine, als wäre er der einzige, der hier wirklich arbeitete.

Der Buchladen war leer, die üblichen Kunden – seltsam exzentrische Sammler und Bibliophile – hatten sich an diesem Vormittag offenbar entschieden, sie in Ruhe zu lassen. Lotta nutzte die Gelegenheit, um ihre Notizen auf dem Tresen auszubreiten. Das Tagebuch lag vor ihr, zusammen mit mehreren Blättern voller skizzenhafter Entzifferungsversuche, die aussahen, als hätte ein wahnsinniger Mathematiklehrer sie geschrieben.

„Wien, 1913, Freimaurerzeichen und irgendeine obskure Verbindung zu einem ominösen ‚Schlüssel'", murmelte sie vor sich hin. „Klingt wie der Plot eines zweitklassigen Thrillers. Oder meines Lebens, was im Moment ungefähr dasselbe ist."

Sie griff nach ihrer Lupe und betrachtete die nächste Seite des Tagebuchs. Die Schrift war stellenweise kaum mehr als ein verblasster Schatten, aber die wenigen lesbaren Worte waren genug, um ihre Fantasie anzuregen: „Verrat", „Versteck", „Schicksal". Worte, die nach Drama und Gefahr rochen – oder zumindest nach etwas, das sie unbedingt entschlüsseln wollte.

Sherlock sprang mit einem eleganten Satz auf den Tresen und legte sich direkt auf eines der Notizblätter. Sein Blick sagte deutlich: „Das hier ist jetzt mein Beitrag."

„Fantastisch", sagte Lotta und versuchte, den Zettel unter seinem dicken Körper hervorzuziehen. „Vielleicht kannst du ja mit deinen Pfoten diesen Geheimcode knacken. Ich komme jedenfalls nicht weiter."

Doch genau in diesem Moment fiel ihr ein kleiner, eingeritzter Rand am Tagebuch auf, den sie vorher übersehen hatte. Ein Muster, so fein und unscheinbar, dass es fast wie ein Zufall aussah. Doch Lotta hatte gelernt, dass in solchen Dingen selten etwas Zufall war.

„Warte mal", sagte sie laut und schnappte sich ein Stück Papier, um das Muster abzuzeichnen. Es sah aus wie ein Teil eines größeren Bildes, eine Art Mosaik vielleicht. „Wenn ich das hier zusammensetzen könnte..."

Sie vertiefte sich in die Arbeit, zeichnete und kombinierte, während ihre Tasse Kaffee langsam kalt wurde. Minuten wurden zu Stunden, und Sherlock war längst wieder auf seinem Regal eingeschlafen. Doch Lotta war jetzt in ihrem Element, ihre grünen Augen leuchteten vor Entschlossenheit.

„Also gut", sagte sie schließlich, während sie ihre Skizze betrachtete. „Wenn das nicht der Schlüssel zu irgendetwas ist, dann werde ich wirklich anfangen, an meiner Wahrnehmung zu zweifeln."

Kaum hatte sie den Satz ausgesprochen, als ein Klopfen an der Tür sie aus ihren Gedanken riss. Es war kein zögerliches Klopfen, sondern ein entschiedenes, das klar machte, dass die Person auf der anderen Seite keine Geduld hatte.

„Na großartig", murmelte Lotta, während sie aufstand. „Vielleicht ein Kunde? Oder ein weiterer geheimer Auftraggeber, der mir eine Mission aufzwingen will."

Mit Sherlocks Blick im Rücken – der eindeutig „Mach nur, ich halte die Stellung" sagte – ging sie zur Tür und öffnete sie. Was sie sah, ließ sie für einen Moment die Sprache verlieren.

Ein Mann stand da, in einem beigen Mantel und mit einer Aktentasche, die zu seinem ernsten Gesichtsausdruck passte. Er hatte dunkle Haare, die leicht angegraut waren, und Augen, die so scharf wie ein frisch geschärftes Messer wirkten.

„Frau Weber?" fragte er, seine Stimme ruhig, aber mit einer Spur von Autorität, die sie sofort nervte.

„Das kommt darauf an", sagte Lotta und verschränkte die Arme. „Sind Sie hier, um ein Buch zu kaufen oder um mir eine Standpauke zu halten?"

Der Mann lächelte leicht, aber seine Augen blieben ernst. „Mein Name ist Markus Schmidt. Ich bin Historiker. Und ich glaube, Sie haben etwas, das mich interessiert."

Lotta blinzelte und spürte, wie ihr Herz schneller schlug – nicht nur wegen seiner Worte, sondern auch wegen seines Aussehens. Großartig. Ein attraktiver Fremder mit ernster Miene und mysteriösem Auftreten. Als ob ihr Leben nicht schon genug Komplikationen hätte.

Lotta hielt die Tür halb geöffnet und musterte den Mann vor sich mit einem Blick, der irgendwo zwischen Skepsis und Neugier lag. Historiker? Was für eine clevere Tarnung. Wahrscheinlich war er in Wahrheit ein Steuerfahnder oder jemand, der den Buchladen mit einer Untergrundorganisation verwechselt hatte.

„Historiker also", sagte sie langsam. „Haben Historiker heutzutage nichts Besseres zu tun, als kleinen Buchhändlern unangekündigt auf die Nerven zu gehen?"

Markus Schmidt zog eine Augenbraue hoch, und für einen Moment schien es, als würde ein Lächeln über seine Lippen huschen. „Ich könnte fragen, ob Buchhändler oft historische Artefakte von fragwürdigem Ursprung erwerben. Aber ich bin sicher, wir haben beide keine Zeit für solche Debatten."

Lotta verschränkte die Arme und lehnte sich gegen den Türrahmen. „Oh, ich habe jede Menge Zeit. Zum Beispiel für ein langes, erklärendes Gespräch darüber, warum ein völlig Fremder an meine Tür klopft und so tut, als wüsste er alles über mich."

Markus blieb ruhig, doch seine Augen funkelten vor Intelligenz – und vielleicht ein wenig Ironie. „Ich weiß nicht alles über Sie, Frau Weber, aber ich weiß genug, um hier zu sein. Sie haben vor kurzem ein Buch gekauft, nicht wahr? Auf einem Flohmarkt?"

Lotta spürte, wie ihre Nackenhaare sich aufstellten. Sie schob die Tür ein Stück weiter auf, als ob das ihr helfen würde, klarer zu denken. „Was ist daran so ungewöhnlich? Ich bin Buchhändlerin. Bücher kaufen ist mein Beruf."

„Dieses Buch ist allerdings nicht irgendein Buch", entgegnete Markus mit einer ruhigen Überzeugung, die sie irritierte. „Und Sie wissen das genauso gut wie ich."

Lotta wollte widersprechen, aber die Worte blieben ihr im Hals stecken. Natürlich wusste sie, dass dieses Tagebuch anders war – sie hatte es gespürt, seit sie es in die Hände genommen hatte. Doch wie konnte er das wissen?

„Wenn Sie ein Historiker sind, Herr Schmidt, dann sollten Sie wissen, dass gute Buchhändler ihre Quellen nicht verraten", sagte sie schließlich mit einem süffisanten Lächeln. „Berufsgeheimnis und so."

„Ich frage nicht nach Ihrer Quelle", sagte Markus und machte einen Schritt näher. „Ich frage nach Ihrer Zusammenarbeit. Dieses Buch könnte ein entscheidendes Puzzlestück in einer weitreichenderen Geschichte sein, als Sie vielleicht ahnen."

Lotta legte den Kopf schief und betrachtete ihn kritisch. „Das ist genau das, was ein Gauner sagen würde, kurz bevor er versucht, mir mein Buch zu stehlen."

Markus schüttelte leicht den Kopf, ein Lächeln, das zugleich beruhigen und irritieren konnte, erschien auf seinem Gesicht. „Ich bin kein Gauner, Frau Weber. Und ich bin nicht hier, um etwas zu stehlen. Ich will Ihnen helfen – oder besser gesagt, wir könnten uns gegenseitig helfen."

„Ach, wirklich? Helfen?", sagte Lotta und deutete auf Sherlock, der nun träge auf der Theke saß und den Besucher mit halb geschlossenen Augen fixierte. „Das hat mir auch mal ein Ex-Freund gesagt. Zwei Wochen später hat er mein Fahrrad verkauft."

„Ich verspreche, Ihr Fahrrad ist bei mir sicher", antwortete Markus trocken. „Aber ich kann Ihnen versichern, dass Sie alleine mit diesem Buch nicht weit kommen. Es ist komplexer, als es auf den ersten Blick scheint."

Lotta ließ ihn noch einen Moment schmoren, bevor sie schließlich die Tür ganz öffnete. „Na schön. Kommen Sie rein. Aber ich warne Sie: Wenn Sie irgendetwas Verdächtiges tun, wird Sherlock hier Sie angreifen. Und glauben Sie mir, seine Krallen sind schärfer, als sie aussehen."

Markus trat in den Buchladen und musterte die überfüllten Regale mit einer Mischung aus Interesse und Respekt. „Ein beeindruckendes Sortiment. Haben Sie all das gelesen?"

„Natürlich nicht", sagte Lotta und schloss die Tür. „Manche davon sind nur Dekoration. Wissen Sie, für die Leute, die glauben, dass Bücherregale ihre Persönlichkeit verbessern."

Markus drehte sich zu ihr um und sah sie mit diesem undefinierbaren Blick an, der sie einerseits verunsicherte und andererseits faszinierte. „Ich glaube, Ihre Persönlichkeit braucht keine Unterstützung."

Lotta blinzelte überrascht, doch bevor sie eine sarkastische Antwort finden konnte, zog Markus eine kleine Mappe aus seiner Aktentasche und legte sie auf den Tresen. „Wenn ich darf?"

„Was ist das, Ihr Lebenslauf?", fragte sie, während sie sich gegen die Theke lehnte.

„Nicht ganz", sagte Markus und öffnete die Mappe. Darin befanden sich alte Schwarz-Weiß-Fotografien, ein paar handgezeichnete Karten und einige kopierte Dokumente. Er zog ein Foto heraus und hielt es ihr hin. Es zeigte eine Gruppe Männer und Frauen in altertümlicher Kleidung vor einem Gebäude, das wie ein Wiener Palais aussah.

„Das ist das Gebäude, in dem das Buch zuletzt gesehen wurde", sagte er. „Wien, 1913. Der Besitzer damals war... nennen wir ihn eine interessante Persönlichkeit."

Lotta nahm das Foto und betrachtete es genauer. Die Leute auf dem Bild schienen etwas zu verbergen, ihre Haltungen und Blicke waren angespannt, fast misstrauisch. Es war, als ob das Bild selbst ein Geheimnis enthielt.

„Was hat das mit mir zu tun?", fragte sie schließlich.

Markus setzte sich auf einen der Stühle am Tresen und verschränkte die Hände. „Weil ich glaube, dass Sie dieses Buch nicht zufällig gefunden haben. Und weil die Geheimnisse darin noch heute Konsequenzen haben könnten."

Lotta spürte, wie sich ein Knoten in ihrem Bauch bildete. Sie wusste, dass sie auf etwas Großes gestoßen war – aber sie hatte nicht erwartet, dass es sie so schnell einholen würde. „Na gut, Herr Schmidt. Lassen Sie uns das durchgehen. Aber wenn das hier auf irgendeinen verrückten Kult hinausläuft, behalte ich Sherlock als Schutz."

„Einverstanden", sagte Markus mit einem leichten Lächeln. „Aber ich glaube, wir werden mehr als einen Kater brauchen."

—-

Markus saß auf dem Stuhl am Tresen, das Bild noch immer in der Hand, während Lotta sich zurücklehnte und ihn mit einem skeptischen Blick musterte. Sherlock hatte sich inzwischen auf seinem Lieblingsplatz im Regal niedergelassen und beobachtete das Geschehen mit der Ruhe eines Königs, der seine Untertanen mustert.

„Also, Herr Schmidt", begann Lotta und verschränkte die Arme vor der Brust. „Erzählen Sie mir, warum ich mich mit diesem Buch in Gefahr bringen sollte. Oder glauben Sie, ein nettes Lächeln reicht aus, um mich zu überzeugen?"

Markus hob eine Augenbraue, als hätte er genau diese Art von Herausforderung erwartet. „Gefahr ist ein starkes Wort. Aber ich denke, Sie wissen bereits, dass dieses Buch keine gewöhnliche Antiquität ist."

Lotta beugte sich leicht nach vorne, ihre grünen Augen funkelten. „Oh, wirklich? Und was genau ist es dann? Eine Schatzkarte? Ein verschlüsselter Liebesbrief? Oder vielleicht das Tagebuch eines wahnsinnigen Erfinders, der ein geheimes U-Boot gebaut hat?"

Markus verzog die Lippen zu einem angedeuteten Lächeln. „Ich mag Ihre Fantasie. Aber ich fürchte, die Wahrheit ist noch komplizierter."

„Natürlich ist sie das", sagte Lotta mit gespieltem Enthusiasmus. „Ich meine, warum sollte ich jemals in etwas Einfaches verwickelt werden?"

Er legte das Foto zurück in die Mappe und zog stattdessen ein weiteres Dokument hervor – eine kopierte Seite aus einem handgeschriebenen Manuskript. „Das Tagebuch, das Sie besitzen, ist höchstwahrscheinlich Teil einer größeren Sammlung von Aufzeichnungen, die in den letzten Jahren des Habsburgerreichs angefertigt wurden. Sie enthalten Hinweise auf geheime Operationen, Spionage und –"

„– und wahrscheinlich auch die beste Sachertorte in Wien", unterbrach ihn Lotta trocken. „Hören Sie, das ist alles sehr spannend, aber ich verstehe immer noch nicht, warum ich mich darum kümmern sollte. Was genau erwarten Sie von mir?"

Markus lehnte sich zurück und verschränkte die Arme. „Ich erwarte von Ihnen, dass Sie mir helfen, die Bedeutung dieses Tagebuchs zu entschlüsseln. Sie haben es in die Hände bekommen, und ich glaube nicht, dass das Zufall war."

Lotta lachte, ein kurzer, fast spöttischer Laut. „Zufall? Glauben Sie, das Schicksal hat entschieden, dass ich dieses Buch kaufen soll, damit ich die Geheimnisse eines untergegangenen Reichs aufdecke?"

Markus hielt ihrem Blick stand, ohne zu blinzeln. „Manchmal hat das Schicksal einen seltsamen Sinn für Humor."

„Das können Sie laut sagen", murmelte Lotta, während sie mit der Hand über das Buch strich. Sie konnte nicht leugnen, dass sie selbst neugierig war. Dieses Tagebuch hatte eine seltsame Anziehungskraft, als ob es sie dazu drängen würde, weiterzumachen. Aber die Anwesenheit dieses Markus Schmidt machte die Sache komplizierter. Er war klug, das war offensichtlich, aber auch verschlossen – und sie traute Menschen nicht, die zu viel wussten und zu wenig sagten.

„Okay, sagen wir mal, ich spiele mit", sagte sie schließlich. „Was ist der erste Schritt? Und bitte sagen Sie nicht ‚Vertrauen', weil das wird nicht passieren."

Markus lächelte leicht, fast als hätte er mit dieser Antwort gerechnet. „Der erste Schritt ist, herauszufinden, was diese Einträge bedeuten. Es gibt wahrscheinlich Hinweise, die Sie übersehen haben."

Lotta zog eine Augenbraue hoch. „Übersehen? Entschuldigung, ich habe die halbe Nacht mit diesem Ding verbracht. Wenn es Hinweise gibt, dann sind sie verdammt gut versteckt."

„Das glaube ich Ihnen", sagte Markus, und für einen Moment schien seine Stimme weicher zu werden. „Aber manchmal braucht es einen frischen Blick. Zwei Augenpaare sehen mehr als eins."

„Und wenn Sie falsch liegen?", fragte Lotta, ihre Stimme leicht herausfordernd.

„Dann habe ich wenigstens versucht, eine gute Buchhändlerin aus ihrer Routine zu reißen", antwortete Markus mit einem Anflug von Humor.

Lotta hielt inne, überrascht von seiner Antwort. Sie hatte mit einer belehrenden oder ernsten Bemerkung gerechnet, nicht mit einer Prise Ironie. „Na gut", sagte sie schließlich und schlug das Tagebuch auf. „Aber ich warne Sie: Wenn Sie mich hier in etwas reinziehen, das nach ‚Indiana Jones trifft Kafka' klingt, dann werde ich sehr, sehr unhöflich."

„Das nehme ich in Kauf", antwortete Markus ruhig und beugte sich über die Seite. „Zeigen Sie mir, womit Sie bisher gearbeitet haben."

Die nächsten Minuten verbrachten sie damit, die Schrift zu entziffern und sich gegenseitig Notizen zu machen. Lotta war erstaunt, wie schnell Markus die alten Buchstaben las – fast, als hätte er diese Schrift sein Leben lang studiert. Sie selbst konnte nur Wortfetzen entziffern, doch Markus schien in der Lage zu sein, die fehlenden Teile zusammenzusetzen.

„Hier", sagte er plötzlich und deutete auf eine Zeile. „Das ist ein Name. ‚Baron von W.' Das könnte ein Bezug zu einer echten historischen Figur sein."

Lotta lehnte sich zurück und musterte ihn. „Okay, Mr. Historiker, beeindruckend. Aber ‚Baron von W.' ist nicht gerade ein seltener Name. Könnte genauso gut ein alter Wiener Bäcker gewesen sein."

„Vielleicht", gab Markus zu. „Aber schauen Sie mal hier – ‚Versteck in der Nähe des Palais Sternberg'. Das ist spezifisch."

Lotta starrte auf die Seite, und zum ersten Mal fühlte sie eine Mischung aus Aufregung und Angst. Was, wenn dieses Tagebuch wirklich etwas Großes war? Und was, wenn sie sich jetzt in etwas verstrickte, das sie nicht mehr kontrollieren konnte?

„Also, was machen wir jetzt?", fragte sie leise.

Markus sah sie an, und für einen Moment war sein Blick fast sanft. „Wir folgen den Hinweisen. Und hoffen, dass sie uns nicht in eine Sackgasse führen."

„Das klingt ja beruhigend", sagte Lotta sarkastisch. „Aber ich hoffe, Sie haben mehr als nur einen charmanten Lächel-Trick in Ihrem Repertoire, Herr Schmidt."

Markus lachte leise. „Keine Sorge, Frau Weber. Ich habe noch ein paar Asse im Ärmel."

Lotta erwiderte sein Lächeln, wenn auch widerwillig. Sie war sich sicher, dass dieser Mann mehr Geheimnisse hatte, als er zugab. Aber eines war klar: Mit ihm würde dieses Abenteuer alles andere als langweilig werden.

—-

Die Sonne war längst hinter den Dächern Berlins verschwunden, und der kleine Buchladen lag im warmen Licht von Lottas Schreibtischlampe. Die Notizen, das Tagebuch und die verstreuten Blätter auf dem Tresen hatten sich in ein geordnetes Chaos verwandelt, das Lotta und Markus Stück für Stück zu entschlüsseln versuchten. Doch irgendwann knurrte Lottas Magen so laut, dass Sherlock erschrocken von seinem Platz sprang und Markus sie mit einem belustigten Lächeln ansah.

„Das klingt, als hätten Sie seit Tagen nichts gegessen", sagte er trocken.

„Arbeiten Sie immer mit so viel Taktgefühl?", konterte Lotta, während sie sich den Bauch hielt. „Aber ja, ich glaube, ich habe das Mittagessen ausfallen lassen. Und das Frühstück. Vielleicht sogar das Abendessen gestern."

„Dann schlage ich vor, dass wir das hier vertagen und etwas essen", sagte Markus und legte seine Lupe zur Seite. „Es gibt ein kleines Bistro um die Ecke. Keine Geheimcodes, keine historischen Skandale – nur Pasta und Wein."

Lotta musterte ihn skeptisch. „Das klingt, als hätten Sie das geplant."

„Vielleicht", gab Markus zu, während er seine Jacke anzog. „Oder vielleicht ist es einfach höflich, der Dame des Hauses eine Pause anzubieten."

„Höflich", murmelte Lotta, während sie ihre Tasche griff. „Na schön, aber ich warne Sie: Wenn Sie versuchen, mich mit italienischem Wein zu bestechen, werde ich Sie durchschauen."

„Das nehme ich als Herausforderung", sagte Markus mit einem Anflug von Humor.

Das Bistro war klein, charmant und voller Kerzenschein. Ein Ort, der wahrscheinlich für romantische Verabredungen gedacht war, doch Lotta hatte nicht vor, sich auf etwas derart Offensichtliches einzulassen. Sie und Markus bekamen einen Tisch am Fenster, von dem aus man die schmalen, kopfsteingepflasterten Straßen sehen konnte, die im Licht der Laternen glitzerten.

„Also", begann Lotta, während sie die Karte betrachtete. „Wollen wir so tun, als sei das ein normales Abendessen? Oder besprechen wir weiter, warum ein Wiener Spion mich über hundert Jahre später noch immer nervt?"

Markus lehnte sich zurück und beobachtete sie mit diesem unergründlichen Blick, der sie sowohl faszinierte als auch irritierte. „Vielleicht können wir beides tun. Aber ich denke, Sie haben Recht – manchmal hilft es, den Kopf frei zu bekommen."

Lotta bestellte Pasta und ein Glas Weißwein, Markus entschied sich für Risotto. Während sie warteten, zog er eine kleine Karte aus seiner Jackentasche und legte sie auf den Tisch.

„Das ist Wien, 1913", sagte er und deutete auf einen markierten Punkt. „Hier liegt das Palais Sternberg, das in Ihrem Tagebuch erwähnt wird."

Lotta beugte sich vor und studierte die Karte. „Das sieht aus wie ein richtiges Spionageklischee", sagte sie trocken. „Geheime Treffen, versteckte Dokumente, und wahrscheinlich auch eine Flucht durch einen Geheimgang."

„Es gibt keine Klischees in der Geschichte", entgegnete Markus mit einem schmalen Lächeln. „Nur Muster, die sich wiederholen."

„Das klingt fast poetisch", bemerkte Lotta. „Aber ernsthaft – glauben Sie, dass diese Hinweise noch heute relevant sind?"

„Mehr, als Sie denken", sagte er leise. „Manche Geheimnisse haben die Angewohnheit, nicht zu sterben. Sie warten – manchmal jahrzehntelang."

Das Essen kam, und für einen Moment konzentrierten sie sich nur auf die Gerichte vor ihnen. Doch die Atmosphäre war geladen, als ob beide genau wüssten, dass dieses Gespräch nur an der Oberfläche kratzte.

„Und was genau erwarten Sie, wenn wir diese Hinweise entschlüsseln?", fragte Lotta schließlich. „Einen Schatz? Einen Skandal? Oder etwas, das uns beiden schlaflose Nächte bereitet?"

Markus hielt inne, seine Gabel halb in der Luft. „Vielleicht ein bisschen von allem", gab er zu. „Aber ich denke, die größere Frage ist: Warum haben Sie das Buch gekauft?"

„Weil ich ein Händchen dafür habe, mich in Schwierigkeiten zu bringen", sagte Lotta mit einem sarkastischen Lächeln. „Und weil ich alte Bücher liebe. Das reicht doch als Antwort, oder?"

„Vielleicht", sagte Markus. „Aber ich glaube, Sie wissen, dass es mehr ist als das. Dieses Buch hat Sie gefunden, nicht umgekehrt."

„Oh nein, Sie fangen nicht auch noch mit dieser Schicksalstheorie an", sagte Lotta und hob ihr Glas. „Das überlasse ich den Romanautoren."

Markus lehnte sich zurück und lächelte. „Vielleicht sollten Sie einen Roman schreiben. Ich denke, Ihre Geschichte könnte ein Bestseller werden."

„Wenn ich über dieses Abenteuer schreibe, werde ich Sie als mysteriösen, aber unglaublich nervigen Nebencharakter darstellen", erwiderte Lotta trocken. „Wissen Sie, so eine Art wandelnder Plot-Twist."

„Ich fühle mich geehrt", sagte Markus und hob sein Glas. „Auf den wandelnden Plot-Twist."

Lotta konnte nicht anders, als zu lächeln. Trotz ihrer Skepsis spürte sie, dass sie sich in seiner Gesellschaft seltsam wohlfühlte. Doch bevor sie die Gelegenheit hatte, diesen Gedanken weiter zu verfolgen, klingelte plötzlich Markus' Handy.

Er zog es aus der Tasche, warf einen Blick auf das Display und runzelte die Stirn. „Entschuldigen Sie mich einen Moment", sagte er, bevor er aufstand und nach draußen ging.

Lotta beobachtete, wie er durch die Fensterscheibe mit jemandem sprach. Seine Haltung war angespannt, seine Bewegungen scharf und kontrolliert. Es war, als hätte er innerhalb von Sekunden die Rolle gewechselt – vom charmanten Historiker zum... Ja, was genau war er eigentlich?

Als er zurückkam, setzte er sich und wirkte wieder völlig ruhig, als wäre nichts gewesen. „Entschuldigung. Ein Arbeitsanruf."

„Ein Historiker, der mitten in der Nacht angerufen wird?", fragte Lotta mit schiefem Grinsen. „Das klingt doch nach einem Bestseller."

„Manche Geschichten warten nicht bis zum Morgen", antwortete Markus vage und hob sein Glas. „Aber jetzt sollten wir uns darauf konzentrieren, unsere Geschichte weiterzuschreiben."

Lotta nahm einen Schluck Wein und konnte nicht anders, als zu denken, dass Markus Schmidt mehr Geheimnisse hatte, als er zugab. Doch was auch immer er verbarg – sie war entschlossen, es herauszufinden.

—-

Die warme, fast intime Atmosphäre des kleinen Bistros wurde durch den plötzlichen Anruf in Sekundenschnelle zerschlagen. Lotta lehnte sich in ihrem Stuhl zurück, beobachtete Markus durch das Fenster und versuchte, in seinem

Gesichtsausdruck zu lesen, was sie nicht hören konnte. Es war vergeblich. Der Mann war so undurchschaubar wie eine verschlossene Schatztruhe.

„Ein Historiker, der nachts geheime Anrufe entgegennimmt", murmelte sie zu sich selbst. „Genau das, was mein Leben noch gebraucht hat. Vielleicht sollte ich gleich nach einem Ort suchen, an dem ich mich unter falschem Namen verstecken kann."

Sherlock, wäre er hier gewesen, hätte wahrscheinlich mit zustimmendem „Miau" kommentiert. Stattdessen musste Lotta allein mit ihrer Paranoia und dem letzten Rest ihres Weißweins fertig werden. Markus kehrte schließlich zurück, sein Gesicht eine sorgfältig kontrollierte Maske.

„Entschuldigen Sie die Unterbrechung", sagte er mit dieser seltsamen Mischung aus Höflichkeit und Geheimnistuerei, die sie gleichzeitig nervte und faszinierte.

„Kein Problem", antwortete Lotta, wobei ihre Stimme vor Ironie nur so triefte. „Ich nehme an, es war eine dringende historische Angelegenheit? Vielleicht hat jemand ein Pergament entdeckt, das beweist, dass Shakespeare in Wirklichkeit ein Spion war?"

Markus setzte sich und hob leicht die Mundwinkel, aber das Lächeln erreichte seine Augen nicht. „Etwas weniger aufregend, fürchte ich. Aber nicht weniger wichtig."

„Natürlich nicht", sagte Lotta und legte ihre Gabel ab. „Wollen Sie mir wenigstens einen kleinen Hinweis geben, was an einem Dienstagabend so dringend sein könnte, oder bleibt das ein weiteres Kapitel Ihres mysteriösen Romans?"

Markus sah sie einen Moment lang an, als ob er abwägen würde, wie viel er preisgeben konnte – oder wollte. „Sagen wir einfach, ich habe Kollegen, die mich auf dem Laufenden halten. Manchmal ergeben sich Informationen, die sofortiges Handeln erfordern."

„Das ist eine sehr schicke Umschreibung von ‚Es geht Sie nichts an'", bemerkte Lotta trocken und nahm einen letzten Schluck Wein. „Aber okay, ich spiele mit. Historiker mit mysteriösen Kollegen und nächtlichen Anrufen. Klingt, als hätten Sie sich für ein sehr ungewöhnliches Fachgebiet entschieden."

„Die Geschichte hat mehr zu bieten, als die meisten Menschen glauben", sagte Markus ruhig. „Und oft sind es die kleinsten Details, die die größten Auswirkungen haben."

Lotta hob eine Augenbraue. „Und das Tagebuch ist eines dieser ‚Details'?"

Markus nickte, sein Blick wieder ernst. „Es ist nicht nur ein Detail, Lotta. Es ist ein Schlüssel. Aber zu was – das müssen wir noch herausfinden."

„Ah, der berühmte ‚Schlüssel'", sagte Lotta und lehnte sich zurück. „Wenn ich jedes Mal einen Euro bekommen hätte, wenn jemand in einem Krimi von einem Schlüssel spricht, wäre ich jetzt auf den Malediven und nicht in einem bürgersteingrauen Berliner Bistro."

Markus' Mundwinkel zuckte, als ob er gegen ein Lächeln ankämpfte. „Vielleicht sollten Sie mir eine Rechnung schicken, falls wir den Schlüssel tatsächlich finden."

„Das werde ich", versprach Lotta mit gespieltem Ernst, bevor sie ihr Besteck zusammenlegte. „Aber ernsthaft, Markus – oder wie auch immer Sie wirklich heißen –, was genau ist Ihr Plan? Denn ich lasse mich nur ungern in etwas hineinziehen, ohne zu wissen, worauf ich mich einlasse."

Markus sah sie an, und für einen Moment glaubte sie, in seinen Augen etwas zu erkennen – vielleicht ein Hauch von Bedauern, vielleicht nur eine Reflexion des Kerzenlichts. „Mein Plan ist einfach", sagte er schließlich. „Herauszufinden, was dieses Tagebuch verbirgt, bevor es in die falschen Hände gerät."

„Die falschen Hände", wiederholte Lotta langsam. „Sie meinen also, wir sind nicht die Einzigen, die daran interessiert sind?"

„Das wäre eine ziemlich naive Annahme", antwortete Markus, und sein Ton wurde einen Hauch ernster. „Ein Buch wie dieses bleibt nicht unbemerkt. Es hat bereits zu viel gesehen – und zu viel überlebt."

Lotta schnaubte. „Das klingt ja fast so, als hätte das Buch ein Eigenleben. Vielleicht sollte ich es Sherlock geben. Er könnte es bewachen, während ich mich in eine Höhle zurückziehe."

„Vielleicht keine so schlechte Idee", sagte Markus, diesmal mit einem echten Lächeln. „Katzen haben schließlich den Ruf, Geheimnisse besser zu bewahren als Menschen."

Lotta lachte leise, konnte jedoch nicht ignorieren, wie ihr Herz ein wenig schneller schlug. Es war nicht nur die Aufregung über das Tagebuch oder Markus' offensichtliche Verbindung zu etwas Größerem. Es war die unausgesprochene Spannung zwischen ihnen – ein Tanz aus Vertrauen, Misstrauen und gegenseitigem Respekt, der sie mehr anstrengte, als sie zugeben wollte.

„Na gut", sagte sie schließlich und stand auf. „Lassen Sie uns zurückgehen. Wenn ich schon in einen historischen Thriller verwickelt werde, dann will ich wenigstens wissen, ob ich die Heldin oder nur das dämliche Opfer bin."

Markus stand ebenfalls auf, legte genug Geld auf den Tisch, um die Rechnung zu decken, und sah sie an. „Keine Sorge. Ich glaube, Sie sind weit mehr als das Opfer."

Lotta konnte nicht anders, als bei seinen Worten zu lächeln, auch wenn sie den Eindruck hatte, dass sie ihn mehr herausforderte, als sie sollte. Als sie das Bistro verließen und in die kühle Berliner Nacht traten, hatte sie das Gefühl, dass dies nur der Anfang eines sehr langen und sehr komplizierten Abenteuers war. Und sie war sich noch nicht sicher, ob sie das aufregend oder beängstigend fand.

Kapitel 3

Es war ein typischer Berliner Morgen, mit der perfekten Mischung aus grauem Himmel und leichter Feuchtigkeit, die einem das Gefühl gab, man sei Teil eines schlecht geplanten Kunstfilms. Lotta, die immer noch halb in Gedanken über das mysteriöse Tagebuch und Markus' plötzliche Erscheinung versunken war, trat aus ihrer Wohnungstür. Sie balancierte eine überladene Papiertüte mit Katzenfutter, einem Buchpaket für den Laden und einer viel zu großen Thermoskanne Kaffee.

„Ach, Frau Weber! So früh unterwegs?" Die schrille Stimme ihrer Nachbarin durchbrach die morgendliche Stille wie ein schlecht gestimmtes Akkordeon. Lotta seufzte innerlich. Frau Schultze, die selbsternannte Königin des Treppenhauses, war mit einem Besen in der Hand aufgetaucht – das Symbol ihres täglichen Kampfes gegen Staub und Unordnung. Sie war eine Frau in ihren 60ern, deren Enthusiasmus für Klatsch und Tratsch nur von ihrer Liebe zu alten Krimis übertroffen wurde.

„Guten Morgen, Frau Schultze", sagte Lotta und versuchte, ihre Tüte so zu balancieren, dass sie der unvermeidlichen Befragung entkommen konnte. „Ja, der Buchladen ruft. Und Sherlock wird langsam rebellisch, wenn sein Napf leer bleibt."

„Dieser Kater ist ja auch ein kleiner Prinz", sagte Frau Schultze und rückte ihr geblümtes Kopftuch zurecht. „Aber sagen Sie mal, haben Sie die neuen Nachbarn gesehen?"

Lotta runzelte die Stirn. Neue Nachbarn? Das war eine Information, die selbst durch den Nebel ihres übermüdeten Gehirns sickerte. „Nein, wieso?"

Frau Schultze schaute sich verschwörerisch um, als ob die Wände Ohren hätten, und senkte die Stimme. „Ein seltsames Paar, das sage ich Ihnen. Sie sind vor zwei Tagen eingezogen, spät in der Nacht. Ein Mann und eine Frau, beide viel zu ordentlich gekleidet, wenn Sie mich fragen. Und sie haben einen Akzent. Ich glaube, sie sind Russen."

„Russen?", fragte Lotta, halb amüsiert und halb genervt. „Vielleicht sind sie einfach nur höflich und haben einen guten Geschmack für Kleidung."

„Ha!", rief Frau Schultze und schlug mit dem Besen auf den Boden, was Lotta fast ihre Balance kostete. „Das dachte ich auch zuerst. Aber sie reden so leise miteinander, als ob sie nicht wollen, dass jemand zuhört. Und gestern habe ich gesehen, wie sie ein großes Paket in ihre Wohnung geschleppt haben. Bestimmt etwas Illegales!"

Lotta unterdrückte ein Augenrollen. Frau Schultze hatte die einzigartige Fähigkeit, aus den unschuldigsten Beobachtungen eine ganze Spionagegeschichte zu spinnen. „Vielleicht ist es einfach nur ein Staubsauger", sagte Lotta und versuchte, sich vorbeizuschlängeln. „Oder ein Vorrat an Tee für den Winter."

„Ein Staubsauger!", schnappte Frau Schultze. „Frau Weber, ich habe genug Krimis gelesen, um zu wissen, dass es keine Staubsauger gibt, die so schwer sind. Ich sage Ihnen, die planen etwas!"

„Na dann, wenn ich heute Abend keine Detektive vor ihrer Tür sehe, bin ich enttäuscht", sagte Lotta und schaffte es endlich, an Frau Schultze vorbeizukommen. Doch bevor sie die Treppen hinuntersteigen konnte, hörte sie die Stimme ihrer Nachbarin erneut.

„Und passen Sie auf sich auf, Frau Weber! Man weiß nie, was für Leute hier herumlaufen."

„Das könnte auch für Sie gelten, Frau Schultze", rief Lotta über die Schulter, während sie die letzten Stufen hinunterging. Doch in ihrem Hinterkopf begann sich ein Gedanke festzusetzen. Ein seltsames Paar? Russen? War es ein Zufall, dass sie das gerade jetzt hörte, während sie mit einem Tagebuch voller Geheimnisse aus Wien hantierte?

„Nein, Lotta", murmelte sie zu sich selbst, während sie die Tür zum Innenhof aufstieß. „Nicht alles ist ein Spionagefall. Manchmal sind neue Nachbarn nur neue Nachbarn."

Doch die leise Stimme in ihrem Kopf, die sie sonst ignorierte, flüsterte: **„Oder vielleicht auch nicht."**

—-

Lotta hatte es gerade so in ihren Buchladen geschafft, bevor die Tüte mit dem Katzenfutter und der Kaffee-Thermoskanne endgültig den Kampf gegen die Schwerkraft verloren hätte. Sherlock, ihr treuer Mitbewohner und laut Eigenwahrnehmung Herrscher des Universums, sprang prompt auf die Theke, um seinen Teil der Beute zu inspizieren.

„Keine Sorge, deine Hoheit", sagte Lotta und schob ihm eine Schale mit frischem Futter zu. „Du bekommst, was du verdienst. Ich wünschte, ich könnte das Gleiche über meine Kunden sagen."

Kaum hatte sie das gesagt, öffnete sich die Tür mit dem vertrauten Klingeln der Glocke. Doch anstatt eines Bücherliebhabers oder, Gott bewahre, eines weiteren Flohmarkthändlers, stand Markus Schmidt im Türrahmen. In seiner Hand hielt er eine Tasse, die eindeutig nach einem kleinen, aber feinen Café um die Ecke roch. Lotta zog eine Augenbraue hoch.

„Sie tauchen ja wie ein Uhrwerk auf", sagte sie, während sie sich gegen die Theke lehnte. „Soll das ein Bestechungsversuch sein?"

„Vielleicht", antwortete Markus mit einem leichten Lächeln, das eindeutig zu charmant war, um zufällig zu sein. „Aber ich dachte, Kaffee könnte Sie in die richtige Stimmung bringen, um über das Tagebuch zu sprechen."

Lotta nahm die Tasse und schnupperte daran. „Das ist Espresso. Stark genug, um Tote aufzuwecken. Haben Sie noch mehr solcher Tricks?"

„Warten Sie ab", sagte Markus und zog einen Stuhl heran. „Aber ich bin nicht nur hier wegen des Tagebuchs. Haben Sie in letzter Zeit irgendetwas Ungewöhnliches bemerkt?"

„Ungewöhnlich ist mein zweiter Vorname", sagte Lotta trocken und nahm einen Schluck Espresso. „Aber falls Sie auf die neuen Nachbarn anspielen, die Frau Schultze für russische Agenten hält – ja, ich habe davon gehört."

Markus' Gesicht zeigte kaum eine Reaktion, doch seine Augen wurden ein wenig wacher. „Was genau hat sie Ihnen erzählt?"

Lotta legte die Tasse ab und verschränkte die Arme. „Oh, nur das Übliche. Sie reden leise, sie schleppen seltsame Pakete, und ihr Akzent ist verdächtig. Es ist also nur eine Frage der Zeit, bis sie entweder eine Geheimbasis im Keller eröffnen oder Frau Schultzes Staubwedel klauen."

Markus nickte, als würde er die Information abspeichern. „Und was denken Sie?"

„Dass Frau Schultze zu viele Krimis liest", sagte Lotta. „Aber ehrlich gesagt, ich kann nicht leugnen, dass die Geschichte genau in mein aktuelles Chaos passen würde. Sind Sie sicher, dass Sie nicht etwas mit ihnen zu tun haben? Vielleicht eine Art Historiker-Geheimdienst-Kooperation?"

Markus lachte leise, aber sein Blick blieb ernst. „Ich wünschte, es wäre so simpel. Aber ich fürchte, dass diese ‚Touristen' mehr als nur Nachbarn sind."

„Natürlich", sagte Lotta und rollte mit den Augen. „Warum sollte mein Leben jemals einfach sein?"

„Es ist kein Zufall, dass sie genau jetzt hier sind", fuhr Markus fort. „Die Frage ist, was sie suchen – oder wen."

Lotta spürte, wie sich ein leichter Schauer über ihren Rücken zog. Sie wusste, dass Markus nicht der Typ war, der grundlos Panik machte. Und trotzdem war da dieses kleine, widerborstige Teil in ihr, das sich weigerte, aufzugeben.

„Na gut", sagte sie schließlich. „Wenn Sie Recht haben – und das sage ich nur ungern –, was schlagen Sie vor? Soll ich eine Kamera im Treppenhaus installieren?"

„Das wäre nicht nötig", antwortete Markus mit einem Anflug von Humor. „Aber wenn Sie etwas bemerken, sagen Sie mir Bescheid. Es könnte wichtig sein."

„Wichtig", wiederholte Lotta und schnappte sich das Tagebuch, das auf dem Tresen lag. „Wie dieses Tagebuch? Und Sie wollen mir immer noch nicht verraten, warum Sie wirklich hier sind?"

Markus hielt ihrem Blick stand, und für einen Moment schien er etwas sagen zu wollen. Doch dann nickte er nur. „Manchmal ist es besser, wenn nicht alles auf einmal herauskommt."

Lotta legte das Tagebuch zurück und griff wieder zur Tasse. „Das klingt nach einer sehr bequemen Ausrede."

„Oder nach Vorsicht", sagte Markus ruhig.

Lotta schnaubte, konnte sich aber ein leichtes Lächeln nicht verkneifen. Was auch immer Markus verbarg, sie würde es früher oder später herausfinden. Und wenn das bedeutete, sich mit seltsamen Touristen und noch seltsameren Nachbarn herumzuschlagen, dann würde sie damit klarkommen. Schließlich war sie Lotta Weber, und nichts in ihrem Leben verlief jemals nach Plan.

Der Nachmittag im Buchladen verlief überraschend ruhig, was Lotta normalerweise genossen hätte. Aber heute fühlte sich die Stille eher unheimlich als entspannend an. Vielleicht lag es an Markus' vagen Andeutungen über die „Touristen" oder daran, dass Frau Schultze neuerdings ihre Treppenhaus-Patrouillen aufstockte. Oder es war einfach die paranoide Ader, die sich still in ihr Leben geschlichen hatte, seit sie dieses verdammte Tagebuch gefunden hatte.

„Du bist doch mein Wächter, oder, Sherlock?" Lotta sprach laut, während sie ein Buchregal abstaubte. Der Kater lag ausgestreckt auf der Theke und sah sie mit halb geöffneten Augen an, als wolle er sagen: *„Ich bin hier, um zu herrschen, nicht um zu bewachen."*

Das Klingeln der Glocke über der Eingangstür ließ sie zusammenzucken. Doch niemand trat ein. Die Tür schwang ein wenig hin und her, als hätte der Wind sie geöffnet, aber draußen war die Straße still.

„Wirklich subtil, Berlin", murmelte Lotta und ging zur Tür, um sie zu schließen. Gerade als sie die Hand ausstreckte, bemerkte sie etwas im Augenwinkel – eine Bewegung, fast zu schnell, um sie zu fassen. Sie blieb stehen und schaute genauer hin. Ein Mann stand auf der anderen Straßenseite, scheinbar beschäftigt mit seinem Handy. Doch seine Haltung war steif, fast mechanisch, und Lotta hatte das Gefühl, dass seine Augen mehr auf den Buchladen gerichtet waren als auf das Display.

„Na toll, ein neues Hobby: Menschen beobachten, die Menschen beobachten", murmelte sie und zog die Tür zu. Sie ging zurück zum Tresen, nahm ihr Handy und tat so, als ob sie eine Nachricht tippte, während sie den Mann weiter im Auge behielt. Er trug eine einfache Jacke, Jeans und hatte eine unauffällige Mütze auf – das perfekte Outfit für jemanden, der nicht auffallen wollte. Genau deshalb fiel er auf.

Sherlock hob den Kopf und schnüffelte in der Luft, als ob er die Spannung spüren könnte. Lotta tätschelte ihm den Kopf. „Na gut, mein pelziger Detektiv, ich glaube, wir haben Gesellschaft."

Der Mann blieb noch einige Minuten stehen, dann zog er langsam weiter, ohne jemals wirklich in ein Geschäft einzutreten oder sich umzusehen. Lotta biss sich auf die Unterlippe. War das nur Zufall? Vielleicht war er wirklich nur ein gelangweilter Spaziergänger. Doch tief in ihrem Inneren wusste sie, dass sie an Zufälle nicht mehr glaubte.

Sie griff nach ihrem Telefon und wählte Markus' Nummer. Es klingelte zweimal, bevor er abhob.

„Lotta?" Seine Stimme klang ruhig, aber aufmerksam, als ob er sie in einem Raum voller Menschen empfangen hätte, die alle genau hinhörten.

„Markus, ich glaube, ich habe gerade deinen ‚Touristen' gesehen", sagte sie ohne Umschweife. „Oder zumindest jemanden, der sich verdammt unauffällig gibt, während er vor meinem Laden steht."

„Beschreiben Sie ihn", sagte Markus sofort, sein Tonfall jetzt angespannt.

„Mann, Mitte 30, Jeans, Jacke, Mütze", sagte Lotta und sah aus dem Fenster, doch der Mann war inzwischen verschwunden. „Er hat sich auffällig unauffällig benommen, wenn das Sinn ergibt. Aber jetzt ist er weg."

Es entstand eine kurze Pause, bevor Markus antwortete. „Sind Sie sicher, dass es kein Zufall war?"

„Das habe ich mir auch eingeredet", sagte Lotta, „aber mein Bauchgefühl schreit ‚nein'. Und mein Bauchgefühl liegt selten daneben."

„Bleiben Sie im Laden", sagte Markus nach kurzem Überlegen. „Ich bin in der Nähe. Ich komme vorbei."

„Natürlich sind Sie ‚in der Nähe'", sagte Lotta sarkastisch. „Wie praktisch. Haben Sie zufällig auch einen Umhang und einen Spionagekoffer dabei?"

Markus ignorierte ihre Bemerkung. „Ich bin in zehn Minuten da. Verriegeln Sie die Tür, wenn Sie sich unwohl fühlen."

Lotta legte auf und schüttelte den Kopf. „Verriegeln Sie die Tür, sagt er. Als ob das eine Mütze mit einer mysteriösen Haltung abschrecken könnte."

Doch sie folgte seinem Rat und schloss die Tür ab, bevor sie zu Sherlock ging, der sie jetzt aufmerksam ansah. „Na gut, Sherlock. Wenn dieser Typ zurückkommt, zähle ich auf deine tödlichen Krallen."

Sherlock schnurrte, als ob er die Herausforderung annahm, aber Lotta konnte nicht anders, als sich ein wenig unwohl zu fühlen. Es war, als ob die Wände des Buchladens plötzlich enger wurden, die Regale dunkler, die Bücher schweigsamer. Und obwohl sie sich nichts anmerken lassen wollte, wusste sie, dass sie sich gerade in etwas hineinzog, das größer war als sie.

—-

Es dauerte keine zehn Minuten, bis Markus vor dem Laden auftauchte. Er trug dieselbe unauffällige Eleganz wie immer: Mantel, dunkle Jeans, und ein Ausdruck, der irgendwo zwischen konzentrierter Professionalität und „Ich weiß, dass ich charmant bin" schwankte. Lotta stand bereits an der Tür und öffnete sie, bevor er klopfen konnte.

„Sie sind schnell. Haben Sie zufällig ein Geheimversteck in der Nachbarschaft?" Ihre Stimme war trocken, aber ihre Augen musterten ihn aufmerksam, auf der Suche nach Antworten, die er vielleicht nicht geben wollte.

„Nennen Sie es professionelle Effizienz", sagte Markus und trat ein. Er warf einen kurzen Blick auf die Fenster und die Straße, bevor er sich zu ihr umdrehte. „Erzählen Sie mir alles. Wann haben Sie den Mann bemerkt?"

„Vor etwa einer halben Stunde", sagte Lotta und verschränkte die Arme. „Er stand auf der anderen Straßenseite, tat so, als würde er auf sein Handy starren, aber eigentlich hat er den Laden beobachtet. Und bevor Sie fragen: Ja, ich bin sicher. Er hatte diesen typischen ‚Ich tue so, als ob ich unauffällig bin'-Vibe."

Markus nickte und sah noch einmal nach draußen. Die Straße war ruhig, nur ein paar vereinzelte Passanten, die in die umliegenden Cafés gingen. Es war nichts Auffälliges zu sehen – was, wie Markus wusste, oft das größte Warnsignal war.

„Und er ist einfach gegangen?" fragte er.

„Ja", sagte Lotta und lehnte sich gegen die Theke. „Als ob er genug gesehen hätte. Glauben Sie, dass er einer von Ihren ‚Touristen' war?"

„Möglich", sagte Markus, ohne den Blick von der Straße zu nehmen. „Oder jemand anderes, der Interesse an dem hat, was Sie besitzen."

Lotta zog eine Augenbraue hoch. „Das ist ja beruhigend. Was genau habe ich getan, um plötzlich in den Fokus von Spionen, Historikern und mutmaßlichen Mützenfetischisten zu geraten?"

Markus wandte sich zu ihr um, und für einen Moment huschte ein Lächeln über sein Gesicht. „Sie haben ein sehr besonderes Buch gekauft. Und damit mehr Aufmerksamkeit erregt, als Ihnen bewusst war."

„Großartig", murmelte Lotta. „Ich sollte eine Warnung an meinem Laden anbringen: ‚Vorsicht, Buchkauf könnte internationale Dramen auslösen.'"

Markus ignorierte ihre Bemerkung und zog ein kleines, unscheinbares Gerät aus seiner Manteltasche. Es sah aus wie ein Mini-Funkgerät, aber mit einem etwas zu futuristischen Touch für einen Historiker.

„Was ist das?" fragte Lotta und trat näher. „Ein Geigerzähler für Spione? Oder überprüfen Sie, ob ich Wanzen in meinen Regalen versteckt habe?"

„Ein Scanner", sagte Markus und begann, den Laden damit abzusuchen. „Er erkennt Überwachungsgeräte, Kameras, Mikrofone. Es ist nur eine Vorsichtsmaßnahme."

Lotta verschränkte die Arme und beobachtete ihn, wie er systematisch jeden Winkel des Ladens durchging. „Sie wissen schon, dass Sie nicht wie ein normaler Historiker wirken, oder? Ich meine, ich habe einige sehr nerdige Dokumentarfilme gesehen, aber keiner der Typen hatte so coole Spielzeuge."

Markus warf ihr einen kurzen Blick zu, sagte aber nichts. Lotta konnte nicht entscheiden, ob sie diese stillen Momente mehr irritierten oder faszinierten.

„Und? Finden Sie etwas?", fragte sie schließlich, als er die Theke abscannte.

„Nichts", sagte Markus und steckte das Gerät zurück in die Tasche. „Das ist ein gutes Zeichen. Zumindest hier sind Sie sicher."

„Ach, wie beruhigend", sagte Lotta und hob sarkastisch die Hände. „Das heißt also, dass ich draußen verfolgt werde, aber drinnen in meinem kleinen Buchladen bin ich sicher wie in Fort Knox."

„Ich weiß, dass das beunruhigend klingt", sagte Markus und trat näher. Seine Stimme war leise, fast beschwichtigend. „Aber Sie müssen mir vertrauen, Lotta. Ich bin hier, um sicherzustellen, dass nichts passiert."

„Vertrauen", wiederholte Lotta trocken. „Das sagen nur Leute, die viel zu viele Geheimnisse haben."

Markus hielt ihrem Blick stand, und für einen Moment schien es, als würde er etwas sagen wollen – etwas Persönliches, etwas, das sie vielleicht besser verstehen ließ, wer er wirklich war. Doch dann wandte er sich ab und ging zur Tür.

„Ich werde die Umgebung überprüfen", sagte er. „Bleiben Sie hier. Und lassen Sie niemanden herein, den Sie nicht kennen."

„Ja, klar", sagte Lotta, während sie ihm nachsah. „Und wenn der Typ mit der Mütze wieder auftaucht, soll ich ihm einen Kaffee anbieten oder direkt Ihre Nummer geben?"

Markus antwortete nicht, sondern verschwand lautlos nach draußen. Lotta stand einen Moment still, bevor sie sich Sherlock zuwandte, der die Szene mit der Gelassenheit eines Beobachters verfolgt hatte, der alles besser wusste.

„Na toll", sagte sie und lehnte sich gegen die Theke. „Ich werde von einem Historiker überwacht, der wahrscheinlich mehr Geheimnisse hat als ein Cold-War-Agent. Und jetzt soll ich hier sitzen und darauf warten, dass ein Typ mit einer Mütze vielleicht zurückkommt. Klingt nach einem perfekten Dienstag."

Sherlock schnurrte, als ob er zustimmte. Lotta seufzte und schaute durch das Fenster in die dunkler werdende Straße. Markus war nirgendwo zu sehen, und das machte sie nur noch nervöser. Was auch immer gerade passierte – sie war tief genug darin verstrickt, um zu wissen, dass es kein Zurück mehr gab.

Der Abend legte sich über Berlin, und die vertrauten Schatten des Buchladens verwandelten sich langsam in etwas, das Lotta unheimlich erschien. Normalerweise fand sie es beruhigend, zwischen den hohen Bücherregalen zu arbeiten, umgeben vom Duft alter Seiten und der leisen Präsenz von Sherlock. Doch heute war anders. Jeder Laut, jedes Knarren des Holzbodens ließ ihre Nerven gespannt wie Gitarrensaiten klingen.

Sherlock war unterdessen das perfekte Abbild von Gelassenheit. Er hatte sich auf der Theke zusammengerollt und träumte wahrscheinlich von einer Welt, in der er König war und Menschen nur dazu da waren, ihn zu füttern.

Lotta zog die Vorhänge zu, versuchte, sich einzureden, dass sie sicher war. Aber die Gedanken an den seltsamen Mann auf der Straße und Markus' vage Warnungen schwirrten durch ihren Kopf wie aufgeregte Wespen.

„Vielleicht drehe ich langsam durch", murmelte sie und setzte sich an den Tresen. Sie schlug das Tagebuch auf, versuchte sich in die rätselhaften Einträge zu vertiefen. Doch die Worte verschwammen vor ihren Augen, und sie konnte sich nicht konzentrieren.

Ein leises Klopfen an der Tür ließ sie zusammenzucken. Ihr Herz raste, und für einen Moment war sie wie gelähmt. Es war kein lautes, energisches Klopfen – eher ein vorsichtiges, fast zögerliches Klopfen, das ihr das Blut in den Adern gefrieren ließ.

Sherlock hob den Kopf, seine Ohren zuckten, als ob er ebenfalls etwas Ungewöhnliches spürte. Lotta griff nach ihrem Handy, ihre Finger zitterten leicht, während sie die Taschenlampe einschaltete und sich zur Tür begab. Sie spähte durch den schmalen Spalt zwischen den Vorhängen, doch draußen war nichts zu sehen. Die Straße lag still und leer unter dem matten Schein der Laternen.

„Großartig", flüsterte sie. „Ich werde von einem unsichtbaren Klopfer heimgesucht. Vielleicht sollte ich die Polizei rufen und sagen, dass mich ein Geist belästigt."

Doch bevor sie die Tür völlig ignorieren konnte, ertönte das Klopfen erneut – diesmal etwas lauter, drängender. Lotta schob den Vorhang beiseite und spähte erneut hinaus. Und dann sah sie es.

Eine Silhouette, kaum mehr als ein Schatten, bewegte sich rasch zur Seite, verschwand fast lautlos in den dunklen Ecken der Straße. Es war zu schnell, um wirklich etwas zu erkennen – ein Mann? Eine Frau? Sie konnte es nicht sagen.

„Das reicht", murmelte Lotta und schnappte sich ein schweres Buch vom Regal – eine wuchtige Enzyklopädie, die im Zweifelsfall als Waffe dienen konnte. Mit Sherlock auf ihren Fersen näherte sie sich der Tür. Sie zögerte nur einen Moment, dann öffnete sie sie einen Spalt weit.

„Hallo?" Ihre Stimme klang stärker, als sie sich fühlte. Draußen war nichts – kein Wind, keine Bewegung, nur die stille Straße. Doch als sie die Tür schließen wollte, bemerkte sie etwas auf dem Boden.

Ein Umschlag, alt und vergilbt, lag direkt vor der Türschwelle. Er war verschlossen, aber auf der Vorderseite stand ihr Name, in einer geschwungenen, altmodischen Schrift geschrieben.

„Okay, das ist offiziell zu viel", sagte Lotta laut und hob den Umschlag vorsichtig auf. Sherlock schnüffelte daran, schien aber nicht sonderlich beeindruckt.

Zurück im Laden setzte sie sich an den Tresen, legte den Umschlag vor sich und starrte ihn an, als könnte er jeden Moment explodieren. „Was denkst du, Sherlock? Soll ich das öffnen? Oder rufen wir Markus an und lassen ihn den Helden spielen?"

Der Kater schnurrte nur, rollte sich zusammen und schien damit zu sagen: *„Das ist dein Chaos, nicht meines."*

Mit einem tiefen Atemzug brach Lotta das Siegel des Umschlags. Darin befand sich ein einzelnes Stück Papier, ebenfalls vergilbt, mit einer handschriftlichen Nachricht darauf. Die Worte waren knapp, aber prägnant:

„Hören Sie nicht auf Schmidt. Er erzählt Ihnen nicht die ganze Wahrheit. Folgen Sie den Zeichen im Tagebuch, aber vertrauen Sie niemandem."

Lottas Herz setzte einen Schlag aus. Ihre Finger zitterten, als sie die Notiz las und wieder las, doch die Worte blieben unverändert. Die Nachricht war anonym, aber der Tonfall war klar: Jemand wollte sie warnen. Oder manipulieren.

„Das wird ja immer besser", murmelte sie und lehnte sich zurück. „Vertrauen Sie niemandem. Was kommt als Nächstes? Soll ich in den Untergrund gehen und eine Tarnidentität annehmen?"

Doch tief in ihrem Inneren wusste sie, dass diese Warnung etwas Wahres hatte. Markus hatte Geheimnisse, das war offensichtlich. Doch jetzt stellte sich die Frage: Wer steckte hinter dieser Nachricht? Und was wollten sie wirklich von ihr?

Sherlock sah sie an, seine grünen Augen glänzten im schwachen Licht. Es war, als ob er sagen wollte: *„Die Geschichte hat gerade erst begonnen."*

Und Lotta wusste, dass er recht hatte.

Kapitel 4

Es war ein typischer Berliner Vormittag, leicht grau und nur knapp hell genug, um nicht als Nacht durchzugehen. Lotta hatte sich gerade einen weiteren Kaffee eingeschenkt und mit Sherlock einen halbherzigen Streit darüber begonnen, ob der Kater das Recht hatte, auf den frisch entstaubten Tresen zu springen, als die Türglocke schellte. Der Klang war deutlich, fast fordernd – nicht das übliche zögerliche Klingeln eines unentschlossenen Kunden.

„Ich komme ja schon", murmelte Lotta und strich sich unwillkürlich eine widerspenstige Haarsträhne aus dem Gesicht. Sherlock sprang vom Tresen und setzte sich mit gespieltem Desinteresse in die Ecke, als ob er wusste, dass etwas Außergewöhnliches bevorstand.

Die Frau, die den Laden betrat, war der Inbegriff von Eleganz, obwohl sie so unpassend wirkte wie ein Opernstar auf einem Jahrmarkt. Sie war hochgewachsen, schlank, und trug ein perfekt geschnittenes Kostüm, das genauso gut aus einem alten Modefilm stammen könnte. Auf ihrem Kopf thronte ein Hut mit einer Schleife, die mindestens einen Quadratmeter Platz einnahm, und in ihren Händen hielt sie einen Spazierstock – nicht aus Notwendigkeit, sondern als Stilmittel, wie Lotta vermutete.

„Guten Tag", sagte die Frau mit einer Stimme, die so geschliffen war, dass sie fast wie ein Lied klang. „Ist dies der Laden von Fräulein Weber?"

Lotta blinzelte überrascht und nickte langsam. „Äh, ja. Das bin ich. Wie kann ich Ihnen helfen?"

Die Fremde trat einen Schritt näher und lächelte leicht, als ob sie ein Geheimnis wusste, das sie nicht bereit war zu teilen. „Mein Name ist Baronesse von Sternberg. Ich habe gehört, Sie sind die richtige Adresse für... außergewöhnliche Bücher."

Lotta zog eine Augenbraue hoch und stützte sich auf den Tresen. „Außergewöhnlich ist ein weites Feld. Meinen Sie literarisch oder historisch? Oder suchen Sie etwas, das auch als Mordwaffe taugt?"

Die Baronesse lächelte, ein Ausdruck, der sowohl amüsiert als auch leicht herablassend wirkte. „Ich sehe, Sie haben Sinn für Humor. Das wird unsere Unterhaltung sicher interessant machen."

Lotta schielte zu Sherlock, der die Szene aufmerksam beobachtete. „Na gut, Frau Baronesse. Dann erzählen Sie doch mal, was Sie hierherführt. Und lassen Sie mich raten – es ist nicht mein Sonderangebot für romantische Klassiker."

Die Baronesse ließ den Blick durch den Laden schweifen, ihre Augen ruhten kurz auf den staubigen Regalen, als ob sie deren Inhalt in Sekundenschnelle analysierte. „Ich habe gehört, Sie besitzen ein Buch, das eine lange Reise hinter sich hat. Eines, das vielleicht nicht jedem ins Auge fällt, aber für diejenigen, die wissen, wonach sie suchen, von unschätzbarem Wert ist."

Lotta spürte, wie sich ihre Nackenhaare aufstellten. Natürlich meinte die Frau das Tagebuch – was sonst? Doch sie bemühte sich, sich nichts anmerken zu lassen. „Wir haben viele Bücher, die gereist sind. Manche kamen sogar aus dem Lager eines Flohmarkts. Ist das nicht aufregend?"

Die Baronesse lächelte wieder, diesmal mit einem Hauch von Herausforderung. „Oh, ich bin sicher, dass wir über dasselbe Buch sprechen. Aber ich bin geduldig, Fräulein Weber. Und ich genieße es, die Dinge Stück für Stück zu entdecken."

„Fantastisch", sagte Lotta und verschränkte die Arme. „Dann lassen Sie uns doch bei einer Tasse Kaffee beginnen. Ich habe noch welche, der fast warm ist."

Die Baronesse lachte leise, ein melodisches Geräusch, das die Anspannung im Raum nicht minderte. „Vielleicht später. Zuerst sollten wir uns unterhalten – über Bücher, Geheimnisse und die Geschichten, die uns alle verbinden."

Lotta war sich sicher, dass sie von dieser Frau nicht eine klare Antwort bekommen würde. Doch eines war sicher: Dieser Besuch war kein Zufall. Und die Baronesse? Sie war mehr als nur eine elegante Kundin auf der Suche nach Lesestoff.

—-

Die Baronesse ließ sich mit einer Anmut, die Lotta gleichzeitig bewunderte und leicht nervte, auf einem der Stühle nieder, die normalerweise eher staubigen Bibliophilen vorbehalten waren. Sie legte ihren Spazierstock vorsichtig neben sich, als wäre er eine wertvolle Antiquität, und richtete ihre eisblauen Augen auf Lotta.

„Also, Fräulein Weber", begann sie mit einem sanften Lächeln, das mehr Fragen als Antworten versprach. „Erzählen Sie mir, wie ein so charmantes Geschäft wie Ihres zu... besonderen Büchern kommt."

Lotta, die sich mit verschränkten Armen an die Theke lehnte, erwiderte das Lächeln mit ihrem besten „Ich-bin-nicht-so-dumm-wie-ich-aussehe"-Blick. „Nun, meistens finden die Bücher ihren Weg zu mir. Flohmärkte, Erbschaften, verzweifelte Menschen, die ihre Bibliotheken loswerden wollen. Manchmal bin ich wie eine Katzenauffangstation – nur für Bücher."

Die Baronesse neigte leicht den Kopf, als würde sie über die Aussage nachdenken, bevor sie antwortete: „Aber nicht jedes Buch, das zu Ihnen kommt, ist gewöhnlich, nicht wahr? Manche haben eine Geschichte, die sie fast... lebendig macht."

„Bücher haben immer Geschichten", sagte Lotta, während sie innerlich versuchte, nicht die Geduld zu verlieren. „Manche sind auf den Seiten, andere in den Rissen im Einband oder in den Kaffeeflecken. Was genau suchen Sie, Baronesse?"

„Ich suche keine bestimmte Geschichte", antwortete die Baronesse, ihre Stimme leicht. „Ich suche nach Verbindungen. Bücher, die Welten überbrücken, die Vergangenheit und Gegenwart verknüpfen. Und ich habe gehört, dass Sie kürzlich ein sehr interessantes Buch gefunden haben."

Lotta wusste, dass sie darauf zusteuerte, aber sie war nicht bereit, das Spiel so schnell zu beenden. „Das könnte man von vielen Büchern hier sagen. Haben Sie eine Vorliebe? Vielleicht etwas über historische Mode oder einen Leitfaden für Spazierstöcke?"

Die Baronesse lächelte, aber diesmal erreichte das Lächeln ihre Augen nicht. „Ich mag Ihren Humor, Fräulein Weber. Aber ich bin sicher, dass Sie wissen, wovon ich spreche."

Lotta fühlte sich plötzlich wie auf einem Schachbrett, und die Baronesse hatte gerade einen Zug gemacht, der sie in die Defensive drängte. „Vielleicht sollten Sie mir mehr über Ihre Interessen erzählen. Es könnte helfen, das richtige Buch zu finden."

„Das Tagebuch", sagte die Baronesse schlicht, als ob sie eine Selbstverständlichkeit aussprach. „Das Buch, das eine lange Reise hinter sich hat. Wien, 1913 – sagt Ihnen das etwas?"

Lotta war sich nicht sicher, ob sie die Kälte spürte, die plötzlich den Raum erfüllte, oder ob sie sich das nur einbildete. „Interessant", sagte sie und hob die Augenbrauen. „Wien, 1913. Klingt wie der Beginn eines historischen Romans."

„Oder eines Dramas", fügte die Baronesse hinzu, während sie sich leicht nach vorne beugte. „Manchmal sind die wahren Geschichten die, die niemand zu erzählen wagt."

„Und warum glauben Sie, dass ich etwas darüber weiß?" Lotta hielt ihren Ton neutral, aber innerlich war sie alarmiert. Diese Frau wusste zu viel, und das machte sie nervös.

Die Baronesse lehnte sich zurück, als hätte sie ihre Antwort gefunden, ohne dass Lotta sie geben musste. „Ich glaube, dass Sie jemanden wie mich verstehen können. Wir sammeln Geschichten, nicht wahr? Und manchmal führt uns das zu den gleichen Geheimnissen."

Lotta wusste nicht, ob sie lachen oder die Frau aus dem Laden werfen sollte. Stattdessen entschied sie sich für eine sichere Antwort. „Ich sammle keine Geheimnisse, Baronesse. Ich sammle Bücher. Und wenn Sie eines suchen, das zu Ihnen passt, dann helfen Sie mir, herauszufinden, was Sie wirklich wollen."

Die Baronesse erhob sich, als hätte sie genug gesagt, und griff nach ihrem Spazierstock. „Das habe ich bereits, Fräulein Weber. Aber ich bin geduldig. Manchmal müssen Geschichten sich entfalten, bevor sie ihre wahre Bedeutung zeigen."

„Das klingt sehr poetisch", sagte Lotta und zwang sich zu einem Lächeln. „Ich hoffe, Sie finden, was Sie suchen."

Die Baronesse nickte leicht, bevor sie zur Tür ging. „Ich bin sicher, dass wir uns wiedersehen werden."

Die Glocke klingelte, als sie den Laden verließ, und Lotta stand noch immer da, die Worte der Frau in ihrem Kopf wiederholend. *„Manchmal müssen Geschichten sich entfalten..."*

Sherlock sprang auf den Tresen und sah sie mit einem Ausdruck an, der so viel bedeutete wie: *„Ich habe es dir gesagt – die Dinge werden seltsamer."*

„Ja, Sherlock", murmelte Lotta und lehnte sich gegen die Theke. „Seltsamer ist das neue Normal."

Nach dem Abgang der Baronesse fühlte sich der Laden seltsam leer an, obwohl alles an seinem Platz war. Lotta stand noch immer an der Theke, ihre Finger strichen gedankenverloren über die Kante des Tagebuchs. Sherlock saß auf seinem üblichen Platz und schnurrte leise, als ob er die Spannung der Situation bewusst ignorieren wollte.

„Also gut, Sherlock", murmelte Lotta, „was denkst du? War sie nur eine exzentrische alte Dame mit einer Schwäche für Dramatik, oder hat sie tatsächlich einen Grund, so viel über dieses Buch zu wissen?"

Sherlock antwortete mit einem murrenden „Miau", was Lotta als ein „Das ist dein Problem" interpretierte. Sie seufzte und ließ sich auf den Stuhl hinter dem Tresen sinken. Die Worte der Baronesse hallten noch immer in ihrem Kopf nach. Wien, 1913. Geheimnisse, die niemand zu erzählen wagt. Geschichten, die sich entfalten müssen. Was zum Teufel hatte das alles zu bedeuten?

Gerade als sie sich entschied, eine weitere Tasse Kaffee zu machen – die universelle Lösung für alle Lebensfragen –, klingelte die Glocke über der Tür erneut. Lotta schrak auf, ihre Augen wanderten sofort zur Tür. Doch diesmal war es kein mysteriöser Besucher mit aristokratischem Auftreten. Es war Markus.

„Sie sehen aus, als hätten Sie ein Gespenst gesehen", sagte er, als er die Tür hinter sich schloss. Sein Blick wanderte sofort zu Sherlock, der ihn mit einem kritischen Blick musterte, bevor er sich wieder zusammengerollt hinlegte.

„Vielleicht war es eher ein gut gekleidetes Gespenst mit einem Faible für Spazierstöcke", antwortete Lotta und verschränkte die Arme. „Hatten Sie schon einmal das Vergnügen, eine Baronesse von Sternberg zu treffen?"

Markus blieb stehen, und für einen Moment zuckte ein Schatten über sein Gesicht – ein Ausdruck, der zu schnell kam und verschwand, um ihn richtig zu deuten. „Baronesse von Sternberg?"

„Ja, genau die", sagte Lotta und musterte ihn aufmerksam. „Hohe Wangenknochen, perfekt geschwungene Lippen, ein Hut, der genug Platz für eine eigene Postleitzahl braucht. Klingt das vertraut?"

Markus zuckte leicht mit den Schultern, aber seine Stimme war kontrolliert. „Der Name sagt mir etwas. Eine bekannte Familie, vor allem in Wien. Warum fragen Sie?"

„Weil sie gerade hier war und Fragen gestellt hat, die eindeutig nicht im Zusammenhang mit meiner fantastischen Auswahl an Liebesromanen standen", sagte Lotta und deutete auf das Tagebuch. „Sie weiß von dem Buch. Und ich meine nicht nur so ein ‚Ich-habe-davon-gehört'-Wissen. Sie weiß, was es ist – und vermutlich mehr, als sie zugegeben hat."

Markus' Blick wurde schärfer, aber er blieb ruhig. „Was hat sie gesagt?"

„Oh, nichts direkt", sagte Lotta sarkastisch. „Sie hat nur ein paar vage Andeutungen gemacht, die wie aus einem schlechten Spionageroman klangen. ‚Manchmal müssen Geschichten sich entfalten' und so ein Quatsch."

Markus lächelte leicht, aber es war ein Lächeln ohne Wärme. „Das klingt nach ihr."

„Ah, also kennen Sie sie doch", sagte Lotta und verschränkte die Arme vor der Brust. „Wollen Sie mir jetzt erzählen, was hier los ist, oder soll ich weiter Detektiv spielen?"

Markus trat näher an die Theke heran, seine Haltung angespannt, als ob er eine Entscheidung treffen müsste. „Lotta, es gibt Dinge, die besser unausgesprochen bleiben. Die Baronesse ist…

kompliziert. Sie hat Verbindungen, die weit in die Vergangenheit zurückreichen, und sie hat ihre eigenen Gründe, sich für dieses Buch zu interessieren."

„Das ist Ihre höfliche Art zu sagen, dass sie gefährlich ist, oder?" fragte Lotta und hob eine Augenbraue.

„Ich sage nur, dass Sie vorsichtig sein sollten", antwortete Markus und lehnte sich gegen die Theke. „Wenn sie hier war, dann bedeutet das, dass sie etwas will. Und die Baronesse bekommt fast immer, was sie will."

„Na wunderbar", sagte Lotta und fuhr sich mit einer Hand durch die Haare. „Das heißt, ich habe jetzt nicht nur mysteriöse ‚Touristen' und einen Historiker mit zu vielen Geheimnissen am Hals, sondern auch noch eine adlige Femme fatale, die wahrscheinlich mehr Geheimnisse kennt als ein Regierungsarchiv."

Markus lächelte leicht. „Willkommen in meiner Welt."

„Tolle Welt", sagte Lotta und griff nach ihrer Kaffeetasse, die inzwischen kalt geworden war. „Haben Sie irgendwelche nützlichen Tipps, wie man mit einer Frau wie ihr umgeht?"

„Vertrauen Sie ihr nicht", sagte Markus schlicht. „Und geben Sie ihr das Buch nicht. Egal, was sie sagt."

„Fantastisch", sagte Lotta trocken. „Das wäre einfacher, wenn ich nicht das Gefühl hätte, dass jeder, den ich in letzter Zeit treffe, irgendetwas vor mir verbirgt. Sie eingeschlossen."

Markus hielt ihrem Blick stand, und für einen Moment war die Spannung zwischen ihnen fast greifbar. Doch bevor er etwas sagen konnte, klingelte sein Handy in der Tasche. Der Klang durchbrach die Stille wie ein Alarmsignal, und Markus zog es schnell hervor.

„Entschuldigen Sie mich", sagte er und ging zur Tür, bevor er den Anruf entgegennahm.

Lotta sah ihm nach, wie er hinausging, seine Haltung angespannt und seine Stimme leise, als er sprach. Sie konnte die Worte nicht hören, aber sie wusste, dass es wichtig war. Was auch immer Markus vor ihr verbarg, es war größer, als sie gedacht hatte.

Sie lehnte sich gegen die Theke und starrte auf das Tagebuch, das offen vor ihr lag. „Was bist du, und warum will dich jeder haben?" murmelte sie, mehr zu sich selbst als zu Sherlock.

Der Kater öffnete ein Auge, sah sie an und schloss es wieder, als ob er sagen wollte: *„Das wirst du schon noch herausfinden – ob es dir gefällt oder nicht."*

—-

Markus kam zurück in den Laden, seine Gesichtszüge beherrscht, aber seine Augen waren wachsam – wie die eines Mannes, der gerade eine Schlacht plant, von der er wusste, dass sie unvermeidlich war. Lotta stand immer noch an der Theke und versuchte, aus seinen Gesten irgendeinen Hinweis zu deuten. Seine Ruhe war fast unheimlich, und das machte sie nur noch neugieriger.

„Na, hat der Geheimbund angerufen?" Lotta verschränkte die Arme und sah ihn herausfordernd an. „Oder war es eine dieser Anfragen, bei denen man sicherstellen muss, dass die Welt nicht untergeht?"

Markus ignorierte ihren Sarkasmus, aber das Lächeln, das für einen kurzen Moment auf seinen Lippen erschien, verriet, dass er es nicht ungern hörte. „Es war... ein notwendiges Gespräch. Wir sollten aber über die Baronesse reden."

„Ach, jetzt ist sie plötzlich wichtig?" Lotta beugte sich vor, ihre Augen verengten sich leicht. „Vorhin waren es nur vage Andeutungen. Aber ich nehme an, Ihr ominöser Anruf hat etwas Licht ins Dunkel gebracht?"

Markus setzte sich auf einen der Stühle und lehnte sich zurück, seine Haltung gleichzeitig entspannt und angespannt – eine widersprüchliche Ruhe, die Lotta fast wahnsinnig machte. „Die Baronesse ist keine gewöhnliche Besucherin, das wissen Sie mittlerweile. Sie hat eine lange Geschichte, die in Kreisen spielt, die sich selten im Licht der Öffentlichkeit bewegen."

„Das klingt wie eine wirklich schlechte Agentenfilm-Zusammenfassung", sagte Lotta und rollte mit den Augen. „Lassen Sie mich raten: Sie kennt die Geheimnisse von Königen, hat mindestens drei Identitäten und ist in ihrem dritten oder vierten Leben?"

Markus hielt inne, als ob er überlegte, wie viel er tatsächlich sagen sollte. „Sie liegt nicht so weit daneben. Sie ist... erfahren. Sehr erfahren. Und sie ist nicht jemand, der Zufälle akzeptiert. Wenn sie in Ihrem Laden war, dann aus einem sehr klaren Grund."

„Großartig", murmelte Lotta und ließ sich auf den Stuhl hinter der Theke fallen. „Das heißt, ich habe eine elegante Superagentin mit Spazierstock in meinem Leben, die wahrscheinlich weiß, wie man Menschen verschwinden lässt. Wie beruhigend."

Markus' Lippen zuckten leicht, aber er antwortete nicht. Stattdessen griff er nach dem Tagebuch, das immer noch offen auf der Theke lag. „Hat sie etwas über das Buch gesagt? Irgendwelche Hinweise?"

„Sie hat nicht viel gesagt, außer dass sie ‚Verbindungen sucht'", antwortete Lotta und imitierte die theatralische Stimme der Baronesse. „Ach ja, und dass ‚Geschichten sich entfalten müssen'. Was auch immer das heißen soll."

Markus blätterte vorsichtig durch das Tagebuch, sein Blick konzentriert. „Es bedeutet, dass sie versucht, Sie zu testen. Sie will sehen, wie viel Sie wissen – oder wie wenig."

„Na, dann war sie wahrscheinlich enttäuscht", sagte Lotta trocken. „Ich weiß nämlich so gut wie nichts, außer dass dieses Tagebuch mich langsam in den Wahnsinn treibt."

Markus schloss das Buch und sah sie direkt an. „Und genau deshalb müssen Sie vorsichtig sein. Die Baronesse ist keine Gegnerin, die man unterschätzen sollte."

„Haben Sie keine Sorge", sagte Lotta und schob das Tagebuch von sich weg. „Ich unterschätze niemanden, der einen Hut trägt, der als Sonnenschirm durchgehen könnte. Aber was ist mit Ihnen? Sie scheinen sie ziemlich gut zu kennen."

Markus schwieg einen Moment, sein Blick wanderte über die Bücherregale, als würde er nach den richtigen Worten suchen. „Ich habe sie einmal getroffen. Vor Jahren. Unsere Wege haben sich gekreuzt – beruflich."

„Beruflich?", wiederholte Lotta und legte die Arme auf den Tresen. „Und welcher Beruf bringt einen dazu, mit einer mysteriösen Baronesse über Bücher und Geheimnisse zu reden?"

„Ein Beruf, der oft mehr Fragen aufwirft als Antworten gibt", sagte Markus mit einem leichten, fast entschuldigenden Lächeln.

„Sie sind ein wandelndes Mysterium, wissen Sie das?" Lotta lehnte sich zurück und musterte ihn. „Ich wette, Sie haben nicht mal einen echten Historiker-Ausweis."

„Ich werde ihn Ihnen eines Tages zeigen", versprach Markus, aber seine Stimme hatte einen ironischen Unterton.

„Ich nehme Sie beim Wort", sagte Lotta und spürte, wie ihre Neugier sich erneut aufbaute. Markus hatte so viele Schichten, und jede davon schien mit einem weiteren Geheimnis verbunden zu sein.

„Bis dahin", sagte er und stand auf, „halten Sie das Buch sicher. Und wenn die Baronesse zurückkommt, geben Sie ihr nichts. Egal, was sie sagt."

„Klar", sagte Lotta. „Ich lasse mich nicht so leicht von einer charmanten Stimme und einem schicken Spazierstock beeindrucken."

Markus blieb einen Moment stehen, als wollte er noch etwas sagen, doch dann nickte er nur und ging zur Tür. „Bleiben Sie vorsichtig, Lotta."

„Das sagen Sie mir ständig, aber ich habe nicht das Gefühl, dass Sie mich aufklären wollen, warum ich vorsichtig sein sollte", rief sie ihm nach. Doch Markus war schon draußen, seine Silhouette verschwand in der Dämmerung.

Lotta schüttelte den Kopf und seufzte. „Wunderbar. Ein wandelndes Fragezeichen, eine elegante Baronesse und ein Buch, das alle wollen. Was könnte schon schiefgehen?"

Sherlock sprang auf die Theke und schnurrte, als ob er genau wüsste, dass die Antwort auf diese Frage mehr Ärger bedeutete, als Lotta ertragen konnte.

—-

Der Abend kroch langsam über Berlin, und der Buchladen lag wieder in seiner vertrauten Stille. Lotta saß hinter der Theke und versuchte, sich mit einem dicken historischen Roman abzulenken, der allerdings weit weniger spannend war als ihr eigenes Leben zurzeit. Sherlock hatte sich in seiner Ecke zusammengerollt, schnarchte leise und gab sich keine Mühe, sie in ihrer Wachsamkeit zu unterstützen.

Doch plötzlich riss das schrille Klingeln ihres Telefons sie aus ihrer gedanklichen Starre. Sie nahm das Gerät, ihre Stirn gerunzelt. Es war eine unbekannte Nummer. Ihr erster Gedanke war, dass es Markus sein könnte – er hatte die Angewohnheit, aus der Anonymität heraus aufzutauchen, sowohl physisch als auch digital. Doch irgendetwas an diesem Anruf fühlte sich anders an.

„Ja, Weber hier", sagte sie, ihre Stimme ein wenig schärfer als nötig.

Einen Moment lang war nur Stille zu hören, und dann kam eine Stimme, tief, ruhig und mit einem Akzent, den sie nicht genau zuordnen konnte. „Fräulein Weber. Es ist gut, dass Sie abgenommen haben."

Lotta spürte, wie ihre Finger sich um das Telefon verkrampften. „Wer ist da? Und wie haben Sie meine Nummer bekommen?"

Die Stimme ignorierte ihre Frage. „Es geht um das Buch, das in Ihrem Besitz ist. Sie müssen sehr vorsichtig sein, wem Sie vertrauen. Besonders Menschen, die Ihnen Geschichten über Historiker und Geheimnisse erzählen."

Lottas Puls beschleunigte sich. Sie versuchte, einen sarkastischen Tonfall zu bewahren, doch ihre Worte klangen schwächer, als sie wollte. „Oh, fantastisch. Ein anonymer Ratgeber. Soll ich Ihnen danken oder lieber die Polizei rufen?"

Ein leises Lachen kam aus der Leitung, aber es klang kalt und berechnend. „Die Polizei wird Ihnen nicht helfen, Fräulein Weber. Ich rufe an, um Sie zu warnen. Die Baronesse – sie spielt ein gefährliches Spiel. Aber der Herr Schmidt..." Er hielt inne, und Lotta konnte spüren, dass er dieses Zögern absichtlich einsetzte. „Nun, er ist nicht das, was er vorgibt zu sein."

Lotta schloss die Augen und versuchte, ihre Gedanken zu ordnen. „Wer zum Teufel sind Sie? Und warum sollte ich Ihnen glauben?"

„Glauben ist eine Wahl", sagte die Stimme, nun wieder ruhig. „Aber wenn Sie leben wollen, sollten Sie aufhören, Fragen zu stellen und anfangen, zuzuhören. Ich werde mich wieder melden."

Und bevor sie antworten konnte, legte der Anrufer auf. Lotta starrte das Telefon an, als ob es ihr die fehlenden Antworten geben könnte. Ihr Herz raste, und ihre Gedanken überschlugen sich. Die Stimme, die Worte, die unterschwellige Drohung – alles daran schrie Gefahr.

„Okay, das wird immer besser", murmelte sie und ließ das Telefon sinken. „Anonyme Anrufe, kryptische Warnungen, und Markus, der offenbar mehr Geheimnisse hat, als ich zählen kann. Sherlock, ich schwöre, ich hätte lieber einen langweiligen Buchladen mit null Drama."

Der Kater öffnete ein Auge, blinzelte sie an und rollte sich wieder zusammen, als ob er sagen wollte: *„Du hast dich doch für dieses Chaos entschieden."*

Doch Lotta wusste, dass sie keine Wahl hatte. Dieses Buch hatte sie in eine Welt gezogen, die sie nicht verstand, und die Anrufer – wer auch immer sie waren – schienen entschlossen, sie darin zu halten. Eines war klar: Sie musste Antworten finden, bevor das Spiel zu gefährlich wurde.

Mit einem entschlossenen Seufzer griff sie nach dem Tagebuch und schlug es wieder auf. Wenn es ein Rätsel war, dann würde sie es lösen. Und wenn Markus oder die Baronesse oder irgendein anderer mysteriöser Spieler damit ein Problem hatte – dann war das Pech für sie.

Kapitel 5

Der Morgen begann, wie er für Lotta selten endete: mit Chaos. Der Kaffee war alle, Sherlock hatte beschlossen, dass die Bücherregale ein idealer Kletterpark seien, und die Türglocke klingelte in einer Lautstärke, die förmlich „Besuch mit schlechten Nachrichten!" schrie.

Lotta wischte sich die Hände an einer staubigen Schürze ab, die sie eigentlich nie trug, und eilte zur Tür. Als sie öffnete, wurden ihre Augen von einer unerwarteten Mischung aus gestärktem Hemd, fleckigem Trenchcoat und der offensichtlichen Aura von „Wir gehören hier nicht her" begrüßt.

„Frau Weber?", fragte der erste Mann, ein massiver Typ mit einer Glatze, die so glänzte, dass sie fast als Spiegel hätte dienen können. Seine Stimme war tief und träge, als hätte er gerade eine ganze Torte verschlungen und würde jetzt in einen kulinarischen Winterschlaf fallen.

„Vielleicht", antwortete Lotta vorsichtig. „Wer fragt? Und bevor Sie antworten, seien Sie gewarnt: Wenn es um Versicherungen oder Thermomix geht, bin ich nicht interessiert."

Der zweite Mann, der hinter dem ersten hervorlugte, war das genaue Gegenteil: dünn, nervös und mit einer Nase, die leicht an einen Kranichschnabel erinnerte. Er hielt ein Notizbuch in der Hand und kritzelte eifrig etwas hinein, bevor er Lotta einen schnellen Blick zuwarf.

„Wir sind Müller und Krause", erklärte der Dicke und wischte sich mit einem Taschentuch über die Stirn, obwohl es kaum warm genug war, um zu schwitzen. „Private Ermittler."

„Ermittler?", wiederholte Lotta und verschränkte die Arme. „Sie sehen eher aus wie Figuren aus einem alten Detektivroman, der vergessen hat, spannend zu sein."

„Das hören wir öfter", sagte der Dünne, den sie jetzt als Krause identifizierte, mit einem leicht beleidigten Unterton. „Aber lassen Sie sich nicht von unserem Äußeren täuschen. Wir sind die Besten."

„Bester in was?", fragte Lotta trocken. „Tortenessen und Kritzeln?"

„Ermittlungen", brummte Müller, während er einen Schritt in den Laden machte, ohne auf ihre Erlaubnis zu warten. „Wir haben ein paar Fragen, Frau Weber."

„Oh, großartig", murmelte Lotta und schloss die Tür, um die Zugluft draußen zu halten. „Und worum geht es? Jemand hat die letzte Ausgabe von Tolstois Gesamtausgabe gestohlen?"

„Wir können Ihnen das nicht sagen", sagte Krause und tippte mit seinem Stift nervös auf sein Notizbuch. „Vertraulich."

„Natürlich", sagte Lotta und versuchte, ihre Augen nicht allzu offensichtlich zu verdrehen. „Aber Sie wollen, dass ich Ihnen helfe, ohne zu wissen, worum es geht? Klingt nach einem soliden Plan."

„Wir suchen nach einem Buch", sagte Müller, der inzwischen einen der Stühle an der Theke in Beschlag genommen hatte. „Ein sehr besonderes Buch."

„Ach, wirklich?" Lotta hob eine Augenbraue. „Und warum sollte ich eines davon haben? Ich bin nur eine harmlose Buchhändlerin, die versucht, ihre Miete zu zahlen."

„Genau deswegen sind wir hier", sagte Krause und blätterte in seinem Notizbuch, als ob er nach einem Hinweis suchte, der seine Worte stützen könnte. „Es gibt Gerüchte, dass ein Tagebuch – ein historisch wertvolles – in Ihren Besitz gelangt ist."

Lotta hielt inne, ihr Herzschlag beschleunigte sich, aber sie zwang sich, ruhig zu bleiben. „Gerüchte? Ich wusste nicht, dass Bücherläden jetzt die neuesten Hotspots für Klatsch sind."

„Frau Weber", sagte Müller und lehnte sich vor, sein Gesicht ernst. „Wir stellen nur Fragen. Es wäre klüger, uns einfach zu helfen."

„Klüger für wen?" Lotta beugte sich vor und hielt seinem Blick stand. „Sehen Sie, meine Herren, ich weiß nicht, worauf Sie hinauswollen, aber wenn Sie hier sind, um vage Drohungen auszusprechen, dann müssen Sie sich mehr Mühe geben. Ich habe Katzen, die überzeugender sind."

Sherlock, als ob er seinen Auftritt perfekt geplant hätte, sprang auf die Theke und fixierte Müller mit einem starren Blick. Der dicke Mann zuckte leicht zurück, und Lotta konnte sich ein Lächeln nicht verkneifen.

„Wir werden uns wieder melden", sagte Krause schließlich, der seine Notizen zuschlug und Müller ein Zeichen gab, aufzustehen. „Das ist noch nicht vorbei."

„Das sagen Sie wahrscheinlich zu jeder Buchhändlerin, die Sie einschüchtern wollen", erwiderte Lotta und begleitete die beiden zur Tür. „Aber danke für die Unterhaltung. Kommen Sie wieder, wenn Sie tatsächlich Bücher kaufen wollen."

Die Glocke über der Tür klang fast triumphierend, als die beiden Männer den Laden verließen. Lotta schloss die Tür hinter ihnen und lehnte sich mit einem tiefen Atemzug dagegen.

„Großartig", murmelte sie und sah zu Sherlock, der sie mit seinen grünen Augen anstarrte. „Jetzt habe ich nicht nur eine mysteriöse Baronesse und einen rätselhaften Historiker, sondern auch zwei unfähige Detektive, die mich ausspionieren. Was kommt als nächstes? Eine Geistererscheinung?"

Sherlock schnurrte leise und legte den Kopf auf die Pfoten, als ob er sagen wollte: *„Warte ab, es wird noch besser."*

Lotta hatte kaum Zeit gehabt, die Begegnung mit den ungeschickten Ermittlern zu verdauen, als ihr Bauch anfing zu knurren. „Okay, Sherlock", murmelte sie, während sie ihre Tasche schnappte, „wenn mich die Detektive nicht umbringen, dann vielleicht der Hunger. Du bleibst hier und bewachst das fortschreitende Chaos."

Sherlock schnurrte zustimmend, oder zumindest interpretierte Lotta es so. Sie zog ihren Mantel an und trat hinaus in die Berliner Kälte, entschlossen, sich mit einer großen Portion Kaffee und einem Stück Kuchen zu trösten.

Das kleine Café an der Ecke war wie immer gemütlich: der Duft von frisch gebrühtem Kaffee, das Summen leiser Gespräche und der gelegentliche Klang von Porzellantassen, die auf Untertassen gestellt wurden. Lotta wählte ihren Stammplatz am Fenster, wo sie sowohl die Straße als auch die Theke im Blick hatte. Doch bevor sie ihre Bestellung aufgeben konnte, bemerkte sie etwas – oder besser gesagt: jemanden.

Am Tisch neben ihr saßen Müller und Krause, die sich mit einer fast unheimlichen Hingabe auf ihre Mahlzeit konzentrierten. Müller hatte ein riesiges Stück Schwarzwälder Kirschtorte vor sich, während Krause sich mit einer dampfenden Tasse Tee abmühte, in der die Zitronenscheibe eindeutig dominierte.

Lotta konnte nicht anders, als zu grinsen. Die beiden wirkten wie Karikaturen von Detektiven, die sich gerade in einer wohlverdienten Pause von ihrem „stressigen" Alltag befanden. Sie beugte sich leicht vor, um ihr Gespräch besser zu hören.

„Ich sage dir, das ist der richtige Laden", brummte Müller, während er sich einen weiteren Löffel Torte in den Mund schob. „Sie hat dieses Buch. Ich spüre es."

„Du spürst gar nichts, außer Kalorien", erwiderte Krause und rührte nervös in seinem Tee. „Und selbst wenn sie das Buch hat, was sollen wir tun? Sie hat uns praktisch ausgelacht."

„Wir sind Profis", sagte Müller mit vollem Mund, was seine Autorität nicht gerade unterstrich. „Wir beobachten, wir analysieren, und dann... handeln wir."

Lotta musste sich auf die Zunge beißen, um nicht laut aufzulachen. Sie lehnte sich zurück und nahm ihr Handy heraus, als ob sie eine Nachricht schreiben wollte. In Wirklichkeit schoss sie ein Foto von den beiden, die gerade aussahen, als wären sie Statisten in einem schlechten Comedyfilm.

Gerade als sie das Bild speichern wollte, bemerkte Krause, dass sie sie ansah. Seine Augen weiteten sich, und er stieß Müller mit dem Ellbogen an. „Sie beobachtet uns!"

Müller drehte sich langsam um, ein fleckiger Sahnetropfen auf seinem Kinn. Seine Augen verengten sich, und er musterte Lotta, die sich jetzt ein unschuldiges Lächeln aufsetzte. „Oh, guten Tag, Frau Weber", sagte er und versuchte, lässig zu klingen. „Was für ein Zufall, Sie hier zu treffen."

„Ein Zufall?" Lotta legte den Kopf schief. „Natürlich. Es ist nicht so, dass ich Sie vor weniger als einer Stunde aus meinem Laden geworfen habe."

Krause räusperte sich und versuchte, die Situation zu retten. „Wir... äh... machen gerade Pause. Ermittlungen sind anstrengend."

„Das sehe ich", sagte Lotta und deutete auf Müllers Teller, der inzwischen fast leer war. „Ich hoffe, Sie haben genug Kalorien getankt, um meine ‚kriminellen Machenschaften' weiter zu verfolgen."

„Das hat nichts mit Ihnen zu tun", sagte Müller und wischte sich hastig den Mund ab. „Wir sind hier nur... zufällig."

„Natürlich sind Sie das", sagte Lotta und beugte sich leicht vor, ihre Stimme ein wenig leiser. „Und ich bin zufällig die Königin von England. Aber hören Sie, ich habe nichts zu verbergen. Also, wenn Sie mit Ihrer Taktik fertig sind, vielleicht sollten Sie sich überlegen, wie man subtiler vorgeht."

Müller kniff die Augen zusammen, aber Krause hielt ihn zurück. „Lassen Sie uns gehen", flüsterte der Dünne. „Das wird nur peinlich."

„Ja, gehen Sie", sagte Lotta und winkte verspielt. „Und viel Glück bei Ihrer ‚Analyse'. Vielleicht finden Sie ja eine Spur in der Dessertkarte."

Die beiden stolperten hastig aus dem Café, während Lotta sie mit einem Grinsen beobachtete. Sie bestellte schließlich ihren Kaffee und ein Stück Kuchen und lehnte sich zurück, um die seltsame Begegnung zu verarbeiten. Doch eines war klar: Müller und Krause waren mehr Clowns als Detektive. Aber genau das machte sie gefährlich – in ihrer Unbeholfenheit könnten sie mehr Schaden anrichten, als sie ahnten.

„Was für ein Zirkus", murmelte Lotta, während sie ihren Kaffee rührte. „Und ich bin offenbar die Hauptattraktion."

—-

Lotta hatte den Kuchen genossen und ihren Kaffee genüsslich ausgetrunken, doch ihre Gedanken ließen die beiden unfähigen Ermittler nicht los. Müller und Krause waren definitiv nicht das, was man als subtil bezeichnen würde. Dennoch – oder gerade deswegen – weckten sie ihre Neugier. Wer hatte sie auf sie angesetzt? Und warum waren sie so überzeugt, dass sie etwas Wichtiges zu verbergen hatte?

Als sie das Café verließ, bemerkte sie, dass die beiden Möchtegern-Spürhunde ein Stück weiter die Straße entlangliefen, anscheinend völlig in ihre Diskussion vertieft. Lotta spürte, wie eine kleine Welle von Abenteuerlust in ihr aufstieg. *Warum nicht?* dachte sie. *Ein bisschen Bewegung und eine Dosis Drama könnten nicht schaden.*

Sie zog ihren Schal enger um den Hals und folgte den beiden Männern, wobei sie sich so unauffällig wie möglich hielt. Müller und Krause schienen völlig ahnungslos, dass sie verfolgt wurden – oder sie waren zu beschäftigt mit ihrem Gespräch, um es zu bemerken.

„Ich sage dir, sie weiß mehr, als sie zugibt", hörte Lotta Müller murmeln. Seine Stimme war so laut, dass sie beinahe hätte lachen können. *Diskretion ist definitiv nicht ihre Stärke.*

„Aber was, wenn sie recht hat?", erwiderte Krause, seine Stimme ein wenig zittrig. „Vielleicht haben wir die falsche Spur. Vielleicht ist sie wirklich nur eine harmlose Buchhändlerin."

„Eine harmlose Buchhändlerin?", schnaubte Müller und blieb abrupt stehen, was Krause fast dazu brachte, ihm in den Rücken zu laufen. „Hast du ihre Augen gesehen? Die Art, wie sie uns angesehen hat? Sie hat etwas zu verbergen."

Lotta verdrehte die Augen. *Meine Augen? Wirklich? Ich wusste nicht, dass ich eine Karriere als Verhörspezialistin verpasst habe.*

Die beiden bogen um eine Ecke, und Lotta folgte ihnen, immer darauf bedacht, genügend Abstand zu halten. Sie landeten in einer schmalen Seitenstraße, die von alten, bröckelnden Gebäuden gesäumt war. Müller zog ein kleines Notizbuch aus seiner Tasche und blätterte darin herum, während Krause nervös um sich blickte.

„Bist du sicher, dass das der richtige Ort ist?" Krauses Stimme hatte einen misstrauischen Unterton.

„Natürlich bin ich sicher", antwortete Müller und klappte das Notizbuch zu. „Die Adresse ist eindeutig. Es ist hier irgendwo."

Lotta hielt inne und duckte sich hinter eine parkende Vespa. Sie konnte nicht viel erkennen, aber es war klar, dass die beiden nach etwas Bestimmtem suchten. Ihre Haltung änderte sich; sie wirkten konzentrierter, fokussierter. Das war neu.

Müller schritt auf eine unscheinbare Tür zu und klopfte dreimal, während Krause nervös die Straße beobachtete. Lotta hielt den Atem an. Die Tür öffnete sich einen Spalt, und sie konnte eine leise Unterhaltung hören, aber nicht genug, um die Worte zu verstehen. Nach ein paar Sekunden wurden Müller und Krause hereingelassen, und die Tür schloss sich wieder.

„Na toll", murmelte Lotta. „Das ist jetzt der Teil, in dem ich mich entscheide, ob ich eine dumme Heldin bin oder einfach nach Hause gehe."

Sie entschied sich für eine Mischung aus beidem. Sie näherte sich der Tür, hielt sich aber auf Abstand und suchte nach Anzeichen dafür, was hinter der Fassade geschah. Die Fenster waren mit Vorhängen verhängt, und sie konnte keine Stimmen hören. Es war, als wäre das Gebäude hermetisch abgeriegelt.

Lotta überlegte ihre Optionen. Sie könnte warten, bis die beiden wieder herauskamen, aber das würde bedeuten, im eisigen Wind zu stehen – und ihre Geduld war begrenzt. Andererseits hatte sie das Gefühl, dass dies der erste echte Hinweis war, den sie hatte, seit das Chaos mit dem Tagebuch begonnen hatte.

„Okay, Weber", flüsterte sie sich selbst zu. „Du bist vielleicht keine Spionin, aber du bist auch kein Feigling."

Sie zog ihr Handy heraus und machte ein Foto von der Tür sowie von der Hausnummer. Es war besser, vorbereitet zu sein, falls sie jemanden um Rat fragen müsste. Vielleicht Markus – obwohl er mehr Rätsel als Lösungen zu bieten hatte.

Gerade als sie einen Schritt zurücktreten wollte, hörte sie ein leises Geräusch hinter sich. Sie drehte sich um, doch die Straße war leer. Ein Schauer lief ihr über den Rücken, und für einen Moment hatte sie das Gefühl, beobachtet zu werden.

„Genug für heute", murmelte sie und zog sich hastig zurück, bevor sie in eine dunklere Gasse schlüpfte und sich auf den Heimweg machte. Was auch immer Müller und Krause hier trieben, es war klar, dass sie in etwas Größeres verwickelt waren, als sie selbst verstanden. Und Lotta wusste, dass sie noch tiefer graben musste, wenn sie herausfinden wollte, was hier wirklich gespielt wurde.

—-

Nachdem Lotta die seltsame Begegnung mit Müller und Krause hinter sich gelassen hatte, entschied sie, dass es an der Zeit war, jemanden zu konsultieren, der vielleicht mehr über das Tagebuch und die merkwürdigen Ereignisse um sie herum wusste. Markus war keine Option – er verbarg eindeutig zu viel. Aber Dr. Mayer, ein exzentrischer Historiker und ein alter Bekannter von Markus, könnte ihr helfen.

Sie fand ihn in seinem Büro an der Universität, einem chaotischen Raum, der wie eine Mischung aus einer Bibliothek und einem Antiquitätenladen wirkte. Stapel von Büchern türmten sich auf dem Schreibtisch, und an den Wänden hingen alte Landkarten, die mit roten Fäden markiert waren, als würde Mayer einen historischen Kriminalfall lösen.

„Ah, Frau Weber!" Dr. Mayer hob den Kopf, seine runde Brille schief auf der Nase. Er sah aus, als hätte er seit Tagen nicht geschlafen. „Markus hat Sie angekündigt. Ein faszinierendes Buch, sagen Sie?"

„Faszinierend ist eine Möglichkeit, es zu beschreiben", sagte Lotta und setzte sich auf den einzigen freien Stuhl im Raum, der nicht von Büchern belagert war. „Beängstigend, rätselhaft, und möglicherweise lebensgefährlich wären andere."

Mayer lachte, ein tiefes, kehliges Geräusch, das fast ansteckend wirkte. „Das klingt nach den besten Büchern. Zeigen Sie es mir."

Lotta zog das Tagebuch aus ihrer Tasche und legte es vorsichtig auf den Tisch. Mayer beugte sich darüber, seine Hände zitterten leicht, während er die Seiten durchblätterte. „Wundervoll", murmelte er. „Wien, frühes 20. Jahrhundert... die Handschrift ist ausgezeichnet. Und dieser Code..."

„Code?", fragte Lotta und lehnte sich vor. „Was für ein Code?"

Mayer blickte auf, seine Augen leuchteten vor Begeisterung. „Hier, sehen Sie! Diese Einträge – sie scheinen harmlos, aber die Struktur, die Abstände zwischen den Worten... das ist ein typischer Verschlüsselungsstil aus der Zeit des Ersten Weltkriegs. Wahrscheinlich ein Agent oder jemand, der mit sensiblen Informationen arbeitete."

Lotta spürte, wie ihr Herz schneller schlug. „Und können Sie es entschlüsseln?"

Mayer grinste. „Das ist die richtige Frage, Frau Weber. Ich könnte es versuchen. Aber solche Codes sind wie Rätsel – sie brauchen Zeit, und manchmal einen Schlüssel."

„Einen Schlüssel?" Lotta stöhnte. „Natürlich. Es gibt immer einen Schlüssel. Und ich nehme an, der liegt nicht zufällig unter meiner Fußmatte?"

„Wohl kaum", sagte Mayer und blätterte weiter durch das Buch. „Manchmal sind solche Schlüssel versteckt – in anderen Texten, in Artefakten oder sogar in Orten. Erzählen Sie mir, wie Sie an dieses Buch gekommen sind."

Lotta zögerte einen Moment, dann erzählte sie ihm von ihrem Fund auf dem Flohmarkt, den seltsamen Ereignissen danach und den mysteriösen Personen, die plötzlich in ihrem Leben auftauchten. Mayer hörte aufmerksam zu, seine Finger tippten unruhig auf die Tischplatte.

„Interessant", sagte er schließlich. „Sehr interessant. Die Baronesse, Müller und Krause, Markus... es scheint, dass dieses Buch mehr Verbindungen hat, als es zunächst den Anschein hat."

„Das dachte ich mir", murmelte Lotta. „Und was mache ich jetzt? Warten, bis jemand versucht, es mir zu stehlen? Oder mich plötzlich in einer Verfolgungsjagd wiederfinde?"

Mayer lehnte sich zurück, seine Augen fixierten sie. „Sie haben zwei Möglichkeiten, Frau Weber. Sie könnten das Buch loswerden – es jemandem geben, der damit umgehen kann. Oder... Sie könnten das Rätsel selbst lösen."

„Loswerden?" Lotta lachte trocken. „Das wäre die vernünftige Option, oder? Aber Vernunft und ich sind keine engen Freunde."

Mayer nickte langsam. „Das habe ich mir gedacht. Gut, dann werde ich Ihnen helfen. Aber seien Sie vorsichtig, Frau Weber. Bücher wie dieses ziehen die Aufmerksamkeit der falschen Leute auf sich."

„Das weiß ich schon", sagte Lotta und stand auf. „Vielen Dank, Dr. Mayer. Ich werde mich melden, wenn ich weitere Fragen habe."

Mayer hielt das Tagebuch hoch, seine Augen leuchteten vor Neugier. „Das ist mehr als ein Buch, Frau Weber. Es ist ein Schlüssel zu etwas Größerem. Halten Sie es sicher."

Lotta nickte und nahm das Tagebuch zurück, als wäre es ein kostbarer Schatz. Als sie das Büro verließ, fühlte sie sich einerseits erleichtert, andererseits aber noch tiefer in das Rätsel verwickelt. Und tief in ihrem Inneren wusste sie, dass das Tagebuch nur die Spitze eines viel größeren Eisbergs war.

—-

Die Nacht war längst über Berlin hereingebrochen, und der Buchladen wirkte unter dem schwachen Schein der Straßenlaternen wie eine Szene aus einem Noir-Film. Lotta hatte es sich hinter der Theke gemütlich gemacht, mit Sherlock als schnurrendem Wachposten an ihrer Seite. Sie hatte versucht, sich in ein Buch zu vertiefen, aber die Ereignisse des Tages ließen ihr keine Ruhe.

Ein leises Klopfen an der Tür ließ sie aufhorchen. Es war nicht das gewöhnliche, fordernde Klopfen eines Kunden, sondern ein vorsichtiges, fast zögerliches Geräusch. Lotta fröstelte unwillkürlich. Sie schloss das Buch, legte es auf den Tresen und ging zur Tür.

„Wer klopft um diese Zeit?", murmelte sie und spähte durch den Vorhang. Draußen war nichts zu sehen, nur der Schatten eines Baums, der sich im Wind bewegte. Doch das Klopfen ertönte erneut, diesmal etwas lauter.

„Na großartig", flüsterte Lotta und griff nach einem schweren Buch – eine alte Enzyklopädie, die als Waffe genauso gut geeignet war wie als Lektüre. Sie öffnete die Tür einen Spalt weit, bereit, jeden Eindringling mit einem Zitat aus der Geschichte der Renaissance oder einem kräftigen Schlag abzuwehren.

Doch es war niemand zu sehen.

„Das ist nicht lustig", sagte sie laut, in der Hoffnung, dass ihr Sarkasmus ihre Nervosität übertönen würde. „Wenn das ein Streich ist, dann haben Sie die falsche Zielperson gewählt."

Gerade als sie die Tür wieder schließen wollte, bemerkte sie etwas auf dem Boden – ein kleiner, in Leinen gewickelter Gegenstand, der mit einer Kordel zusammengehalten wurde. Ihre Augen verengten sich, und sie hob das Paket vorsichtig auf, während Sherlock hinter ihr ein leises Fauchen ausstieß.

„Beruhig dich, Sherlock", sagte Lotta und drehte das Paket in ihren Händen. „Es ist wahrscheinlich nur eine Einladung zum nächsten Buchclub. Mit einer Morddrohung als Bonus."

Sie schloss die Tür hinter sich und legte das Päckchen auf den Tresen. Der Leinenstoff fühlte sich rau an, und die Kordel war eng genug gebunden, dass sie Schwierigkeiten hatte, sie zu lösen. Als es ihr schließlich gelang, kam ein kleiner Schlüssel zum Vorschein, zusammen mit einem Zettel, der hastig mit einer feinen, eleganten Schrift beschrieben war.

„Der Schlüssel öffnet eine Tür, die Sie nicht finden sollen. Vertrauen Sie niemandem. Nicht einmal denen, die Sie zu kennen glauben."

Lotta las die Nachricht zweimal, dann ein drittes Mal, während ihre Gedanken zu rasen begannen. Ein Schlüssel. Eine mysteriöse Warnung. Und noch mehr Rätsel, die sich wie ein Netz um sie legten.

„Natürlich", murmelte sie und ließ den Zettel auf den Tresen fallen. „Warum nicht? Ein weiterer Beweis dafür, dass mein Leben mittlerweile einem schlechten Thriller gleicht."

Sherlock sprang auf den Tresen, schnüffelte an dem Schlüssel und fauchte erneut. Lotta schüttelte den Kopf. „Beruhig dich. Wenn das ein magischer Schlüssel zu einer anderen Dimension ist, dann bleibst du hier und beschützt den Laden."

Doch bevor sie weiter über das Rätsel nachdenken konnte, hörte sie ein leises Knarren – diesmal von der Rückseite des Ladens. Ihr Herz setzte für einen Moment aus, bevor es doppelt so schnell schlug. Sie griff nach der Enzyklopädie und schlich sich vorsichtig zur Hintertür, ihre Schritte so leise wie möglich.

Ein Schatten bewegte sich hinter dem milchigen Glas der Tür, und Lotta spürte, wie ihre Handflächen feucht wurden. *Wer auch immer das ist, er hat nicht geklopft*, dachte sie und hob das Buch wie einen improvisierten Hammer.

„Wenn Sie ein Einbrecher sind, dann haben Sie den falschen Laden gewählt", sagte sie laut genug, dass der Schatten sie hören konnte. „Hier gibt es keine Kasse und nur verstaubte Bücher. Und wenn Sie nach dem Tagebuch suchen, dann sage ich Ihnen gleich, dass es nicht hier ist."

Die Tür öffnete sich langsam, und Lotta hielt die Enzyklopädie so fest, dass ihre Finger schmerzten. Doch statt eines maskierten Räubers oder einer mysteriösen Baronesse stand Markus vor ihr, seine Silhouette im schwachen Licht der Straßenlaterne kaum zu erkennen.

„Markus?" Ihre Stimme war eine Mischung aus Erleichterung und Ärger. „Wollen Sie mich umbringen? Warum kommen Sie durch die Hintertür wie ein Einbrecher?"

„Ich wollte vermeiden, dass jemand uns sieht", sagte Markus ruhig, trat ein und schloss die Tür hinter sich. Seine Augen wanderten sofort zu dem Schlüssel auf dem Tresen. „Was ist das?"

Lotta warf ihm einen misstrauischen Blick zu. „Oh, nur ein weiteres Rätsel in meinem neuen Hobby als unfreiwillige Detektivin. Wollen Sie mir jetzt endlich sagen, was hier los ist, oder möchten Sie weiter der mysteriöse Typ sein, der nie Antworten gibt?"

Markus hob den Schlüssel und betrachtete ihn einen Moment lang, bevor er ihn wieder ablegte. „Das ist ein Warnsignal, Lotta. Jemand will, dass Sie eine Botschaft verstehen – oder sich einschüchtern lassen."

„Ja, ich bin sehr beeindruckt von ihrer Dramatik", sagte Lotta und setzte sich wieder an den Tresen. „Aber wissen Sie, was wirklich einschüchternd ist? Leute, die zur Hintertür hereinkommen und keine Erklärungen abgeben."

Markus sah sie an, sein Blick ernst. „Es ist besser, wenn Sie nicht alles wissen, Lotta. Noch nicht."

„Das sagen Sie immer", erwiderte sie und verschränkte die Arme. „Und es wird langsam alt."

Die Spannung zwischen ihnen war greifbar, ein stiller Kampf um Kontrolle und Vertrauen. Markus schien etwas zu sagen wollen, hielt sich aber zurück, und Lotta wusste, dass sie keine Antworten bekommen würde – zumindest nicht jetzt.

„Bleiben Sie wachsam", sagte er schließlich. „Und wenn Sie etwas Ungewöhnliches bemerken, rufen Sie mich sofort an."

„Wissen Sie, Markus", sagte Lotta und lehnte sich vor, „wenn Sie nicht bald anfangen, mir die Wahrheit zu sagen, werde ich vielleicht aufhören, Ihnen zu vertrauen."

Er hielt ihrem Blick stand, und für einen Moment glaubte sie, etwas Echtes, etwas Menschliches in seinen Augen zu sehen. Doch dann wandte er sich ab und verschwand so schnell, wie er gekommen war, zurück in die Nacht.

Lotta schloss die Tür hinter ihm und starrte auf den Schlüssel, der immer noch auf dem Tresen lag. Sie wusste, dass sie mitten in etwas war, das weit größer war, als sie sich jemals hätte vorstellen können. Und sie wusste auch, dass es keinen Weg mehr zurück gab.

Kapitel 6

Es war ein Nachmittag wie jeder andere im Buchladen: Staubpartikel tanzten in den schmalen Lichtstrahlen, Sherlock schnarchte auf der Theke, und Lotta versuchte, sich mit einer Tasse Tee zu beruhigen. Ihr Leben war in den letzten Tagen ein Kaleidoskop aus mysteriösen Ereignissen geworden, und sie hätte alles gegeben für einen Moment der Normalität.

Doch natürlich sollte das nicht passieren.

Die Türglocke erklang, aber das vertraute Klingeln war diesmal schwerer, fast bedrohlich. Lotta hob den Blick und sah, wie ein Mann eintrat, der die Definition von „russischer Geschäftsmann" neu zu schreiben schien. Volkov war groß, breit gebaut, mit einem maßgeschneiderten Anzug, der aussah, als könnte er ein kleines Vermögen kosten. Sein Gesicht war markant, fast grob, aber seine Augen – sie waren kalt, berechnend, wie ein Jäger, der seine Beute fixiert.

„Guten Tag", sagte er mit einem Akzent, der so dick war, dass man ihn mit einem Messer schneiden konnte. Seine Stimme war tief und samtig, aber Lotta konnte die unterschwellige Autorität nicht überhören.

„Guten Tag", antwortete sie vorsichtig, ihre Teetasse noch in der Hand. „Kann ich Ihnen helfen? Oder suchen Sie nur ein Buch, das zur Einrichtung Ihres Büros passt?"

Ein leichtes Lächeln spielte um seine Lippen, aber es erreichte seine Augen nicht. „Ich suche etwas Spezielles, Fräulein Weber. Ein Buch, das vielleicht in Ihren Besitz gelangt ist."

Lotta legte die Tasse ab und verschränkte die Arme. „Ich wusste nicht, dass mein Laden eine so beliebte Adresse für spezielle Bücher ist. Worum geht es genau? ‚Krieg und Frieden'? Oder eher ‚Die Kunst des Krieges'?"

Volkov trat näher, seine Bewegungen waren langsam und bedrohlich, wie die eines Raubtiers. „Das Buch, das ich suche, hat keinen Titel, der Sie interessieren würde. Aber sein Inhalt... der könnte sehr wertvoll sein."

Lotta blieb stehen, hielt seinem Blick stand, obwohl ihr Herz schneller schlug. „Nun, wenn Sie mir nicht genau sagen, was Sie suchen, wird es schwer, Ihnen zu helfen."

Er legte eine Hand auf die Theke, und seine massiven Ringe funkelten im Licht. „Lassen Sie uns offen sprechen, Fräulein Weber. Ich habe gehört, dass Sie kürzlich ein Buch erworben haben, das aus einer privaten Sammlung stammt. Vielleicht haben Sie es auf einem Flohmarkt gefunden."

„Ein Flohmarkt?", wiederholte Lotta und hob eine Augenbraue. „Klingt nach einem sehr prestigeträchtigen Ort für ein so ‚wertvolles' Buch."

„Der Wert eines Buches liegt nicht im Ort, an dem es gefunden wird, sondern in der Geschichte, die es erzählt", sagte Volkov und beugte sich leicht vor. „Und ich glaube, dieses Buch erzählt eine Geschichte, die mich interessiert."

Lotta spürte, wie ihr Magen sich zusammenzog. Es war klar, dass er über das Tagebuch sprach, aber sie war entschlossen, nichts preiszugeben. „Es tut mir leid, aber ich habe keine Ahnung, wovon Sie sprechen. Vielleicht sollten Sie es in einem Antiquariat versuchen."

Ein kurzes Lächeln huschte über sein Gesicht, aber es war nicht freundlich. „Ich schätze Ihre Vorsicht, Fräulein Weber. Doch ich bin ein geduldiger Mann. Und sehr... überzeugend."

Bevor sie antworten konnte, zog er eine Visitenkarte aus seiner Tasche und legte sie auf die Theke. Der Karton war schwer, mit vergoldeter Schrift, die nur seinen Namen und eine Telefonnummer zeigte. „Wenn Sie Ihre Meinung ändern, rufen Sie mich an."

Lotta sah die Karte an, dann zu ihm. „Ich werde es mir überlegen."

„Tun Sie das", sagte Volkov und trat zurück. „Aber warten Sie nicht zu lange. Manche Gelegenheiten sind vergänglich."

Er verließ den Laden, und die Türglocke klang diesmal wie ein abschließendes Urteil. Lotta atmete tief durch und nahm die Karte in die Hand, bevor sie Sherlock ansah.

„Na, was meinst du?", fragte sie den Kater, der sie mit seinen grünen Augen durchdringend ansah. „Ein Typ wie aus einem Mafiafilm, oder?"

Sherlock miaute, und Lotta legte die Karte auf die Theke. „Großartig. Noch eine Figur in meinem persönlichen Spionageroman. Was könnte schon schiefgehen?"

—-

Lotta saß immer noch an der Theke und starrte die Visitenkarte an, als ob sie jeden Moment anfangen könnte, ihr Geheimnisse zu erzählen. Die goldene Schrift glänzte im schwachen Licht der Ladentheke, und Volkovs Name schien sich tiefer in ihr Gedächtnis zu graben, als sie wollte. *Boris Volkov.* Ein Name, der klang, als hätte er in den Credits eines James-Bond-Films auftauchen können – als Bösewicht, versteht sich.

„Was mache ich jetzt, Sherlock?" fragte sie, während sie den Kater ansah, der auf der Theke lag und sich demonstrativ streckte. „Rufe ich ihn an und frage, ob er auch Kuchen mitbringen würde, wenn er mich weiter einschüchtern will?"

Sherlock antwortete mit einem leisen Schnurren, das eher nach Gleichgültigkeit klang. Lotta seufzte und schüttelte den Kopf. Sie konnte Volkov nicht ignorieren, aber ihm einfach alles preisgeben – das war auch keine Option.

Plötzlich vibrierte ihr Handy. Der Anruf kam von einer unbekannten Nummer. Ihr Bauchgefühl sagte ihr, dass es genau der Mann war, über den sie gerade nachdachte. Sie zögerte einen Moment, bevor sie abhob.

„Weber hier", sagte sie knapp, ihre Stimme so neutral wie möglich.

„Ah, Fräulein Weber", kam die tiefe, samtige Stimme, die sie sofort erkannte. „Ich hoffe, ich störe nicht."

„Natürlich nicht", sagte Lotta trocken. „Ich liebe es, unerwartete Anrufe von mysteriösen Fremden zu bekommen."

Volkov lachte leise, aber es klang, als würde er nicht oft lachen – und wenn doch, dann nicht aus Freude. „Ich dachte, ich würde es einfacher machen. Sie wissen, warum ich angerufen habe."

„Nicht wirklich", sagte Lotta und versuchte, so unschuldig wie möglich zu klingen. „Vielleicht wollen Sie mir ein Abo für russische Klassiker verkaufen?"

„Witzig", sagte Volkov mit einem Unterton, der sie erschaudern ließ. „Nein, ich möchte Ihnen ein Angebot machen."

„Ein Angebot?" Lotta hob die Augenbrauen und lehnte sich zurück. „Das klingt ja fast wie eine Szene aus einem Mafiafilm."

„Vielleicht", sagte Volkov, ohne auf den Sarkasmus einzugehen. „Ich bin bereit, Ihnen einen erheblichen Betrag zu zahlen. Für das Buch."

Lotta spürte, wie ihr Puls schneller wurde, aber sie zwang sich, ruhig zu bleiben. „Ich weiß nicht, wovon Sie sprechen."

„Kommen Sie, Fräulein Weber", sagte Volkov, und jetzt war seine Stimme ein wenig härter. „Spielen Sie nicht die Unwissende. Ich weiß, dass Sie das Tagebuch haben. Und ich weiß, wie wertvoll es ist."

„Falls ich es hätte", sagte Lotta, ihre Stimme vorsichtig, „warum sollten Sie bereit sein, so viel dafür zu zahlen? Es ist nur ein altes Buch."

„Alte Bücher enthalten oft neue Geheimnisse", antwortete Volkov kryptisch. „Ich bin bereit, zehn Tausend Euro dafür zu zahlen."

Lotta musste sich beherrschen, um nicht laut aufzulachen. „Zehn Tausend? Wow. Das ist ja fast genug, um die Heizung für den Winter zu zahlen. Aber ich fürchte, ich muss ablehnen."

„Das ist keine Ablehnung, die Sie leichtfertig treffen sollten", sagte Volkov, und nun war seine Stimme so kalt wie eine Berliner Winternacht. „Überlegen Sie es sich. Ich bin ein geduldiger Mann – aber meine Geduld hat Grenzen."

„Wie nett von Ihnen, mich zu warnen", sagte Lotta, die versuchte, ihre Nerven zu behalten. „Aber ich fürchte, Sie verschwenden Ihre Zeit."

„Das hoffe ich nicht", sagte Volkov und legte auf, bevor sie antworten konnte.

Lotta legte das Handy auf den Tresen und starrte es an, als ob es sie gleich angreifen könnte. „Fantastisch", murmelte sie. „Jetzt bin ich offiziell im Visier eines Mannes, der klingt, als hätte er mehr Geheimnisse als die NSA."

Sherlock sprang von der Theke und rieb seinen Kopf an ihrer Hand, als ob er sie trösten wollte. „Danke, Sherlock", sagte sie leise. „Aber ich fürchte, dein Schnurren wird mich diesmal nicht retten."

Sie wusste, dass Volkov nicht der Typ war, der leicht aufgab. Und sie wusste auch, dass sie jetzt vorsichtiger sein musste als je zuvor. Doch eines war sicher: Sie würde nicht so leicht aufgeben.

Lotta warf die Visitenkarte von Boris Volkov auf den Tisch, als wäre sie eine Schlange, die jederzeit zubeißen könnte. Sie fühlte sich, als wäre sie in ein Spiel geraten, dessen Regeln sie weder kannte noch verstehen konnte. Die Zeit für Rätsel war vorbei – sie brauchte jemanden, der Klarheit brachte. Und dieser Jemand war Markus.

Sie griff nach ihrem Handy und wählte seine Nummer. Es dauerte nur zwei Klingeltöne, bis er abhob. „Weber? Alles in Ordnung?"

„Definieren Sie ‚in Ordnung'", sagte Lotta mit einem Anflug von Sarkasmus. „Ein russischer Geschäftsmann ist gerade in meinen Laden spaziert, hat mir ein Angebot gemacht, das ich ablehnen sollte, und klingt wie eine wandelnde Bedrohung. Oh, und er weiß von dem Buch. Also ja, mein Tag läuft fantastisch."

Markus blieb einen Moment stumm. Als er wieder sprach, klang seine Stimme ruhig, aber angespannt. „Wo sind Sie jetzt?"

„Wo sollte ich sein? Zu Hause, mit meinem Kater, der inzwischen wahrscheinlich mehr über Spionage versteht als ich." Lotta hielt inne und setzte einen bissigen Ton auf. „Ich nehme an, Sie wissen, wer Boris Volkov ist?"

„Bleiben Sie, wo Sie sind", sagte Markus, ohne auf ihre Frage einzugehen. „Ich bin in zehn Minuten da."

„Wirklich? Kein ‚Bleiben Sie ruhig' oder ‚Alles wird gut'?", fragte Lotta, aber Markus hatte bereits aufgelegt.

Sie ließ das Handy sinken und warf Sherlock einen Blick zu, der inzwischen wieder auf der Theke lag und demonstrativ gähnte. „Toll. Und da dachte ich, meine sozialen Kontakte könnten nicht chaotischer werden."

Genau zehn Minuten später klingelte es an ihrer Tür, und Markus trat ein, ohne auf eine Einladung zu warten. Er trug wie immer seinen markanten Mantel und wirkte so souverän wie ein Mann, der mit Geheimnissen verheiratet war. Sein Blick fiel sofort auf die Visitenkarte auf dem Tisch.

„Er war hier", sagte er, mehr zu sich selbst als zu Lotta. Seine Augen wanderten zu ihr, und sie konnte die Spannung in seinem Gesicht lesen. „Was hat er gesagt?"

„Oh, nichts Besonderes", sagte Lotta und verschränkte die Arme. „Nur, dass er das Buch will, dass er bereit ist, einen absurden Betrag dafür zu zahlen, und dass ich darüber nachdenken sollte, bevor er die Geduld verliert."

Markus fluchte leise, ein Ton, den Lotta nicht erwartet hatte, und griff nach der Karte. Er hielt sie einen Moment in der Hand, als ob sie ihm Antworten geben könnte, bevor er sie zurück auf den Tisch warf. „Das wird komplizierter, als ich dachte."

„Komplizierter?", wiederholte Lotta und sah ihn mit einer Mischung aus Wut und Frustration an. „Komplizierter als was? Sie haben mir immer noch nicht gesagt, was hier eigentlich los ist! Wer ist Volkov, und warum glaubt er, dass ich dieses verdammte Buch habe?"

Markus sah sie an, und für einen Moment dachte Lotta, dass er ihr endlich die Wahrheit sagen würde. Doch dann wandte er sich ab und begann, im Raum auf und ab zu gehen. „Volkov ist... jemand, mit dem man sich besser nicht anlegt. Er hat Ressourcen, Verbindungen, und er spielt nie fair."

„Großartig", sagte Lotta und ließ sich auf einen Stuhl fallen. „Das erklärt natürlich alles. Vielen Dank für Ihre erleuchtenden Worte."

„Lotta", sagte Markus, und seine Stimme klang diesmal weicher. Er kniete sich vor sie und sah ihr direkt in die Augen. „Hören Sie mir zu. Dieses Buch – was auch immer es enthält – ist gefährlich. Nicht nur für Sie, sondern für jeden, der damit in Berührung kommt. Volkov ist nicht der Einzige, der danach sucht. Und wenn er weiß, dass Sie es haben könnten, wird er nicht aufgeben."

„Also was schlagen Sie vor?" Ihre Stimme zitterte leicht, und sie hasste sich dafür. „Soll ich es ihm einfach geben und hoffen, dass er mich dann in Ruhe lässt?"

„Nein", sagte Markus entschieden. „Sie geben ihm gar nichts. Ich kümmere mich darum."

Lotta lachte trocken. „Ach ja? Und wie genau wollen Sie das machen? Ein nettes Gespräch mit ihm führen und ihm erklären, dass er mich bitte nicht weiter belästigen soll?"

„Das überlassen Sie mir", sagte Markus, und in seinen Augen lag ein Ausdruck, der sie gleichzeitig beruhigte und verunsicherte. „Aber Sie müssen mir vertrauen."

„Vertrauen?", wiederholte Lotta und lehnte sich zurück. „Das ist schwer, wenn Sie mich ständig im Dunkeln lassen."

Markus hielt ihrem Blick stand, und für einen Moment schien es, als würde er etwas sagen, das alles ändern könnte. Doch dann wandte er sich ab und griff nach seiner Tasche. „Ich muss gehen. Aber bleiben Sie hier, und öffnen Sie die Tür nur für mich."

„Natürlich", sagte Lotta sarkastisch. „Ich werde sicherstellen, dass ich keine Einladungen für zwielichtige Geschäftsmänner verschicke."

Markus hielt inne, bevor er die Tür öffnete, und sah sie noch einmal an. „Lotta, ich meine es ernst. Seien Sie vorsichtig."

Und mit diesen Worten verschwand er, ließ Lotta mit mehr Fragen als Antworten zurück. Sie sah auf die Visitenkarte, die immer noch auf dem Tisch lag, und dann auf das Tagebuch, das sie inzwischen fast verfluchte. *Was für ein Spiel spielst du, Markus?* dachte sie. Und mehr noch: *In welchem Spiel bin ich hier die Spielfigur?*

Lotta wusste, dass sie Markus nicht allein handeln lassen konnte. Irgendetwas in seinem Verhalten – seine geheimnisvolle Art, die ständigen Ausweichmanöver – machte sie misstrauisch. Also beschloss sie, ihm nachzugehen. Es war nicht schwer, ihn zu finden; er war vorhersehbarer, als er sich eingestand. Das kleine Café an der Ecke, in dem er oft arbeitete, war genau der Ort, den sie erwartet hatte.

Markus saß in einer abgelegenen Ecke, sein Mantel über die Stuhllehne gehängt, ein schwarzer Kaffee vor sich. Ihm gegenüber saß ein Mann, den Lotta nicht kannte – schlank, mit kurzen Haaren und einem Gesichtsausdruck, der zu sagen schien: *Ich bin gefährlicher, als ich aussehe.* Lotta nahm unauffällig Platz an einem Tisch in der Nähe, mit ihrem Handy bereit, jedes Gespräch aufzuzeichnen, das ihr verdächtig erschien.

Sie konnte nicht alles hören, aber die Körpersprache der beiden Männer war eindeutig: angespannte Schultern, intensive Blicke, ein unterdrücktes Knistern von Machtspiel und Gefahr. Markus sprach leise, doch seine Worte schienen den anderen Mann zu ärgern. Lotta nahm ein Stück des Gesprächs auf.

„Volkov ist zu nah dran", sagte Markus und rührte gedankenverloren in seinem Kaffee. „Wir müssen handeln, bevor er das Buch bekommt."

Der Fremde schüttelte den Kopf, lehnte sich zurück und verschränkte die Arme. „Das ist kein Spiel, Markus. Volkov spielt nicht nach den Regeln. Und wenn du dich einmischst, bringst du nicht nur dich in Gefahr, sondern auch deine... Freundin."

Freundin? Lotta verdrehte die Augen. Wenn sie jemals als „Freundin" in irgendeinem dieser absurden Machenschaften eingeordnet werden wollte, dann hatte sie es offensichtlich verpasst.

„Ich brauche nur Zeit", sagte Markus, seine Stimme leiser, fast flehend. „Gib mir ein paar Tage, und ich kann es regeln."

Der Fremde schnaubte. „Zeit ist etwas, das wir nicht haben. Volkov hat keine Geduld, und du weißt genau, was er tun wird, wenn er glaubt, dass du ihn betrügst."

Markus lehnte sich nach vorne, und seine Stimme senkte sich weiter, bis Lotta kaum noch etwas hören konnte. Doch der andere Mann schüttelte erneut den Kopf, griff nach seiner Jacke und stand auf.

„Du hast 48 Stunden", sagte er, bevor er ging. „Wenn du es bis dahin nicht geregelt hast, bin ich raus. Und glaub mir, Markus, du willst mich nicht gegen dich haben."

Markus starrte ihm nach, seine Hände um die Tasse fest umklammert. Es dauerte einige Sekunden, bevor er sich regte, und Lotta nutzte die Gelegenheit, um zu ihm zu gehen. Sie setzte sich ohne Einladung auf den Stuhl des Fremden und lehnte sich vor, ein süffisantes Lächeln auf den Lippen.

„Interessante Unterhaltung", sagte sie. „Soll ich fragen, wer dein Freund war, oder kommen wir gleich zu den Teilen, die mich betreffen?"

Markus zuckte nicht zusammen, doch seine Augen verengten sich leicht. „Lotta, das ist nicht der richtige Ort für dieses Gespräch."

„Ach wirklich?" Sie verschränkte die Arme. „Weil du hier anscheinend keine Probleme hast, geheime Pläne zu schmieden. Warum nicht mich einbeziehen? Immerhin geht es hier um mein Leben, oder?"

Markus seufzte und rieb sich die Schläfen, als ob er Kopfschmerzen hätte. „Du verstehst nicht, was auf dem Spiel steht."

„Dann erklär es mir", sagte Lotta und lehnte sich zurück. „Denn bisher verstehe ich nur, dass ein Mann namens Volkov mich bedroht, ein Tagebuch plötzlich wie ein Goldschatz behandelt wird, und du bist mitten in diesem Chaos, ohne mir jemals die Wahrheit zu sagen."

Er sah sie einen Moment lang an, seine Lippen fest aufeinandergepresst. Dann beugte er sich vor und sprach leise, aber eindringlich: „Volkov ist nicht nur irgendein Geschäftsmann. Er hat Verbindungen, die weit über das hinausgehen, was du dir vorstellen kannst. Wenn er das Tagebuch bekommt, wird er es benutzen, um etwas zu finden, das die falschen Leute in die Hände bekommen könnten."

„Etwas zu finden?" Lotta schnaubte. „Das klingt nach einem Indiana-Jones-Film. Was ist das – ein Schatz, eine Weltkarte, der verlorene Heilige Gral?"

„Es ist komplizierter als das", sagte Markus, seine Stimme jetzt härter. „Aber ich brauche dich, um mir zu vertrauen, Lotta. Du darfst Volkov das Buch nicht geben, egal, was er dir anbietet."

„Ich hätte es ihm sowieso nicht gegeben", sagte sie und stand auf. „Aber Markus, du solltest wissen, dass ich nicht mehr blind auf dich höre. Ab jetzt spiele ich nach meinen eigenen Regeln."

Bevor er etwas erwidern konnte, drehte sie sich um und ging. Sie fühlte, wie sein Blick sie verfolgte, aber sie hielt den Kopf hoch. *Wenn Markus mir nicht alles erzählen will*, dachte sie, *dann finde ich die Antworten eben selbst.*

—-

Die kalte Berliner Nacht hatte sich wie eine Decke über die Stadt gelegt, als Lotta zurück in ihrem Buchladen saß. Sherlock lag zusammengerollt auf einem Stapel unverkaufter Bücher und schnarchte leise, ein beruhigender Kontrast zu dem Chaos, das in ihrem Kopf tobte. Der Tag hatte mehr Fragen als Antworten gebracht, und Markus hatte es geschafft, noch mysteriöser zu wirken als zuvor. Lotta war sich sicher: Wenn Geheimnisse eine olympische Disziplin wären, hätte er die Goldmedaille verdient.

Gerade als sie überlegte, ob sie den Abend mit einer Flasche Wein und einem trashigen Roman ausklingen lassen sollte, vibrierte ihr Handy auf der Theke. Die Nummer war wieder unbekannt. Ihr Herzschlag beschleunigte sich, und ein vertrauter Schauder lief ihr über den Rücken. *Das kann nichts Gutes sein.*

Sie zögerte einen Moment, bevor sie abnahm. „Ja, Weber hier."

„Fräulein Weber", kam die dunkle, samtige Stimme von Boris Volkov. Seine Aussprache war perfekt, aber der Akzent blieb unverkennbar. „Wie schön, dass Sie noch wach sind."

„Wie aufmerksam von Ihnen, meine Schlafgewohnheiten zu hinterfragen", sagte Lotta trocken und lehnte sich gegen die Theke. „Was kann ich für Sie tun? Oder ist das hier der Teil, in dem Sie mich subtil bedrohen?"

Volkov lachte leise, ein Klang, der ihr eine Gänsehaut über den Rücken jagte. „Bedrohen? Nein, Fräulein Weber, das ist nicht mein Stil. Ich wollte nur sicherstellen, dass Sie wissen, was auf dem Spiel steht."

„Oh, ich glaube, das haben Sie beim letzten Mal recht deutlich gemacht", erwiderte sie und versuchte, die Nervosität in ihrer Stimme zu unterdrücken. „Aber ich bin mir sicher, dass Sie mir trotzdem ein weiteres Angebot unterbreiten möchten."

„Ein Angebot, ja", sagte Volkov langsam. „Aber nicht wie das letzte. Diesmal geht es nicht um Geld. Es geht um Sicherheit."

Lotta spürte, wie ihr Atem flacher wurde. „Sicherheit? Das klingt ja fast... großzügig. Was genau meinen Sie damit?"

„Ich möchte, dass Sie verstehen, Fräulein Weber", sagte Volkov, und seine Stimme war jetzt kälter, schärfer. „Dieses Buch ist nicht nur ein Stück Papier. Es ist ein Schlüssel. Und Schlüssel öffnen Türen – oder sie schließen sie für immer. Wenn Sie klug sind, werden Sie es mir geben und sich aus diesem Spiel heraushalten."

„Und wenn ich mich entscheide, nicht klug zu sein?" Lotta konnte nicht anders, als die Frage mit einer Spur von Ironie zu stellen, obwohl sie wusste, dass sie damit auf dünnem Eis tanzte.

„Dann, meine Liebe", sagte Volkov mit einem Hauch von Bedauern in seiner Stimme, „werde ich keine andere Wahl haben, als sicherzustellen, dass dieses Problem... verschwindet."

Lotta musste sich an der Theke festhalten, um die Fassung zu bewahren. Sie zwang sich, ruhig zu klingen. „Das klingt ja fast, als ob Sie mir drohen."

„Eine Warnung, Fräulein Weber", korrigierte Volkov. „Ich gebe Ihnen 24 Stunden, um Ihre Entscheidung zu treffen. Danach... nun, danach wird es keine Gespräche mehr geben."

Er legte auf, bevor sie etwas erwidern konnte. Lotta starrte das Handy an, ihre Gedanken rasten. Der Subtext seiner Worte war klar: Entweder sie gab ihm das Buch, oder er würde sicherstellen, dass sie es bereute.

„Fantastisch", murmelte sie und ließ das Handy auf die Theke fallen. „Was kommt als nächstes, Sherlock? Eine Einladung zu einem Tanzduell um Mitternacht?"

Der Kater öffnete ein Auge, schnurrte kurz und drehte sich wieder weg, als ob er sagen wollte: *Das ist dein Problem, nicht meins.*

Lotta setzte sich auf den Barhocker und legte den Kopf in die Hände. Sie hatte es mit einem Mann zu tun, der gefährlicher war, als sie je gedacht hatte, und Markus schien in diesem Chaos genauso verstrickt zu sein. Doch eines war klar: Sie würde nicht aufgeben. Das Tagebuch mochte ein Schlüssel sein, aber sie würde selbst entscheiden, welche Türen es öffnete – und für wen.

Kapitel 7

Die Morgensonne schob sich langsam durch die Vorhänge des Buchladens, während Lotta über dem Tagebuch saß. Der Raum roch nach altem Papier und Kaffee – ihre letzte Rettung, um ihre müden Augen offen zu halten. Sherlock, der Kater, schnurrte leise auf einem Stapel Bücher, als ob er das Chaos ignorieren wollte, das Lottas Leben inzwischen darstellte.

Vor ihr lag das Tagebuch, aufgeschlagen auf einer Seite voller rätselhafter Notizen. Die Schrift war elegant, fast kunstvoll, aber die Anordnung der Worte war alles andere als normal. Es war ein Puzzle – ein komplizierter Code, der darauf wartete, entschlüsselt zu werden.

„Okay, Lotta", murmelte sie vor sich hin, während sie einen weiteren Schluck Kaffee nahm. „Du bist vielleicht keine Kryptographin, aber du hast es geschafft, den Mietvertrag deines Ladens zu verstehen. Das hier kann nicht viel schwieriger sein."

Sie griff nach einem Notizbuch und begann, die Buchstaben und Abstände zu analysieren. Die erste Idee, die ihr kam, war ein einfaches Substitutionsalphabet – jeder Buchstabe könnte für einen anderen stehen. Doch nach mehreren Minuten des Grübelns und mehrerer ungültiger Wörter (war „JXFPL" eine neue Sprache?) war sie nicht weitergekommen.

„Sherlock", sagte sie und drehte sich zu ihrem Kater um, der mit halb geöffneten Augen zu ihr hinaufsah. „Vielleicht solltest du das übernehmen. Du bist schlauer als ich."

Sherlock schnurrte nur und rollte sich wieder zusammen.

Lotta seufzte und strich sich die Haare aus dem Gesicht. Sie brauchte eine neue Strategie. Sie griff zu ihrem Handy und suchte nach „historische Codes entschlüsseln". Die Ergebnisse waren eine Mischung aus wissenschaftlichen Artikeln und Blogs von Hobbydetektiven, aber nichts half wirklich weiter. Sie begann, das Tagebuch erneut zu durchsuchen, auf der Suche nach Mustern, die sie vielleicht übersehen hatte.

Dann fiel ihr Blick auf etwas – eine unregelmäßige Anordnung von Punkten am Rand der Seite. Sie war so subtil, dass sie sie vorher nicht bemerkt hatte. Die Punkte bildeten fast eine Art Linie, die zu einem Wort führte. „Orthogonale Systeme", murmelte sie und runzelte die Stirn. *Was zur Hölle bedeutet das?*

Sie suchte den Begriff online und stieß auf mathematische Erklärungen, die sie sofort wieder schloss. Doch eines war klar: Der Code war kein einfaches Kreuzworträtsel. Es war anspruchsvoll, durchdacht – und wahrscheinlich der Grund, warum sie mehr Kaffee als Blut in ihren Adern hatte.

Genau in diesem Moment klingelte die Türglocke, und Lotta zuckte zusammen. Markus trat ein, sein Gesicht wie immer ernst, und er hielt eine Tüte mit frischen Croissants in der Hand.

„Ich dachte, Sie könnten eine Pause gebrauchen", sagte er, stellte die Tüte auf die Theke und musterte das Chaos aus Papieren und Notizen. „Oder haben Sie vor, das Tagebuch aufzuessen?"

„Sehr witzig", sagte Lotta und schob die Tüte beiseite. „Ich arbeite an dem Code, und wenn ich jemals wieder klar denken will, brauche ich Antworten."

Markus zog sich einen Stuhl heran und setzte sich neben sie. „Zeigen Sie mir, was Sie haben."

Lotta deutete auf die Seite im Tagebuch und begann, ihre Theorien zu erklären. Markus hörte aufmerksam zu, seine Stirn leicht gerunzelt. „Orthogonale Systeme", wiederholte er schließlich. „Das ist kein Begriff, den man in einem alten Tagebuch erwartet."

„Danke, Captain Offensichtlich", sagte Lotta und schob sich die Haare aus dem Gesicht. „Aber was bedeutet es?"

Markus schwieg einen Moment, dann lehnte er sich zurück und sah sie an. „Es könnte ein Hinweis auf eine Methode sein – etwas, das wir noch nicht sehen. Vielleicht sollten wir nach weiteren Mustern suchen."

„Vielleicht?" Lotta hob eine Augenbraue. „Das ist Ihr großer Beitrag? Ich dachte, Sie wären der Experte."

„Ich bin Experte für Geschichte, nicht für Puzzles", sagte Markus und zog ein Croissant aus der Tüte. „Aber ich bin sicher, dass wir es gemeinsam schaffen können."

„Gemeinsam?" Lotta schnaubte. „Das klingt ja fast romantisch. Nur dass ich diejenige bin, die die ganze Arbeit macht."

Markus lächelte leicht. „Wie immer."

Lotta ignorierte die Bemerkung und wandte sich wieder dem Tagebuch zu. Doch tief in ihrem Inneren wusste sie, dass sie näher dran war als je zuvor. Es war nur eine Frage der Zeit – und vielleicht ein bisschen Geduld.

—-

„Vielleicht sollten Sie einen Schritt zurücktreten", schlug Markus vor und kaute nachdenklich auf seinem Croissant. „Manchmal sieht man das Offensichtliche nicht, wenn man zu nah dran ist."

Lotta, die seit Stunden das Tagebuch fixierte, warf ihm einen Blick zu, der mühelos hätte töten können. „Einen Schritt zurück? Soll ich vielleicht auch ein Tänzchen wagen, während ich versuche, diesen verdammten Code zu knacken?"

Markus hob die Hände. „Beruhigen Sie sich, Sherlock Holmes. Ich bin nur hier, um zu helfen."

„Gut", murmelte Lotta und schnappte sich sein Croissant, um einen Bissen zu nehmen. „Dann helfen Sie. Was sehen Sie hier, das ich nicht sehe?"

Markus schob den Stuhl näher an die Theke, überflog die Seiten des Tagebuchs und runzelte die Stirn. Er zeigte auf die rätselhaften Punkte am Rand der Seite. „Diese Punkte könnten eine Art Orientierung sein. Sie könnten uns zu einem Wort oder einer Passage führen."

„Könnten, könnten, könnten", murmelte Lotta sarkastisch. „Das klingt ja fast, als wüssten Sie, wovon Sie reden."

„Tun Sie das etwa?" Markus schmunzelte und ließ seinen Blick wieder auf das Tagebuch fallen.

Lotta wollte etwas Scharfzüngiges erwidern, als sie plötzlich inne hielt. Sie sah auf die Seite und bemerkte, dass eine der Zeilen nicht ganz mit den anderen übereinstimmte. Der Abstand zwischen den Worten war geringfügig anders. Es war so subtil, dass es leicht zu übersehen war – aber es war da.

„Moment mal", sagte sie und schob das Tagebuch näher an sich heran. Sie fuhr mit dem Finger über die Zeile und zählte die Buchstaben. Dann tat sie das Gleiche mit den anderen Zeilen. „Hier stimmt etwas nicht. Die Anzahl der Buchstaben passt nicht zur Symmetrie des restlichen Textes."

Markus lehnte sich vor, sein Blick konzentriert. „Das könnte der Schlüssel sein. Vielleicht sind die abweichenden Buchstaben wichtig."

„Ja, und vielleicht sind wir gleich beim nächsten Da-Vinci-Code angekommen", sagte Lotta, aber ihre Finger zitterten leicht vor Aufregung. Sie griff nach ihrem Notizbuch und begann, die abweichenden Buchstaben aufzuschreiben. Es waren nur ein paar, aber sie bildeten ein Wort.

„Was haben wir da?", fragte Markus, seine Stimme tiefer und ruhiger, als er sah, wie Lotta das Wort langsam aussprach.

„Kammer"", sagte sie schließlich. Ihre Stimme war ein Flüstern, als ob das Wort allein schon eine Art Magie enthielt.

„Kammer?", wiederholte Markus und zog die Stirn kraus. „Das könnte alles bedeuten. Eine geheime Kammer? Ein Tresor? Ein Ort?"

„Oder eine metaphorische Kammer", fügte Lotta hinzu und lehnte sich zurück. „Etwas, das in uns verborgen ist. Wie zum Beispiel Geduld – etwas, das ich nicht mehr habe."

Markus ignorierte ihre Bemerkung und begann, durch das Tagebuch zu blättern. „Wenn dieses Wort ein Hinweis ist, dann muss es mehr geben. Wir suchen nach einer Verbindung."

Lotta beobachtete ihn, ihre Gedanken rasten. „Eine Kammer... könnte das eine physische Stelle sein? Vielleicht ein Ort, der mit der Geschichte des Tagebuchs verbunden ist?"

Markus nickte langsam. „Es ist möglich. Aber wir müssen vorsichtig sein. Wenn Volkov oder jemand anderes ebenfalls nach diesem Tagebuch sucht, sind sie uns vielleicht näher, als wir denken."

„Oh, großartig", murmelte Lotta und rieb sich die Schläfen. „Ich wollte schon immer der Star in meinem eigenen Spionagethriller sein."

Sherlock, der sich von all der Aufregung nicht beeindrucken ließ, schnurrte zufrieden weiter, während Lotta und Markus weiterhin Theorien austauschten. Doch die Entdeckung des Wortes „Kammer" ließ eine neue Ebene des Rätsels erahnen – eine, die vielleicht mehr Antworten als Fragen bringen könnte. Oder das Gegenteil.

—-

„‚Kammer' also", sagte Lotta und ließ sich auf den Stuhl fallen, der unter ihrem Gewicht ein wenig knarrte. Sie trommelte mit den Fingern auf der Theke und sah Markus an, der das Tagebuch weiter durchblätterte, als ob es ihm Antworten ins Ohr flüstern könnte. „Haben Sie einen Schatz in Ihrem Historikerhirn, der uns verrät, was das bedeuten könnte? Oder brauchen Sie eine Pause, um tiefsinnige Rätselweisheiten zu finden?"

Markus hob den Kopf, ein schwaches Lächeln auf seinen Lippen. „Manchmal, Frau Weber, frage ich mich, ob Ihr Talent für Sarkasmus wirklich angeboren ist oder ob Sie es jahrelang perfektioniert haben."

„Oh, es ist eine Gabe", erwiderte Lotta mit gespieltem Ernst und deutete auf das Tagebuch. „Aber wenn wir hier fertig sind, wird sie möglicherweise die einzige Waffe sein, die mir bleibt."

Markus lehnte sich zurück und betrachtete sie einen Moment lang, seine Augen ruhiger, fast weicher als zuvor. „Wissen Sie, Lotta, manchmal denke ich, dass Sie sich hinter all diesem Sarkasmus verstecken. Es ist einfacher, zu spötteln, als sich einzugestehen, dass man Angst hat."

Lotta erstarrte, und für einen Moment fühlte sie sich, als hätte Markus ihre Gedanken laut ausgesprochen. „Angst?" Sie versuchte zu lachen, aber es klang schwächer, als sie wollte. „Ich bin nicht ängstlich, ich bin... vorsichtig. Das ist ein Unterschied."

„Ist es das?" Markus beugte sich leicht vor, seine Stimme leiser, fast wie ein Flüstern. „Sie sind mitten in einem gefährlichen Spiel, Lotta. Es ist in Ordnung, Angst zu haben."

Seine Worte trafen sie härter, als sie erwartet hatte, und sie wusste nicht, ob sie wütend oder gerührt sein sollte. „Ich weiß nicht, was Sie hören wollen, Markus", sagte sie schließlich und hielt seinem Blick stand. „Ja, ich habe Angst. Aber Angst hat mich noch nie davon abgehalten, etwas zu tun."

Ein Funken Bewunderung blitzte in seinen Augen auf, und er lehnte sich wieder zurück. „Das bewundere ich an Ihnen."

„Oh, großartig", sagte Lotta und hob eine Augenbraue. „Jetzt werde ich auch noch bewundert. Was kommt als nächstes? Ein Orden?"

Markus lächelte, und diesmal erreichte es seine Augen. „Vielleicht. Aber Sie verdienen ihn. Nicht viele hätten die Nerven, mit all dem hier umzugehen."

Lotta wollte etwas Erwiderndes sagen, doch die Worte blieben ihr im Hals stecken. Stattdessen fühlte sie, wie sich die Atmosphäre zwischen ihnen veränderte – von angespannt und frustrierend zu etwas... Intimerem. Es war, als ob der Raum um sie herum plötzlich still wurde, als ob die ganze Welt kurz inne hielt.

„Markus", sagte sie leise und spielte nervös mit einer Haarsträhne. „Was machen wir hier eigentlich?"

„Einen Code entschlüsseln, der uns alle in Gefahr bringt", antwortete er trocken, doch sein Blick blieb auf ihr Gesicht gerichtet.

„Nein, ich meine... uns." Lotta überraschte sich selbst mit ihrer Offenheit, und sie biss sich auf die Unterlippe, als sie auf seine Antwort wartete.

Markus schwieg einen Moment, dann lehnte er sich näher zu ihr, seine Stimme warm und leise. „Ich weiß es nicht, Lotta. Aber ich weiß, dass ich froh bin, dass Sie hier sind."

Die Worte hingen in der Luft, und Lotta spürte, wie ihr Herz schneller schlug. Sie wusste, dass sie ihm nicht vertrauen sollte, nicht wirklich – doch in diesem Moment war es, als ob all die Zweifel und Geheimnisse für einen kurzen Augenblick verschwanden.

Markus hob die Hand und berührte leicht ihre, nur für eine Sekunde, bevor er sich wieder zurückzog. „Wir sollten weiterarbeiten", sagte er schließlich und wandte sich wieder dem Tagebuch zu. Doch seine Stimme war ein wenig rauer als zuvor.

„Ja", murmelte Lotta und zwang sich, ihren Fokus zurück auf die rätselhaften Buchstaben zu lenken. Doch tief in ihrem Inneren wusste sie, dass das, was zwischen ihnen passiert war, sie mehr beschäftigte als jeder Code jemals könnte.

Die Atmosphäre im Buchladen hatte sich wieder beruhigt – zumindest äußerlich. Lotta und Markus arbeiteten schweigend, ihre Blicke hin und wieder aufeinander treffend, aber niemand sprach aus, was wirklich in der Luft lag. Es war, als hätten sie eine unsichtbare Grenze überschritten, die sie beide nicht recht einzuordnen wussten.

Genau in diesem Moment klingelte die Türglocke.

„Wir haben geschlossen", rief Lotta automatisch, ohne von ihren Notizen aufzublicken.

„So empfängt man alte Freunde? Ich bin enttäuscht." Die Stimme war tief, charmant und nur einen Hauch zu selbstgefällig.

Lotta fuhr herum, und ihre Augen weiteten sich, als sie den Mann sah, der mit einem Lächeln im Türrahmen stand. Thomas. Hochgewachsen, mit einem perfekt sitzenden Anzug und einem Grinsen, das gleichzeitig faszinierend und alarmierend war.

„Thomas", sagte sie, ihre Stimme nur knapp über einem Flüstern. „Was machst du hier?"

„Ich dachte, ich schaue mal vorbei und sehe, wie es meiner Lieblingsbuchhändlerin geht", sagte er und trat ein, wobei er sich umblickte, als ob der Buchladen sein persönlicher Spielplatz wäre. „Sieht aus, als hätte sich hier einiges geändert."

„Das ist eine Untertreibung", murmelte Lotta, bevor sie sich wieder fing und einen schärferen Ton anschlug. „Warum bist du wirklich hier, Thomas? Ich habe dich seit... Jahren nicht mehr gesehen."

„Und doch sehe ich, ich hinterlasse bleibenden Eindruck." Thomas zwinkerte ihr zu und ließ seinen Blick schließlich auf Markus fallen, der hinter der Theke stand und ihn mit unverhohlener Skepsis musterte. „Und wer ist das? Der neue Geschäftspartner? Oder... etwas mehr?"

Markus verschränkte die Arme und lehnte sich gegen die Theke, seine Haltung entspannt, aber seine Augen verrieten Vorsicht. „Markus Schmidt. Historiker. Und Sie sind?"

„Thomas Wagner", sagte er und reichte Markus die Hand, die dieser demonstrativ ignorierte. „Ein alter Freund von Lotta. Sehr alt."

„Freund?" Lotta verschränkte die Arme. „Ist das die politisch korrekte Umschreibung für jemanden, der spurlos verschwindet und dann plötzlich wieder auftaucht?"

„Ach, Lotta", sagte Thomas und legte eine Hand auf sein Herz, als wäre er tief getroffen. „Ich wusste, dass du mich vermissen würdest."

„Vermissen?" Lotta schnaufte. „Du warst wie eine Erkältung – niemand vermisst sie, wenn sie weg ist."

Markus, der die Szene mit verschränkten Armen beobachtete, zog eine Augenbraue hoch. „Interessante Dynamik. Sind Sie immer so charmant?"

Thomas grinste. „Ich tue mein Bestes."

Lotta warf Markus einen Blick zu, der eindeutig „Hilf mir" sagte, doch Markus schien mehr daran interessiert zu sein, wie sich die Situation entwickeln würde. Typisch. Lotta wandte sich wieder an Thomas. „Also, was willst du wirklich, Thomas? Ich glaube nicht, dass du nur wegen eines Smalltalks hier bist."

Thomas' Gesichtsausdruck veränderte sich kaum, aber etwas in seiner Haltung wurde ernster. „Ich habe gehört, dass du etwas Wertvolles in die Finger bekommen hast. Ein Buch, das... sagen wir, nicht jedem zugänglich sein sollte."

Lotta spürte, wie sich ihr Magen zusammenzog. „Woher weißt du davon?"

Thomas lächelte, aber diesmal erreichte es seine Augen nicht. „Ich habe meine Quellen. Und ich dachte, ich biete dir meine Hilfe an. Du bist schließlich nicht die Einzige, die danach gesucht hat."

„Hilfe?" Lotta verschränkte die Arme noch fester. „Das klingt mehr wie ein Angebot mit Bedingungen."

„Vielleicht", sagte Thomas und trat näher, bis nur noch der Tresen zwischen ihnen war. „Aber Lotta, glaub mir, du willst nicht allein in diesem Spiel sein. Es ist gefährlicher, als du denkst."

Markus, der bisher geschwiegen hatte, trat jetzt vor. „Und warum sollten wir Ihnen vertrauen?"

Thomas zuckte mit den Schultern, als wäre die Frage nicht weiter wichtig. „Das liegt ganz bei euch. Aber ich weiß Dinge, die euch helfen könnten. Und, Lotta..." Er sah sie direkt an, und für einen Moment schien alle Leichtigkeit aus seinem Gesicht verschwunden zu sein. „Ich will nicht, dass dir etwas passiert."

Lotta wollte antworten, doch ihre Worte blieben in ihrer Kehle stecken. Sie wusste nicht, was sie mehr beunruhigte – dass Thomas plötzlich Interesse an ihrem Wohl zeigte, oder dass ein Teil von ihr ihm tatsächlich glauben wollte.

Markus jedoch schien nicht überzeugt. „Wir kommen auch ohne Ihre ‚Hilfe' zurecht."

„Sicher?", sagte Thomas und lächelte erneut, diesmal fast herausfordernd. „Nun, ich bin hier, falls ihr es euch anders überlegt. Aber wartet nicht zu lange – es gibt andere, die nicht so geduldig sind wie ich."

Er zog eine Visitenkarte aus der Tasche und legte sie auf den Tresen, bevor er sich umdrehte und aus dem Laden ging, ohne ein weiteres Wort zu sagen.

Die Türglocke verstummte, und für einen Moment herrschte Stille. Lotta und Markus sahen sich an, beide zu perplex, um etwas zu sagen.

„Na toll", sagte Lotta schließlich und ließ sich auf einen Stuhl fallen. „Jetzt haben wir nicht nur einen russischen Geschäftsmann am Hals, sondern auch meinen mysteriösen Ex."

Markus nahm die Visitenkarte und betrachtete sie mit zusammengezogenen Augenbrauen. „Wer auch immer er ist, er hat etwas zu verbergen. Und ich wette, es hat mit diesem Buch zu tun."

„Das tun Sie alle", sagte Lotta trocken und griff nach Sherlock, der auf ihre Schulter sprang. „Aber wenigstens hat er Stil. Ich meine, ein gut sitzender Anzug zählt für etwas, oder?"

Markus schnaubte, doch ein winziges Lächeln spielte um seine Lippen. „Bleiben Sie wachsam, Lotta. Dieser Thomas sieht aus wie jemand, der genau weiß, wie man Menschen benutzt."

„Keine Sorge", sagte Lotta und sah zur Tür, durch die Thomas verschwunden war. „Er wird nicht die erste Person sein, die das versucht."

—-

Die Atmosphäre im Buchladen war so angespannt, dass sie mit einem stumpfen Messer hätte zerschnitten werden können. Lotta stand hinter der Theke, ihre Arme verschränkt, und beobachtete, wie Markus die Visitenkarte von Thomas immer noch in der Hand hielt, als würde sie ihn gleich mit einer Antwort anspringen.

„Sie denken also, dass Thomas mir helfen will?" fragte Lotta mit scharfer Stimme, die nur knapp die Grenzen ihrer Geduld verriet.

Markus legte die Karte auf den Tresen und sah sie mit diesem unerträglich ruhigen Blick an, der sie gleichzeitig beruhigte und in den Wahnsinn trieb. „Ich denke, Thomas will vor allem sich selbst helfen. Was auch immer er will, es hat nichts mit Großzügigkeit zu tun."

„Oh, danke für die Lebensweisheit, Herr Historiker", sagte Lotta und warf ihm einen vernichtenden Blick zu. „Ich weiß, dass Thomas nicht zufällig hier aufgetaucht ist. Aber vielleicht, nur vielleicht, hätte er tatsächlich nützliche Informationen."

„Und was passiert, wenn er lügt?" fragte Markus, seine Stimme leiser, aber nicht weniger eindringlich. „Wenn er dich in eine Falle lockt? Volkov könnte ihn geschickt haben."

„Thomas ist nicht Volkovs Typ", schnaubte Lotta und ging zur Tür, als ob sie das Gespräch einfach abschütteln könnte. „Er ist zu... zu glatt. Volkov ist eher der ‚Ich-zerquetsche-dich-wie-eine-Fliege'-Typ."

„Und Thomas ist der Typ, der dir die Fliege abnimmt, bevor er dir die Tür vor der Nase zuschlägt", konterte Markus, seine Augen funkelnd vor unausgesprochener Frustration. „Lotta, du spielst ein gefährliches Spiel."

„Oh, wirklich?" Lotta drehte sich zu ihm um, ihre Stimme jetzt lauter. „Wissen Sie, wer hier ein gefährliches Spiel spielt? Sie, Markus. Mit Ihren Halbwahrheiten und Ihren Geheimnissen. Sie erzählen mir nicht einmal die Hälfte von dem, was Sie wissen, und erwarten trotzdem, dass ich Ihnen vertraue!"

Markus blieb stehen, seine Haltung steif, doch seine Augen verrieten, dass ihre Worte ihn getroffen hatten. „Das tue ich, weil ich dich schützen will."

„Schützen?" Lotta lachte trocken und breitete die Arme aus. „Sie haben eine merkwürdige Definition von Schutz. Was wäre, wenn ich einfach aufhöre, mich von allen diesen Männern herumkommandieren zu lassen? Volkov, Thomas, Sie – es reicht."

Markus ging einen Schritt auf sie zu, seine Stimme jetzt leiser, aber voller Intensität. „Lotta, ich weiß, dass du dich selbst behaupten kannst. Aber diese Leute spielen nach Regeln, die du nicht kennst. Ich will nicht, dass dir etwas passiert."

„Und ich will nicht, dass Sie mich wie eine Schachfigur behandeln!" Lotta fühlte, wie ihr Herz raste, und sie zwang sich, langsamer zu atmen. „Ich bin kein Teil Ihres Spiels, Markus. Ich bin ich – und wenn ich einen Fehler mache, dann ist es mein Fehler."

Für einen Moment herrschte eine bedrückende Stille zwischen ihnen, in der nur das Schnurren von Sherlock zu hören war, der unbeeindruckt auf der Theke lag und sein Fell leckte. Schließlich war es Markus, der den Blick abwandte, als ob er eine unsichtbare Schlacht verloren hätte.

„Ich weiß", sagte er leise, fast widerwillig. „Aber wenn du dich entscheidest, Thomas zu vertrauen... dann will ich dabei sein."

Lotta hob eine Augenbraue, ihre Wut noch nicht ganz verflogen. „Was meinen Sie damit? Dass Sie mich überwachen wollen? Oder dass Sie mir helfen, ihn zu überprüfen?"

Markus sah sie wieder an, und diesmal war sein Blick ernst, ohne einen Hauch von Spott. „Ich meine, dass ich dir helfe. Egal, wie riskant es ist. Aber nur, wenn wir zusammenarbeiten."

Lotta hielt inne, ihre Gedanken rasten. Ein Teil von ihr wollte Markus von sich stoßen, ihn mit seiner kryptischen Art allein lassen. Doch ein anderer Teil wusste, dass sie ihn brauchte – und nicht nur wegen seines Wissens. Er hatte recht: Das hier war kein Spiel, und die Einsätze waren hoch.

„Fein", sagte sie schließlich und verschränkte die Arme wieder. „Aber wenn ich merke, dass Sie mir etwas verheimlichen, sind Sie raus. Verstanden?"

Markus nickte, seine Lippen zu einem schmalen Strich gepresst. „Verstanden."

„Gut." Lotta drehte sich um, griff nach der Visitenkarte und betrachtete sie kurz, bevor sie sie in ihre Tasche steckte. „Dann fangen wir an. Und lassen Sie uns hoffen, dass Thomas uns tatsächlich hilft – und nicht den nächsten Schachzug gegen uns plant."

Markus sagte nichts, doch sein Blick blieb auf ihr, als sie das Licht im Buchladen ausschaltete. In diesem Moment schien es, als ob beide genau wussten, dass der kommende Tag alles verändern könnte – ob zum Guten oder Schlechten, blieb abzuwarten.

Kapitel 8

Lotta stand mitten in ihrem Wohnzimmer, das sich in ein Schlachtfeld verwandelt hatte. Klamotten, Bücher und ein sehr beleidigt wirkender Sherlock lagen überall verstreut. Ihr Koffer, der kaum groß genug war, um die Essentials aufzunehmen, stand halb offen auf dem Sofa, während Lotta zwischen „Das brauche ich sicher!" und „Warum habe ich das überhaupt noch?" hin- und hergerissen war.

„Also gut", murmelte sie und hielt eine Jacke hoch, die so alt war, dass sie wahrscheinlich in einem anderen Jahrhundert stilvoll gewesen war. „Das hier bleibt. Oder? Sherlock, was meinst du?"

Der Kater antwortete nicht, sondern starrte sie aus seinen grünen Augen an, als würde er ihr bedeuten, dass sie sich nicht lächerlich machen sollte. Sie warf die Jacke auf den Boden und griff nach einer Bluse, die genauso zerknittert war wie ihre Geduld.

Markus hatte am Morgen verkündet, dass sie nach Wien reisen mussten – und zwar sofort. Keine Zeit für Fragen, keine Zeit für Diskussionen. Und jetzt, Stunden später, stand Lotta hier und versuchte, ihr Leben in einen Koffer zu quetschen, während Markus wahrscheinlich schon wie ein Agent in einem eleganten Anzug auf dem Weg zum Bahnhof war.

„Wie typisch", murmelte sie und stopfte ein Buch in den Koffer, nur um es sofort wieder herauszunehmen. „Wahrscheinlich reist er mit einem perfekt gepackten Koffer, der genauso organisiert ist wie sein Leben. Oder wie er es mir zumindest weismachen will."

Das Handy vibrierte auf dem Couchtisch, und Lotta griff danach. Eine Nachricht von Markus. Natürlich.

„**Vergessen Sie nicht, bequeme Schuhe mitzunehmen. Und lassen Sie Platz für das Tagebuch.**"

Sie las die Nachricht zweimal und verzog das Gesicht. „Bequeme Schuhe?", sagte sie laut und sah zu Sherlock, der jetzt sein Fell leckte. „Ich wette, er hat ein geheimes Handbuch mit Ratschlägen, wie man Frauen zur Weißglut treibt."

Trotzdem warf sie ein Paar Sneakers in den Koffer und schloss ihn schließlich mit einem lauten Seufzen. Sie griff nach ihrer Tasche, warf einen letzten Blick auf Sherlock und zeigte mit dem Finger auf ihn. „Du bist hier der Chef, bis ich zurück bin. Keine Partys, keine Streitereien mit der Nachbarskatze, klar?"

Sherlock miaute kurz, und Lotta nahm das als Zustimmung. Sie schnappte sich den Koffer, ihre Jacke und das Tagebuch, das sie wie einen Schatz in ihrer Tasche aufbewahrte, bevor sie die Tür hinter sich schloss.

Am Bahnhof herrschte das übliche Chaos: Menschen eilten in alle Richtungen, Koffer wurden gerollt, und Lautsprecherdurchsagen dröhnten über die Köpfe hinweg. Lotta kämpfte sich durch die Menge, während ihr Koffer ständig gegen ihre Beine stieß. Sie hatte gerade angefangen, sich zu fragen, warum sie dem Ganzen überhaupt zugestimmt hatte, als sie Markus entdeckte.

Er stand am Gleis, eine Zeitung in der Hand, und sah aus, als würde er für ein Lifestyle-Magazin posieren. Seine perfekte Haltung, der schicke Mantel und dieser unverschämt ruhige Ausdruck ließen Lotta nur noch wütender werden. *Natürlich sieht er aus, als wäre er auf dem Weg zu einem Geheimtreffen mit James Bond,* dachte sie und rollte mit den Augen.

„Haben Sie auf mich gewartet?" fragte sie, als sie endlich bei ihm ankam. „Oder planen Sie, mich einfach hier stehen zu lassen, während Sie in den Sonnenuntergang reisen?"

Markus legte die Zeitung beiseite und sah sie mit einem schiefen Lächeln an. „Ich würde nie ohne Sie fahren, Lotta. Wer würde sonst all die klugen Bemerkungen machen?"

„Oh, keine Sorge", erwiderte sie und stellte ihren Koffer ab. „Ich bin sicher, die Lautsprecherdurchsagen könnten Sie auch unterhalten."

Markus ignorierte ihren Sarkasmus und deutete auf den Zug, der gerade einfährt. „Das ist unser Abteil. Haben Sie alles?"

„Alles außer meiner Geduld", murmelte Lotta, schnappte sich ihren Koffer und folgte ihm. Der Zug war imposant, mit polierten Fenstern und einem Hauch von Nostalgie, der an vergangene Reisen erinnerte. Lotta hätte es fast genossen, wenn sie nicht das Gefühl gehabt hätte, in ein Abenteuer hineingezogen zu werden, das sie nicht gewählt hatte.

„Bereit?" fragte Markus, als sie vor ihrem Abteil standen.

Lotta sah ihn an, ihre Augen schmal. „Bereit ist ein großes Wort. Aber ich nehme an, wir haben keine andere Wahl."

Markus öffnete die Tür und ließ sie eintreten. „Keine Wahl, Lotta, aber jede Menge Möglichkeiten."

„Das klingt wie ein schlechter Werbespruch", murmelte sie und setzte sich, während der Zug sich langsam in Bewegung setzte. Der erste Schritt der Reise war getan – doch Lotta hatte das unbestimmte Gefühl, dass das Chaos gerade erst begonnen hatte.

—-

Der Zug ruckte leicht, als er langsam Fahrt aufnahm, und Lotta setzte sich auf ihren Platz, während Markus ihr gegenüber seinen Mantel ordentlich zusammenfaltete. Natürlich hatte er ihn nicht einfach nur abgeworfen wie jeder andere Mensch. Nein, Markus musste auch beim Reisen aussehen, als würde er einen Preis für „Eleganz auf Schienen" gewinnen.

„Sagen Sie, Markus", begann Lotta und zog ihre Jacke aus, „haben Sie eigentlich einen unsichtbaren Butler, der Ihre Koffer packt? Oder ist dieser Perfektionismus angeboren?"

„Eine gute Vorbereitung ist das halbe Leben", erwiderte er trocken, ohne von seinem Handy aufzusehen. „Ich nehme an, Sie haben Ihr Tagebuch dabei?"

Lotta verdrehte die Augen und zog die Tasche näher an sich. „Natürlich habe ich es. Was glauben Sie, dass ich es in der Buchhandlung als Türstopper liegen lasse?"

„Bei Ihnen weiß man nie", murmelte Markus und schickte eine Nachricht, bevor er das Handy zur Seite legte. „Haben Sie jemals darüber nachgedacht, dass ein wenig Struktur Ihnen vielleicht helfen könnte?"

„Oh, glauben Sie mir, mein Leben hat Struktur", sagte Lotta und lehnte sich zurück. „Chaos ist auch eine Art von System."

Markus zog eine Augenbraue hoch, und Lotta hatte fast das Gefühl, dass er sie lächeln sah – wenn auch nur für einen Moment. Doch bevor sie etwas hinzufügen konnte, öffnete sich die Tür ihres Abteils, und ein Schaffner trat ein.

„Ihre Fahrkarten, bitte", sagte er, mit einem Blick, der ein wenig zu lange auf Markus verweilte. Vielleicht war es sein Anzug, der ihn wie einen Diplomaten aussehen ließ, oder vielleicht seine ruhige, kontrollierte Ausstrahlung. Lotta hingegen zog ihre Fahrkarte aus der Tasche und hielt sie hoch, bevor sie ihre Augen verdrehte.

„Da haben Sie sie. Aber ich warne Sie, ich habe einen Kater, der jederzeit als Blinder Passagier auftauchen könnte."

Der Schaffner lachte kurz, nickte und verließ das Abteil. Doch bevor die Tür wieder geschlossen werden konnte, trat eine weitere Gestalt in den Raum. Ein Mann, Mitte dreißig, mit einem Lächeln, das zu freundlich war, um echt zu sein.

„Entschuldigen Sie", sagte er und zeigte auf den Platz neben Markus. „Das ist meiner."

Lotta und Markus tauschten einen Blick, der klar machte, dass keiner von ihnen an Zufälle glaubte. Doch Markus nickte höflich und zog seine Sachen beiseite, während der Mann Platz nahm. Er stellte seinen Koffer mit der Präzision eines Uhrmachers ab und zog ein Buch aus seiner Tasche – eines, das zufällig über die Geschichte Wiens handelte.

„Wie praktisch", murmelte Lotta, mehr zu sich selbst als zu Markus. Sie konnte spüren, wie Markus ihren Kommentar ignorierte, und konzentrierte sich darauf, den Mann unauffällig zu beobachten.

„Sie reisen nach Wien?" fragte der Mann schließlich und richtete seine Frage an niemanden im Besonderen.

„Offensichtlich", erwiderte Lotta mit einem falschen Lächeln. „Sonst säßen wir wohl kaum in diesem Zug."

Markus warf ihr einen warnenden Blick zu, doch der Mann lachte nur höflich. „Natürlich. Eine schöne Stadt, nicht wahr? Viel Geschichte, viele Geheimnisse."

„Ja, Geheimnisse", wiederholte Lotta und spürte, wie sich die Spannung im Raum verdichtete. „Wissen Sie, ich liebe Geheimnisse. Besonders, wenn sie plötzlich auftauchen und einem den Tag ruinieren."

„Das kann ich nachvollziehen", sagte der Mann und schlug sein Buch auf, seine Haltung entspannter als sie sein sollte. Doch Lotta war sich sicher, dass es ein gut geübtes Spiel war. Niemand stieg zufällig in dieses Abteil – nicht auf dieser Reise.

Markus jedoch ließ sich nichts anmerken. Er lehnte sich zurück, seine Arme locker verschränkt, und sah aus, als wäre er in Gedanken versunken. Doch Lotta wusste es besser. Er beobachtete, analysierte, wartete.

Sie hingegen konnte nicht anders, als sich zu fragen, was dieser Mann wirklich wollte – und warum sie das Gefühl hatte, dass dies nicht das letzte Mal war, dass sie ihn sehen würde.

—-

Die Landschaft vor dem Fenster rauschte vorbei, ein Panorama aus Feldern, kleinen Dörfern und gelegentlich einer Kuh, die aussah, als wäre sie genauso gelangweilt wie Lotta. Das monotone Rattern des Zuges hatte eine beruhigende Wirkung – bis auf die Tatsache, dass der Mann, der sich als „Michael" vorgestellt hatte, immer wieder Blicke zu ihr und Markus warf, die weit über das hinausgingen, was normale Neugier war.

„Also", begann Michael schließlich und lehnte sich zurück, als ob sie alte Freunde wären, „was führt Sie beide nach Wien? Urlaub? Geschäftliches?"

Markus, der bis dahin geschwiegen hatte, hob den Kopf und lächelte höflich. „Forschung."

„Forschung?" Michael hob eine Augenbraue. „Interessant. Sind Sie Historiker?"

„So etwas in der Art", antwortete Markus vage und ließ den Blick wieder aus dem Fenster gleiten, als hätte er das Interesse an dem Gespräch verloren. Doch Lotta wusste es besser. Markus war aufmerksam, jedes Wort wurde registriert und in seinem Kopf wahrscheinlich analysiert wie ein Schachzug.

„Und Sie, gnädige Frau?" Michael wandte sich nun direkt an Lotta, sein Lächeln breiter, seine Augen jedoch nicht minder forschend. „Sind Sie auch Historikerin?"

Lotta zog die Augenbrauen hoch und lächelte süffisant. „Oh nein, ich bin nur die charmante Begleitung, die dafür sorgt, dass Herr Schmidt hier nicht vor lauter Büchern und Theorien den Verstand verliert."

Markus schnaubte leise, was Lotta als einen stillen Applaus für ihren Sarkasmus wertete. Michael lachte höflich, doch seine Augen verrieten, dass er mehr suchte – eine Schwäche, eine Spur, irgendetwas.

„Das klingt spannend", sagte er schließlich und blätterte in seinem Buch. „Wissen Sie, Wien hat so viel Geschichte. Besonders die geheimnisvolle Seite ist faszinierend, finden Sie nicht?"

„Oh, ich liebe Geheimnisse", erwiderte Lotta und lehnte sich in ihrem Sitz zurück. „Zum Beispiel, warum Fremde so oft das Bedürfnis haben, in Gespräche einzudringen, die sie nichts angehen."

Michael blinzelte, als hätte er nicht mit dieser Antwort gerechnet, doch sein Lächeln verschwand nicht. „Manchmal führen unerwartete Begegnungen zu den besten Geschichten."

„Oder zu den schlimmsten", murmelte Lotta und richtete ihren Blick demonstrativ auf das Fenster. Doch ihre Gedanken rasten. *Wer bist du wirklich, Michael? Und warum bist du hier?*

Die Zeit verging quälend langsam, und während der Zug sich seinem Ziel näherte, schien die Spannung in der Luft immer dichter zu werden. Lotta merkte, dass Markus sich anspannte, je weiter die Reise ging. Sein Blick wanderte immer wieder zu Michael, der mit scheinbarer Gelassenheit in seinem Buch las.

Doch als die Sonne zu sinken begann und das Abteil in ein goldenes Licht tauchte, veränderte sich die Stimmung. Michael schloss sein Buch, lehnte sich zurück und sah Lotta an.

„Verzeihen Sie, wenn ich direkt bin", sagte er, seine Stimme sanft, aber bestimmt, „aber ich habe das Gefühl, dass wir uns nicht zufällig hier begegnet sind."

Markus hob den Kopf, sein Gesichtsausdruck nun völlig neutral. Doch Lotta spürte, wie sich die Luft um sie herum veränderte, als ob ein unsichtbares Signal gegeben wurde.

„Ach wirklich?" sagte Lotta mit übertriebener Unschuld. „Vielleicht liegt das daran, dass Züge uns alle zusammen in kleinen Abteilen einsperren. Ganz schön hinterhältig von der Deutschen Bahn, nicht wahr?"

Michael lächelte, ließ sich aber nicht aus der Ruhe bringen. „Ich meine es ernst. Es gibt Dinge, die... sagen wir, für uns alle von Interesse sein könnten."

„Zum Beispiel?" fragte Markus ruhig, sein Blick jetzt fest auf Michael gerichtet.

Michael hielt inne, als überlege er, wie viel er preisgeben wollte. „Sagen wir, dass Wien nicht nur eine Stadt ist, die man besucht. Für manche ist sie ein Ziel."

„Das gilt für jede Stadt", warf Lotta ein, ihre Stimme schärfer. „Was genau wollen Sie uns sagen?"

Michael zuckte mit den Schultern, als ob er gerade entschieden hätte, dass er noch nichts weiter verraten würde. „Vielleicht erzähle ich es Ihnen später. Wer weiß, vielleicht haben wir ja noch die Gelegenheit."

Er stand auf, nickte den beiden höflich zu und verließ das Abteil.

Lotta wartete, bis die Tür sich hinter ihm geschlossen hatte, bevor sie Markus ansah. „Das war kein Zufall, oder?"

„Nein", sagte Markus leise, ohne den Blick von der Tür abzuwenden. „Und ich wette, er weiß mehr über uns, als er zugegeben hat."

„Fantastisch", murmelte Lotta und ließ sich zurückfallen. „Als wäre diese Reise nicht schon kompliziert genug. Glauben Sie, er arbeitet für Volkov?"

„Vielleicht", sagte Markus, seine Stimme ruhig, aber angespannt. „Oder für jemand ganz anderen. Aber eines ist sicher: Er wird uns im Auge behalten."

Lotta spürte, wie ihr Herz schneller schlug. Diese Reise hatte gerade eine neue Wendung genommen – und sie wusste, dass es kein Zurück mehr gab.

—-

Die Nacht hatte sich über den Zug gesenkt, und das monotone Rattern der Räder lullte die Passagiere in eine trügerische Ruhe. Das Abteil war in ein schummriges Licht getaucht, das Lotta mehr an ein Verhörzimmer als an einen gemütlichen Schlafwagen erinnerte. Markus hatte es sich in einer Ecke bequem gemacht, während Lotta sich nervös in ihrem Sitz hin und her wandte.

„Wissen Sie, Markus", begann sie schließlich, ihre Stimme leise, aber mit einem Hauch von Sarkasmus, „wenn Sie mich in dieses Chaos hineinziehen wollten, hätten Sie wenigstens vorher erwähnen können, dass wir als Bonusprogramm von mysteriösen Fremden verfolgt werden."

„Sie hätten nein sagen können", erwiderte Markus ruhig, ohne den Blick von dem Buch zu heben, das er las – ein Wälzer, der aussah, als könnte er auch als Türstopper dienen.

„Ach ja, natürlich", sagte Lotta und verschränkte die Arme. „Weil ich genau der Typ Mensch bin, der ablehnt, wenn jemand in Gefahr ist. Erinnern Sie mich daran, warum ich immer die Heldin in diesem absurden Drama sein muss?"

Markus legte das Buch zur Seite und sah sie an, seine Augen funkelten im schwachen Licht. „Vielleicht, weil Sie es besser machen als die meisten. Auch wenn Sie es nie zugeben würden."

Lotta hielt inne, überrascht von der plötzlichen Wärme in seiner Stimme. Doch sie ließ sich nicht beirren. „Schmeicheleien funktionieren bei mir nicht. Also, kommen wir zurück zu den wichtigen Fragen: Wer zum Teufel war dieser Michael, und warum habe ich das Gefühl, dass er mehr über uns weiß, als er sollte?"

Markus lehnte sich zurück, die Hände ineinander verschränkt. „Michael ist definitiv kein einfacher Reisender. Ob er für Volkov arbeitet oder für jemand anderen, wissen wir nicht. Aber eines ist sicher: Er ist gefährlich."

„Fantastisch", murmelte Lotta und ließ sich gegen die Rückenlehne sinken. „Also sitzen wir hier in einem fahrenden Zug, verfolgt von einem Kerl, der wahrscheinlich schon unsere Lieblingskaffeesorten kennt. Was für ein großartiger Plan, Markus. Wirklich."

„Lotta", sagte Markus leise, seine Stimme diesmal ernster. „Ich weiß, dass das alles verrückt klingt, aber wir haben keine Wahl. Dieses Tagebuch... es ist der Schlüssel zu etwas Größerem. Etwas, das nicht in die falschen Hände fallen darf."

Lotta sah ihn an, und zum ersten Mal bemerkte sie, wie müde er wirkte – nicht körperlich, sondern seelisch. Als ob er eine Last trug, die schwerer war, als er zugeben wollte. „Und was genau ist dieses ‚etwas Größeres'?", fragte sie, ihre Stimme jetzt sanfter. „Wann erzählen Sie mir endlich die ganze Wahrheit, Markus?"

Er hielt ihrem Blick stand, sagte aber nichts. Die Stille dehnte sich zwischen ihnen aus, bis Lotta schließlich aufgab und den Kopf schüttelte. „Natürlich. Geheimnisse und Markus Schmidt – eine unzertrennliche Kombination."

Markus lächelte schwach, aber sein Blick blieb ernst. „Ich werde Ihnen alles erzählen. Bald. Aber jetzt ist es wichtiger, dass wir wachsam bleiben. Michael ist nicht der Einzige, der uns beobachtet."

„Oh, großartig", sagte Lotta und rieb sich die Schläfen. „Wissen Sie, ich hätte wirklich mehr Wein in meinen Koffer packen sollen. Das hätte die Situation erträglicher gemacht."

Markus lachte leise, und für einen Moment war die Spannung im Raum wie weggeblasen. Es war ein seltenes Lächeln, eines, das Lotta das Gefühl gab, dass hinter seiner stoischen Fassade ein echter Mensch steckte.

„Sie haben einen seltsamen Humor, wissen Sie das?" sagte er schließlich.

„Und Sie haben ein Talent dafür, Menschen in den Wahnsinn zu treiben", erwiderte Lotta, konnte aber nicht verhindern, dass sich ein kleines Lächeln auf ihren Lippen zeigte. „Eine perfekte Kombination."

Sie sahen sich an, und für einen kurzen Augenblick schien der Rest der Welt nicht mehr zu existieren. Doch bevor sie etwas sagen konnte, öffnete sich plötzlich die Tür des Abteils mit einem leisen Knarren. Beide zuckten zusammen und wandten sich der Tür zu – doch da war niemand.

Nur der schmale Korridor des Zuges, leer und still.

„Das wird ja immer besser", murmelte Lotta und griff unwillkürlich nach ihrer Tasche, in der sich das Tagebuch befand.

Markus stand auf und trat zur Tür, warf einen langen Blick in den Korridor, bevor er sie wieder schloss. „Wir sollten ab jetzt abwechselnd wachen", sagte er und setzte sich wieder hin. „Nur zur Sicherheit."

„Natürlich", sagte Lotta und zog sich ihre Jacke über. „Weil ich ja schon so erholsam geschlafen habe."

Markus lächelte schwach. „Ich nehme die erste Wache. Ruhen Sie sich aus, Lotta. Wir brauchen Sie morgen hellwach."

Lotta wollte etwas Erwiderndes sagen, doch stattdessen nickte sie nur und ließ sich in den Sitz sinken. Während sie die Augen schloss, spürte sie, wie sich Markus' ruhiger Blick auf sie legte – ein seltsamer Trost inmitten all des Chaos.

Doch tief in ihrem Inneren wusste sie: Die Ruhe war trügerisch, und die nächste Überraschung wartete nur darauf, ihr in den Rücken zu fallen.

—

Lotta erwachte aus einem unruhigen Schlaf, als der Zug plötzlich abbremste. Das schrille Kreischen der Bremsen hallte durch die Waggons und ließ sie alarmiert aufschrecken. Draußen war es noch dunkel, nur die schwachen Lichter des Bahnhofs warfen flackernde Schatten ins Abteil.

„Was ist los?" fragte sie, ihre Stimme heiser vor Schlaf, während sie Markus ansah, der immer noch auf seinem Platz saß, wachsam wie ein Falke.

„Wir sind an der Grenze", sagte er ruhig, doch in seinem Gesicht lag eine Anspannung, die sie nicht ignorieren konnte.

„Grenze?" Lotta runzelte die Stirn und fuhr sich durch die zerzausten Haare. „Warum bremst der Zug so plötzlich? Sollten wir nicht langsam einrollen wie normale Leute?"

Markus stand auf und zog die Vorhänge zur Seite. Draußen standen Grenzbeamte in Uniformen, ihre Gesichter ernst, während sie Waggon für Waggon inspizierten. „Das ist nicht normal", murmelte er und zog die Vorhänge wieder zu. „Bleiben Sie ruhig, Lotta. Es könnte eine Routinekontrolle sein."

„Routine?" Lotta schnaubte und griff nach ihrer Tasche, um sicherzustellen, dass das Tagebuch noch da war. „In meinem Leben gibt es keine Routine mehr, Markus. Nur noch Chaos mit einer Prise Drama."

Markus ignorierte ihren Sarkasmus und öffnete die Tür des Abteils, um hinauszusehen. Doch kaum hatte er den Kopf herausgestreckt, wurde er von einem der Beamten in die Schranken gewiesen.

„Zurück in Ihr Abteil, bitte!" Der Mann war groß, mit schneidender Stimme und einem Blick, der keinen Widerspruch duldete.

Markus hob die Hände in einer Geste der Unterwerfung und trat zurück, während die Tür wieder geschlossen wurde. „Das wird interessant", murmelte er und setzte sich.

„Interessant?" Lotta schüttelte den Kopf und stand auf, um ebenfalls durch die Vorhänge zu spähen. „Das klingt nach etwas, das Sie sagen, bevor alles in die Luft fliegt."

Plötzlich hörten sie Schritte im Gang, die näher kamen. Es klopfte an der Tür, bevor sie aufgeschoben wurde. Zwei Beamte traten ein, beide mit ernsten Gesichtern und forschenden Blicken.

„Ihre Papiere, bitte", sagte der erste, und seine Stimme war ebenso scharf wie sein Blick.

Lotta warf Markus einen schnellen Blick zu, bevor sie ihren Ausweis hervorholte. Markus tat das Gleiche, reichte den Beamten die Dokumente und lehnte sich zurück, als ob dies eine alltägliche Situation wäre.

Die Beamten prüften die Papiere sorgfältig, doch ihre Blicke wanderten immer wieder zu den beiden Reisenden. Einer von ihnen richtete schließlich das Wort an Markus. „Sie reisen nach Wien? Was ist der Grund Ihrer Reise?"

„Geschäftlich", antwortete Markus mit einer Stimme, die so ruhig war, dass Lotta ihn fast für einen Eisblock gehalten hätte.

„Und Sie?" Der zweite Beamte wandte sich an Lotta, sein Blick scharf.

„Oh, ich bin nur der Kofferträger", sagte sie mit einem unschuldigen Lächeln. „Haben Sie eine Ahnung, wie schwer es ist, mit jemandem wie ihm zu reisen?"

Markus warf ihr einen warnenden Blick, doch der Beamte ließ sich nichts anmerken. Stattdessen richtete er seine Aufmerksamkeit auf die Tasche, die Lotta so fest umklammerte, als ob sie ihr Leben davon abhänge.

„Was haben Sie da?" fragte er und deutete auf die Tasche.

Lotta spürte, wie ihr Herz einen Schlag aussetzte. „Nur ein paar Bücher und... persönliche Dinge", sagte sie, bemüht, ihre Stimme normal klingen zu lassen.

„Öffnen Sie sie bitte", forderte der Beamte.

Lotta sah Markus an, der sie mit einem kaum wahrnehmbaren Nicken ermutigte. Sie öffnete die Tasche langsam, ihr Herz klopfte so laut, dass sie sicher war, die Beamten konnten es hören. Doch bevor sie etwas herausziehen konnte, wurde der zweite Beamte von einem anderen Kollegen in den Gang gerufen.

Ein kurzes, intensives Gespräch folgte, bei dem die Stimmen gedämpft blieben, aber die Gestik hektisch war. Schließlich nickte der erste Beamte und drehte sich zu Lotta und Markus zurück.

„Sie können weiterfahren", sagte er knapp und reichte die Papiere zurück. „Entschuldigen Sie die Unannehmlichkeiten."

Bevor Lotta oder Markus etwas sagen konnten, waren die Beamten wieder verschwunden, und die Tür fiel hinter ihnen ins Schloss. Der Zug setzte sich langsam wieder in Bewegung, und Lotta ließ die Luft entweichen, die sie unbewusst angehalten hatte.

„Das war knapp", murmelte sie und ließ sich in ihren Sitz fallen.

„Zu knapp", sagte Markus, seine Stimme leise und angespannt. „Irgendetwas stimmt nicht. Sie haben uns beobachtet."

„Ach, Sie meinen, das Lächeln und die Einladung zum Tee waren nicht echt?" Lotta schnaubte und rieb sich die Schläfen. „Markus, was passiert hier wirklich? Und kommen Sie mir nicht wieder mit ‚Ich sage es Ihnen später'."

Doch Markus antwortete nicht sofort. Er sah aus dem Fenster, sein Gesicht in Gedanken versunken. „Wir müssen vorsichtig sein", sagte er schließlich. „Von jetzt an zählt jeder Schritt."

„Fantastisch", murmelte Lotta und griff nach dem Tagebuch in ihrer Tasche. „Ich wollte schon immer ein Leben führen, das sich wie ein schlechter Krimi anfühlt."

Der Zug nahm wieder Fahrt auf, und die Dunkelheit draußen schien dichter als zuvor. Lotta wusste, dass diese Reise mehr war als nur eine Fahrt nach Wien. Sie war der Beginn von etwas, das sie noch nicht begreifen konnte – und das vielleicht größer war, als sie sich vorgestellt hatte.

Kapitel 9

Der Zug rollte langsam in den Wiener Hauptbahnhof ein, und Lotta fühlte sich, als hätte sie gerade einen Marathon hinter sich. Sie hatte nicht nur kaum geschlafen, sondern auch die ganze Nacht versucht, ihre Gedanken zu sortieren – ein Unterfangen, das genauso erfolgreich war wie der Versuch, einen Wackelpudding an die Wand zu nageln.

Markus wirkte hingegen frisch und wach, als hätte er die Nacht in einem Spa verbracht, anstatt in einem Zugabteil, das zu klein war, um sich überhaupt zu strecken.

„Bereit?" fragte er, während er seinen Koffer aus dem Gepäckfach holte, und Lotta hätte ihn für seine übertrieben entspannte Haltung gerne mit dem nächsten Kissen beworfen.

„Bereit für was?" murmelte sie und zog ihre Tasche enger an sich. „Ein weiteres Kapitel im ‚Wer verfolgt Lotta heute?'-Abenteuer? Oder die Episode ‚Markus enthüllt immer noch nichts'?"

„Ich schätze Ihre Kreativität", sagte Markus trocken, bevor er sich in Bewegung setzte. „Aber heute beginnen wir mit etwas Leichterem: einem Aufenthalt im Hotel."

Das Hotel Sacher war alles, was Lotta erwartet hatte, und noch mehr. Ein prachtvolles Gebäude, das Luxus ausstrahlte, vom glänzenden Marmorboden in der Lobby bis zu den glitzernden Kronleuchtern, die die Decke zierten. Es war der Inbegriff von Eleganz – und genau der Ort, an dem Lotta sich wie ein Elefant im Porzellanladen fühlte.

„Wirklich subtil", murmelte sie, während sie den Empfangstresen musterte. „Ich bin sicher, niemand wird uns hier bemerken. Außer vielleicht die halbe Wiener High Society."

Markus ignorierte ihren Kommentar und trat an die Rezeption, wo ein überaus höflicher Mitarbeiter sie mit einem Lächeln begrüßte, das mehr Training als Herzlichkeit vermuten ließ.

„Willkommen im Hotel Sacher", sagte der Rezeptionist und tippte auf seine Tastatur. „Haben Sie eine Reservierung?"

„Ja, auf den Namen Schmidt", antwortete Markus und reichte dem Mann seinen Ausweis. Lotta hielt sich im Hintergrund, betrachtete die glänzenden Oberflächen und überlegte, ob ihre Sneakers hier eine Straftat darstellten.

„Herr Schmidt, Ihr Zimmer ist bereit", sagte der Rezeptionist und schob Markus die Schlüsselkarte zu. „Eckzimmer, vierter Stock, mit Blick auf die Altstadt. Ihre Begleitung...?"

„Bleibt nicht lange", sagte Lotta schnell, bevor Markus etwas sagen konnte. Sie lächelte unschuldig, doch Markus warf ihr einen Blick zu, der eindeutig sagte: *Nicht hilfreich.*

„Selbstverständlich", sagte der Rezeptionist und überreichte auch Lotta eine Schlüsselkarte. „Zimmer 407 und 408. Soll ich Ihr Gepäck nach oben bringen lassen?"

„Nein, danke", sagte Markus, bevor Lotta protestieren konnte. „Wir schaffen das."

„Natürlich." Der Rezeptionist lächelte wieder und wandte sich dem nächsten Gast zu, während Lotta und Markus ihre Koffer schnappten und Richtung Aufzug marschierten.

Im Zimmer angekommen, ließ Lotta ihren Koffer auf den Boden fallen und warf sich auf das riesige Bett, das so weich war, dass sie für einen Moment alle Sorgen vergaß.

„Das ist also der Preis für Geheimnisse", murmelte sie und drückte ihr Gesicht ins Kissen. „Luxus-Suiten und zu wenig Schlaf."

Markus, der am Fenster stand und die Aussicht betrachtete, drehte sich zu ihr um. „Wir sind nicht hier, um uns auszuruhen, Lotta."

„Natürlich nicht", sagte sie und setzte sich auf. „Das wäre ja viel zu vernünftig. Stattdessen schleichen wir durch alte Hotels, werden von mysteriösen Fremden verfolgt und warten darauf, dass Sie endlich etwas erklären."

Markus lächelte leicht, doch seine Augen blieben ernst. „Ich verspreche Ihnen, alles hat seinen Grund. Aber zuerst müssen wir sicherstellen, dass niemand merkt, warum wir wirklich hier sind."

„Oh, keine Sorge", sagte Lotta und ließ sich wieder ins Kissen fallen. „Ich bin ein Meister der Unauffälligkeit. Das hier wird ein Kinderspiel."

Markus sah sie an, als wollte er widersprechen, doch schließlich schüttelte er nur den Kopf. „Ziehen Sie sich aus. Wir treffen uns in einer halben Stunde in der Lobby."

Lotta sah ihn an und hob eine Augenbraue. „Ausziehen? Markus, ich wusste nicht, dass Sie plötzlich so direkt werden."

Markus blinzelte, bevor er verstand, was sie meinte. Er schüttelte den Kopf und seufzte. „Umziehen, Lotta. Ich meinte umziehen."

Lotta grinste triumphierend. „Sicher. Und ich dachte schon, Sie hätten endlich beschlossen, ehrlich zu sein."

„In einer halben Stunde, Lotta", wiederholte Markus, bevor er sich umdrehte und zur Tür ging. Doch bevor er sie öffnete, warf er ihr einen Blick zu, der fast… amüsiert wirkte. „Versuchen Sie, diesmal nicht aufzufallen."

„Keine Sorge", sagte Lotta und hob die Hand wie zum Schwur. „Ich bin der Inbegriff von Understatement."

Markus schüttelte den Kopf und verließ das Zimmer. Lotta blieb zurück, ein Grinsen auf den Lippen, das langsam verblasste, als sie wieder an das Tagebuch in ihrer Tasche dachte. Das Spiel hatte gerade erst begonnen – und sie wusste, dass die nächste Runde nicht lange auf sich warten lassen würde.

—-

Eine halbe Stunde später stand Lotta in der Lobby des Hotels Sacher und fühlte sich wie eine Schauspielerin in einem Filmset. Die Kronleuchter funkelten, die Gäste waren gekleidet, als würden sie sich jeden Moment auf eine Operngala begeben, und der Duft nach Kaffee und frisch poliertem Holz hing in der Luft.

„Und wo ist James Bond?" murmelte sie, während sie sich umsah. Markus war wie immer pünktlich – und genauso makellos, wie man es von ihm erwartete. Er trug einen dunkelblauen Anzug, der ihm so gut stand, dass Lotta ihn beinahe dafür verfluchen wollte.

„Sie sehen aus, als wären Sie bereit, die Welt zu retten", sagte sie und strich eine imaginäre Falte aus ihrem schlichten schwarzen Kleid. „Oder zumindest, als hätten Sie einen Martini verdient."

„Geschüttelt, nicht gerührt?" Markus hob eine Augenbraue und deutete auf den Ausgang der Lobby. „Kommen Sie. Wir haben eine Verabredung mit einem Kaffeehaus."

„Natürlich. Weil gefährliche Abenteuer ohne Koffein nicht funktionieren." Lotta folgte ihm durch die Lobby, als sie plötzlich von einem Paar angesprochen wurden, das fast zu perfekt wirkte, um wahr zu sein.

„Entschuldigen Sie, sind Sie auch Gäste hier?" Die Frau, blond, schlank und gekleidet wie aus einem Modekatalog, lächelte Lotta an. Neben ihr stand ein Mann, der fast zu unscheinbar war, um nicht verdächtig zu wirken. Seine Brille und das dezente Lächeln machten ihn wie aus dem Lehrbuch für „Unauffällige Beobachter".

„Ja, tatsächlich", sagte Markus, bevor Lotta etwas sagen konnte. „Und Sie?"

„Wir auch", sagte die Frau und lachte leise. „Es ist unser erster Besuch in Wien. Wir sind aus Deutschland und wollten unbedingt dieses berühmte Hotel sehen."

„Ach, Touristen", sagte Lotta mit übertriebener Herzlichkeit. „Es gibt nichts Schöneres, als neue Städte zu entdecken, nicht wahr?"

„Genau", sagte der Mann, sein Lächeln höflich. „Ich bin Peter, und das ist meine Frau Anna. Und Sie sind…?"

„Markus", antwortete Markus ruhig und schüttelte Peters Hand. „Das ist Lotta."

„Wie schön, Sie kennenzulernen", sagte Anna und sah Lotta mit einem Ausdruck an, der zwischen freundlich und neugierig schwankte. „Wien ist so eine faszinierende Stadt. Wissen Sie, wir haben gelesen, dass es hier viele historische Geheimnisse gibt."

„Oh, wirklich?" Lotta lächelte, doch ihre Gedanken rasten. *Warum erwähnt jemand bei einer zufälligen Begegnung ‚geheime Geschichte'?* „Ich bin sicher, Wien hat mehr zu bieten als nur Geheimnisse. Die Sachertorte allein reicht, um hierherzukommen."

Anna lachte, doch Peter musterte Lotta und Markus mit einem Blick, der mehr sagte, als seine Worte es je könnten. „Vielleicht begegnen wir uns ja später wieder", sagte er schließlich, als sie sich verabschiedeten. „Es war nett, Sie kennenzulernen."

„Bestimmt", sagte Markus mit einem leichten Nicken, bevor er sich wieder Lotta zuwandte. „Kommen Sie."

Sie gingen weiter, doch Lotta konnte nicht anders, als sich umzusehen. Die „Touristen" waren wieder verschwunden, doch ihr Gefühl sagte ihr, dass sie nicht zum letzten Mal mit Anna und Peter zu tun haben würden.

„Die waren doch nicht echt, oder?" fragte sie, als sie aus der Lobby traten.

„Definieren Sie ‚echt'", erwiderte Markus, während er eine Hand auf ihren Rücken legte, um sie durch die Menge zu führen. „Sie waren echt genug, um neugierig zu sein."

„Und was glauben Sie, wer sie sind?" Lotta warf ihm einen Blick zu, doch Markus wirkte, als würde er genau überlegen, was er sagen wollte.

„Das werden wir herausfinden", sagte er schließlich. „Aber eines ist sicher: Sie wissen mehr, als sie zugeben."

„Fantastisch", murmelte Lotta und zog ihren Schal enger. „Ich liebe es, von Menschen umgeben zu sein, die Geheimnisse haben. Es ist fast wie Weihnachten, nur ohne Geschenke."

Markus lächelte leicht, doch sein Blick blieb ernst. „Bleiben Sie wachsam, Lotta. Hier in Wien gibt es mehr Spieler, als wir erwarten."

„Großartig", sagte Lotta und sah sich erneut um. „Ich liebe ein gutes Gesellschaftsspiel. Hoffentlich bin ich nicht die Figur, die zuerst vom Brett fliegt."

—-

Der Abend hatte sich über Wien gelegt, und das gedämpfte Licht der Straßenlaternen spiegelte sich auf den nassen Kopfsteinpflasterstraßen wider. Markus und Lotta hatten sich in ein kleines, charmantes Restaurant zurückgezogen, das versteckt in einer Seitenstraße lag – genau der richtige Ort für ein Gespräch, das niemand anderes hören sollte.

„Ein Abendessen?" Lotta hob skeptisch die Augenbrauen, als sie sich an den Tisch setzten. „Ich dachte, wir sind hier, um Spione und Geheimnisse zu jagen, nicht um ein Candle-Light-Dinner zu genießen."

„Man muss Prioritäten setzen", sagte Markus mit einem schiefen Lächeln, während er die Speisekarte aufschlug. „Außerdem, wenn ich Ihnen sagen würde, dass wir nichts essen dürfen, weil es gefährlich sein könnte, wären Sie die Erste, die sich beschwert."

„Ach, Sie kennen mich ja so gut", murmelte Lotta und nahm die Karte in die Hand. „Aber wenn ich schon inmitten eines Spionagethrillers sterben muss, dann wenigstens mit einem guten Dessert."

Markus lachte leise, eine Seltenheit, die Lotta fast aus dem Konzept brachte. Doch bevor sie etwas sagen konnte, kam der Kellner, nahm ihre Bestellungen auf und verschwand wieder in der Dunkelheit des Restaurants.

„Also, was ist der Plan?" fragte Lotta, als sie sich zurücklehnte. „Oder sind wir hier, weil Sie hoffen, dass die Spione auch Hunger haben?"

Markus sah sie einen Moment lang an, bevor er antwortete. „Der Plan ist, keine Aufmerksamkeit zu erregen. Wenn jemand uns verfolgt, dann wird er denken, dass wir Touristen sind, die die Stadt genießen."

„Das klingt fast romantisch", bemerkte Lotta mit einem Augenzwinkern. „Vielleicht sollten wir Händchen halten, um es überzeugender zu machen."

„Ich bin sicher, Sie würden das genießen", erwiderte Markus trocken, doch ein leichtes Zucken seiner Lippen verriet, dass er ihren Humor nicht ganz ignorierte.

Der Kellner kehrte zurück, brachte ihnen Wein und eine Vorspeise, die so kunstvoll angerichtet war, dass Lotta sie fast fotografieren wollte. Doch bevor sie dazu kam, sah sie, wie Markus seinen Blick über das Restaurant schweifen ließ.

„Was ist?" fragte sie leise und folgte seinem Blick.

„Unsere Freunde", sagte er und nickte unauffällig in Richtung eines Tisches am anderen Ende des Raumes. Dort saßen Anna und Peter, die „Touristen" aus der Lobby, und taten so, als wären sie in ein Gespräch vertieft. Doch Lotta konnte spüren, dass ihre Aufmerksamkeit auf sie gerichtet war.

„Oh, großartig", flüsterte sie und griff nach ihrem Weinglas. „Was machen wir jetzt? Ihnen zuwinken?"

„Nein." Markus' Stimme war leise, aber bestimmt. „Wir tun genau das, was wir vorhatten. Wir genießen unser Abendessen."

Lotta hob eine Augenbraue, doch sie sagte nichts. Stattdessen trank sie einen Schluck Wein und bemühte sich, normal zu wirken – was schwerer war, als sie erwartet hatte, besonders unter den durchdringenden Blicken von Anna und Peter.

„Wissen Sie, Markus", sagte sie schließlich, um die Spannung zu brechen, „das ist das merkwürdigste Date, auf dem ich je war."

Markus, der gerade einen Bissen von seiner Vorspeise nahm, sah sie an und lächelte leicht. „Ich wusste, dass Sie es als Date ansehen würden."

„Träumen Sie weiter", erwiderte Lotta, konnte aber nicht verhindern, dass ihre Wangen ein wenig warm wurden.

Der Rest des Abendessens verlief in einer seltsamen Mischung aus Anspannung und Normalität. Lotta konnte spüren, dass Markus immer wachsam blieb, während sie sich bemühte, so gelassen wie möglich zu wirken. Doch als der Kellner das Dessert brachte – eine dekadente Schokoladenmousse, die jeden Streit hätte schlichten können – ließ Lotta sich endlich ein wenig entspannen.

„Das ist himmlisch", sagte sie mit einem leichten Seufzen, während sie einen Löffel Schokolade in den Mund nahm. „Vielleicht ist dieser Spionagekram doch nicht so schlecht."

„Ich bin froh, dass Sie es genießen", sagte Markus, doch sein Blick war immer noch auf Anna und Peter gerichtet, die gerade aufstanden, um das Restaurant zu verlassen.

„Und jetzt?" fragte Lotta leise, als sie bemerkte, dass ihre Beobachter gegangen waren.

„Jetzt bleiben wir ruhig", sagte Markus und lehnte sich zurück. „Die Nacht ist noch lang."

Lotta hatte das Gefühl, dass er mehr wusste, als er sagte – wie immer. Doch sie entschied, ihre Fragen für später aufzusparen. Für den Moment wollte sie den seltenen Frieden genießen, auch wenn sie wusste, dass er nicht lange andauern würde.

—-

Das Hotel Sacher war bei Nacht ein Ort, der gleichzeitig Luxus und eine unheilvolle Stille ausstrahlte. Lotta lag auf dem Bett in ihrem Zimmer, umgeben von weichen Kissen, und las in einem Reiseführer über Wien, während Sherlock, ihr imaginärer Kater, in Gedanken über die Wand starrte. (Nicht, dass sie ihn wirklich hierhergebracht hätte – das wäre noch unauffälliger gewesen als ihre bisherige Performance als „normale Touristin".)

„Markus ist wahrscheinlich in seinem Zimmer und plant den nächsten Zug", murmelte sie vor sich hin und schloss das Buch. „Oder er liest Geheimdienstliteratur, um mir weiterhin überlegen zu wirken."

Ein Klopfen an ihrer Tür unterbrach ihre Gedanken. Es war sanft, kaum hörbar – und genau deshalb so unheimlich.

„Zimmerservice um diese Uhrzeit?" murmelte Lotta und stand auf, das Tagebuch sicher in ihrer Tasche verstaut, bevor sie zur Tür ging. Sie öffnete einen Spalt und sah niemanden. Der Flur war leer, beleuchtet von den warmen Lichtern des Hotels.

„Sehr lustig", sagte sie leise und schloss die Tür wieder. Doch ein ungutes Gefühl hatte sich in ihrer Magengrube festgesetzt, und sie konnte nicht anders, als ihre Umgebung noch einmal zu überprüfen. Die Tasche mit dem Tagebuch lag auf dem Tisch, ihre Schlüssel daneben, und alles wirkte normal.

Zu normal.

Sie wollte gerade wieder ins Bett steigen, als sie ein Geräusch hörte. Es war leise, fast wie ein Kratzen, und kam von der Tür.

„Oh nein", flüsterte Lotta und griff instinktiv nach der Vase, die auf dem Nachttisch stand. Sie war nicht besonders schwer, aber in einer Welt, in der sie sich plötzlich in einem Live-Krimi befand, war sie besser als nichts.

Das Kratzen hörte auf, und stattdessen klickte etwas. Lotta hielt den Atem an und spürte, wie ihr Herz schneller schlug. Die Türklinke bewegte sich langsam, und dann, bevor sie ganz nach unten gedrückt werden konnte, schrie sie laut: „Ich habe eine Waffe! Und ich werde sie benutzen!"

Die Klinke hielt inne, und einen Moment lang war absolute Stille. Dann hörte sie Schritte, die sich schnell entfernten.

Lotta ließ die Vase sinken und starrte die Tür an, ihr Atem ging stoßweise. Sie wusste, dass das keine einfache Störung gewesen war. Jemand hatte versucht, in ihr Zimmer einzudringen – und sie hatte keinen Zweifel, dass das Ziel das Tagebuch war.

Schnell griff sie nach ihrem Handy und wählte Markus' Nummer. Er nahm beim ersten Klingeln ab.

„Lotta?" Seine Stimme war ruhig, aber sie konnte die Alarmbereitschaft heraushören.

„Jemand war gerade an meiner Tür", sagte sie, ihre Stimme zitterte leicht. „Er hat versucht reinzukommen. Ich habe ihn verscheucht, aber..."

„Bleiben Sie, wo Sie sind", sagte Markus sofort. „Ich bin in einer Minute da."

Markus kam tatsächlich weniger als eine Minute später, sein Gesicht angespannt und seine Augen wachsam, als er das Zimmer betrat. Lotta zeigte auf die Tür, und er untersuchte die Klinke, bevor er hinaus in den Flur trat.

„Niemand mehr da", sagte er, als er zurückkam. „Aber es gibt keine Zweifel: Jemand wollte in Ihr Zimmer."

„Ich habe Ihnen doch gesagt, dass dieses Tagebuch Probleme bringt", murmelte Lotta und ließ sich aufs Bett fallen. „Ich dachte, Wien wäre charmant und romantisch. Nicht, dass ich hier um mein Leben fürchten müsste."

Markus setzte sich auf die Stuhlkante und sah sie ernst an. „Sie haben gut reagiert. Wer auch immer das war, hat nicht bekommen, was er wollte."

„Aber er wird es wieder versuchen, oder?" Lotta sah ihn an, und in ihrem Blick lag mehr Sorge, als sie zugeben wollte.

„Vielleicht", gab Markus zu. „Aber wir werden vorbereitet sein."

„Oh, großartig." Lotta schnappte sich das Tagebuch und hielt es hoch. „Vielleicht sollte ich es einfach auf den Balkon werfen und sagen: ‚Wer es findet, darf es behalten'. Das würde mir das Leben erheblich erleichtern."

„Das werden Sie nicht tun", sagte Markus trocken. „Dieses Tagebuch ist zu wichtig."

„Für wen?" fragte Lotta, ihre Stimme schärfer. „Für Sie? Für die Welt? Für die mysteriösen Leute, die hinter uns her sind? Ehrlich, Markus, ich verliere langsam den Überblick."

Er sah sie an, und für einen Moment war er still. Dann sagte er leise: „Für uns beide, Lotta. Ob Sie es glauben oder nicht, wir sitzen im selben Boot."

Lotta wollte etwas Erwiderndes sagen, doch sie hielt inne, als sie die Ernsthaftigkeit in seinen Augen sah. Sie wusste, dass er recht hatte – egal wie verworren die Situation war, sie waren beide in diesem Abenteuer gefangen.

„Na gut", sagte sie schließlich und legte das Tagebuch zurück in ihre Tasche. „Aber wenn der nächste Eindringling kommt, sind Sie dran, ihn zu verscheuchen."

Markus lächelte schwach, stand auf und schloss die Tür ab. „Das verspreche ich."

Doch beide wussten, dass das nur der Anfang war. Die Nacht war noch lange nicht vorbei – und die Gefahren lauerten näher, als sie dachten.

—-

Es war spät in der Nacht, als Lotta in ihrem Zimmer auf und ab lief, die Tasche mit dem Tagebuch fest umklammert. Markus hatte darauf bestanden, dass sie die Tür doppelverriegelte, doch das reichte ihr nicht. Jedes Geräusch im Korridor, jeder Schatten auf der Straße ließ sie zusammenzucken.

„Ein romantischer Ausflug nach Wien", murmelte sie vor sich hin. „Mit einer Prise Spione und einem Hauch von Todesangst. Genau so habe ich mir das vorgestellt."

Ein leises Klopfen an der Verbindungstür zu Markus' Zimmer unterbrach ihre Selbstgespräche. Sie öffnete vorsichtig, nur um ihn mit einer Miene zu sehen, die so ernst war, dass es fast schon lächerlich wirkte.

„Was jetzt?" fragte sie und lehnte sich gegen den Türrahmen. „Noch ein Eindringling? Oder hat der Zimmerservice beschlossen, uns mit Mitternachtssnacks zu überraschen?"

„Wir müssen gehen", sagte Markus und warf einen Blick auf seine Uhr. „Jetzt."

„Gehen? Mitten in der Nacht?" Lotta verschränkte die Arme. „Markus, ich weiß, dass Sie ein Faible für Dramatik haben, aber das hier ist nicht ‚Mission Impossible'."

„Doch", sagte er trocken. „Nur ohne die coolen Gadgets. Also packen Sie Ihre Sachen. Schnell."

Lotta wollte widersprechen, doch etwas in seiner Stimme hielt sie zurück. Ohne ein weiteres Wort griff sie nach ihrer Tasche und ihrem Mantel. Innerhalb weniger Minuten standen sie im Korridor, und Markus führte sie leise zu einem Seitenausgang, den sie vorher nicht bemerkt hatte.

„Woher wissen Sie, dass wir hier rauskommen?" flüsterte sie, während sie versuchte, mit seinen langen Schritten mitzuhalten.

„Ich habe mir den Grundriss des Hotels angesehen", murmelte er. „Eine nützliche Angewohnheit."

„Natürlich haben Sie das", murmelte Lotta, bevor sie verstummte. Ihre Schritte hallten leise auf den Marmorböden, und sie spürte, wie sich die Spannung in ihrem Magen verdichtete.

Als sie schließlich den Ausgang erreichten, blieb Markus plötzlich stehen und hob eine Hand. Lotta hielt den Atem an, während er lauschte. Von draußen drangen gedämpfte Stimmen herein, doch sie konnte nichts erkennen.

„Bleiben Sie hinter mir", flüsterte er und schob die Tür einen Spalt weit auf. Der kalte Nachtwind wehte herein, und Lotta folgte ihm, die Tasche fest an ihre Seite gedrückt.

Draußen, auf der dunklen Gasse hinter dem Hotel, sah sie drei Gestalten. Zwei Männer und eine Frau, alle in dunklen Mänteln, standen beisammen und schienen etwas zu besprechen. Lotta erkannte sofort Anna und Peter, die „Touristen" aus der Lobby, und ihr Herz setzte einen Schlag aus.

„Das ist ein schlechter Witz", flüsterte sie. „Touristen? Wirklich?"

„Bleiben Sie ruhig", murmelte Markus und zog sie in den Schatten. „Wir müssen herausfinden, was sie vorhaben."

„Oh, sicher", murmelte Lotta. „Spionage mitten in der Nacht. Warum nicht?"

Doch bevor Markus etwas erwidern konnte, schien einer der Männer etwas zu bemerken. Er sah sich um, seine Augen durchdrangen die Dunkelheit, und Lotta spürte, wie ihr Atem stockte.

„Sie haben uns gesehen", flüsterte sie.

„Laufen", sagte Markus und zog sie mit sich.

Die Verfolgungsjagd durch die nächtlichen Straßen Wiens begann. Lotta spürte, wie ihr Herz raste, während sie durch enge Gassen liefen, vorbei an schlafenden Häusern und stillen Schaufenstern. Markus führte sie sicher, als hätte er die Stadt sein ganzes Leben lang gekannt.

Doch die Schritte hinter ihnen wurden lauter. Anna und Peter – oder wer auch immer sie waren – hatten die Verfolgung aufgenommen, und Lotta konnte ihre Schatten in der Dunkelheit sehen.

„Markus!" keuchte sie, während sie über einen Bordstein stolperte. „Ich bin Buchhändlerin, kein Olympionike!"

„Noch ein Grund, schneller zu laufen", rief er über die Schulter. Doch er hielt an einer Ecke an, zog sie in einen Durchgang und presste einen Finger an seine Lippen. „Still."

Die Schritte kamen näher, und Lotta hielt den Atem an. Sie konnte die Stimmen der Verfolger hören, doch die Worte waren unverständlich. Schließlich entfernten sich die Geräusche, und Markus atmete erleichtert aus.

„Sind wir sicher?" flüsterte Lotta.

„Für den Moment", sagte er. „Aber wir müssen weiter."

„Markus", sagte Lotta und sah ihn mit einer Mischung aus Wut und Verzweiflung an. „Wie lange soll das noch so weitergehen? Ich meine, was kommt als Nächstes? Eine Verfolgungsjagd auf der Donau?"

Er lächelte schwach, doch seine Augen blieben ernst. „Lotta, das ist kein Spiel. Was auch immer in diesem Tagebuch steht, ist wichtiger, als wir beide uns vorstellen können. Wir dürfen jetzt nicht aufgeben."

Lotta wollte etwas Entgegnendes sagen, doch sie hielt inne. Sie wusste, dass er recht hatte – und dass ihre Nacht noch lange nicht vorbei war.

Kapitel 10

Die Sonne strahlte über Wien, und Lotta hatte gehofft, dass der neue Tag ein wenig Normalität mit sich bringen würde. Sie saß in ihrem Zimmer im Hotel Sacher, eine Tasse Kaffee in der Hand, und versuchte, ihre Gedanken zu ordnen. Markus war früh verschwunden, angeblich, um „etwas Wichtiges zu klären". Sie hatte nicht gefragt, was – es hatte sowieso keinen Sinn.

„Vielleicht sollte ich einfach in den Zoo gehen", murmelte Lotta, während sie aus dem Fenster auf die belebte Straße hinuntersah. „Die Tiere sind wahrscheinlich weniger gefährlich als die Menschen, die uns verfolgen."

Ein plötzliches, energisches Klopfen an der Tür riss sie aus ihren Überlegungen. Lotta runzelte die Stirn, stellte ihre Tasse ab und ging zur Tür. *Wenn das wieder jemand versucht, hier einzubrechen, werde ich...*

Doch als sie die Tür öffnete, stand niemand Geringeres als die Baronesse vor ihr. Majestätisch wie immer, mit einem Hut, der eher an ein Kunstwerk als an ein Kleidungsstück erinnerte, und einem Lächeln, das gleichzeitig freundlich und durchdringend war.

„Guten Morgen, meine Liebe", sagte die Baronesse, während sie ohne Einladung eintrat. „Ich hoffe, ich störe nicht."

„Natürlich nicht", sagte Lotta und schloss die Tür, während sie sich fragte, wie oft sie dieses Hotel noch als Drehort für seltsame Begegnungen nutzen würde. „Was führt Sie so früh hierher, Baronesse?"

Die Baronesse ließ sich elegant in einen Sessel fallen und zog ein kleines Seidentaschentuch aus ihrer Handtasche, um sich damit über die Stirn zu tupfen. „Ach, meine Liebe, ich konnte einfach nicht anders. Etwas sagte mir, dass wir heute reden müssen."

„Etwas? Meinen Sie Ihr Bauchgefühl oder Ihre informierten Spione?" Lotta setzte sich auf die Bettkante und verschränkte die Arme.

Die Baronesse lachte leise, ein Klang wie klingende Gläser. „Oh, Sie haben einen wunderbaren Sinn für Humor. Aber nein, ich meine das Schicksal. Es gibt Dinge, die geklärt werden müssen."

Lotta hob eine Augenbraue. „Zum Beispiel?"

„Zum Beispiel", begann die Baronesse und beugte sich leicht vor, „was Sie wirklich über das Tagebuch wissen."

Lotta spürte, wie sich ihr Magen zusammenzog. Sie hielt den Blick der Baroness, doch ihr Kopf arbeitete auf Hochtouren. „Warum interessiert Sie das Tagebuch so sehr?"

„Ach, meine Liebe", sagte die Baronesse und legte das Taschentuch beiseite. „Das ist eine lange Geschichte. Eine Geschichte, die weit zurückreicht – viel weiter, als Sie sich vorstellen können."

Lotta wollte gerade etwas sagen, doch die Baronesse hielt eine Hand hoch. „Aber ich bin nicht hier, um zu erklären. Noch nicht. Zuerst müssen Sie verstehen, dass das, was Sie gefunden haben, nicht nur ein Buch ist. Es ist der Schlüssel zu einer Vergangenheit, die viele vergessen möchten."

Lotta starrte sie an, die Worte der Baronesse hingen schwer in der Luft. „Also gut", sagte sie schließlich. „Wenn es so wichtig ist, warum sagen Sie mir nicht einfach die Wahrheit?"

Die Baronesse lächelte sanft, doch ihre Augen waren kühl. „Manche Wahrheiten, meine Liebe, müssen verdient werden. Und manchmal kommen sie mit einem Preis."

Lotta öffnete den Mund, um zu antworten, doch in diesem Moment klopfte es erneut an der Tür – diesmal lauter und bestimmter. Sie und die Baronesse tauschten einen alarmierten Blick, bevor Lotta vorsichtig zur Tür ging.

„Markus?" fragte sie leise, doch es kam keine Antwort.

Als sie die Tür öffnete, erwartete sie eine Überraschung, die den Tag noch komplizierter machen sollte.

—-

Als Lotta die Tür öffnete, stand Markus davor – mit einem Gesichtsausdruck, der irgendwo zwischen „schlechte Nachrichten" und „wir haben ein Problem" lag. Doch bevor er etwas sagen konnte, ertönte die melodische Stimme der Baronesse aus dem Inneren des Zimmers.

„Herr Schmidt! Sie kommen genau zur richtigen Zeit."

Markus hob eine Augenbraue, trat ein und warf Lotta einen fragenden Blick zu. „Besuch?"

„Offensichtlich", murmelte Lotta, schloss die Tür und folgte ihm. „Die Baronesse hatte das Bedürfnis, mir eine Geschichtsstunde zu geben."

„Nicht irgendeine Geschichtsstunde", korrigierte die Baronesse mit einem Lächeln und deutete auf einen freien Stuhl. „Setzen Sie sich, Herr Schmidt. Sie sollten das hier auch hören."

Markus setzte sich langsam, seine Augen blieben misstrauisch. „Was genau soll ich hören?"

Die Baronesse beugte sich leicht vor, ihre Hände elegant gefaltet. „Die Geschichte von Lottas Urgroßmutter. Oder zumindest einen Teil davon."

Lotta verschluckte sich fast an ihrem eigenen Atem. „Moment mal, meine Urgroßmutter? Was hat sie mit all dem zu tun?"

Die Baronesse hielt inne, als ob sie ihre Worte sorgfältig wählte. „Mehr, als Sie ahnen, meine Liebe. Ihre Urgroßmutter war eine bemerkenswerte Frau. Eine Frau, die in einer Zeit voller Unsicherheit und Intrigen ihren Weg gefunden hat."

„Das klingt ja schon wie der Klappentext eines historischen Romans", sagte Lotta sarkastisch. „Wollen Sie vielleicht ein bisschen spezifischer werden?"

Die Baronesse lächelte leicht. „Spezifisch genug, um Sie neugierig zu machen, aber nicht so spezifisch, dass ich zu viel verrate. Ihre Urgroßmutter, so viel kann ich sagen, war in Wien – vor vielen Jahren. Sie war Teil einer... Gruppe, die sich für das Wohl vieler einsetzte."

„Gruppe?" Markus lehnte sich vor, sein Interesse nun geweckt. „Welche Art von Gruppe?"

„Eine Gruppe, die für Gerechtigkeit kämpfte", sagte die Baronesse ausweichend. „Und die, wie viele gute Dinge, nicht lange überlebte."

Lotta runzelte die Stirn. „Also, was genau hat das mit dem Tagebuch zu tun?"

Die Baronesse hielt inne, bevor sie antwortete. „Das Tagebuch enthält Hinweise auf die Arbeit Ihrer Urgroßmutter. Es ist mehr als nur ein persönliches Dokument – es ist ein Schlüssel."

„Ein Schlüssel wozu?" fragte Markus, seine Stimme jetzt drängender.

Die Baronesse schüttelte leicht den Kopf. „Das ist etwas, das Sie selbst herausfinden müssen. Aber seien Sie vorsichtig. Nicht jeder, der nach dem Tagebuch sucht, hat noble Absichten."

„Das ist mir inzwischen klar", murmelte Lotta und warf Markus einen Blick zu. „Und was genau wollen *Sie*, Baronesse? Warum sind Sie hier?"

Die Baronesse lächelte sanft, aber ihre Augen funkelten. „Ich bin hier, um sicherzustellen, dass das Tagebuch in den richtigen Händen bleibt."

„Ihre eigenen Hände, nehme ich an?" fragte Lotta, ihre Stimme triefte vor Ironie.

„Vielleicht", sagte die Baronesse leichthin. „Oder vielleicht in den Händen von jemandem, der versteht, was auf dem Spiel steht."

Lotta wollte gerade eine bissige Antwort geben, doch Markus schnitt ihr das Wort ab. „Warum erzählen Sie uns das gerade jetzt?"

Die Baronesse stand auf und zog ihre Handschuhe an, als ob sie sich auf den Abschied vorbereitete. „Weil die Zeit knapp wird, Herr Schmidt. Und weil ich glaube, dass Sie und Lotta mehr gemeinsam haben, als Sie zugeben möchten."

„Das klingt verdächtig nach einem Rätsel", sagte Lotta. „Und ich hasse Rätsel."

„Oh, das glaube ich nicht", sagte die Baronesse, bevor sie zur Tür ging. „Ich denke, Sie lieben sie – Sie wissen es nur noch nicht."

Mit diesen Worten öffnete sie die Tür, warf einen letzten Blick über die Schulter und lächelte. „Passen Sie auf sich auf, meine Liebe. Und auf das Tagebuch. Es könnte der Schlüssel zu allem sein."

Dann war sie verschwunden, und die Tür fiel leise ins Schloss.

Markus und Lotta blieben zurück, die Stille zwischen ihnen schwer von unausgesprochenen Fragen.

„Was. War. Das?" fragte Lotta schließlich und ließ sich auf einen Stuhl fallen.

„Eine Warnung", sagte Markus leise. „Und vielleicht eine Herausforderung."

„Großartig", murmelte Lotta. „Noch ein Rätsel, noch mehr Geheimnisse. Warum kann nicht einmal jemand einfach die Wahrheit sagen?"

Markus lächelte schwach, doch seine Augen waren nachdenklich. „Vielleicht, weil die Wahrheit gefährlicher ist, als wir denken."

—-

Die Minuten nach dem Besuch der Baronesse zogen sich wie Kaugummi. Lotta starrte auf die geschlossene Tür, als ob sie versuchen würde, die Worte der Dame aus der Luft zu greifen und einen Sinn daraus zu machen. Markus hingegen saß still, die Hände auf den Knien, sein Gesicht wie eine undurchdringliche Maske.

„Also?" Lotta brach schließlich das Schweigen. „Was halten Sie von unserem kleinen Theaterstück? Finden Sie die Baronesse genauso hilfreich wie ich?"

Markus hob den Blick, seine Augen funkelten vor einem leichten Anflug von Ironie. „Hilfreich? Sicher. Wenn man ‚hilfreich' als Synonym für ‚geheimnisvoll' verwendet."

„Ich meine es ernst", sagte Lotta und lehnte sich vor. „Sie schien mehr über meine Familie zu wissen als ich selbst. Und dann diese kryptischen Andeutungen. ‚Kämpfer für Gerechtigkeit' – das klingt wie etwas aus einem schlecht geschriebenen Spionagefilm."

Markus runzelte die Stirn, als würde er die Worte der Baronesse im Kopf erneut durchgehen. „Es könnte stimmen", sagte er schließlich. „Vielleicht war Ihre Urgroßmutter wirklich Teil von etwas Größerem. Aber warum jetzt? Warum erzählt uns die Baronesse das gerade in diesem Moment?"

Lotta schnaufte. „Vielleicht, weil sie Spaß daran hat, mich in den Wahnsinn zu treiben."

Markus schüttelte den Kopf, stand auf und begann, im Zimmer auf und ab zu gehen. „Nein. Es gibt mehr. Sie will uns warnen – oder vielleicht testen."

„Testen?" Lotta hob eine Augenbraue. „Glauben Sie, das hier ist ein Einstellungsgespräch für einen Geheimdienst?"

Markus hielt inne, drehte sich zu ihr um und verschränkte die Arme. „Es geht nicht nur um Sie, Lotta. Sie sind Teil von etwas Größerem, und das Tagebuch ist der Schlüssel. Aber die Frage ist: Schlüssel wozu?"

„Das frage ich mich auch", murmelte Lotta und zog ihre Tasche näher an sich. „Aber wissen Sie, was ich wirklich wissen möchte? Was Sie über das alles denken. Und ich meine die *ganze* Wahrheit, Markus. Kein Ausweichen, kein kryptisches Schweigen."

Er hielt ihrem Blick stand, und für einen Moment dachte Lotta, dass er ihr wieder nur eine halbe Antwort geben würde. Doch dann entspannte sich seine Haltung, und er setzte sich wieder hin, direkt vor ihr.

„Gut", sagte er leise. „Sie wollen die Wahrheit? Hier ist sie: Ich wusste von Anfang an, dass das Tagebuch gefährlich ist. Und ich wusste, dass es etwas mit Ihrer Familie zu tun hat."

Lotta starrte ihn an, ihre Augen weiteten sich vor Überraschung. „Wie bitte? Sie wussten das? Und Sie haben es mir nicht gesagt?"

Markus nickte langsam, seine Stimme blieb ruhig. „Ich wollte Sie schützen, Lotta. Wissen Sie, wie viele Leute bereit wären, alles zu tun, um an dieses Tagebuch zu kommen?"

„Ja, das merke ich langsam", sagte Lotta scharf. „Aber Sie hätten es mir trotzdem sagen können. Ich habe ein Recht, die Wahrheit über meine eigene Familie zu wissen."

„Vielleicht", sagte Markus, seine Augen jetzt weicher. „Aber manchmal ist die Wahrheit eine Bürde, die man nicht allein tragen sollte."

Lotta wollte etwas Entgegnendes sagen, doch sie hielt inne, als sie die Aufrichtigkeit in seinen Augen sah. Es war ein Moment der Ehrlichkeit, der selten zwischen ihnen war – und es brachte sie aus dem Gleichgewicht.

„Also gut", sagte sie schließlich und lehnte sich zurück. „Sie wissen also mehr, als Sie zugeben. Was jetzt? Warten wir, bis die nächste mysteriöse Person auftaucht und uns mit weiteren halben Antworten füttert?"

Markus lächelte leicht, doch sein Blick blieb ernst. „Wir müssen herausfinden, was die Baronesse wirklich weiß. Und wir müssen herausfinden, warum Volkov so verzweifelt hinter diesem Tagebuch her ist."

Lotta spürte, wie sich ihr Magen zusammenzog. „Sie denken, er wird nicht aufgeben, oder?"

„Nein", sagte Markus, seine Stimme fest. „Und wenn er uns findet, wird er keine halben Sachen machen."

Die Schwere seiner Worte ließ Lotta einen Moment lang verstummen. Sie wusste, dass er recht hatte – und dass ihre Reise in die Dunkelheit der Vergangenheit gerade erst begonnen hatte.

—-

Das dumpfe Klopfen an der Tür ließ Lotta und Markus wie auf Kommando innehalten. Ihre Augen trafen sich, und für einen Moment herrschte diese unheimliche, drückende Stille, die nur entsteht, wenn man genau weiß, dass etwas Schlechtes bevorsteht.

„Warten Sie jemanden?" flüsterte Lotta und griff instinktiv nach der Tasche mit dem Tagebuch.

Markus schüttelte langsam den Kopf. „Nein. Und ich bezweifle, dass es der Zimmerservice ist."

Das Klopfen wurde lauter, fordernder, und Lottas Herz begann schneller zu schlagen. Markus zog sie wortlos zur Seite, in den Schatten des Zimmers, und bedeutete ihr, still zu bleiben. Dann ging er zur Tür, hielt kurz inne und öffnete sie einen Spalt – gerade genug, um einen Blick auf den Besucher zu werfen.

„Herr Schmidt", ertönte eine tiefe, wohlklingende Stimme, die trotz ihrer Ruhe eine unmissverständliche Drohung in sich trug. „Ich dachte, wir könnten ein kleines Gespräch führen."

Markus öffnete die Tür ein Stück weiter, und da stand er: Boris Volkov. Groß, breit, in einem perfekt sitzenden Anzug, der mehr kostete, als Lotta je in ihrem Laden verdienen würde. Sein Lächeln war kalt, seine Augen funkelten wie die eines Raubtieres, das seine Beute gefunden hatte.

„Herr Volkov", sagte Markus, seine Stimme ruhig, aber Lotta konnte die Spannung in seinen Schultern sehen. „Was für eine unerwartete Überraschung."

„Ach, unerwartet?" Volkov trat einen Schritt näher, als wollte er die Schwelle des Zimmers mit seiner bloßen Präsenz überwinden. „Ich würde sagen, es war unvermeidlich. Sie haben etwas, das mir gehört."

Markus blieb ungerührt. „Ich fürchte, da irren Sie sich."

„Oh, ich irre mich nie", erwiderte Volkov mit einem leisen Lachen. „Das Tagebuch, Herr Schmidt. Geben Sie es mir, und wir können das hier zivilisiert lösen."

Lotta, die sich immer noch im Schatten des Zimmers versteckte, konnte nicht anders, als ihre Augen zu verdrehen. *Zivilisiert? Klar. Genau das, woran ich denke, wenn jemand mitten in der Nacht in mein Hotelzimmer stürmt.*

„Wie kommen Sie darauf, dass wir es haben?" fragte Markus ruhig. „Es gibt keine Beweise."

„Beweise?" Volkov schüttelte leicht den Kopf. „Herr Schmidt, ich brauche keine Beweise. Ich habe Instinkt. Und mein Instinkt sagt mir, dass Sie und Ihre charmante Begleiterin – wo ist sie übrigens? – mehr wissen, als Sie zugeben."

Lotta biss sich auf die Lippe, um kein Geräusch von sich zu geben. *Charmant? Das ist die höflichste Beleidigung, die ich je gehört habe.*

„Das ist eine interessante Theorie", sagte Markus, und Lotta bewunderte, wie ruhig er blieb. „Aber wie Sie sehen, ist hier nichts von Interesse. Vielleicht sollten Sie Ihren Instinkt überdenken."

„Oder ich könnte einfach suchen", sagte Volkov und machte einen Schritt in den Raum.

Das war der Moment, in dem Lotta wusste, dass sie nicht länger still bleiben konnte. Sie griff nach der Vase auf dem Tisch – anscheinend war das ihr neues Lieblingswerkzeug – und trat entschlossen aus dem Schatten.

„Noch einen Schritt, und ich schwöre, diese Vase landet auf Ihrem teuren Anzug", sagte sie, ihre Stimme schärfer, als sie sich fühlte.

Volkov drehte sich langsam zu ihr um, sein Lächeln wurde breiter. „Ah, da ist sie. Die tapfere Lotta. Ich hatte gehofft, Sie kennenzulernen."

„Oh, ich wünschte, ich könnte dasselbe sagen", erwiderte sie und hob die Vase. „Aber ehrlich gesagt, Sie sind weniger beeindruckend, als ich erwartet habe."

Markus schnaubte leise, doch Volkov wirkte unbeeindruckt. Er trat einen Schritt näher, als wollte er sie einschüchtern, doch Lotta blieb standhaft – zumindest äußerlich.

„Hören Sie, Fräulein Weber", sagte Volkov, seine Stimme honigsüß. „Ich will keinen Ärger. Geben Sie mir das Tagebuch, und ich werde Sie in Ruhe lassen."

„Oh, wie großzügig", sagte Lotta und hob die Vase etwas höher. „Aber ich glaube, ich behalte es. Erinnerungen, wissen Sie?"

Volkovs Augen verengten sich, und für einen Moment glaubte Lotta, dass er sie tatsächlich angreifen würde. Doch bevor er etwas tun konnte, ertönte ein lautes Klopfen von der Tür.

„Polizei!" rief eine Stimme von draußen. „Öffnen Sie die Tür!"

Volkov hielt inne, seine Augen blitzten vor Wut. Er warf Markus einen scharfen Blick zu, dann Lotta, bevor er sich zurückzog.

„Das war's für den Moment", sagte er leise. „Aber glauben Sie nicht, dass das hier vorbei ist."

Mit diesen Worten drehte er sich um, ging zur Tür und verschwand, als wäre er nie da gewesen.

Die Tür schloss sich, und Lotta ließ die Vase sinken. Ihre Knie fühlten sich weich an, und sie ließ sich auf den nächstbesten Stuhl fallen.

„Das war...", begann sie, doch Markus hob eine Hand.

„Ich weiß", sagte er und zog sein Handy aus der Tasche. „Aber wir haben keine Zeit, uns zu entspannen. Er wird zurückkommen."

„Fantastisch", murmelte Lotta. „Das ist genau die Art von Urlaub, die ich mir gewünscht habe."

Markus sah sie an, und für einen Moment war sein Blick weicher. „Sie haben gut reagiert."

„Danke", sagte Lotta und hob die Vase. „Ich glaube, ich sollte anfangen, das hier als Waffe zu tragen."

Er lächelte schwach, aber sie konnte die Anspannung in seinen Augen sehen. Volkov war nicht nur ein Problem – er war ein Schatten, der über ihnen lag, und Lotta wusste, dass der nächste Zug tödlicher sein würde.

—-

Die nächsten Stunden verliefen wie in einem Film, den Lotta lieber nicht hätte mitspielen wollen. Nachdem Volkov verschwunden war, hatte Markus darauf bestanden, das Zimmer zu verlassen und einen neuen, sicheren Ort zu finden. Lotta hatte protestiert – selbstverständlich mit einer Prise Sarkasmus –, doch schließlich hatte sie widerwillig nachgegeben. Jetzt saßen sie in einem kleinen Café, unweit des Hotels, und warteten auf das, was Markus „die nächste unvermeidliche Katastrophe" genannt hatte.

„Das ist wirklich ein Traumurlaub", murmelte Lotta und rührte in ihrem Kaffee. „Spione, Drohungen, und jetzt sitzen wir hier und warten darauf, dass irgendetwas explodiert."

Markus, der mit seinem Handy beschäftigt war, warf ihr einen kurzen Blick zu. „Niemand hat gesagt, dass das einfach wird."

„Oh, natürlich nicht", sagte Lotta und lehnte sich zurück. „Aber ein kleiner Hinweis, dass mein Leben sich in einen schlechten Thriller verwandeln würde, wäre nett gewesen."

„Ich dachte, Sie mögen Abenteuer", sagte Markus trocken.

„Abenteuer, ja. Lebensgefährliche Begegnungen mit mysteriösen Männern in teuren Anzügen? Nicht so sehr."

Markus wollte gerade antworten, als sein Handy vibrierte. Er hob es an sein Ohr, und Lotta beobachtete, wie sich sein Gesichtsausdruck von angespannt zu alarmiert veränderte.

„Was ist los?" fragte sie, kaum dass er aufgelegt hatte.

„Die Baronesse", sagte Markus knapp und stand auf. „Sie ist in Gefahr."

Lotta wusste nicht, wie Markus es geschafft hatte, einen so unauffälligen Mietwagen zu finden, der gleichzeitig so schnell war. Die Straßen Wiens verschwammen in einer Mischung aus Lichtern und Schatten, während er durch die Stadt raste, Lotta auf dem Beifahrersitz festgeschnallt und innerlich zwischen Angst und Verwirrung schwankend.

„Wie wissen Sie, dass sie in Gefahr ist?" fragte sie schließlich, ihre Stimme angespannt.

„Ein Kontakt hat mich informiert", sagte Markus und warf ihr einen schnellen Blick zu. „Volkov war nicht nur bei uns. Er hat sie ebenfalls aufgesucht."

„Natürlich hat er das", sagte Lotta und rieb sich die Schläfen. „Weil dieser Tag ja nicht schon verrückt genug war."

Markus sagte nichts, doch sie konnte die Anspannung in seinem Gesicht sehen. Schließlich hielten sie vor einer eleganten, aber etwas verlassen wirkenden Villa am Stadtrand. Das Licht im Erdgeschoss war an, doch die Fenster wirkten wie leere Augenhöhlen, die sie anstarrten.

„Bleiben Sie im Auto", sagte Markus, während er ausstieg.

„Keine Chance", erwiderte Lotta und folgte ihm. „Wenn ich schon in diesem Chaos bin, dann will ich wenigstens sehen, wie es endet."

Er wollte widersprechen, doch bevor er etwas sagen konnte, wurde die Tür der Villa plötzlich aufgerissen. Ein Mann stürzte hinaus – nicht Volkov, aber eindeutig einer seiner Handlanger. Er sah sie, zögerte einen Moment und zog dann eine Waffe.

„Runter!" rief Markus, zog Lotta hinter das Auto und griff nach seiner eigenen Pistole. Der Schuss, der den Wagen traf, klang ohrenbetäubend in der stillen Nacht, und Lotta spürte, wie ihr Herz in ihrer Brust raste.

„Das ist offiziell das Schlimmste, was ich je erlebt habe", keuchte sie.

„Warten Sie hier", sagte Markus und richtete seine Waffe auf den Mann, der sich hinter einer Säule in Deckung gebracht hatte.

„Warten? Sind Sie verrückt?" Lotta schielte über den Rand des Wagens und sah, wie Markus sich langsam vorwärts bewegte. Sie hätte ihn zurückhalten sollen, doch die Worte blieben ihr im Hals stecken, als sie sah, wie ein zweiter Mann aus der Tür trat.

„Das wird großartig", murmelte sie, griff nach einer herumliegenden Eisenstange – *Danke, Wiener Straßenbauarbeiten!* – und schlich um das Auto herum.

Markus hatte inzwischen den ersten Handlanger ausgeschaltet – mit einem gezielten Schuss, der dem Mann die Waffe aus der Hand schlug –, doch der zweite war schneller. Er hob die Waffe, zielte auf Markus, und Lotta wusste, dass sie handeln musste.

Mit einem lauten Schrei schwang sie die Eisenstange und traf den Mann am Arm. Die Waffe fiel zu Boden, und er drehte sich um, überrascht und wütend. Bevor er reagieren konnte, war Markus da, rammte ihn gegen die Wand und entwaffnete ihn.

„Nicht schlecht", sagte Markus, als er sich zu Lotta umdrehte. Sein Atem ging schwer, doch er wirkte erstaunlich ruhig.

„Nicht schlecht?" Lotta ließ die Eisenstange fallen und stemmte die Hände in die Hüften. „Ich habe gerade einen bewaffneten Mann mit einer Stange verprügelt, und alles, was Sie sagen können, ist ‚nicht schlecht'?"

„Sie haben recht", sagte Markus und lächelte leicht. „Es war beeindruckend."

Bevor Lotta etwas erwidern konnte, hörten sie ein schwaches Geräusch aus dem Inneren der Villa – ein Schrei, gedämpft, aber deutlich.

„Die Baronesse", sagte Lotta und rannte los, bevor Markus sie aufhalten konnte.

Im Inneren der Villa fanden sie die Baronesse, gefesselt und sichtbar erschöpft, aber lebendig. Sie sah auf, als Lotta und Markus den Raum betraten, und ihre Augen funkelten trotz ihrer misslichen Lage.

„Ach, da sind Sie ja", sagte sie mit einer Stimme, die seltsam ruhig war. „Ich dachte schon, ich müsste hier die Nacht verbringen."

„Keine Sorge", sagte Lotta und kniete sich hin, um die Fesseln zu lösen. „Ihr Retterteam ist hier."

„Und das mit Stil", fügte Markus hinzu, während er die Umgebung sicherte.

Die Baronesse stand auf, richtete ihren Hut – wie sie es in dieser Situation schaffte, elegant zu bleiben, war Lotta ein Rätsel – und sah die beiden an. „Vielen Dank. Aber ich fürchte, das hier ist nur der Anfang."

„Natürlich ist es das", murmelte Lotta und half der älteren Frau zur Tür. „Weil nichts in meinem Leben jemals einfach sein kann."

Zurück im Auto, während Markus die Villa hinter sich ließ, sah Lotta aus dem Fenster und fragte sich, wie sie hier gelandet war. Doch als die Baronesse plötzlich ihre Hand auf ihre legte, drehte sie sich um.

„Sie sind stärker, als Sie denken, meine Liebe", sagte die Baronesse leise. „Das wird Ihnen bald klar werden."

Lotta wollte etwas Sarkastisches erwidern, doch die Worte blieben ihr im Hals stecken. Stattdessen sah sie hinaus in die dunkle Nacht, wo die Schatten der Vergangenheit und die Gefahren der Gegenwart sich unaufhaltsam miteinander verflochten.

Kapitel 11

Das Archiv war genau so, wie Lotta es sich vorgestellt hatte – wenn nicht sogar schlimmer. Es war eine Mischung aus vergessener Geschichte und der lebendigen Erinnerung an Staub. Die hohen Regale ragten wie Monolithen in den Himmel, beladen mit zerbrechlich aussehenden Schachteln, dicken Aktenordnern und Büchern, die aussahen, als hätten sie persönlich an den Napoleonischen Kriegen teilgenommen.

„Das also ist der heilige Gral der Recherche", murmelte Lotta, während sie vorsichtig durch die Reihen ging. „Ich fühle mich wie Indiana Jones. Aber ohne die Peitsche. Und ohne die Abenteuerlust."

„Versuchen Sie, das ernst zu nehmen", sagte Markus, der mit der Taschenlampe durch die Regale leuchtete. „Hier könnten entscheidende Informationen sein."

„Oh, ich nehme es ernst", entgegnete Lotta und zog eine Schachtel aus dem Regal, nur um festzustellen, dass sie leer war. „Ich nehme es ernst, wie ich eine Steuererklärung ernst nehme."

Markus warf ihr einen Blick zu, doch sagte nichts. Stattdessen begann er, die Etiketten an den Regalen zu überprüfen, als ob sie ihm die Antworten auf all ihre Fragen liefern würden. Lotta hingegen war mehr damit beschäftigt, nicht zu niesen – der Staub hier war nicht nur eine Nuance, er war ein Zustand.

„Wissen Sie, was ich nicht verstehe?" fragte sie, während sie sich durch eine weitere Reihe bewegte.

„Oh, das könnte eine lange Liste sein", sagte Markus, ohne aufzusehen.

Lotta ignorierte seinen Kommentar und fuhr fort: „Warum jemand so viele Jahre an solchen Orten arbeitet? Diese Regale sind gruselig, und ich bin ziemlich sicher, dass mindestens eine dieser Kisten von einem Poltergeist besessen ist."

„Vielleicht, weil nicht jeder eine Vorliebe für Dramatik hat", sagte Markus trocken und hielt schließlich an einem der Regale an. „Hier. Das ist es."

„Das ist was?" Lotta kam näher und versuchte, über seine Schulter zu spähen. „Ein weiterer Staubfänger? Oder vielleicht der Beweis, dass jemand in den Achtzigern ein miserables Ordnungssystem eingeführt hat?"

„Halten Sie sich zurück, Lotta", sagte Markus, während er vorsichtig eine alte, versiegelte Schachtel aus dem Regal zog. „Das könnte der Schlüssel sein."

„Oh, natürlich", sagte Lotta und sah zu, wie er die Schachtel auf einem Tisch abstellte. „Ich liebe Schlüssel, die mit einer dicken Staubschicht geliefert werden."

Markus ignorierte sie, öffnete die Schachtel und enthüllte... Dokumente. Sehr alte Dokumente. Sie waren ordentlich gestapelt, ihre Ränder vergilbt, und sie rochen so, wie man sich das bei einer Mischung aus Geschichte und Verfall vorstellt.

„Da haben wir es", murmelte Markus, während er ein paar Blätter durchblätterte. Sein Gesichtsausdruck war konzentriert, fast wie bei einem Wissenschaftler, der eine bahnbrechende Entdeckung gemacht hatte.

Lotta beugte sich näher heran, doch Markus hielt die Papiere außer Reichweite. „Nicht anfassen."

„Entschuldigung", sagte Lotta und hob die Hände. „Ich wusste nicht, dass sie radioaktiv sind."

„Sie sind zerbrechlich", erklärte Markus und sah sie an. „Und wenn ich recht habe, dann sind sie unbezahlbar."

„Ach, großartig", sagte Lotta und lehnte sich zurück. „Weil wir ja noch nicht genug Leute haben, die uns verfolgen. Jetzt werden es wahrscheinlich auch noch Historiker und Museumsdirektoren sein."

Markus antwortete nicht, doch Lotta konnte sehen, wie angespannt er war. Was auch immer in diesen Dokumenten stand, es war wichtig – sehr wichtig. Und sie wusste, dass dies erst der Anfang einer weiteren Runde von Problemen war.

—-

Markus beugte sich über die vergilbten Papiere, sein Gesicht eine Mischung aus Konzentration und Besorgnis. Lotta stand neben ihm, versuchte vergeblich, über seine Schulter zu schauen, und widerstand nur knapp dem Drang, ihm eine Bemerkung à la „Haben wir hier einen Geheimdienstlehrling?" an den Kopf zu werfen.

„Und?" fragte sie schließlich, ihre Geduld so dünn wie das Papier vor ihnen. „Haben wir gerade die Lösung für alle Rätsel der Menschheit gefunden? Oder ist es nur die Einkaufslisten Ihrer Urgroßmutter?"

„Es ist mehr, als ich erwartet habe", sagte Markus, ohne den Blick von den Dokumenten zu heben. Seine Finger glitten vorsichtig über die Schrift, als ob er fürchtete, die Worte könnten sich in Staub auflösen. „Das hier sind Aufzeichnungen... aber nicht irgendwelche. Sie sind kodiert."

Lotta rollte mit den Augen. „Natürlich sind sie das. Warum sollte jemand so etwas Einfaches wie Klartext schreiben, wenn er einen verwirrenden Code verwenden kann? Das macht alles viel spannender."

„Spannend ist nicht das Wort, das ich verwenden würde", murmelte Markus und griff nach einem Notizbuch, das er aus seiner Jackentasche zog. Er begann, hastig etwas hineinzuschreiben, während Lotta ihn mit verschränkten Armen beobachtete.

„Also, was jetzt?" fragte sie schließlich. „Sitzen wir hier die nächsten fünf Stunden und spielen ‚Markus und der unlösbare Code'? Weil ich ehrlich gesagt schon jetzt Lust habe, diesen Raum zu verlassen und irgendwo frische Luft zu schnappen."

Markus sah sie endlich an, seine Augen blitzten. „Das hier ist wichtig, Lotta. Wenn wir das entschlüsseln, könnten wir Antworten auf Fragen finden, die vor Jahrzehnten gestellt wurden."

„Großartig", sagte sie trocken. „Aber könnten wir das nicht irgendwo tun, wo ich nicht das Gefühl habe, von Staubpartikeln erstickt zu werden?"

Markus schüttelte den Kopf und wandte sich wieder den Dokumenten zu. „Das hier muss jetzt passieren. Wir haben keine Zeit zu verlieren."

Lotta wollte gerade etwas Entgegnendes sagen, als sie Schritte hörte. Sie waren leise, aber deutlich, und kamen näher. Sie erstarrte, ihre Augen weiteten sich, und sie sah Markus an, der ebenfalls aufmerksam wurde.

„Haben Sie das gehört?" flüsterte sie.

„Ja", murmelte Markus und legte die Dokumente schnell zurück in die Schachtel. „Wir sind nicht allein."

Die Schritte kamen näher, und Lotta spürte, wie ihr Herz schneller schlug. Sie griff nach einer schweren Buchstütze, die zufällig auf einem der Tische lag, und hielt sie wie eine improvisierte Waffe. Markus zog sie in den Schatten eines Regals und bedeutete ihr, still zu bleiben.

Die Tür zum Archiv öffnete sich leise, und eine Gestalt trat ein. Lotta konnte nicht viel erkennen – nur eine schlanke Figur in einem dunklen Mantel, die sich langsam durch die Regale bewegte. Die Person hielt inne, sah sich um und schien nach etwas zu suchen.

„Das ist nicht Ihr alltäglicher Bibliothekar", flüsterte Lotta und hielt die Buchstütze fester.

„Bleiben Sie ruhig", flüsterte Markus zurück, seine Stimme kaum hörbar.

Die Gestalt bewegte sich näher, und Lotta konnte jetzt das leise Rascheln des Mantels hören. Ihr Atem ging schneller, und sie spürte, wie die Anspannung in ihr wuchs. *Was, wenn er bewaffnet ist? Was, wenn er uns sieht?*

Markus schien ihren Gedanken zu lesen, denn er zog sie noch tiefer in den Schatten und legte eine beruhigende Hand auf ihre Schulter. Doch bevor sie etwas sagen konnte, blieb die Gestalt direkt vor ihrem Versteck stehen.

Lotta hielt den Atem an, während sie zusah, wie die Person ein paar Dokumente aus einem Regal zog und sie durchblätterte. Es schien, als würde sie etwas suchen – und sie wusste, dass es nicht lange dauern würde, bis sie gefunden wurden.

„Wir müssen hier raus", flüsterte sie, ihre Stimme kaum mehr als ein Hauch.

Markus nickte und begann, sich langsam zurückzuziehen, doch dann passierte es. Die Schachtel, die er auf dem Tisch stehen gelassen hatte, rutschte leicht und fiel mit einem lauten Krachen zu Boden.

Die Gestalt drehte sich blitzschnell um, und Lotta wusste, dass ihre Tarnung vorbei war. Sie griff nach der Buchstütze, bereit, sie zu schwingen, doch Markus war schneller. Er stürzte vor, packte die Gestalt am Arm und drehte ihn, sodass der Angreifer gegen das Regal prallte.

„Wer sind Sie?" knurrte Markus, seine Stimme kalt und bedrohlich.

Die Gestalt wand sich, doch bevor sie etwas sagen konnte, trat jemand anderes ein. Lotta spürte, wie ihre Kehle trocken wurde, als sie die neue Person erkannte – Doktor Mayer.

„Was für ein Zufall", sagte Mayer mit einem Lächeln, das gleichzeitig freundlich und gefährlich war. „Ich dachte, ich finde hier vielleicht ein paar alte Bekannte."

—-

Das Lächeln von Dr. Mayer war das, was Lotta nur als die perfekte Mischung aus jovial und bedrohlich beschreiben konnte – das Lächeln eines Mannes, der genauso gut eine Teeparty organisieren wie ein Attentat beauftragen könnte. Markus hingegen ließ keine Regung erkennen, doch seine angespannten Schultern verrieten, dass er auf alles vorbereitet war.

„Doktor Mayer", sagte Markus mit einer Gelassenheit, die Lotta bewunderte. „Ich wusste nicht, dass Sie Interesse an Archiven haben."

„Ach, Herr Schmidt", sagte Mayer und trat näher. „Manchmal überraschen einen die kleinsten Dinge. Genau wie das, was Sie und Ihre... charmante Begleitung hier tun."

„Charmant", murmelte Lotta leise und hielt ihre improvisierte Waffe immer noch fest. „Das ist heute Abend schon das zweite Mal, dass ich so genannt werde. Ich sollte mir ein T-Shirt drucken lassen."

Mayer warf ihr einen Blick zu, ein Lächeln auf den Lippen, das sie wie ein Raubtier anmutete, das seine Beute abschätzte. „Und Sie müssen Lotta Weber sein. Ich habe viel über Sie gehört."

„Das hoffe ich nicht", erwiderte Lotta, ihre Stimme scharf. „Die meisten Leute, die über mich reden, haben entweder eine offene Rechnung oder einen schlechten Geschmack in Büchern."

Mayer lachte, ein tiefer, kehliger Klang, der nicht unbedingt beruhigend war. „Sie haben Humor, Frau Weber. Das gefällt mir. Aber ich fürchte, die Situation ist alles andere als lustig."

„Oh, das habe ich bemerkt", sagte Lotta und zeigte auf die bewusstlose Gestalt, die Markus gerade auf den Boden legte. „Ihr Freund hier wollte sicher nur unsere Bibliotheksausweise kontrollieren."

„Freund?" Mayer hob eine Augenbraue, als wäre der Gedanke, mit einem simplen Handlanger in Verbindung gebracht zu werden, fast beleidigend. „Ich kenne diesen Mann nicht. Aber offensichtlich hatten Sie beide eine interessante Begegnung."

Markus trat einen Schritt vor, seine Haltung angespannt. „Warum sind Sie hier, Mayer?"

Mayer zuckte mit den Schultern, als wäre die Frage lächerlich. „Ich könnte Sie dasselbe fragen, Herr Schmidt. Aber lassen Sie uns die Formalitäten überspringen. Ich weiß, warum Sie hier sind. Die Frage ist nur, was Sie hoffen zu finden."

„Und was hoffen Sie zu finden?" fragte Lotta, ihre Augen verengt. „Alte Familienrezepte? Oder suchen Sie vielleicht nach einer neuen Hobbygruppe für heimliche Aktenfans?"

„Ich bewundere Ihren Mut, Frau Weber", sagte Mayer mit einem leichten Lächeln. „Aber das hier ist kein Spiel. Und wenn Sie klug sind, geben Sie mir, wonach ich suche."

„Oh, natürlich", sagte Lotta sarkastisch. „Weil ich wahnsinnig gerne Leuten wie Ihnen vertraue. Sie strahlen so viel Freundlichkeit aus."

Mayer schüttelte leicht den Kopf und richtete seinen Blick auf Markus. „Herr Schmidt, wir beide wissen, dass das, was in diesem Archiv liegt, gefährlich ist. Es könnte... kompliziert werden, wenn es in die falschen Hände gerät."

„Und Sie denken, Ihre Hände sind die richtigen?" fragte Markus, seine Stimme eiskalt.

Mayer lächelte nur, antwortete aber nicht direkt. Stattdessen griff er in seine Jackentasche und zog ein kleines, ledergebundenes Notizbuch heraus. Er hielt es hoch, als würde er ein Kunstwerk präsentieren.

„Dieses Buch", sagte er leise, „enthält die Schlüssel zu einem Rätsel, das seit Jahrzehnten ungelöst ist. Und ich vermute, dass das, was Sie gefunden haben, die fehlenden Teile sein könnten."

Lotta sah Markus an, ihre Augen sagten alles: *Ernsthaft? Das wird ja immer besser.*

Markus zögerte, bevor er sprach. „Und wenn wir es Ihnen nicht geben?"

„Oh, Herr Schmidt", sagte Mayer, sein Ton plötzlich fast freundlich. „Das wäre äußerst bedauerlich. Aber ich bin ein geduldiger Mann. Und ich bin sicher, dass Sie sehen werden, dass Zusammenarbeit die beste Lösung ist."

Bevor Markus oder Lotta antworten konnten, ertönte ein lautes Geräusch aus dem hinteren Teil des Archivs – das Geräusch von schnellen Schritten, die sich näherten.

Mayer seufzte und steckte das Notizbuch zurück in seine Tasche. „Ah, und da sind unsere anderen Gäste. Ich fürchte, unsere kleine Unterhaltung muss verschoben werden."

Mit diesen Worten wandte er sich um und verschwand in einer der Reihen, bevor Markus oder Lotta ihn aufhalten konnten.

„Fantastisch", murmelte Lotta, während sie den Hall seiner Schritte hörte. „Jetzt haben wir einen verrückten Wissenschaftler und eine wilde Verfolgungsjagd. Kann dieser Abend noch besser werden?"

„Das werden wir gleich herausfinden", sagte Markus und zog sie hinter sich her. „Wir müssen hier raus – und zwar schnell."

Markus zog Lotta durch die Reihen des Archivs, ihre Schritte hallten auf dem kalten Boden wider. Das Geräusch der näherkommenden Schritte wurde lauter, und Lottas Herzschlag schien sich mit ihnen zu synchronisieren. Sie hielt die Buchstütze immer noch fest, obwohl sie sich langsam fragte, ob sie damit wirklich jemanden außer sich selbst verletzen könnte.

„Wohin gehen wir?" flüsterte sie atemlos.

„Richtung Ausgang – wenn wir Glück haben", antwortete Markus knapp, seine Augen scannten die Regale nach einem möglichen Versteck.

„Oh, fantastisch", murmelte Lotta. „Ich liebe Pläne, die auf Glück basieren. Sie sind immer so beruhigend."

Markus schüttelte leicht den Kopf, doch bevor er etwas erwidern konnte, stieß er gegen eine Gestalt, die plötzlich aus dem Schatten trat. Lotta schnappte nach Luft und hob reflexartig ihre Buchstütze – doch sie ließ sie sofort sinken, als sie erkannte, wer vor ihnen stand.

Dr. Mayer. Natürlich.

„Ach, da sind Sie ja wieder", sagte er, als wäre das hier ein zufälliges Treffen in einem Café und nicht eine potenziell lebensgefährliche Situation. „Ich habe schon befürchtet, dass Sie sich verirrt haben."

„Mayer, was wollen Sie wirklich?" fragte Markus, seine Stimme schneidend. „Hören Sie auf mit den Spielchen."

Mayer seufzte, als wäre er ein Lehrer, der einem besonders widerspenstigen Schüler etwas erklären musste. „Herr Schmidt, ich denke, Sie wissen genauso gut wie ich, dass das, was hier im Archiv liegt, nicht in die falschen Hände geraten darf. Die Frage ist nur: Wessen Hände sind die richtigen?"

„Ganz sicher nicht Ihre", schnappte Lotta, bevor Markus reagieren konnte. „Ehrlich gesagt, Sie haben die Ausstrahlung eines Mannes, der im Handbuch ‚Wie wirke ich verdächtig?' auf jeder Seite Notizen gemacht hat."

Mayer lachte leise, aber seine Augen blieben kühl. „Ihre spitze Zunge, Frau Weber, ist wirklich bemerkenswert. Aber Sie irren sich, wenn Sie denken, dass ich hier der Bösewicht bin."

„Das sagen immer die Bösewichte", murmelte Lotta und verschränkte die Arme. „Haben Sie zufällig ein Monokel, das Sie polieren könnten, während Sie uns Ihren teuflischen Plan erklären?"

Markus unterbrach sie mit einer knappen Geste. „Mayer, ich frage noch einmal: Warum sind Sie hier?"

Mayer zögerte, als ob er abwog, wie viel er preisgeben sollte. Schließlich holte er tief Luft und sagte: „Ich bin hier, um zu verhindern, dass Sie etwas tun, das Sie später bereuen könnten."

„Könnten Sie vielleicht ein bisschen spezifischer werden?" fragte Lotta, ihre Geduld schwand zusehends. „Oder wollen Sie uns einfach weiterhin mit vagen Andeutungen und Ihrem gruseligen Lächeln quälen?"

Mayer schien ihre Bemerkung zu ignorieren. Stattdessen richtete er seinen Blick auf Markus. „Wissen Sie, was in den Dokumenten steht?"

Markus zögerte. „Noch nicht."

„Dann lassen Sie mich Ihnen einen Rat geben", sagte Mayer, seine Stimme wurde leiser, aber eindringlicher. „Manchmal ist Wissen keine Macht. Manchmal ist es eine Bürde – und eine gefährliche obendrein."

„Oh, toll", sagte Lotta sarkastisch. „Jetzt sind wir nicht nur in einem Krimi, sondern auch in einer griechischen Tragödie."

Markus jedoch ließ sich nicht ablenken. „Wenn Sie so besorgt sind, Mayer, warum helfen Sie uns dann nicht einfach?"

„Vielleicht, weil ich nicht sicher bin, ob ich Ihnen vertrauen kann", erwiderte Mayer. „Und vielleicht, weil ich weiß, dass es andere gibt, die bereit sind, alles zu tun, um an diese Informationen zu gelangen."

Bevor jemand von ihnen weiter sprechen konnte, ertönte plötzlich ein lautes Geräusch von der anderen Seite des Archivs – das Krachen von Metall, als ob jemand ein Regal umgestoßen hätte. Mayer runzelte die Stirn, und Markus' Haltung wurde noch angespannter.

„Wir sind nicht allein", sagte Mayer ruhig. „Das heißt, unsere Diskussion wird vertagt. Aber denken Sie an meine Worte, Herr Schmidt. Und Sie auch, Frau Weber."

Mit diesen Worten drehte er sich um und verschwand zwischen den Regalen, so lautlos wie ein Schatten. Lotta starrte ihm nach, bevor sie Markus ansah.

„Sagen Sie mir, dass ich nicht die Einzige bin, die diesen Kerl unheimlich findet."

Markus antwortete nicht. Stattdessen griff er nach ihrer Hand und zog sie weiter. „Kommen Sie. Wir müssen hier raus, bevor wir herausfinden, wie viele Leute noch auf uns warten."

„Großartig", murmelte Lotta und hielt sich an ihm fest. „Ich wusste, dass ich die Buchstütze hätte behalten sollen."

—-

Das leise Klicken von Schuhen auf Steinboden hallte durch die langen, dunklen Gänge des Archivs. Lotta fühlte, wie sich ihre Kehle zusammenzog, während Markus sie an der Hand zog, um sie durch die labyrinthartigen Regale zu führen. Jeder Schritt, den sie machten, schien unendlich laut in der beklemmenden Stille, als ob die ganze Welt ihre Bewegungen verfolgen würde.

„Warum haben wir eigentlich nie Plan B?" flüsterte Lotta. „Oder besser noch, einen Plan C, der nicht ‚Lauf um dein Leben' heißt?"

„Weil Plan A immer noch besser ist als nichts", zischte Markus zurück und warf einen Blick über die Schulter. „Bleiben Sie leise."

„Leise?" Lotta hob die Augenbrauen, während sie versuchte, nicht über einen Kabelsalat auf dem Boden zu stolpern. „Wir könnten so leise wie Ninjas sein, und trotzdem wüsste ich, dass diese Typen uns riechen können."

„Was, glauben Sie, sind wir? Ein Büffet?" Markus schnaubte, aber der winzige Anflug von Humor in seinem Ton wurde sofort durch die Anspannung in seinem Gesicht erstickt.

Plötzlich tauchte eine dunkle Gestalt am Ende des Gangs auf. Lotta spürte, wie Markus' Hand sie fester packte, und bevor sie protestieren konnte, zog er sie in eine Seitengasse zwischen zwei Regalen. Sie drückten sich an die kühle Metallwand, und Lotta hörte ihr Herz in ihren Ohren pochen.

Die Gestalt bewegte sich langsam, mit einer absichtlich bedrohlichen Langsamkeit, die fast schlimmer war als ein Sprint. Lotta biss die Zähne zusammen, während sie Markus einen Blick zuwarf, der ganz klar sagen sollte: *Was jetzt?*

Markus nickte in Richtung eines anderen Korridors. Lotta verstand die stumme Botschaft – sie mussten sich bewegen, bevor sie entdeckt wurden. Sie wollte gerade loslaufen, als ein schwerer Kasten von einem der oberen Regalböden herunterfiel und mit einem ohrenbetäubenden Knall auf den Boden krachte.

„Das war's", murmelte Lotta. „Jetzt wissen sie, dass wir hier sind."

Die Schritte der Gestalt wurden schneller, energischer. Markus packte ihre Hand erneut, und sie rannten los, ihre Füße schlitterten über den glatten Boden, während sie versuchten, einen Vorsprung zu gewinnen.

„Wissen Sie, ich bin Buchhändlerin, kein Marathonläufer!" keuchte Lotta, als sie um eine Ecke bogen. „Wenn wir das überleben, werde ich nie wieder jammern, dass ich nicht genug Sport mache."

„Hören Sie auf zu reden und konzentrieren Sie sich", sagte Markus scharf, aber in seinen Augen war ein Hauch von Sorge zu sehen.

Die Schritte hinter ihnen kamen näher, und Lotta wusste, dass sie nicht viel Zeit hatten. Die Regale schienen endlos, jeder Korridor wie der letzte – bis Markus plötzlich anhielt und nach einem Türgriff griff. Es war eine kleine, unscheinbare Tür, die in die Wand eingelassen war. Er drückte sie auf, und sie traten in einen kleinen Raum, der wie eine Art Abstellkammer aussah.

„Das ist Ihr Plan?" fragte Lotta, während sie versuchte, ihren Atem zu beruhigen. „Sich in einer Besenkammer zu verstecken? Ich meine, ich schätze die Ironie, aber—"

„Leise", sagte Markus und zog die Tür hinter ihnen zu. Er schaltete die Taschenlampe aus, und sie standen in völliger Dunkelheit.

Lotta hielt die Luft an, als sie die Schritte vor der Tür hörte. Jemand hielt inne, die Stille war so drückend, dass sie fast schmerzhaft war. Sie konnte das leise Klicken eines Pistolenabzugs hören, und ein Schauer lief ihr über den Rücken.

Markus drückte ihre Hand, ein stummes Signal, das sie gleichzeitig beruhigte und alarmierte. Lotta schloss die Augen, als sie die Schritte wieder hörte – erst vor der Tür, dann weiter entfernt, als ob die Gestalt sich entschieden hätte, in eine andere Richtung zu gehen.

Sie warteten. Sekunden wurden zu Minuten, und Lotta fühlte, wie ihre Beine zu zittern begannen, sowohl von der Anstrengung als auch von der Angst. Schließlich öffnete Markus die Tür einen Spalt, und das Licht des Archivs drang herein.

„Der Weg ist frei", flüsterte er und half ihr, hinauszukommen. „Wir müssen zum Ausgang, bevor sie zurückkommen."

Als sie durch die letzten Reihen eilten, hörte Lotta plötzlich ein Geräusch, das wie eine Mischung aus metallischem Klicken und schweren Schritten klang. Sie drehte sich um, nur um zu sehen, wie zwei weitere Gestalten auf sie zukamen – bewaffnet und alles andere als freundlich.

„Oh, großartig", sagte Lotta und griff nach Markus' Ärmel. „Plan B, jetzt."

„Der ist gerade improvisiert", sagte Markus und zog sie in einen anderen Korridor. Die Schritte der Verfolger wurden schneller, und Lotta spürte, wie die Panik in ihr aufstieg.

„Das hier ist kein Labyrinth", rief sie, während sie versuchte, mitzuhalten. „Es ist ein Albtraum."

„Dann wachen Sie auf, wenn wir draußen sind", erwiderte Markus.

Sie erreichten schließlich eine schwere Metalltür, die eindeutig zum Notausgang führte. Markus drückte dagegen, doch sie bewegte sich keinen Millimeter.

„Das darf nicht wahr sein", murmelte Lotta. „Ist die auch verschlüsselt?"

Markus warf ihr einen Blick zu, bevor er sich mit seinem ganzen Gewicht gegen die Tür warf. Sie gab nach, und sie stolperten hinaus in die kalte Nachtluft.

Lotta lehnte sich gegen die Wand, während sie versuchte, wieder zu Atem zu kommen. Markus stand neben ihr, sein Blick wachsam, während er die Umgebung beobachtete.

„Das war knapp", sagte sie schließlich und wischte sich mit dem Handrücken über die Stirn. „Zu knapp."

„Es wird nicht einfacher", sagte Markus und sah sie an. „Aber wir haben es geschafft."

Lotta wollte ihm gerade antworten, als sie ein leises Geräusch hörte – ein Auto, das um die Ecke bog. Ihre Augen trafen die von Markus, und sie wusste, dass dies noch lange nicht vorbei war.

Kapitel 12

Es war spät am Abend, und das Hotelzimmer war in eine unruhige Stille getaucht. Lotta saß am kleinen Tisch in der Ecke des Zimmers und versuchte, ihre Gedanken zu ordnen, während Markus mit seinem Handy in der Hand auf und ab ging. Seine Schritte waren unregelmäßig, ein klares Zeichen dafür, dass etwas nicht stimmte.

„Sie sollten sich hinsetzen, bevor Sie den Teppich abnutzen", bemerkte Lotta trocken und warf ihm einen Blick zu.

Markus ignorierte sie, tippte stattdessen eine Nummer in sein Handy und wartete, während das Gerät leise summte. Lotta spürte, wie ihre Neugier wuchs. Er hatte dieses seltsame Verhalten den ganzen Tag über gezeigt – diese Mischung aus Anspannung und Verschlossenheit, die sie langsam, aber sicher in den Wahnsinn trieb.

„Wer ist die Glückliche?" fragte sie mit einem schwachen Lächeln. „Oder planen Sie, eine Pizza zu bestellen? Obwohl, wenn ich ehrlich bin, könnten Sie etwas mit mehr Kohlenhydraten vertragen."

„Lotta", sagte Markus mit einem warnenden Ton, der sie kurz innehalten ließ. Dann ging er zur Tür, öffnete sie einen Spalt und trat in den Flur hinaus.

„Natürlich", murmelte Lotta, während sie ihn beobachtete. „Geheime Telefongespräche. Weil das ja nicht verdächtig ist."

Sie wartete ein paar Sekunden, bevor sie sich entschied, ihrer aufkeimenden Neugier nachzugeben. Sie schlich zur Tür, öffnete sie vorsichtig und spähte hinaus. Markus stand am anderen Ende des Flurs, mit dem Rücken zu ihr, das Handy an seinem Ohr.

„Es läuft nicht nach Plan", hörte sie ihn sagen, seine Stimme gedämpft, aber angespannt. „Ja, ich weiß, wie wichtig das ist. Aber die Situation ist kompliziert."

Kompliziert? Lotta runzelte die Stirn und lehnte sich etwas weiter hinaus, um besser hören zu können.

„Sie hat keine Ahnung", fuhr Markus fort. „Und es muss auch so bleiben. Zumindest vorerst."

Sie? Lottas Gedanken rasten. *Meint er mich?*

Sie wollte näher heranschleichen, doch bevor sie sich bewegen konnte, drehte sich Markus plötzlich um. Lotta sprang hastig zurück ins Zimmer und ließ die Tür fast lautlos ins Schloss fallen. Ihr Herz klopfte schneller, während sie sich zwang, ruhig zu bleiben.

Als Markus zurückkam, wirkte er genauso angespannt wie vorher, doch er versuchte, es zu überspielen. „Ich musste etwas klären", sagte er beiläufig und legte sein Handy auf den Tisch.

„Oh, natürlich", sagte Lotta und zwang sich zu einem Lächeln. „Geheime Telefonate im Flur. Das ist vollkommen normal."

Markus warf ihr einen scharfen Blick zu, sagte aber nichts. Stattdessen ging er ins Badezimmer und schloss die Tür hinter sich. Lotta nutzte die Gelegenheit, schnappte sich sein Handy und warf einen Blick auf den Anrufverlauf. Die Nummer, die er gewählt hatte, war nicht gespeichert – ein anonymer Kontakt.

„Das wird ja immer besser", murmelte sie und legte das Handy zurück. Während sie sich auf die Bettkante setzte, konnte sie nicht aufhören, sich zu fragen, was Markus vor ihr verbarg – und warum sie das Gefühl hatte, dass es ihr Leben grundlegend verändern könnte.

Die Nacht war still – zu still. Lotta lag auf dem Bett, starrte die Decke an und spürte, wie ihre Gedanken wie ein Hamsterrad in ihrem Kopf kreisten. Markus war wieder verschwunden. Diesmal hatte er sich nicht einmal die Mühe gemacht, eine Ausrede zu erfinden. „Ich muss etwas erledigen", hatte er gesagt, bevor er zur Tür hinausgeschlüpft war.

Etwas erledigen. Das könnte alles sein – von einem Mitternachtsspaziergang bis zu einem konspirativen Treffen mit internationalen Spionen. Lotta setzte sich auf, zog ihren Pullover über und entschied, dass sie genug hatte von der Ungewissheit.

„Wenn er denkt, dass ich hier sitze und warte, bis er zurückkommt, kennt er mich schlecht", murmelte sie zu sich selbst und schlich zur Tür.

Sie fand ihn im Loungebereich des Hotels, verborgen hinter einer Säule, das Handy am Ohr. Seine Haltung war angespannt, und Lotta erkannte sofort, dass er nicht über Wettervorhersagen sprach.

„Ich weiß, dass sie es hat", hörte sie ihn sagen, seine Stimme war leise, aber deutlich. „Aber es ist komplizierter, als wir dachten."

Lotta blieb stehen, drückte sich gegen die Wand und hielt den Atem an. *Sie?* Wieder dieses Wort. War das wirklich sie, über die er sprach?

„Nein, sie weiß nichts", fuhr Markus fort. „Aber sie ist clever. Ich kann nicht garantieren, dass es so bleibt."

Das ist es also, dachte Lotta, während ihr Herz schneller schlug. *Er spielt ein doppeltes Spiel.*

Sie wollte weghören, sich umdrehen und zurück ins Zimmer gehen, doch sie konnte nicht. Etwas an der Ernsthaftigkeit in seiner Stimme hielt sie fest.

„Wir müssen vorsichtig sein", sagte Markus. „Wenn sie es herausfindet… Nein, ich kümmere mich darum."

Lotta spürte, wie sich ein Knoten in ihrem Magen bildete. *Was herausfinden? Was kümmert er sich?*

Markus beendete das Gespräch, steckte das Handy zurück in seine Tasche und blieb einen Moment stehen, als ob er sich sammeln müsste. Lotta nutzte die Gelegenheit, um sich zurückzuziehen, doch ihre Gedanken rasten weiter.

Zurück im Zimmer lief sie auf und ab, unfähig, die Worte aus ihrem Kopf zu verdrängen. *Was, wenn er die ganze Zeit über ein Doppelspiel gespielt hat? Was, wenn ich nur ein Bauer in einem größeren Spiel bin?*

Der Gedanke brannte in ihr wie ein Feuer, und sie wusste, dass sie nicht ruhen konnte, bis sie Antworten hatte. Doch tief in ihrem Inneren fühlte sie auch etwas anderes – eine Wunde, die sie nicht erwartet hatte.

Warum tut es so weh, dass er mich vielleicht angelogen hat?

—-

Die Nacht fühlte sich an, als würde sie ewig dauern. Lotta saß am kleinen Tisch im Zimmer, die Arme verschränkt, während sie Markus beobachtete, der wortlos an seinem Handy herumtippte. Seit er zurückgekehrt war, hatte er kaum ein Wort gesagt, und seine ständige Ausflucht in die Welt digitaler Nachrichten machte sie nur wütender.

„Also", begann sie, ihre Stimme triefte vor gespielter Leichtigkeit, „wann wollten Sie mich eigentlich einweihen? Oder war das der Plan? Mich völlig im Dunkeln zu lassen, bis ich irgendwann einen romantischen Brief aus einem russischen Gefängnis bekomme?"

Markus sah auf, seine Stirn legte sich in Falten. „Wovon reden Sie?"

„Oh, Sie wissen genau, wovon ich rede." Lotta lehnte sich zurück und verschränkte die Arme vor der Brust. „Die nächtlichen Telefonate. Die mysteriösen Aussagen über ‚sie weiß nichts'. Ganz zu schweigen von Ihrem beeindruckenden Talent, das Thema zu wechseln, wenn es um Ihre Vergangenheit geht."

Markus starrte sie einen Moment lang an, bevor er langsam sein Handy beiseite legte. „Sie haben mir nachspioniert."

„Nachspioniert?" Lotta lachte, aber ohne jede Freude. „Das ist ein interessantes Wort. Ich nenne es lieber ‚überleben'. Sie laufen hier herum wie ein wandelndes Geheimnis, und ich soll einfach so tun, als wäre alles in Ordnung?"

„Es ist nicht so einfach", sagte Markus leise, sein Ton war eindringlich, fast beschwörend. „Ich wollte Sie schützen."

„Oh, natürlich", erwiderte Lotta sarkastisch. „Weil das immer die beste Strategie ist. Jemanden schützen, indem man ihn komplett in Unwissenheit lässt. Das funktioniert bestimmt großartig bei internationalen Spionen, aber ich bin kein Fan."

Markus stand auf, ging zum Fenster und sah hinaus in die dunkle Stadt. Sein Rücken war gerade, aber Lotta konnte die Anspannung in seinen Schultern sehen. „Es ist kompliziert."

„Kompliziert?" Lotta sprang auf und stellte sich hinter ihn. „Das ist alles, was Sie zu sagen haben? Kompliziert? Markus, ich bin mitten in einer Verschwörung, die mich umbringen könnte, und Sie sagen mir, dass es kompliziert ist?"

Er drehte sich um, und zum ersten Mal sah sie etwas in seinen Augen, das sie nicht erwartet hatte – Schuld. „Ja, es ist kompliziert, Lotta. Weil ich nicht nur hier bin, um Ihnen zu helfen. Ich bin hier, weil ich einen Auftrag habe."

Lotta starrte ihn an, als hätte er gerade auf einer anderen Sprache gesprochen. „Einen Auftrag? Was für einen Auftrag?"

„Ich kann Ihnen nicht alles sagen", sagte Markus und hob die Hände, als ob er sie beruhigen wollte. „Aber ich arbeite für jemanden. Und ich wurde geschickt, um sicherzustellen, dass dieses Tagebuch nicht in die falschen Hände gerät."

„Nicht in die falschen Hände?" Lottas Stimme wurde lauter. „Und was genau sind die richtigen Hände? Ihre? Oder die Ihrer mysteriösen Auftraggeber?"

„Lotta, hören Sie mir zu", sagte Markus, seine Stimme wurde härter. „Ich habe nicht gelogen, als ich sagte, dass ich Ihnen helfen will. Aber ich muss auch meinen Job machen."

„Ihren Job", wiederholte Lotta, ihre Stimme bebte vor Wut. „Und ich bin nur ein Teil dieses Jobs, oder? Ein kleines, unwichtiges Detail in Ihrer großen, heroischen Mission."

„Das ist nicht wahr", sagte Markus schnell, aber Lotta hatte genug.

„Wissen Sie was, Markus?" Sie griff nach ihrer Tasche und warf sie sich über die Schulter. „Ich habe genug von Ihren Geheimnissen und Ihrem beschützenden Märtyrer-Getue. Wenn Sie Ihren Job machen wollen, dann bitte. Aber ich mache nicht länger mit."

„Lotta, warten Sie—" begann Markus, doch sie hob die Hand, um ihn zum Schweigen zu bringen.

„Ich habe genug gewartet", sagte sie kalt und ging zur Tür. „Viel Glück mit Ihrem Auftrag. Vielleicht können Sie ja Ihrem nächsten Opfer erzählen, wie kompliziert alles ist."

Und mit diesen Worten verließ sie das Zimmer und schlug die Tür hinter sich zu, ohne zurückzublicken.

—-

Lotta stürmte durch den Flur des Hotels, ihre Schritte hallten auf dem Teppichboden, und sie spürte, wie die Wut in ihr kochte. Sie hatte nicht geplant, Markus' Geheimnisse zu enthüllen, geschweige denn ihn zu verlassen – zumindest nicht so abrupt. Aber seine Worte, seine Schuldgefühle und diese verdammte Geheimniskrämerei hatten das Fass zum Überlaufen gebracht.

Sie erreichte den Aufzug und drückte mit etwas zu viel Kraft auf den Knopf. „Komm schon, komm schon", murmelte sie, als ob sie den Fahrstuhl mit ihrer Willenskraft beschleunigen könnte.

„Lotta!" Markus' Stimme hallte durch den Flur, und sie drehte sich widerwillig um. Er kam schnellen Schrittes auf sie zu, sein Gesicht angespannt, aber auch – und das überraschte sie – von echter Sorge gezeichnet.

„Oh, nein", sagte sie laut und hob eine Hand, um ihn aufzuhalten. „Was auch immer Sie sagen wollen, ich möchte es nicht hören. Es sei denn, es beginnt mit: ‚Lotta, ich bin ein Geheimagent, und ich habe Sie die ganze Zeit belogen.'"

Markus blieb stehen, nur ein paar Meter von ihr entfernt, und hob die Hände wie ein Mann, der mit einer tickenden Zeitbombe verhandelt. „Bitte, hören Sie mir zu."

„Ich habe Ihnen zugehört", entgegnete Lotta scharf. „Wochenlang. Monate vielleicht! Und wissen Sie, was ich herausgefunden habe? Dass ich keine Ahnung habe, wer Sie sind."

„Ich bin Markus", sagte er, seine Stimme leiser. „Das hat sich nicht geändert."

„Markus?" Lotta lachte trocken. „Markus, der Historiker? Markus, der unschuldige Nachbar? Oder Markus, der Mann mit einem geheimen Auftrag, den er vor mir verheimlicht? Welchen Markus bekomme ich heute Abend?"

Der Fahrstuhl kam an, und die Türen öffneten sich mit einem melodischen Klingeln. Lotta wollte hineingehen, doch Markus stellte sich in den Weg.

„Lassen Sie mich erklären", sagte er mit einer Dringlichkeit, die sie fast erreichte. „Ich wollte Sie nicht belügen."

„Aber Sie haben es getan", sagte sie, ihre Stimme war jetzt ruhiger, aber dafür umso kälter. „Und das macht es schlimmer."

Die Türen des Aufzugs schlossen sich wieder, und Lotta starrte Markus an, während eine unangenehme Stille zwischen ihnen entstand. Sie wollte, dass er etwas sagte, irgendetwas, das sie überzeugen würde, dass sie falsch lag. Doch was sie bekam, war nur dieses verzweifelte Schweigen.

„Weißt du was, Markus?" sagte sie schließlich, ihre Stimme brach fast. „Ich dachte, wir wären ein Team. Aber anscheinend war ich nur ein Werkzeug in deinem Spiel. Und das werde ich nicht sein."

Sie ging an ihm vorbei, ihre Tasche fest umklammert, und rief über die Schulter: „Viel Glück mit deinem nächsten Opfer."

Markus blieb zurück, seine Hände ballten sich zu Fäusten, und er sah ihr nach, als sie um die Ecke verschwand. Er wollte ihr hinterherlaufen, sie aufhalten, ihr alles erklären – doch wie sollte er ihr etwas sagen, was sie ohnehin nicht verstehen konnte?

Das hier ist nicht vorbei, dachte er, während er sich durch die Haare fuhr. *Nicht für mich.*

Lotta spürte die kühle Nachtluft auf ihrer Haut, als sie durch die Drehtür des Hotels trat. Der Mond hing wie ein einsamer Beobachter am Himmel, während die Straßen Wiens in eine seltsame Mischung aus Stille und fernem Verkehrslärm getaucht waren. Sie zog ihre Jacke enger um sich und atmete tief ein, um das Chaos in ihrem Kopf zu beruhigen.

Fluchtplan, Lotta. Jetzt keinen Nervenzusammenbruch bekommen. Sie sah sich um und suchte nach einem Taxi oder irgendeinem anderen Transportmittel, das sie so weit wie möglich von diesem Ort wegbringen konnte. Ihr Blick fiel auf eine kleine, unscheinbare Gasse gegenüber dem Hotel. Sie wusste nicht, wohin sie führte, aber sie war bereit, es herauszufinden.

Sie bog in die Gasse ein und beschleunigte ihre Schritte, das sanfte Klackern ihrer Stiefel hallte auf den Pflastersteinen wider. Ihre Gedanken wirbelten wie ein Tornado: Markus und seine Geheimnisse, das Tagebuch, Volkov, die Baronesse. Es war, als ob sie in einem Roman gefangen wäre, den sie nie hatte lesen wollen – mit zu vielen Wendungen und zu wenig Zeit, um zu atmen.

„Gut gemacht, Lotta", murmelte sie zu sich selbst. „Du wolltest Abenteuer, und jetzt hast du einen Spionage-Thriller direkt vor deiner Haustür. Bravo."

Ein Taxi stand an der Ecke, und sie winkte hektisch, bevor sie hereinsprang. Der Fahrer, ein älterer Herr mit müden Augen, sah sie neugierig an. „Wohin, Fräulein?"

„Egal, Hauptsache weit weg von hier", sagte Lotta und lehnte sich in den Sitz zurück.

Der Mann zog die Augenbrauen hoch, sagte aber nichts weiter. Das Taxi setzte sich in Bewegung, und Lotta spürte, wie die Spannung in ihren Schultern nachließ – zumindest für einen Moment. Doch ihre Gedanken ließen sie nicht los.

War ich wirklich nur ein Werkzeug für Markus? Die Frage brannte in ihrem Kopf. Sie konnte sich nicht entscheiden, ob sie mehr wütend oder verletzt war. Der Gedanke, dass er sie vielleicht manipuliert hatte, war unerträglich. Doch tief in ihrem Inneren wusste sie auch, dass es nicht so einfach war. Markus hatte nicht nur Geheimnisse – er hatte auch Momente der Aufrichtigkeit, die sie verwirrt hatten.

„Lotta, hör auf, ihn zu verteidigen", murmelte sie. „Das ist nicht der Moment für Herzschmerz."

Der Fahrer warf ihr einen kurzen Blick über den Rückspiegel zu, sagte aber nichts. Sie sah aus dem Fenster, beobachtete die Lichter der Stadt, die an ihr vorbeizogen, und versuchte, einen Plan zu schmieden.

Das Taxi hielt schließlich vor einem kleinen, unscheinbaren Hotel am Stadtrand. Lotta zahlte den Fahrer, stieg aus und betrachtete das Gebäude. Es war nicht annähernd so elegant wie das vorige Hotel, aber das war ihr egal. Hier würde sie Zeit haben, nachzudenken, ohne Markus' durchdringenden Blick oder seine geheimnisvollen Telefonate.

Die Lobby war einfach, fast spartanisch, aber die Rezeptionistin lächelte freundlich, als Lotta eincheckte. Innerhalb weniger Minuten hatte sie einen Schlüssel in der Hand und fand sich in einem kleinen, schlichten Zimmer wieder, das nach Möbelpolitur und frischer Bettwäsche roch.

Lotta setzte sich auf das Bett, ihre Tasche fiel neben ihr auf den Boden. Sie öffnete sie und zog das Tagebuch heraus – das Objekt, das all dieses Chaos verursacht hatte. Sie schlug es auf und starrte auf die kryptischen Zeilen, die sie noch immer nicht vollständig entschlüsseln konnte.

„Was bist du?" flüsterte sie, als ob das Buch ihr antworten könnte. „Und warum will dich jeder haben?"

Die Worte auf den Seiten schienen sie zu verhöhnen, und sie klappte das Buch mit einem Seufzen zu. Sie ließ sich zurückfallen, die Decke über sich, und schloss die Augen. Doch der Schlaf kam nicht. Stattdessen war ihr Kopf voller Bilder – Markus' Gesicht, Volkovs bedrohliches Lächeln, die Baronesse mit ihrem rätselhaften Blick.

Doch plötzlich spürte sie es: Dieses unheimliche Gefühl, beobachtet zu werden. Ihr Nacken kribbelte, und sie setzte sich auf, ihr Blick wanderte durch das dunkle Zimmer. Es war still, doch etwas an der Atmosphäre fühlte sich falsch an.

Sie stand auf, ging zum Fenster und schob den Vorhang beiseite. Die Straße war leer, nur ein paar Laternen warfen ihr trübes Licht auf die Pflastersteine. Doch Lotta konnte das mulmige Gefühl nicht abschütteln.

„Du wirst paranoid, Lotta", sagte sie zu sich selbst. Doch sie wusste, dass sie in der Welt, in die sie hineingezogen worden war, nicht zu vorsichtig sein konnte.

Sie ging zurück zum Bett, hielt das Tagebuch fest in der Hand, als wäre es ein Talisman. Egal, was als Nächstes kam, sie wusste, dass sie einen Weg finden musste, die Wahrheit herauszufinden – über das Tagebuch, über Markus und über die Rolle, die sie in diesem gefährlichen Spiel spielte.

Kapitel 13

Die Kaffeestube war wie eine Zeitkapsel aus einer anderen Ära – mit hohen Decken, glitzernden Kronleuchtern und Stühlen, die aussahen, als hätten sie seit dem Kaiserreich kein Update mehr bekommen. Die Luft roch nach frisch gemahlenem Kaffee, Zimt und einem Hauch von Staub, der in jeder historischen Ecke Wiens scheinbar allgegenwärtig war.

Lotta ließ sich an einem kleinen runden Tisch nieder, direkt unter einem vergilbten Foto, das vermutlich irgendeinen berühmten Dichter zeigte, den sie nicht erkennen konnte. Sie bestellte einen Melange, obwohl sie sich mehr nach einem starken Schnaps fühlte, und zog das Tagebuch aus ihrer Tasche. Es lag schwer auf dem Tisch, als ob es die Geheimnisse der gesamten Habsburger-Dynastie in sich trug.

„Also, mein kleines Problemkind", murmelte sie, während sie die Seiten aufschlug, „lass uns sehen, ob du heute ein bisschen gesprächiger bist."

Der Kellner, ein junger Mann mit akkurat gekämmtem Haar und einem Gesichtsausdruck, der besagte, dass er hier lieber nicht arbeiten würde, stellte die Tasse Kaffee mit einem leisen Klirren ab. „Noch etwas, gnädige Frau?"

„Ja", sagte Lotta und deutete auf das Tagebuch. „Kennen Sie zufällig jemanden, der alte Geheimcodes entziffert, während er Kaffee trinkt?"

Der Kellner starrte sie an, als hätte sie gefragt, ob er mit einer Geige jonglieren könne, murmelte ein knappes „Nein, gnädige Frau" und verschwand, bevor sie noch mehr unpassende Fragen stellen konnte.

Lotta nahm einen Schluck von ihrem Kaffee, der erstaunlich stark war – genau das, was sie brauchte – und ließ ihren Blick durch den Raum schweifen. Die anderen Gäste schienen direkt aus einem Wiener Reiseführer gesprungen zu sein: eine ältere Dame mit einem riesigen Hut, ein Mann mit einem Buch, das dicker war als das Telefonbuch, und ein Paar, das offensichtlich Touristen waren, wenn man ihre übergroßen Kameras und die aufgeschlagenen Stadtpläne betrachtete.

„Typisch Wien", murmelte Lotta und wandte sich wieder dem Tagebuch zu. Die Seiten schienen ihr immer noch höhnisch entgegenzufunkeln, doch sie wollte nicht aufgeben. Sie musste irgendeinen Anhaltspunkt finden – irgendetwas, das ihr half, den nächsten Schritt zu verstehen.

Plötzlich hörte sie, wie die Glocke über der Eingangstür erklang. Lotta hob den Blick und sah eine Frau eintreten, die ihr vage bekannt vorkam. Sie war klein, pummelig und hatte diesen spezifischen entschlossenen Ausdruck, den nur Leute haben, die seit Jahrzehnten in Mietshäusern leben und Nachbarn ausspionieren.

„Frau Schultze?" Lotta blinzelte und setzte sich auf. „Was machen Sie hier?"

Die Frau sah sie an, und für einen Moment hatte Lotta das Gefühl, dass die ältere Dame ebenso überrascht war, sie zu sehen. Doch Frau Schultze fasste sich schnell, setzte ein strahlendes Lächeln auf und kam auf sie zu.

„Ach, meine Liebe!" rief sie aus, während sie sich ungefragt auf den Stuhl gegenüber setzte. „Was für ein Zufall!"

„Zufall?" Lotta zog eine Augenbraue hoch. „Ich bin mir ziemlich sicher, dass wir in einem historischen Kaffeehaus in Wien sind und nicht im örtlichen Supermarkt. Was für ein Zufall genau?"

„Nun, ich dachte mir, ich gönne mir einen kleinen Ausflug", sagte Frau Schultze vage und winkte dem Kellner zu. „Aber was ist mit Ihnen, meine Liebe? Sie sehen aus, als hätten Sie die ganze Nacht kein Auge zugemacht."

„Das nennt man Abenteuer", sagte Lotta trocken und schob das Tagebuch zur Seite. „Ich versuche gerade, mich davon zu überzeugen, dass ich das alles freiwillig mache."

„Abenteuer?" Frau Schultze lehnte sich vor, ihre Augen glitzerten neugierig. „Das klingt faszinierend. Erzählen Sie mir alles."

Lotta musterte sie für einen Moment, dann lehnte sie sich zurück und lächelte süß. „Das werde ich, Frau Schultze. Aber nur, wenn Sie mir erklären, wie Sie es geschafft haben, genau hier in dieser Kaffeestube zu landen, während ich in Wien bin."

Die ältere Dame erstarrte für einen kurzen Moment, doch dann lachte sie leise. „Ach, das ist eine lange Geschichte, meine Liebe. Aber ich verspreche Ihnen, es ist nichts, worüber Sie sich Sorgen machen müssen."

Lotta wollte gerade weiter nachhaken, doch der Kellner kam zurück und stellte einen Tee vor Frau Schultze ab. Die Frau bedankte sich mit einem Lächeln, das so charmant war, dass Lotta fast vergessen hätte, wie seltsam diese Begegnung war. Fast.

Während Frau Schultze ihren Tee umrührte und beiläufig Fragen über Lottas Aufenthalt in Wien stellte, konnte Lotta nicht aufhören, das Gefühl zu haben, dass mehr hinter dieser Begegnung steckte, als die ältere Dame zugab. Doch sie wusste, dass sie noch nicht die ganze Wahrheit herausfinden würde – zumindest nicht heute.

Die Türglocke klingelte erneut, und Lotta spürte, wie sich die Atmosphäre im Raum veränderte. Zwei Männer in unauffälligen Anzügen traten ein und sahen sich um, als suchten sie jemanden. Ihr Blick blieb für einen Moment auf Lotta und Frau Schultze haften, bevor sie sich an einen Tisch setzten, der nur wenige Meter entfernt war.

„Detektive", murmelte Lotta und spürte, wie ihre Anspannung zurückkehrte.

„Ach, die sind harmlos", sagte Frau Schultze, ohne aufzusehen. „Bestimmt nur auf der Suche nach einem guten Kaffee."

Lotta bezweifelte das, aber sie sagte nichts. Stattdessen griff sie nach ihrem Tagebuch, steckte es zurück in ihre Tasche und beschloss, dass es Zeit war, die nächste Spur zu verfolgen – wohin auch immer sie führen mochte.

—-

Frau Schultze nippte mit einer Eleganz, die Lotta ihr nie zugetraut hätte, an ihrer Tasse Tee. Ihre kleine, pummelige Gestalt wirkte fehl am Platz in dieser prunkvollen Wiener Kaffeestube, doch die ältere Dame schien das nicht zu stören. Sie strahlte eine Ruhe aus, die Lotta beinahe irritierte. *Wie schafft sie es, so unbeteiligt zu wirken?* fragte sich Lotta, während sie ihr gegenüber saß.

„Also, Frau Schultze", begann Lotta mit einem Lächeln, das sie sich aus einem Repertoire für unangenehme Small-Talk-Situationen herausgesucht hatte. „Wollen Sie mir erklären, wie Sie von unserem Hausflur hierher nach Wien gekommen sind? Zufall? Oder sind Sie vielleicht heimlich Mitglied in einem Geheimbund für Weltenbummler?"

Frau Schultze setzte ihre Tasse ab, ihre Augen funkelten vor Vergnügen. „Ach, meine Liebe, Sie haben immer diese charmante Art, Dinge zu sagen, die man nicht beantworten will."

„Und Sie haben immer die faszinierende Art, Dinge zu tun, die man nicht erklären kann." Lotta lehnte sich zurück und verschränkte die Arme. „Wollen wir damit weitermachen?"

Frau Schultze lachte, ein leises, kehliges Lachen, das mehr Fragen als Antworten aufwarf. „Es ist doch ganz einfach: Ich hatte Lust auf ein kleines Abenteuer. Und wo könnte man besser Abenteuer erleben als in Wien?"

„Natürlich", sagte Lotta sarkastisch. „Weil Wien ja bekannt ist für seine gefährlichen Abenteuer. Vorsicht vor fliegenden Sachertorten und wildgewordenen Touristenführern."

Die ältere Dame lächelte geheimnisvoll, während sie mit ihrem Teelöffel im Zucker rührte. „Sie unterschätzen Wien, meine Liebe. Diese Stadt hat mehr Geheimnisse, als Sie sich vorstellen können."

Lotta starrte sie an, ihre Neugier wuchs mit jedem Wort. Sie konnte nicht genau sagen, was es war, aber irgendetwas an Frau Schultze fühlte sich... *anders* an. Nicht falsch, aber auch nicht ganz richtig. Wie ein Puzzlestück, das an der richtigen Stelle lag, aber nicht vollständig ins Bild passte.

„Gut, lassen wir das Abenteuer für einen Moment beiseite", sagte Lotta schließlich und beugte sich vor. „Was wissen Sie über Markus?"

Das Lächeln von Frau Schultze wurde breiter, als ob sie genau auf diese Frage gewartet hätte. „Ah, Herr Schmidt. Ein faszinierender Mann, nicht wahr? So voller Geheimnisse."

„Das ist eine elegante Art, ‚nervtötend geheimniskrämerisch' zu sagen", murmelte Lotta. „Aber ja, er ist faszinierend. Und wissen Sie, was mich besonders fasziniert? Warum er mich ständig in seltsame Situationen bringt und dann verschwindet."

„Vielleicht, weil er versucht, Sie zu schützen?" schlug Frau Schultze vor.

„Oder weil er versucht, mich wahnsinnig zu machen", sagte Lotta und fuhr sich durch die Haare. „Aber genug von ihm. Was machen Sie wirklich hier, Frau Schultze?"

Die ältere Dame nahm einen weiteren Schluck Tee, als ob sie über die Antwort nachdenken würde. Doch bevor sie etwas sagen konnte, klingelte eine Glocke über der Eingangstür, und zwei Männer in unauffälligen Anzügen betraten den Raum. Ihr Blick war geschäftsmäßig, ihre Bewegungen präzise. Sie wirkten wie Charaktere aus einem Film – oder, schlimmer noch, wie echte Detektive.

„Und da sind wir wieder in einem meiner Lieblingsfilme", murmelte Lotta und beobachtete, wie die Männer sich an einen Tisch in der Nähe setzten.

„Detektive?" fragte Frau Schultze mit einem Hauch von Belustigung in ihrer Stimme.

„Oder verkappte Schauspieler, die ihre Rollen zu ernst nehmen", sagte Lotta trocken. „In jedem Fall haben sie einen Blick, der sagt: ‚Wir suchen jemanden.' Und ich wette, sie suchen mich."

„Vielleicht sollten Sie dann einen besseren Kaffeehausnamen annehmen", schlug Frau Schultze vor. „Wie wäre es mit ‚Baroness von Zufall'?"

„Oder ‚Lotta, die niemals Ruhe hat'", sagte Lotta und griff nach ihrer Tasse. „Was immer sie suchen, ich bin sicher, dass ich der Mittelpunkt ihres Interesses bin. Das macht diesen Tag doch gleich viel besser."

Die Männer bestellten Kaffee, warfen aber immer wieder verstohlene Blicke zu Lotta und Frau Schultze hinüber. Lotta tat ihr Bestes, unbeteiligt zu wirken, während sie an ihrem Kaffee nippte und versuchte, einen Plan zu schmieden.

„Frau Schultze", sagte sie schließlich leise, „wenn Sie zufällig wissen, wie man von hier unbemerkt verschwindet, wäre das ein guter Zeitpunkt, es mir zu verraten."

„Ach, meine Liebe", sagte die ältere Dame, ihr Lächeln war fast beruhigend. „Manchmal ist die beste Art zu verschwinden, einfach zu bleiben. Niemand sucht dort, wo die Zielperson so offensichtlich sitzt."

Lotta starrte sie an, bevor sie lachte – leise, fast ungläubig. „Das ist so verrückt, dass es fast Sinn ergibt."

„Das tut es meistens", sagte Frau Schultze und hob ihre Teetasse in einer fast triumphalen Geste. „Aber seien Sie vorsichtig, Lotta. Die besten Verstecke sind oft die gefährlichsten."

Lotta wusste nicht, ob sie sich beruhigt oder noch beunruhigter fühlen sollte. Doch eins war klar: Frau Schultze wusste mehr, als sie zugab – und Lotta war entschlossen, das herauszufinden.

—-

Die Spannung im Raum war greifbar, doch Lotta war entschlossen, ihre Fassade der Ruhe aufrechtzuerhalten. Frau Schultze, die anscheinend die Ruhe selbst war, streckte die Hand nach einem Zuckerwürfel aus, als wäre dies eine ganz gewöhnliche Teestunde – und nicht ein Moment, in dem zwei Männer in Verdacht standen, Detektive zu sein, und Lottas Leben möglicherweise in Gefahr war.

„Also, Frau Schultze", begann Lotta und lehnte sich etwas vor, ihre Stimme war kaum mehr als ein Flüstern. „Sie haben diese faszinierende Angewohnheit, überall dort zu sein, wo etwas passiert. Wollen Sie mir nicht sagen, warum das so ist?"

Die ältere Dame hob den Kopf, ihr Blick war aufmerksam und durchdringend, obwohl ein mildes Lächeln ihre Lippen zierte. „Vielleicht liegt es daran, dass ich ein Händchen dafür habe, zur richtigen Zeit am richtigen Ort zu sein."

„Oder zur falschen Zeit am falschen Ort", entgegnete Lotta trocken. „Je nachdem, wie man es sieht."

Frau Schultze lachte leise, aber ohne echte Freude. Sie legte den Teelöffel sorgfältig auf die Untertasse und sah Lotta direkt an. „Manchmal, meine Liebe, hat die Vergangenheit eine Art, uns einzuholen – egal, wie weit wir versuchen, vor ihr wegzulaufen."

Lotta blinzelte, überrascht von der plötzlichen Schwere in ihrer Stimme. „Was meinen Sie damit?"

Frau Schultze lehnte sich zurück, ihre Hände falteten sich ruhig in ihrem Schoß. „Ich meine, dass nicht alles so ist, wie es scheint. Das wissen Sie doch inzwischen, nicht wahr?"

Lotta runzelte die Stirn, ihr Kopf drehte sich von all den unausgesprochenen Andeutungen. „Das ist eine sehr poetische Art, mir nichts zu sagen."

„Geduld, meine Liebe", sagte Frau Schultze mit einem wissenden Lächeln. „Manchmal braucht es Zeit, um die richtigen Antworten zu finden."

„Zeit ist ein Luxus, den ich nicht habe", entgegnete Lotta und lehnte sich wieder zurück. „Nicht mit diesen Typen, die mich anscheinend anstarren, als wäre ich die Hauptdarstellerin in einem Kriminalfilm."

„Oh, die?" Frau Schultze warf einen beiläufigen Blick auf die Männer, die jetzt so taten, als würden sie sich angeregt über ihre Kaffeetassen unterhalten. „Die sind harmlos. Wahrscheinlich hier, um den besten Apfelstrudel der Stadt zu testen."

„Oder um mich zu verhaften", murmelte Lotta. „Aber lassen wir das. Wenn Sie hier sind, um mir etwas zu sagen, tun Sie es bitte. Ich habe heute noch Pläne – wie zum Beispiel, nicht entführt zu werden."

Frau Schultze schien einen Moment zu überlegen, dann beugte sie sich vor und senkte die Stimme. „Sagen wir einfach, dass Ihr Tagebuch mehr Verbindungen hat, als Sie ahnen."

Lotta blinzelte. „Verbindungen? Was für Verbindungen?"

„Familienverbindungen, politische Verbindungen, historische Verbindungen", sagte die ältere Dame vage. „Es ist ein Schlüssel, Lotta. Aber nicht nur zu einem Schatz."

„Also ist es auch eine Bombe", sagte Lotta sarkastisch. „Großartig. Genau das, was ich in meinem Leben brauche."

Frau Schultze lächelte, als ob sie Lottas Bemerkung nicht gehört hätte, und griff erneut nach ihrer Teetasse. „Manchmal sind die Dinge, die wir finden, nicht das, was wir suchen. Aber sie führen uns dahin, wo wir sein müssen."

„Und wohin muss ich?" fragte Lotta, ihre Stimme war schärfer, als sie beabsichtigt hatte.

„Das, meine Liebe, liegt an Ihnen", sagte Frau Schultze und stand auf. „Aber denken Sie daran: Nicht jeder, der freundlich aussieht, ist Ihr Freund."

„Warten Sie!" Lotta sprang auf, doch die ältere Dame hob die Hand, um sie zum Schweigen zu bringen.

„Wir werden uns wiedersehen", sagte Frau Schultze, bevor sie zur Tür ging. „Passen Sie auf sich auf."

Lotta blieb stehen, ihr Kopf schwirrte von den vagen Andeutungen und kryptischen Aussagen. Sie wollte Frau Schultze folgen, doch ein plötzlicher Gedanke hielt sie zurück: Was, wenn diese Frau mehr wusste, als sie zugeben wollte – und was, wenn es gefährlich war, die Antworten zu finden?

Eines war sicher: Lottas Abenteuer hatte gerade eine neue, noch kompliziertere Wendung genommen.

—

Kaum war Frau Schultze aus der Tür verschwunden, rückten die beiden Männer in Anzügen unauffällig – oder zumindest das, was sie für unauffällig hielten – näher an Lottas Tisch heran. Sie fühlte, wie ihre Nackenhaare sich aufstellten, und versuchte, die aufkommende Panik mit einem tiefen Atemzug zu unterdrücken. *Ganz ruhig, Lotta. Vielleicht wollen sie nur nach dem Weg fragen. Oder du bist ihr nächstes Opfer. Beides möglich.*

„Entschuldigen Sie, gnädige Frau?" Der Größere der beiden sprach zuerst, sein Tonfall eine Mischung aus Förmlichkeit und einem Hauch von Überlegenheit. Lotta nahm einen Schluck von ihrem längst kalten Kaffee und sah ihn mit hochgezogenen Augenbrauen an.

„Ja?" fragte sie, ihre Stimme süßer, als sie es beabsichtigt hatte. „Suchen Sie den besten Apfelstrudel der Stadt? Oder soll ich Ihnen helfen, ein Tatortfoto zu arrangieren?"

Der Mann blinzelte, überrascht von ihrem Ton, doch sein Partner – ein kleiner, dünner Typ mit mausbraunen Haaren – schaltete sich schnell ein. „Wir sind hier, um Ihnen ein paar Fragen zu stellen."

„Oh, wie aufregend!" rief Lotta aus und lehnte sich zurück, die Arme verschränkt. „Ich wusste, dass ich irgendwann eine Hauptrolle in einem Krimi spielen würde. Aber ich hätte mir gewünscht, dass es mit einem spannenderen Titel beginnt als ‚Zwei langweilige Männer stellen Fragen'."

Der größere Mann verzog keine Miene. „Frau Weber, wir wissen, dass Sie etwas besitzen, das von… sagen wir, großem Interesse ist."

Lotta fühlte, wie ihr Herz einen Schlag aussetzte, doch sie hielt ihre Miene so neutral wie möglich. „Interessant? Meinen Sie meine Sammlung von schlechten Entscheidungen? Die ist tatsächlich spektakulär."

Der kleinere Mann warf seinem Kollegen einen Blick zu, bevor er sich wieder Lotta zuwandte. „Wir sprechen von einem Buch. Einem alten Tagebuch."

„Oh, einem Buch?" Lotta legte die Hand an ihr Kinn, als würde sie nachdenken. „Da müssen Sie genauer werden. Ich besitze viele Bücher. Das passiert, wenn man Buchhändlerin ist. Aber lassen Sie mich raten – Sie wollen ‚Wie man Freunde gewinnt und Menschen beeinflusst'? Sie könnten es wirklich gebrauchen."

Die beiden Männer tauschten einen weiteren Blick, diesmal sichtlich frustriert. Der größere Mann beugte sich vor, und Lotta konnte den leichten Geruch von Pfefferminz und... war das Angst? erkennen. *Interessant. Vielleicht bin ich nicht die Einzige, die sich hier unwohl fühlt.*

„Frau Weber", sagte er leise, aber mit Nachdruck. „Wir haben Grund zu der Annahme, dass Sie ein Tagebuch besitzen, das nicht Ihnen gehört. Es wäre klug, wenn Sie es uns freiwillig übergeben."

„Freiwillig?" Lotta lachte, doch das Geräusch klang schärfer, als sie beabsichtigt hatte. „Das ist ein interessantes Wort. Wissen Sie, was noch freiwillig ist? Sich einen Kaffee zu kaufen, sich hinzusetzen und mich in Ruhe zu lassen."

„Wir scherzen nicht", sagte der kleinere Mann, sein Ton wurde härter. „Dieses Tagebuch könnte gefährlich sein – für Sie und für andere."

„Oh, ich bin sicher, es ist absolut tödlich", sagte Lotta sarkastisch und griff nach ihrer Tasche. „Wissen Sie, was wirklich gefährlich ist? Eine Frau, die genug hat von kryptischen Männern in Anzügen."

Bevor die Männer reagieren konnten, stand Lotta auf, ihre Tasche fest umklammert, und lächelte süß. „Vielen Dank für das Gespräch, meine Herren. Ich hoffe, Ihr Kaffee war genauso bitter wie Ihre Fragen."

Sie drehte sich um und ging zur Tür, ihr Herz hämmerte in ihrer Brust, während sie die Straße betrat. *Was auch immer in diesem Tagebuch steht, es ist definitiv mehr als eine Familienanekdote.* Sie musste schnell handeln, bevor die Detektive ihre Geduld verloren – oder schlimmer noch, bevor sie herausfanden, wo sie wohnte.

Doch kaum hatte sie einen Schritt gemacht, vibrierte ihr Handy in der Tasche. Sie zog es heraus und sah, dass eine Nachricht von Markus eingegangen war. Ihre Finger zitterten, als sie die Nachricht öffnete:

„Treffen in 15 Minuten. Es ist dringend. Ich erkläre alles."

Lotta seufzte und steckte das Handy zurück. *Natürlich. Markus und seine Dringlichkeit. Wahrscheinlich noch eine weitere halbe Wahrheit.*

Doch sie wusste, dass sie keine Wahl hatte. Was auch immer Markus ihr erzählen wollte, es war wichtig – und sie würde sicherstellen, dass er diesmal keine Ausflüchte hatte.

—-

Lotta saß in einem kleinen, überfüllten Café, das viel weniger elegant war als die historische Kaffeestube, in der sie vor Kurzem beinahe von Detektiven verhört worden war. Der Geruch von fettigen Speisen hing in der Luft, und der Kaffee war weniger ein Getränk als vielmehr eine Bestrafung. Sie war nicht begeistert, dass Markus sie hierhergelotst hatte – allein die klebrigen Tische waren genug, um ihre Laune in den Keller zu treiben.

„Typisch Markus", murmelte sie vor sich hin, während sie mit einem Löffel im lauwarmen Kaffee rührte. „Er lädt mich an den einzigen Ort ein, an dem ich garantiert nicht freiwillig auftauchen würde."

Die Tür öffnete sich, und Markus trat ein. Seine Miene war angespannt, sein Blick suchte sofort nach ihr. Als er sie entdeckte, eilte er zu ihrem Tisch und ließ sich auf den Stuhl ihr gegenüber fallen. Er sah müde aus, und Lotta konnte nicht entscheiden, ob sie sich Sorgen machen oder einfach nur wütend sein sollte.

„Du hast fünf Minuten", sagte sie kühl, ohne ihm die Gelegenheit zu geben, zu sprechen. „Und fang nicht mit ‚Es ist kompliziert' an."

Markus seufzte und rieb sich die Schläfen, bevor er sich vorbeugte und flüsterte: „Du bist in Gefahr, Lotta."

Lotta lehnte sich zurück und verschränkte die Arme. „Wirklich? Ich hatte keine Ahnung. Ist das eine Art Geheimagenten-Diagnose, oder hast du das von den zwei Typen in Anzügen, die mir in der Kaffeestube aufgelauert haben?"

„Zwei Typen?" Markus' Blick wurde schärfer. „Haben sie dich bedroht?"

„Nur mein Nervenkostüm", erwiderte Lotta sarkastisch. „Aber genug von mir. Was ist diesmal dein großes Geheimnis, Markus? Lass mich raten: Du bist nicht nur ein Historiker, sondern auch ein Superheld, der in seiner Freizeit die Welt rettet?"

„Ich bin kein Superheld", sagte Markus, und zum ersten Mal wirkte er fast verletzlich. „Aber ich versuche, dich zu beschützen."

Lotta schnaubte und stellte ihre Tasse ab. „Beschützen? Markus, du bist eine wandelnde Geheimdienstklischeemaschine. Wie soll ich dir vertrauen, wenn du mir nicht einmal sagen kannst, worum es wirklich geht?"

Markus sah sie an, und für einen Moment dachte sie, er würde tatsächlich alles offenlegen. Doch dann brach er den Blickkontakt und rieb sich erneut die Schläfen. „Es gibt Dinge, die ich dir nicht sagen kann."

„Natürlich nicht", sagte Lotta und rollte mit den Augen. „Weil ich ja nur die arme Buchhändlerin bin, die zufällig in einen internationalen Spionagekrimi geraten ist."

„Es geht nicht darum, dass ich dir nicht vertraue", sagte Markus leise. „Es geht darum, dass es gefährlich ist, mehr zu wissen, als du schon weißt."

Lotta wollte gerade eine scharfe Antwort geben, doch irgendetwas in seinem Ton hielt sie zurück. Sie atmete tief durch und sah ihn direkt an. „Okay, Markus. Dann erzähl mir wenigstens das: Was war so dringend, dass du mich hierher zitiert hast?"

Markus zog einen Umschlag aus seiner Jackentasche und schob ihn über den Tisch. „Das hier. Es ist eine Nachricht, die ich abgefangen habe. Sie stammt von jemandem, der dich sucht."

Lotta zog den Umschlag zu sich heran und zögerte, bevor sie ihn öffnete. Ihre Finger zitterten leicht, während sie das Papier herauszog. Die Nachricht war handgeschrieben, die Buchstaben in klaren, entschlossenen Linien.

„Wir wissen, dass Sie es haben. Es wird Zeit, dass wir uns unterhalten."

„Klingt ja fast wie eine Einladung zum Nachmittagstee", sagte Lotta, ihre Stimme zitterte leicht, obwohl sie versuchte, es zu verbergen. „Wer hat das geschrieben?"

„Das ist das Problem", sagte Markus. „Ich weiß es nicht genau. Aber ich habe Grund zu der Annahme, dass es jemand ist, der mit dem Tagebuch in Verbindung steht."

Lotta legte die Nachricht zurück in den Umschlag und sah Markus an. „Also gut. Was jetzt? Soll ich warten, bis sie mir ihre Visitenkarte in den Briefkasten werfen?"

„Nein", sagte Markus ernst. „Wir müssen herausfinden, wer hinter ihnen steckt, bevor sie dich finden."

„Das ist dein Plan?" Lotta hob eine Augenbraue. „Einfach hoffen, dass wir schneller sind als sie? Großartig. Ich fühle mich schon jetzt so sicher."

Markus lehnte sich vor, sein Blick durchdringend. „Ich weiß, dass du wütend auf mich bist, Lotta. Aber du musst mir vertrauen. Ich will dir helfen."

Lotta sah ihn an, und für einen Moment war sie versucht, ihm zu glauben. Doch dann schüttelte sie den Kopf und stand auf. „Vertrauen, Markus, ist keine Einbahnstraße. Wenn du willst, dass ich dir vertraue, musst du anfangen, mir die Wahrheit zu sagen."

Sie steckte den Umschlag in ihre Tasche, warf ihm einen letzten Blick zu und verließ das Café, ohne auf seine Antwort zu warten. Draußen atmete sie tief durch, während die kalte Luft ihre Wangen kühlte. *Was auch immer das ist, ich werde es selbst herausfinden müssen.*

Kapitel 14

Das Kunsthistorische Museum in Wien war eines dieser Gebäude, die Lotta an ein gigantisches Hochzeitstortenprojekt erinnerten. Die majestätische Fassade, die hohen Säulen und die riesigen Treppen schienen zu schreien: *Hier gibt es etwas, das du nicht berühren solltest.* Doch heute war Lotta entschlossen, nicht die Rolle der ehrfürchtigen Besucherin zu spielen. Heute war sie die Frau mit einer Mission – auch wenn sie noch nicht genau wusste, worin diese Mission bestand.

„Warum immer Museen?" murmelte sie, während sie die großen, schweren Türen öffnete. „Warum können sich Spione nicht einfach in einem netten Café treffen, vielleicht bei einem Stück Kuchen? Nein, es muss immer etwas sein, das nach ‚Tatort' aussieht."

Die Eingangshalle war voller Touristen, die mit ihren Handykameras Schnappschüsse machten und dabei beinahe aufeinandertrampelten. Lotta wich geschickt einem besonders enthusiastischen Mann aus, der versuchte, ein Selfie mit einer griechischen Statue zu machen, und suchte nach ihrem Ziel.

Am Ende der Halle, direkt vor einer eindrucksvollen Gemäldegalerie, stand Markus. Er war wie immer makellos gekleidet, seine Haltung war gerade, doch Lotta erkannte die leichte Anspannung in seinen Schultern. Er wirkte wie ein Mann, der wusste, dass der nächste Schritt entweder triumphal oder katastrophal sein würde.

„Du bist spät", sagte Markus, als Lotta näher kam.

„Und du bist immer noch du", entgegnete sie mit einem süßen Lächeln. „Also denke ich, dass wir quitt sind."

Markus ignorierte ihren Kommentar und sah sich stattdessen um. „Wir haben nicht viel Zeit. Bist du sicher, dass du das Tagebuch dabei hast?"

Lotta hob ihre Tasche ein wenig und klopfte darauf. „Ich gehe doch nicht ohne meine treue Gefahrenquelle aus dem Haus. Was für eine dumme Frage."

Er warf ihr einen Blick zu, der irgendwo zwischen Frustration und Belustigung lag. „Du weißt, dass das hier gefährlich ist, oder?"

„Gefährlich ist mein zweiter Vorname", sagte Lotta trocken. „Wobei ich überlege, ihn in ‚Genervt' zu ändern, wenn du so weitermachst."

Markus führte sie durch die Galerie, wo beeindruckende Gemälde an den Wänden hingen, doch Lotta hatte keine Zeit, sie zu bewundern. Ihre Gedanken waren ganz auf das konzentriert, was als Nächstes kommen würde. Markus schien etwas zu wissen, doch wie immer hielt er die Hälfte seiner Informationen zurück – etwas, das Lotta sowohl faszinierte als auch zur Weißglut trieb.

„Wo treffen wir ihn?" fragte sie schließlich, während sie versuchte, mit Markus' langen Schritten Schritt zu halten.

„In einem der hinteren Räume", sagte er leise. „Es wird diskret ablaufen."

„Diskret?" Lotta lachte leise. „Das sagst du jedes Mal, bevor alles in Flammen aufgeht."

Markus blieb stehen, drehte sich zu ihr um und sah sie mit einem ernsten Ausdruck an. „Ich meine es ernst, Lotta. Das ist nicht irgendein Spiel. Wenn etwas schiefgeht, könnten wir beide ernsthafte Probleme bekommen."

„Ach, Markus", sagte Lotta mit einem unschuldigen Lächeln. „Hatten wir jemals etwas, das *nicht* schiefging?"

Sie erreichten schließlich einen kleinen Raum, der von den meisten Besuchern ignoriert wurde. Er war vollgestopft mit Vitrinen, die alte Manuskripte und Karten ausstellten, und von einem merkwürdigen Halbdunkel erleuchtet, das eher an eine Höhle als an ein Museum erinnerte. Am Ende des Raums stand ein Mann, den Lotta sofort erkannte – Boris Volkov.

Sein maßgeschneiderter Anzug, sein leicht selbstgefälliges Lächeln und die Art, wie er sich auf seinen Spazierstock stützte, wirkten, als würde er einen Auftritt auf einer Bühne vorbereiten. Lotta fühlte, wie ihre Abneigung gegen ihn in ihrem Magen brodelte, doch sie zwang sich, ruhig zu bleiben.

„Ah, Frau Weber", sagte Volkov und breitete die Arme aus, als würde er eine alte Freundin begrüßen. „Wie schön, dass Sie es einrichten konnten."

„Oh, das Vergnügen ist ganz meinerseits", sagte Lotta, während sie sich mit übertriebenem Enthusiasmus vor ihm verbeugte. „Ich liebe es, in meiner Freizeit mit zwielichtigen Geschäftsmännern abzuhängen."

Markus schnaubte leise, doch Volkov ließ sich nicht aus der Fassung bringen. Er trat näher an Lotta heran, sein Blick wanderte kurz zu ihrer Tasche, bevor er sich wieder auf ihr Gesicht konzentrierte.

„Sie wissen, warum wir hier sind", sagte er leise. „Das Tagebuch ist von unschätzbarem Wert. Und ich denke, wir können eine Lösung finden, die für uns alle zufriedenstellend ist."

„Sicher", sagte Lotta und zog die Tasche etwas näher an sich. „Weil ich immer darauf vertraue, dass Männer wie Sie faire Geschäfte machen."

Volkov lächelte, doch in seinen Augen blitzte etwas Gefährliches auf. „Sie sollten vorsichtig sein, Frau Weber. Manchmal ist es besser, nicht zu wissen, was man besitzt."

Lotta spürte, wie sich ihre Finger um den Riemen ihrer Tasche verkrampften. „Und manchmal ist es besser, einfach die Wahrheit zu sagen, Boris. Also, was ist Ihre Spielkarte?"

Volkovs Lächeln wurde breiter, doch bevor er antworten konnte, hörte Lotta Schritte hinter sich – schnelle, entschlossene Schritte, die nichts Gutes verhießen. Sie drehte sich um und sah zwei Personen hereinkommen, die sie nicht erwartet hatte: die „Touristen".

—-

Die Spannung im Raum war greifbar. Lotta hielt die Tasche mit dem Tagebuch so fest umklammert, dass ihre Finger weiß wurden, während Markus ruhig neben ihr stand – zu ruhig, fand sie. Volkov hingegen wirkte so entspannt, als wäre er gerade dabei, einen Nachmittagstee zu genießen. Seine Haltung strahlte Selbstbewusstsein aus, das Lotta beinahe bewunderte – beinahe.

„Ah, unsere Gesellschaft wird größer", sagte Volkov und warf einen Blick auf die beiden Neuankömmlinge – die „Touristen", die Lotta bereits in Wien in Verdacht gehabt hatte. Sie wirkten so unscheinbar wie eh und je: Der Mann mit der unauffälligen Frisur, die Frau mit ihrem höflichen Lächeln, das genauso gut eine Waffe sein konnte.

„Ich wusste nicht, dass wir hier ein Klassentreffen veranstalten", murmelte Lotta und hob die Augenbrauen. „Soll ich auch Tee servieren?"

„Ihr Humor ist bemerkenswert", sagte Volkov, während er einen Schritt näher trat. „Doch ich fürchte, wir haben heute keine Zeit für Scherze."

„Oh, ich schätze, das bedeutet, dass wir jetzt zum Teil kommen, an dem Sie mich bedrohen", erwiderte Lotta und schenkte ihm ein zuckersüßes Lächeln. „Wie aufregend. Bitte, fahren Sie fort."

Volkov lachte leise, doch es war ein Lachen ohne Wärme. „Bedrohung? Nein, Frau Weber. Ich bin ein Mann des Geschäfts. Ich bevorzuge es, Lösungen zu finden, die für alle Beteiligten von Vorteil sind."

„Klingt ja fast romantisch", sagte Lotta, während sie Markus einen Seitenblick zuwarf. „Markus, warum sagst du mir nicht, warum wir uns nicht einfach einen Anwalt leisten und das Ganze zivilisiert klären?"

Markus' Gesicht war angespannt, doch er sagte nichts. Lotta konnte spüren, dass er mit jedem Wort Volkovs angespannt wie eine Feder war. Irgendetwas stimmte nicht, und sie hasste es, im Dunkeln zu tappen.

Volkov richtete seine Aufmerksamkeit wieder auf Lotta. „Das Tagebuch, Frau Weber. Sie wissen, dass es in meinen Händen besser aufgehoben ist."

„Oh, wirklich?" Lotta legte den Kopf schief. „Und was genau qualifiziert Sie als würdigen Besitzer? Ihr schicker Anzug? Ihr charmantes Lächeln? Oder Ihre generelle ‚Ich-bin-der-Bösewicht'-Ausstrahlung?"

„Genug." Volkovs Ton wurde schärfer, und sein Lächeln verschwand. „Sie wissen nicht, was Sie in den Händen halten."

„Ach, bitte", sagte Lotta und machte eine ausladende Geste. „Wenn ich jedes Mal einen Euro bekäme, wenn mir das jemand sagt, könnte ich mir endlich einen Urlaub leisten, bei dem ich nicht um mein Leben bangen muss."

„Sie glauben, das hier ist ein Spiel, Frau Weber", sagte Volkov, seine Stimme ruhig, aber drohend. „Doch dieses Tagebuch hat mehr Blut an sich, als Sie sich vorstellen können."

Lotta spürte, wie ein Schauder über ihren Rücken lief, doch sie zwang sich, ruhig zu bleiben. „Blut, sagen Sie? Und ich dachte, es wären nur alte Familiengeschichten und langweilige Kryptografie."

„Es geht um Macht, Frau Weber", fuhr Volkov fort. „Um Geheimnisse, die Regierungen stürzen und Reiche aufbauen können. Und Sie –" er machte eine Pause, während sein Blick auf ihr ruhte „– sind ein sehr unpassender Hüter dieser Geheimnisse."

„Nun, das ist doch mal eine Einschätzung, die mein Selbstbewusstsein steigert", erwiderte Lotta und wandte sich an Markus. „Sag mal, Markus, willst du nicht auch ein bisschen predigen? Alle scheinen hier in einer Art Monolog-Wettbewerb zu sein."

Markus' Kiefer spannte sich an, doch er blieb still. Lotta konnte sehen, dass er nachdachte – nein, dass er kalkulierte. Doch worüber? Was war sein Plan?

„Hören Sie auf, Spielchen zu spielen, Frau Weber", sagte Volkov und machte einen weiteren Schritt auf sie zu. „Geben Sie mir das Tagebuch, und ich werde großzügig sein."

„Großzügig?" Lotta hob die Augenbrauen. „Was heißt das? Ich bekomme eine hübsche Karte mit der Aufschrift ‚Danke fürs Mitmachen'?"

Volkov blieb stehen, seine Augen wurden kalt. „Oder Sie riskieren, dass wir alle herausfinden, wie gefährlich die Geheimnisse dieses Buches wirklich sind."

„Das klingt ja fast wie eine Einladung zur Selbstzerstörung", sagte Lotta, während ihr Herz schneller schlug. „Aber wissen Sie was, Volkov? Ich bin kein Fan davon, von selbstgefälligen Männern herumkommandiert zu werden."

„Dann werden Sie lernen müssen", sagte Volkov leise. Und in diesem Moment wusste Lotta, dass sie keine Sekunde länger zögern durfte – irgendetwas musste passieren, bevor die Situation außer Kontrolle geriet.

Doch bevor sie handeln konnte, ertönte plötzlich eine Stimme aus der Dunkelheit: „Ich glaube, das ist der Moment, an dem ich eingreifen sollte."

Lotta drehte sich um, ihre Tasche mit dem Tagebuch noch immer fest umklammert. Die „Touristen", die sie bereits zuvor in Wien beobachtet hatte, standen nun vor ihr, ihre scheinbar harmlose Fassade war einem ernsten Ausdruck gewichen. Der Mann, der bisher wie ein unscheinbarer Büroangestellter gewirkt hatte, sprach zuerst.

„Frau Weber", begann er in akzentfreiem Deutsch, „wir müssen leider ebenfalls um Ihre Aufmerksamkeit bitten."

Lotta konnte nicht anders, als zu lachen, auch wenn sie spürte, wie ihre Nerven am seidenen Faden hingen. „Oh, großartig. Das wird ja immer besser. Wollen Sie mir auch etwas verkaufen? Vielleicht einen geheimen Ort, um mich zu verstecken?"

Die Frau, die neben dem Mann stand, schüttelte leicht den Kopf, als hätte sie mit so einer Reaktion gerechnet. „Wir sind nicht hier, um Ihnen zu drohen, Frau Weber. Wir sind hier, um sicherzustellen, dass dieses Tagebuch nicht in die falschen Hände gerät."

„Oh, natürlich", erwiderte Lotta sarkastisch. „Weil das Tagebuch so eine Vorliebe für Hände hat. Es kann wahrscheinlich selbst entscheiden, was richtig oder falsch ist."

Markus trat einen Schritt nach vorne, seine Augen fixierten die beiden. „Wer seid ihr wirklich?"

„Das ist im Moment nicht wichtig", sagte der Mann ruhig. „Was wichtig ist, ist, dass das Tagebuch nicht mehr in Ihrem Besitz bleiben kann."

„Lotta gehört das Tagebuch", erwiderte Markus, sein Ton wurde härter. „Sie hat mehr Recht darauf als jeder andere hier."

„Das ist nicht der Punkt", sagte die Frau, ihre Stimme klang fast bedauernd. „Dieses Buch birgt Informationen, die zu gefährlich sind, um in den Händen eines Einzelnen zu bleiben. Es muss an einen sicheren Ort gebracht werden."

„Ach, ein sicherer Ort", sagte Lotta und trat einen Schritt nach vorne. „Wie wunderbar. Vielleicht stellen Sie es in eine Vitrine mit der Aufschrift ‚Gefährlich, bitte nicht anfassen'?"

Die Frau blieb ruhig, doch der Mann wirkte leicht irritiert. „Wir versuchen, Ihnen zu helfen, Frau Weber. Sie sind in einer Situation, die Sie nicht kontrollieren können."

„Oh, das höre ich jeden Tag", erwiderte Lotta und verschränkte die Arme. „Danke für die großartige Analyse, Dr. Phil."

Volkov hatte die Szene mit einem Ausdruck beobachtet, der irgendwo zwischen Amüsement und Frustration lag. Schließlich trat er vor und sprach mit schneidender Stimme: „Es reicht. Ich werde nicht zulassen, dass dieses Theaterstück noch länger andauert."

„Oh, jetzt kommt der große Bösewicht monologisieren", murmelte Lotta, mehr zu sich selbst als zu den anderen.

Doch bevor Volkov weitersprechen konnte, erklang ein lauter Knall. Alle drehten sich um, und Markus nutzte die Ablenkung, um Lotta am Arm zu packen. „Komm mit", flüsterte er scharf.

Lotta hatte kaum Zeit zu protestieren, bevor Markus sie in einen Nebenraum zog. Die Vitrinen und antiken Karten verschwanden hinter ihnen, während sie durch einen engen Flur rannten. Lotta versuchte, Schritt zu halten, während ihre Gedanken rasten.

„Markus, was zur Hölle—"

„Keine Zeit", unterbrach er sie, sein Ton war knapp. „Wir müssen dich hier rausbringen, bevor sie das Tagebuch in die Finger bekommen."

„Und was ist dein großer Plan?", keuchte Lotta, während sie fast über ihre eigenen Füße stolperte. „Uns in einen weiteren Raum voller gefährlicher Artefakte zu retten?"

„Vertrau mir einfach", sagte Markus, ohne langsamer zu werden.

Hinter ihnen hörte Lotta die aufgeregten Stimmen der „Touristen" und Volkovs gedämpften Befehlston. Ihr Herz hämmerte in ihrer Brust, doch sie konnte nicht anders, als ein wenig Bewunderung für Markus' Fähigkeit, im Chaos die Kontrolle zu behalten, zu empfinden.

„Das ist doch alles nur ein weiteres Kapitel in deinem verrückten Leben, oder?", rief sie, während sie um eine Ecke bogen. „Ich hoffe, du schreibst das alles auf – vielleicht wird es ein Bestseller."

„Schweig und lauf, Lotta", erwiderte Markus trocken. „Oder willst du, dass ich dich trage?"

„Nicht nötig", schnaufte sie. „Ich komme schon klar."

Als sie schließlich in einem kleinen, unauffälligen Seitenausgang landeten, ließ Markus sie los und lehnte sich gegen die Wand, während er tief durchatmete. Lotta hielt inne, ihre Tasche immer noch fest umklammert, und sah ihn an.

„Und was jetzt?", fragte sie, ihre Stimme war leiser, aber immer noch zitternd vor Adrenalin.

Markus richtete sich auf und sah sie an, sein Gesicht war ernst, aber es lag auch etwas Weiches in seinem Blick. „Jetzt bringen wir dich in Sicherheit."

„Ach, wie romantisch", murmelte Lotta und rollte die Augen. Doch tief in ihrem Inneren konnte sie nicht leugnen, dass sie sich in diesem Moment sicher fühlte – trotz allem, was passiert war.

—-

Die frische Luft draußen fühlte sich an wie ein Schlag ins Gesicht. Lotta schnappte nach Atem, ihre Gedanken wirbelten wie ein Tornado, während Markus sie in eine schmale, von Laternenlicht nur spärlich erhellte Seitengasse zog. Das Echo ihrer hastigen Schritte hallte in der Stille wider, und Lottas Herz klopfte schneller, als sie bereit war, sich einzugestehen.

„Markus", begann sie und riss ihren Arm aus seinem Griff, „können wir mal kurz innehalten und über diese heldenhafte Rettungsaktion sprechen? Was zur Hölle war das gerade?"

Er drehte sich zu ihr um, seine Stirn von Sorgenfalten durchzogen. „Lotta, ich hatte keine Wahl. Sie hätten dir das Tagebuch abgenommen."

„Oh, wirklich?" Lotta stemmte die Hände in die Hüften. „Und ich dachte, das war nur ein netter Museumsbesuch mit ein paar unerwarteten Gästen. Danke, dass du das für mich klargestellt hast."

„Das ist kein Spiel", sagte Markus, seine Stimme war jetzt schärfer. „Volkov hätte nicht gezögert, dich zu... überzeugen, wenn du nicht mitgespielt hättest."

„Ah, überzeugen", wiederholte Lotta und machte eine Geste mit den Händen, als würde sie ein imaginäres Schild malen. „Das klingt so viel besser als bedrohen oder umbringen."

Markus schüttelte den Kopf, seine Geduld schien am Ende. „Ich versuche, dir zu helfen, Lotta. Aber du machst es verdammt schwer, wenn du dich ständig über alles lustig machst."

„Weißt du, was schwer ist?", konterte Lotta, ihre Stimme wurde lauter. „Verfolgt zu werden, bedroht zu werden und gleichzeitig mit jemandem zusammenarbeiten zu müssen, der mehr Geheimnisse hat als ein verschlossenes Tagebuch."

Markus öffnete den Mund, um zu antworten, doch ein Geräusch aus der Ferne ließ sie beide innehalten. Es war das unverkennbare Geräusch von Schritten, die schnell näherkamen. Ihre Augen trafen sich, und für einen Moment waren alle Streitereien vergessen.

„Lauf", sagte Markus leise, seine Stimme war ein Befehl.

Ohne weitere Diskussion rannte Lotta los, ihre Tasche fest an sich gedrückt. Markus war dicht hinter ihr, seine Schritte schwer und zielgerichtet. Die Gasse führte sie zu einer Kreuzung, und Lotta warf ihm einen fragenden Blick zu.

„Links", befahl er, und sie bog ab, ohne zu zögern. Der Lärm hinter ihnen wurde lauter, und Lotta spürte, wie ihre Lungen brannten. Doch an Aufgeben war nicht zu denken.

„Das ist ja fast wie ein romantischer Spaziergang", keuchte sie, während sie über einen Müllhaufen sprang. „Nur ohne den romantischen Teil."

„Vielleicht sollten wir uns nächstes Mal für ein Candle-Light-Dinner entscheiden", erwiderte Markus trocken. „Aber zuerst müssen wir das hier überleben."

„Du bist ja richtig charmant, wenn wir gejagt werden", rief Lotta und konnte trotz der Situation ein Lächeln nicht unterdrücken.

Plötzlich hielt Markus sie zurück und drückte sie in den Schatten eines alten Backsteingebäudes. Seine Hand legte sich auf ihren Mund, bevor sie protestieren konnte, und er deutete mit einem Finger auf die Lippen, während er lauschte. Die Schritte hatten aufgehört, und es herrschte eine angespannte Stille.

Lotta konnte das Adrenalin in ihrem Körper förmlich rauschen hören, doch Markus war vollkommen ruhig. Sein Gesicht war so nah, dass sie den leichten Duft seines Aftershaves wahrnahm, und sie spürte, wie ihr Herz aus einem ganz anderen Grund schneller schlug.

Nach einem Moment, der sich wie eine Ewigkeit anfühlte, nickte er und ließ sie los. „Sie sind weitergegangen", flüsterte er. „Wir müssen uns beeilen."

„Natürlich", flüsterte Lotta zurück. „Weil ich ja so gut darin bin, in High Heels durch dunkle Gassen zu sprinten."

Sie schlichen weiter, diesmal vorsichtiger, und erreichten schließlich einen kleinen Innenhof, der von hohen Gebäuden umgeben war. Markus blieb stehen, um sich zu orientieren, und Lotta nutzte die Gelegenheit, um ihn anzustarren.

„Also", begann sie leise, ihre Stimme tropfte vor Ironie. „Das war ja mal eine aufregende Flucht. Willst du mir jetzt endlich sagen, warum du immer wieder auftauchst, um mich vor Leuten zu retten, die anscheinend mehr über dieses Tagebuch wissen als ich?"

Markus seufzte, seine Schultern sanken leicht. „Lotta, ich weiß, dass das alles verwirrend ist. Aber ich schwöre, ich habe immer versucht, dich zu beschützen."

„Schützen?", wiederholte Lotta und verschränkte die Arme. „Wie nett. Vielleicht solltest du mir das nächste Mal einfach die Wahrheit sagen, bevor wir wieder um unser Leben rennen."

Markus sah sie an, und für einen Moment schien es, als wollte er etwas sagen, doch dann hielt er inne. Stattdessen trat er einen Schritt näher, und seine Stimme wurde weicher. „Ich weiß, dass ich Fehler gemacht habe, Lotta. Aber bitte vertrau mir noch ein bisschen. Ich werde dafür sorgen, dass du sicher bist."

Lotta wollte etwas Scharfes erwidern, doch etwas in seinem Ton – und in seinem Blick – hielt sie zurück. Sie seufzte und ließ ihre Arme sinken. „In Ordnung, Markus. Aber wenn das hier schiefgeht, werde ich dich persönlich dafür verantwortlich machen."

Er lächelte leicht, ein Hauch von Erleichterung in seinem Gesicht. „Das klingt fair."

Bevor sie weitersprechen konnten, hörten sie erneut Schritte, diesmal weiter entfernt, aber immer noch in der Nähe. Markus griff nach Lottas Hand. „Wir müssen los. Ich kenne einen sicheren Ort."

„Ich hoffe, das ist nicht nur eine weitere dunkle Gasse", murmelte Lotta, doch sie ließ sich von ihm führen. Und während sie durch die Nacht rannten, konnte sie nicht anders, als sich zu fragen, wie sie in dieses Chaos geraten war – und warum sie trotz allem spürte, dass sie Markus irgendwie vertrauen konnte.

—-

Die Sicherheitsgasse führte zu einem kleinen, verlassenen Gebäude, das einst vielleicht eine Werkstatt gewesen war. Die schweren, hölzernen Fensterläden waren zugenagelt, und die Straßenlaternen warfen flackernde Schatten auf die zerbröckelnde Fassade. Markus schob eine lockere Bretterwand zur Seite und bedeutete Lotta mit einem Nicken, ihm zu folgen.

„Markus, falls das hier dein geheimer Superhelden-Unterschlupf ist", begann Lotta und rieb sich die Arme, um die aufkommende Kälte zu vertreiben, „solltest du ernsthaft über ein Upgrade nachdenken. Vielleicht etwas mit Zentralheizung?"

„Ich werde es auf meine Wunschliste setzen", murmelte er und schob die Bretterwand zurück, bevor er eine Taschenlampe zückte, deren Lichtkegel die staubige Dunkelheit erhellte. „Aber zuerst müssen wir uns überlegen, wie wir hier lebend rauskommen."

„Lebend rauskommen?" Lotta stemmte die Hände in die Hüften und sah ihn an. „Interessanter Vorschlag, aber wie wäre es, wenn du mir endlich erklärst, was hier eigentlich los ist?"

Markus drehte sich zu ihr um, seine Miene war angespannt. „Ich weiß, dass du Antworten willst, Lotta. Und du hast jedes Recht darauf. Aber im Moment geht es nur darum, dich und dieses Tagebuch zu schützen."

„Natürlich." Lotta verschränkte die Arme und lehnte sich gegen die Wand. „Weil es ja völlig logisch ist, einer Frau in High Heels zu sagen, sie soll ihr Leben retten, ohne ihr zu sagen, warum."

„Du trägst nicht mal High Heels", erwiderte Markus trocken und ließ sich auf eine alte Werkbank sinken.

„Das ist nicht der Punkt", fauchte Lotta. „Der Punkt ist, dass du mich immer wieder in Situationen bringst, in denen ich mich fühle, als wäre ich ein Nebencharakter in deinem persönlichen Spionage-Thriller."

Markus fuhr sich mit einer Hand durch die Haare, sein übliches Zeichen von Frustration. „Lotta, glaubst du wirklich, ich wollte, dass du in all das hineingezogen wirst? Glaubst du, ich genieße es, dich in Gefahr zu sehen?"

„Oh, natürlich nicht", gab Lotta zurück, ihre Stimme triefte vor Sarkasmus. „Aber du bist erstaunlich gut darin, mich mitten ins Chaos zu werfen und dann so zu tun, als hättest du alles im Griff."

Markus stand auf, trat einen Schritt näher und sah sie an, seine Augen funkelten vor einer Mischung aus Ärger und... etwas anderem, das Lotta nicht ganz greifen konnte. „Weißt du, was wirklich nervt? Dass du dich ständig über alles lustig machst, anstatt einmal ernsthaft zuzuhören."

„Weil ich mich sonst wahrscheinlich in einer Ecke zusammenkauern und heulen würde!", platzte Lotta heraus. „Hast du eine Ahnung, wie es ist, von zwielichtigen Männern verfolgt zu werden, während du nicht mal weißt, warum?"

Die Stille, die folgte, war schwer, und Lotta spürte, wie die Wut in ihr langsam einem anderen Gefühl wich – etwas Weicherem, das sie nicht benennen wollte. Markus ließ seinen Blick nicht von ihr ab, doch seine Haltung wurde weniger angespannt.

„Es tut mir leid", sagte er schließlich, seine Stimme war leise, aber fest. „Ich wollte dich nie in Gefahr bringen, Lotta. Alles, was ich getan habe, war, um dich zu beschützen."

„Und doch fühlte es sich die ganze Zeit an, als würde ich auf einem Minenfeld tanzen", erwiderte Lotta, doch ihre Stimme hatte an Schärfe verloren.

Markus trat noch einen Schritt näher, und Lotta spürte, wie ihr Herz einen kleinen Sprung machte. „Du bist stark, Lotta. Viel stärker, als du denkst. Aber ich brauche, dass du mir jetzt vertraust. Ich kann das nicht alleine machen."

Sie sah ihn an, suchte in seinem Gesicht nach einem Zeichen von Unehrlichkeit, doch alles, was sie fand, war Aufrichtigkeit – und etwas, das sich wie Sorge anfühlte. Sie seufzte, ließ ihre Arme sinken und nickte schließlich.

„Okay, Markus. Ich vertraue dir – zumindest für den Moment." Sie hielt eine Hand hoch, um ihn davon abzuhalten, zu viel Hoffnung zu schöpfen. „Aber wenn du mich noch einmal in eine Gasse voller Leute ziehst, die mich umbringen wollen, werde ich dich höchstpersönlich mit diesem Tagebuch erschlagen."

Ein kleines Lächeln zuckte über Markus' Lippen, und er nickte. „Deal."

Lotta erwiderte das Lächeln widerwillig, bevor sie die Tasche fester umklammerte. „Also, was jetzt?"

Markus sah sie an, und diesmal war sein Blick weniger angespannt, fast warm. „Jetzt planen wir unseren nächsten Schritt. Aber zuerst... ruhen wir uns aus. Du brauchst das."

Lotta öffnete den Mund, um zu protestieren, doch ein Gähnen entkam ihr, bevor sie etwas sagen konnte. Sie sah ihn an und zuckte mit den Schultern. „Vielleicht hast du recht. Aber keine kuscheligen Decken und kein Kaminfeuer? Markus, du enttäuschst mich."

„Das nächste Mal", versprach er, während er sie mit einer Decke, die er aus einer Kiste gezogen hatte, versorgte. „Jetzt schlaf, Lotta. Morgen wird nicht einfacher."

Lotta setzte sich auf eine alte Bank und zog die Decke um sich. Während sie zusah, wie Markus sich in der Nähe positionierte, bereit, über sie zu wachen, konnte sie nicht anders, als zu denken, dass sie in all diesem Chaos vielleicht doch einen Verbündeten gefunden hatte. Vielleicht mehr als das. Doch bevor sie diesen Gedanken weiterverfolgen konnte, fiel sie in einen unruhigen Schlaf – bereit für die nächste Runde ihres verrückten Abenteuers.

Kapitel 15

Das provisorische Versteck war dunkel, und die einzige Lichtquelle war eine flackernde Taschenlampe, die Lotta eher wie eine Requisite aus einem B-Movie vorkam als ein Werkzeug für ernsthafte Ermittlungsarbeit. Sie saß auf einer umgedrehten Kiste, das Tagebuch auf ihren Knien, und starrte auf die verschlungenen Buchstaben, die so alt wirkten, dass sie fast Angst hatte, sie mit bloßen Händen zu berühren.

„Also, das ist es", murmelte sie und zog eine Augenbraue hoch. „Das große, mysteriöse Buch, für das Leute bereit sind, mich zu verfolgen. Sieht ziemlich unschuldig aus."

Markus lehnte an der Wand, die Arme verschränkt, und beobachtete sie mit einem Ausdruck, der irgendwo zwischen Geduld und Frustration lag. „Das ist nicht irgendein Buch, Lotta. Es ist ein Schlüssel."

„Ein Schlüssel zu was?" Sie blätterte vorsichtig um, wobei der Geruch von altem Papier die Luft erfüllte. „Einem geheimen Weinkeller? Oder vielleicht einem verborgenen Schatz von mittelalterlichen Katzenliebhabern?"

„Sehr witzig", erwiderte Markus trocken. „Du weißt, dass es mehr ist."

Lotta seufzte und griff nach einem Bleistift, um Notizen zu machen. „Weißt du, Markus, wenn ich gewusst hätte, dass ich irgendwann Kryptografin spielen muss, hätte ich in der Schule besser in Mathematik aufgepasst. Stattdessen habe ich beschlossen, Detektivromane zu lesen. Ironie des Schicksals, oder?"

„Vielleicht hat das Lesen von Detektivromanen dich besser vorbereitet, als du denkst", sagte Markus, wobei ein kleines Lächeln über seine Lippen huschte. „Du bist gut darin, Muster zu erkennen."

„Oh, danke", sagte Lotta sarkastisch. „Ich fühle mich jetzt so viel besser, mit deinem Vertrauen in meine Amateurdetektivfähigkeiten."

Sie beugte sich über das Tagebuch, wobei sie den Kopf leicht schräg hielt, um die verschlungenen Zeichen besser sehen zu können. Einige der Einträge schienen in einer Art Geheimschrift verfasst zu sein, die auf den ersten Blick keinen Sinn ergab. Doch je länger sie hinsah, desto mehr begann sie, ein Muster zu erkennen – eine Kombination aus Zahlen und Buchstaben, die sich wie ein Code anfühlte.

„Markus", sagte sie nach einer Weile, ohne den Blick vom Buch zu heben, „hast du jemals etwas von einem ‚Gittercode' gehört?"

Er trat näher, seine Augenbrauen zogen sich zusammen. „Ja, das ist eine Methode, bei der bestimmte Buchstaben in einem Raster gelesen werden, um eine versteckte Botschaft zu finden. Denkst du, das ist es?"

„Vielleicht." Lotta zog ein Stück Papier aus ihrer Tasche und begann, die Zeichen aus dem Tagebuch aufzuzeichnen. „Aber es ist seltsam. Es fühlt sich an, als wäre es absichtlich verwirrend gemacht worden. Jemand wollte sicherstellen, dass niemand das hier einfach entschlüsseln kann."

„Das macht Sinn", sagte Markus, der sich nun ebenfalls über das Buch beugte. „Die Informationen hier drin könnten gefährlich sein."

„Oh, wirklich?", sagte Lotta und warf ihm einen Seitenblick zu. „Weil nichts in meinem Leben gerade gefährlich ist, abgesehen von... allem."

Markus ignorierte ihren Ton und griff nach einem weiteren Blatt Papier. „Lass uns gemeinsam daran arbeiten. Vielleicht können wir die Logik des Codes knacken."

Lotta stöhnte leise, bevor sie nickte. „Fein. Aber wenn das hier nicht zu einem Durchbruch führt, werde ich dieses Tagebuch höchstpersönlich als Untersetzer verwenden."

Sie arbeiteten schweigend nebeneinander, wobei Markus Lotta hin und wieder Anweisungen gab, die sie nur mit einem halbherzigen Nicken zur Kenntnis nahm. Doch allmählich begann sich ein Bild zu formen – Wörter, die aus dem Chaos der Buchstaben auftauchten, wie Sterne am Nachthimmel.

„Das ist es", sagte Markus schließlich, seine Stimme war angespannt vor Aufregung. „Das hier ist der erste Hinweis."

„Wirklich?", fragte Lotta und warf ihm einen skeptischen Blick zu. „Und was sagt uns dieser großartige Hinweis? ‚Gehe zur nächsten Seite und sei weiterhin verwirrt'?"

Markus lächelte leicht. „Etwas in der Art. Aber es ist ein Anfang."

Lotta seufzte und lehnte sich zurück. „Großartig. Wir haben also einen winzigen Bruchteil der Wahrheit gefunden. Jetzt müssen wir nur noch die anderen 99 Prozent entschlüsseln, bevor uns jemand tötet. Klingt nach einem fantastischen Plan."

Markus legte eine Hand auf ihre Schulter, sein Blick war weich, aber ernst. „Wir schaffen das, Lotta. Gemeinsam."

Lotta erwiderte seinen Blick, und für einen Moment war die Spannung zwischen ihnen fast greifbar. Sie nickte schließlich, obwohl sie sich fragte, wie sie in diese verrückte Situation geraten war – und warum sie trotz allem das Gefühl hatte, dass Markus vielleicht tatsächlich recht hatte.

—-

Der Morgen brach über Wien herein, und mit ihm die eisige Kälte, die selbst durch die wärmste Jacke zu dringen schien. Lotta und Markus standen vor dem imposanten Tor eines alten

Palais, das eher wie der Schauplatz eines historischen Dramas wirkte als wie ein sicherer Hafen. Lotta fröstelte, während Markus entschlossen die schwere Klingel zog.

„Also, erklär mir noch mal, warum wir ausgerechnet *sie* um Hilfe bitten?" Lotta zog die Schultern hoch, um der Kälte zu entgehen. „Die Frau hat einen Hut für jede Lebenslage. Ich bin mir sicher, sie plant gerade ihre nächste Intrige."

Markus schnaubte leise, doch bevor er antworten konnte, öffnete sich die Tür, und die unverwechselbare Gestalt der Baronesse erschien im Eingang. Sie trug, wie erwartet, einen eleganten Hut, der Lotta an einen Miniatur-Weihnachtsbaum erinnerte, und hielt eine Tasse Tee in der Hand, als wäre sie auf dem Weg zu einem Nachmittagstee, nicht dazu, ihnen bei einem lebensgefährlichen Rätsel zu helfen.

„Ah, meine Lieben", sagte die Baronesse mit einem warmen Lächeln, das Lotta nicht ganz traute. „Wie schön, euch zu sehen. Und so früh! Ihr müsst wirklich verzweifelt sein."

„Verzweifelt ist eine Untertreibung", murmelte Lotta und folgte Markus ins Innere des Hauses. Das Interieur war so überwältigend wie die Fassade – hohe Decken, schwere Vorhänge und eine Sammlung von Antiquitäten, die wahrscheinlich den Wert eines kleinen Landes hatten.

„Bitte, setzt euch", sagte die Baronesse und deutete auf ein elegantes Sofa, das Lotta sofort als „viel zu teuer, um darauf zu sitzen" einstufte. Sie selbst nahm in einem hohen Sessel Platz und sah sie mit einem Ausdruck an, der sowohl Neugierde als auch Berechnung zeigte.

„Also, was führt euch in mein bescheidenes Heim?" Die Baronesse nippte an ihrem Tee, als wäre das Ganze ein völlig alltägliches Gespräch.

Markus legte das Tagebuch vorsichtig auf den Tisch und erklärte kurz, was sie bisher herausgefunden hatten. Die Baronesse hörte aufmerksam zu, ihr Gesicht zeigte keine Anzeichen von Überraschung, als ob sie schon längst von dem Geheimnis wusste.

„Interessant", sagte sie schließlich und stellte ihre Tasse ab. „Dieser Code ist ein alter Bekannter. Mein Großvater hat ihn benutzt, als er während seiner Arbeit für den Zaren geheime Botschaften verschlüsseln musste."

„Natürlich", sagte Lotta und verdrehte die Augen. „Weil jede Familie eine geheime Verbindung zu internationalen Spionen hat."

Die Baronesse schenkte ihr ein mildes Lächeln. „Nicht jede, meine Liebe. Aber wir Sternbergs sind bekannt für unsere... vielseitigen Talente."

„Das erklärt eine Menge", murmelte Lotta, doch Markus unterbrach sie, bevor sie weitermachen konnte.

„Können Sie uns helfen, die nächste Botschaft zu entschlüsseln?" fragte er mit einer Ernsthaftigkeit, die Lotta leicht irritierte. Es war, als würde er der Baronesse tatsächlich vertrauen – eine Vorstellung, die Lotta nur schwer akzeptieren konnte.

Die Baronesse stand auf und zog ein großes Buch aus einem der Regale. Es war alt, schwer und mit einem goldenen Muster verziert, das Lotta fast die Augen rollen ließ. Natürlich hatte sie ein handschriftliches Handbuch für alte Spionagetechniken. Was sonst?

„Das hier sollte helfen", sagte die Baronesse und schlug das Buch auf. Sie blätterte durch die Seiten, bis sie schließlich bei einer bestimmten Passage innehielt. „Hier. Das ist die Struktur des Codes. Es ist kompliziert, aber ich bin sicher, dass ihr es mit etwas Geduld herausfinden könnt."

„Geduld ist nicht gerade meine Stärke", murmelte Lotta, doch sie beugte sich trotzdem über das Buch und begann, die Zeichen mit denen im Tagebuch zu vergleichen. Die Baronesse lehnte sich zurück und beobachtete sie mit einem Ausdruck, der an die eines Lehrers erinnerte, der seine Schüler prüft.

Nach einer Stunde voller konzentrierter Arbeit und gelegentlicher sarkastischer Kommentare von Lotta begann sich ein Muster zu formen. Es war subtil, fast unsichtbar, aber es war da – eine Reihe von Koordinaten, die anscheinend auf einen bestimmten Ort hinwiesen.

„Das ist es", sagte Markus, seine Stimme war eine Mischung aus Erleichterung und Anspannung. „Das ist der nächste Schritt."

„Großartig", sagte Lotta, ihre Augen brannten von der Anstrengung. „Und wo führen uns diese wundervollen Koordinaten hin? Zu einem geheimen Bunker? Oder vielleicht zu einem weiteren Museum voller Menschen, die uns umbringen wollen?"

Die Baronesse lächelte sanft. „Das ist das Schöne an Geheimnissen, meine Liebe. Man weiß nie, wohin sie führen, bis man den nächsten Schritt wagt."

Lotta schnaubte und stand auf. „Nun, ich hoffe, der nächste Schritt beinhaltet wenigstens einen Kaffee. Ich brauche dringend eine Pause, bevor ich wieder fast getötet werde."

Markus dankte der Baronesse, doch bevor sie gingen, legte sie eine Hand auf Lottas Arm. „Seien Sie vorsichtig, meine Liebe", sagte sie leise. „Das Tagebuch ist mächtiger, als Sie ahnen. Und es wird Menschen geben, die alles tun, um es zu bekommen."

Lotta sah sie an, und für einen Moment glaubte sie, echte Sorge in den Augen der Baronesse zu erkennen. Sie nickte schließlich und folgte Markus zur Tür, während ihre Gedanken um die warnenden Worte kreisten.

„Also, was jetzt?", fragte sie, als sie wieder draußen in der kalten Luft standen.

Markus sah sie an, ein entschlossener Ausdruck auf seinem Gesicht. „Jetzt finden wir heraus, wohin uns diese Koordinaten führen. Und wir lassen uns von niemandem aufhalten."

„Klingt fast romantisch", murmelte Lotta, doch sie spürte, dass der wahre Ernst ihrer Lage erst noch vor ihnen lag.

—-

Die Koordinaten führten Lotta und Markus zu einem Ort, der so unscheinbar war, dass es schon wieder verdächtig wirkte. Ein verlassener Innenhof in einer stillgelegten Fabrik am Rande Wiens – das perfekte Setting für ein geheimes Versteck oder eine spektakulär schiefgehende Falle. Lotta sah sich skeptisch um, während Markus mit einer Karte hantierte, die er aus dem Tagebuch extrahiert hatte.

„Also, Markus", begann Lotta, die Hände in die Hüften gestemmt. „Wenn das hier eine Falle ist, kannst du mir wenigstens vorher versprechen, dass ich nicht in einem weiteren gruseligen Keller lande. Ich habe heute genug Staub geschluckt."

Markus warf ihr einen amüsierten Blick zu. „Keine Sorge, Lotta. Ich bin mir zu 90 Prozent sicher, dass das der richtige Ort ist."

„Oh, 90 Prozent?" Lotta hob eine Augenbraue. „Das beruhigt mich ungemein. Weißt du, was noch 90 Prozent ist? Die Chance, dass ich dir das Tagebuch an den Kopf werfe, wenn das hier schiefgeht."

Er ignorierte ihren Kommentar und deutete auf eine unscheinbare Metalltür, die fast vollständig von Efeu überwuchert war. „Hier. Das ist es."

Lotta trat näher, ihre Skepsis wuchs mit jedem Schritt. „Das sieht nicht gerade wie der Eingang zu einem Schatz aus. Es sei denn, der Schatz besteht aus alten Metallresten und unheimlichem Unkraut."

„Du wirst überrascht sein", sagte Markus, während er begann, die Tür von den Ranken zu befreien. „Die besten Verstecke sind die, die niemand erwartet."

„Oh, wirklich?" Lotta verschränkte die Arme und lehnte sich an die Wand. „Dann sollte ich wohl mein Tagebuch in meinem Kühlschrank verstecken. Niemand würde es jemals finden."

Mit einem Ruck öffnete Markus die Tür, und ein kalter Luftzug schlug ihnen entgegen. Der schmale Gang dahinter war dunkel, und der muffige Geruch von altem Beton ließ Lotta die Nase rümpfen.

„Natürlich", sagte sie trocken. „Es ist ein Keller. Warum bin ich nicht überrascht?"

„Lotta, hör auf zu meckern und komm", sagte Markus, während er eine Taschenlampe aus seiner Tasche zog und vorausging. „Wir haben nicht den ganzen Tag Zeit."

„Oh, wie romantisch", murmelte Lotta, während sie ihm folgte. „Ein Date in einem Keller voller Spinnen und Staub. Du weißt wirklich, wie man eine Frau beeindruckt."

Der Gang führte zu einem kleinen Raum, dessen Zentrum von einer massiven Steintafel dominiert wurde. Die Wände waren mit verblassten Symbolen und alten Inschriften bedeckt, die Lotta sofort an Indiana Jones erinnerten – nur ohne den Hauch von Abenteuer, der die Situation erträglicher gemacht hätte.

„Also, was jetzt?" Lotta trat näher an die Steintafel heran und sah Markus fragend an. „Sollen wir einen Zauberspruch aufsagen, oder was?"

Markus ignorierte ihren Sarkasmus und untersuchte die Tafel. „Die Koordinaten aus dem Tagebuch führen genau hierher. Es muss einen Mechanismus geben."

„Natürlich gibt es das", sagte Lotta. „Wahrscheinlich einen, der uns entweder den Weg öffnet oder uns in ein tödliches Loch stürzen lässt. Immerhin sind das die einzigen Optionen, wenn man Filme als Vorbild nimmt."

Markus untersuchte die Symbole an der Tafel und zog eine kleine Karte aus seiner Jacke. „Die Notizen im Tagebuch erwähnen eine bestimmte Reihenfolge. Hilf mir, die richtigen Zeichen zu finden."

Lotta stöhnte, zog ihre Taschenlampe aus der Tasche und begann widerwillig, die Symbole an den Wänden abzusuchen. „Weißt du, Markus, ich habe viele Hobbys – Lesen, Kaffee trinken, über mein Leben klagen –, aber ‚antike Rätsel lösen' gehört definitiv nicht dazu."

„Du machst das großartig", sagte Markus, ohne den Blick von der Tafel abzuwenden.

„Oh, hör auf, mich zu loben", sagte Lotta und hielt inne, als sie ein Symbol entdeckte, das zu passen schien. „Hier. Das sieht aus wie das, was du suchst."

Markus trat neben sie und untersuchte das Symbol. „Das ist es. Drück es."

„Drück es?" Lotta sah ihn an, als hätte er den Verstand verloren. „Hast du in letzter Zeit keine Filme gesehen? Immer wenn jemand etwas drückt, passiert etwas Schreckliches."

„Lotta", sagte Markus, sein Ton war geduldig, aber fest. „Vertrau mir."

„Das hast du schon so oft gesagt, dass ich den Überblick verloren habe", murmelte Lotta, bevor sie tief durchatmete und das Symbol drückte. Für einen Moment passierte nichts, doch dann begann die Steintafel leise zu summen.

Ein versteckter Mechanismus wurde ausgelöst, und die Tafel bewegte sich langsam zur Seite, um einen schmalen Durchgang freizugeben. Dahinter lag ein kleiner Raum, in dessen Mitte eine alte Truhe stand, die mit einem schweren Schloss gesichert war.

„Da ist es", sagte Markus leise, und Lotta konnte die Spannung in seiner Stimme spüren.

„Wow", sagte Lotta, ihre Taschenlampe auf die Truhe gerichtet. „Eine echte Schatzkiste. Ich fühle mich wie ein Pirat – nur mit weniger Rum."

Markus trat näher und zog ein Werkzeug aus seiner Tasche, um das Schloss zu öffnen. Lotta beobachtete ihn und konnte nicht anders, als sich zu fragen, was in der Truhe auf sie wartete – und ob sie darauf vorbereitet war, es herauszufinden.

—-

Das Klicken des Schlosses hallte in dem kleinen Raum wider, als Markus es öffnete. Lotta hielt den Atem an, während er den Deckel der alten Truhe langsam anhob. Der Moment fühlte sich wie der Höhepunkt eines Abenteuerfilms an – bis ein lautes Geräusch von draußen ihre Aufmerksamkeit abrupt zurückriss.

„Bitte sag mir, das war nicht, was ich denke", murmelte Lotta und drehte sich zur Tür.

Markus griff instinktiv nach ihrer Hand und zog sie von der Truhe weg. „Es scheint, als hätten wir Gesellschaft."

„Natürlich haben wir das", sagte Lotta, ihre Stimme triefte vor Sarkasmus. „Weil es ja nicht reicht, eine tödliche Schatzsuche zu machen – wir brauchen auch noch einen Actionfilm."

Die Geräusche wurden lauter, und plötzlich flog die Metalltür auf, als wäre sie aus Papier. Zwei Männer in dunkler Kleidung stürmten herein, ihre Gesichter von Sturmhauben verdeckt. Lotta wich instinktiv zurück, während Markus vor sie trat.

„Geben Sie uns, was wir wollen, und niemand wird verletzt", sagte einer der Männer mit einem starken Akzent. Seine Stimme war kalt und entschlossen.

„Oh, wie originell", rief Lotta und hob die Hände. „Der alte ‚Niemand-wird-verletzt'-Trick. Ich dachte, das wäre nur in schlechten Filmen zu sehen."

Markus warf ihr einen warnenden Blick zu. „Lotta, jetzt ist nicht die Zeit."

„Wann ist es jemals die Zeit?" Lotta verschränkte die Arme, obwohl ihr Herz raste.

Der zweite Mann trat näher und richtete einen drohenden Blick auf die Truhe. „Wir wissen, dass Sie es gefunden haben. Geben Sie es uns – jetzt."

„Und was genau ist ‚es'?" fragte Lotta mit gespielter Unschuld. „Weil, ehrlich gesagt, alles, was ich bisher gefunden habe, ist ein Haufen Ärger."

„Hör auf, sie zu provozieren", zischte Markus, während er sich langsam in Position brachte, um sich zwischen Lotta und den Angreifern zu stellen.

Doch bevor irgendjemand etwas tun konnte, sprang einer der Männer vor und griff nach der Truhe. Markus reagierte blitzschnell, schlug die Truhe zu und brachte den Mann aus dem Gleichgewicht. Lotta nutzte den Moment, um nach einem losen Stein auf dem Boden zu greifen und ihn auf den zweiten Mann zu werfen.

„Ich wollte schon immer sehen, ob das in Filmen funktioniert", murmelte sie, als der Mann stolperte und sich fluchend den Kopf hielt.

Markus packte Lotta am Arm und zog sie in Richtung des schmalen Durchgangs, durch den sie gekommen waren. „Los, raus hier!"

„Oh, jetzt willst du rennen?" Lotta stolperte hinter ihm her, während sie versuchte, nicht in Panik zu geraten. „Das hättest du vielleicht vorher sagen sollen!"

Sie rannten durch den engen Gang, das Geräusch von Schritten und Flüchen hallte hinter ihnen wider. Die Angreifer schienen sich nicht so leicht abschütteln zu lassen, und Lotta konnte spüren, wie die Spannung in ihrem Körper fast unerträglich wurde.

„Hast du einen Plan?" rief sie, während sie versuchte, mit Markus' Tempo Schritt zu halten.

„Ich arbeite daran", antwortete er knapp.

„Das ist beruhigend", sagte Lotta, obwohl ihr Herz in ihrer Brust hämmerte. „Vielleicht sollten wir uns einfach umdrehen und höflich fragen, ob sie uns ein Taxi rufen."

Markus ignorierte sie, bog um eine Ecke und stieß eine weitere Tür auf, die in eine Seitengasse führte. Die kalte Nachtluft schlug ihnen entgegen, und Lotta konnte kaum glauben, dass sie es tatsächlich aus dem Versteck geschafft hatten – bis sie das Geräusch eines weiteren Fahrzeugs hörte, das abrupt vor ihnen hielt.

„Natürlich", sagte Lotta und warf die Hände in die Luft. „Weil es ja nicht genug ist, von zwei Männern gejagt zu werden. Jetzt haben wir auch noch ein Auto."

„Lauf, Lotta", befahl Markus und schob sie in Richtung einer weiteren Gasse.

Das Auto setzte sich in Bewegung, und Lotta konnte die Lichter sehen, die durch die schmalen Straßen zuckten. Sie rannte so schnell sie konnte, während Markus dicht hinter ihr war. Die Schritte der Verfolger wurden lauter, und Lotta konnte nicht anders, als sich zu fragen, ob dies der Moment war, in dem sie wirklich in einem schlechten Film gelandet war.

„Ich schwöre, wenn wir das hier überleben, kaufe ich dir ein verdammtes GPS", schnaufte sie, als sie um eine Ecke bogen.

„Halt den Mund und lauf", rief Markus, doch in seiner Stimme lag ein Hauch von Humor, der Lotta seltsamerweise beruhigte.

Sie erreichten schließlich eine Hauptstraße, wo das Chaos der Stadt ihnen ein wenig Deckung bot. Lotta lehnte sich gegen eine Wand und schnappte nach Luft, während Markus sich umsah, um sicherzustellen, dass die Angreifer verschwunden waren.

„Also", keuchte Lotta und richtete sich auf, „war das dein Plan? Uns durch die halbe Stadt jagen zu lassen und dann zu hoffen, dass sie uns vergessen?"

Markus sah sie an, und trotz der Gefahr konnte sie ein leichtes Lächeln auf seinem Gesicht erkennen. „Du hast dich gut geschlagen."

„Oh, danke", sagte Lotta und stieß ihn leicht gegen die Schulter. „Das ist genau das Kompliment, das ich gebraucht habe."

Markus trat einen Schritt näher, und Lotta spürte, wie ihr Herz wieder schneller schlug – diesmal nicht vor Angst. „Wir haben es geschafft, Lotta. Aber das war nur der Anfang."

„Großartig", murmelte sie und seufzte. „Ich kann es kaum erwarten, was als Nächstes kommt."

Markus' Blick wurde weicher, und für einen Moment schien es, als wollte er etwas sagen, doch er hielt inne. Stattdessen legte er eine Hand auf ihre Schulter. „Bleib stark, Lotta. Wir schaffen das."

Sie sah ihn an, und obwohl sie noch immer wütend und frustriert war, konnte sie nicht anders, als ihm ein kleines Lächeln zu schenken. „Na gut. Aber wenn das noch mal passiert, werde ich diejenige sein, die den Plan macht."

Markus nickte, und zusammen verschwanden sie in der Menge – bereit für das nächste Kapitel ihres gefährlichen Abenteuers.

Die Straßen Wiens, die normalerweise ruhig und malerisch wirkten, verwandelten sich in ein Labyrinth aus Schatten und Licht, als Lotta und Markus durch die dunklen Gassen rannten. Hinter ihnen dröhnte der Motor des Verfolgerautos, dessen Scheinwerfer wie Suchlichter über die Pflastersteine tanzten.

„Also, Markus", keuchte Lotta, während sie versuchte, Schritt zu halten. „War das dein geheimer Plan? Uns umbringen zu lassen, bevor wir überhaupt wissen, was in dieser Truhe steckt?"

„Das ist Plan B", rief Markus zurück, sein Atem schwer. „Plan A ist, dass wir hier lebend rauskommen."

„Oh, wie beruhigend", schnaufte Lotta. „Und Plan C?"

„Plan C beinhaltet, dass du mir weniger Fragen stellst und mehr rennst!"

Sie bogen scharf um eine Ecke, wobei Lotta fast gegen eine Mülltonne prallte. Markus zog sie gerade noch rechtzeitig weg, bevor sie beide in eine schmale Passage tauchten. Die hohen Gebäude auf beiden Seiten ließen den Raum noch enger wirken, und die klaustrophobische Enge ließ Lottas Herz noch schneller schlagen.

„Ich hasse es, dir das zu sagen", begann Lotta, „aber ich bin kein Parkour-Experte."

„Kein Problem", erwiderte Markus trocken. „Ich habe gehört, dass Adrenalin Wunder wirkt."

Das Auto hinter ihnen stoppte abrupt, und Lotta hörte, wie Türen aufschwangen. Stimmen hallten durch die Gasse, und sie konnte die schweren Schritte der Verfolger hören.

„Sie kommen", flüsterte sie und warf Markus einen nervösen Blick zu.

„Wirklich?", fragte er sarkastisch. „Ich dachte, das wären nur freundliche Passanten, die uns Kaffee anbieten."

„Wenn das hier vorbei ist, werde ich dir eine ganze Liste von Sarkasmusregeln schicken", fauchte Lotta, während sie sich wieder in Bewegung setzten.

Sie erreichten eine größere Straße, wo das Verkehrschaos der Stadt einen Moment der Verwirrung brachte. Markus zog Lotta in die Menge, vorbei an einem Straßenstand, der heißen Glühwein verkaufte. Der Duft von Zimt und Nelken stieg ihr in die Nase, und sie fragte sich kurz, ob sie jemals wieder normale Dinge tun würde – wie einen Glühwein trinken, ohne um ihr Leben zu rennen.

„Bleib dicht bei mir", flüsterte Markus und zog sie durch die Menschenmenge. Sein Griff an ihrer Hand war fest, und Lotta konnte nicht anders, als sich für einen Moment sicher zu fühlen – trotz der Umstände.

„Ich fühle mich wie in einem schlechten Spionagefilm", murmelte sie. „Fehlen nur noch die explodierenden Autos."

„Nicht laut sagen", warnte Markus. „Das Schicksal liebt Ironie."

Die Menge begann sich zu lichten, und die beiden fanden sich in einer weiteren Seitengasse wieder. Markus blieb stehen, um sich umzusehen, und Lotta nutzte den Moment, um nach Luft zu schnappen.

„Bitte sag mir, dass du wenigstens eine Idee hast, was wir als Nächstes tun", sagte sie und lehnte sich an die kalte Ziegelwand.

„Wir müssen sie abhängen", sagte Markus knapp. „Ich kenne einen Ort, wo wir uns verstecken können."

„Natürlich kennst du das", murmelte Lotta. „Du bist wahrscheinlich Mitglied im ‚Geheime-Verstecke-Verein'."

Ein lauter Knall ließ sie beide zusammenzucken, und Markus packte Lottas Hand erneut. „Los!"

Diesmal führte er sie in eine engere Gasse, deren Pflastersteine nass und rutschig waren. Lotta spürte, wie ihre Füße fast den Halt verloren, doch Markus hielt sie aufrecht. Hinter ihnen hallte das Geräusch von Schritten wider, und Lotta wusste, dass ihre Verfolger ihnen gefährlich nahe kamen.

„Hast du jemals darüber nachgedacht, wie absurd das alles ist?", fragte sie, während sie weiterlief. „Ich bin eine Buchhändlerin, Markus! Bücher sollen entspannen, nicht töten!"

„Dann hast du wohl das falsche Buch gefunden", erwiderte er und zog sie weiter.

Plötzlich bogen sie um eine Ecke und standen vor einer hohen Mauer. Lotta hielt an und starrte sie an, während ihr Atem in weißen Wolken vor ihrem Gesicht hing.

„Eine Mauer?", fragte sie ungläubig. „Das ist dein Plan?"

„Hilf mir hoch", befahl Markus, ignorierte ihre Bemerkung und verschränkte die Hände, um ihr einen Schub zu geben.

„Oh, klar", murmelte Lotta und trat widerwillig nach vorne. „Weil ich ja so wahnsinnig sportlich bin."

Mit Markus' Hilfe schaffte sie es über die Mauer, ihre Knie schlugen gegen den harten Stein, und sie landete mit einem schmerzhaften Aufprall auf der anderen Seite. Markus folgte direkt hinter ihr, und sie rollten sich gerade rechtzeitig zur Seite, bevor sie hörten, wie ihre Verfolger an der Mauer ankamen.

Lotta lehnte sich gegen die Wand und sah Markus an, ihre Brust hob und senkte sich schnell. „Also, was jetzt? Sitzen wir hier und hoffen, dass sie uns nicht finden?"

„Genau", sagte Markus ruhig. „Und während wir warten, könntest du vielleicht mal weniger sarkastisch sein."

Lotta lachte trocken. „Das ist das Einzige, was mich hier noch bei Verstand hält."

Trotz der Gefahr um sie herum konnte sie sehen, wie ein schwaches Lächeln über Markus' Gesicht huschte. Und für einen Moment, nur einen kurzen Moment, fühlte sie sich tatsächlich sicher – auch wenn sie wusste, dass dies nur die Ruhe vor dem nächsten Sturm war.

Kapitel 16

Das Archivgebäude war so alt und still, dass Lotta das Gefühl hatte, jeder ihrer Schritte würde das ganze Gebäude zum Einsturz bringen. Die hohen Regale voller vergilbter Akten und dicker Bücher wirkten wie die Kulisse für eine Geistergeschichte, und die schwache Beleuchtung verstärkte diesen Eindruck noch.

„Also, Markus", begann Lotta und zog ihren Mantel enger um sich. „Bist du sicher, dass wir hier den Professor treffen und nicht zufällig einen Geist namens ‚Herr von Staub und Papier'?"

„Vertrau mir", murmelte Markus, ohne sich umzudrehen. Er ging zielstrebig durch die Gänge, als wäre er hier schon unzählige Male gewesen.

„Ah, natürlich", sagte Lotta sarkastisch. „‚Vertrau mir', die magischen Worte, die mich in die absurdesten Situationen meines Lebens gebracht haben."

Markus blieb vor einer Tür stehen, auf der ein kleines Schild mit der Aufschrift „Spezialarchiv – Zugang nur mit Genehmigung" prangte. Bevor Lotta weiter kommentieren konnte, öffnete er die Tür mit einem kleinen Schlüssel und bedeutete ihr, einzutreten.

Drinnen saß ein Mann mit schneeweißem Haar und einer Brille, die so dick war, dass seine Augen wie Fischaugen wirkten. Er blätterte in einem alten Buch und schien völlig in seine Lektüre vertieft zu sein. Als Markus die Tür schloss, hob der Mann den Kopf und lächelte.

„Ah, Markus! Und das muss die berühmte Frau Weber sein." Seine Stimme war warm, fast fröhlich, als wäre er gerade einem Teekränzchen beigetreten und nicht einem hochgefährlichen Abenteuer.

„Doktor Mayer", begrüßte Markus ihn und reichte ihm die Hand. „Vielen Dank, dass Sie uns so kurzfristig empfangen haben."

„Natürlich, mein Junge, natürlich", sagte Mayer und klopfte auf den Stuhl neben sich. „Setzen Sie sich, Frau Weber. Ich habe schon so viel von Ihnen gehört."

„Oh, großartig", murmelte Lotta und nahm zögernd Platz. „Ich hoffe, es waren nur die guten Geschichten."

„Nun ja", sagte Mayer mit einem Zwinkern. „Markus hat erwähnt, dass Sie eine bemerkenswerte Fähigkeit haben, Menschen in den Wahnsinn zu treiben."

Lotta hob die Augenbrauen. „Ach wirklich? Das ist also mein Vermächtnis? Fantastisch."

Markus unterbrach sie, bevor sie weiterreden konnte. „Doktor Mayer, wir brauchen Ihre Hilfe. Wir haben Hinweise gefunden, die auf einen Code hinweisen, aber es fehlt uns der Schlüssel."

„Ein Code, sagen Sie?" Mayer beugte sich vor, seine Neugierde war geweckt. „Das klingt spannend. Zeigen Sie mir, was Sie haben."

Markus zog das Tagebuch hervor und legte es vorsichtig auf den Tisch. Mayer studierte die Seiten, während Lotta ungeduldig auf ihrem Stuhl hin und her rutschte.

„Also", begann Mayer nach einer Weile, „dieser Code ist tatsächlich kompliziert. Aber nicht unlösbar. Es ist eine Kombination aus historischem Wissen und moderner Kryptographie."

„Natürlich", sagte Lotta. „Weil nichts in meinem Leben jemals einfach sein kann."

Mayer ignorierte ihren Kommentar und holte ein weiteres Buch aus einem der Regale. „Das hier könnte Ihnen helfen. Es enthält ähnliche Codes, die von Spionen im frühen 20. Jahrhundert verwendet wurden."

„Spionage-Handbücher?", fragte Lotta ungläubig. „Wer zur Hölle hat so etwas im Regal stehen?"

„Ein Mann mit einem interessanten Hobby", antwortete Mayer mit einem Lächeln. „Ich war schon immer fasziniert von der Welt der Geheimdienste."

Lotta lehnte sich zurück und beobachtete, wie Markus und Mayer über den Seiten des Tagebuchs und der Bücher debattierten. Ihre Unterhaltung war technisch und komplex, aber sie konnte nicht anders, als zu bemerken, wie gut sie zusammenarbeiteten. Es war, als würden sie ein unsichtbares Band teilen, das Lotta nur schwer greifen konnte.

Nach einer Stunde voller intensiver Arbeit hob Mayer schließlich den Kopf. „Es gibt eine Möglichkeit, diesen Code zu entschlüsseln. Aber es wird Zeit brauchen – und Fingerspitzengefühl."

„Zeit haben wir nicht", sagte Markus, seine Stirn war in Sorgenfalten gelegt. „Wir werden verfolgt, und dieses Tagebuch ist der Schlüssel zu allem."

Mayer nickte langsam. „Ich verstehe. Dann sollten wir keine Zeit verlieren."

Er reichte Markus eine Seite mit Notizen, die er während ihrer Diskussion gemacht hatte. „Das hier sollte Ihnen helfen, den nächsten Schritt zu finden. Aber seien Sie vorsichtig. Es gibt Leute, die nicht wollen, dass diese Informationen ans Licht kommen."

Lotta beobachtete, wie Markus das Papier sorgfältig faltete und in seine Tasche steckte. Dann richtete sie ihren Blick auf Mayer. „Sagen Sie mal, Doktor, Sie scheinen ziemlich viel über diese Welt zu wissen. Wie genau sind Sie in all das verwickelt?"

Mayer lächelte geheimnisvoll. „Oh, ich bin nur ein einfacher Mann mit einer Vorliebe für Bücher und Geschichten. Aber manchmal haben Geschichten eine Art, dich in ihre Geheimnisse hineinzuziehen."

„Wie poetisch", murmelte Lotta. „Und absolut nicht hilfreich."

Markus stand auf und reichte Mayer die Hand. „Vielen Dank für Ihre Hilfe. Wir wissen das wirklich zu schätzen."

„Passen Sie gut auf sich auf, mein Junge", sagte Mayer und klopfte ihm auf die Schulter. „Und vergessen Sie nicht: Wissen ist Macht – aber es ist auch gefährlich."

Als sie das Archiv verließen, wandte sich Lotta an Markus. „Also, was denkst du? Kannst du diesem ‚einfachen Mann mit einer Vorliebe für Bücher' trauen?"

Markus sah sie an, sein Gesichtsausdruck war ernst. „Im Moment haben wir keine Wahl."

„Fantastisch", sagte Lotta und seufzte. „Ich liebe es, wenn mein Leben von Leuten abhängt, die wahrscheinlich mehr Geheimnisse haben als dieses verdammte Tagebuch."

Markus lächelte leicht und legte eine Hand auf ihren Rücken, um sie in Richtung ihres nächsten Ziels zu führen. Und obwohl Lotta noch immer Zweifel hatte, konnte sie nicht anders, als zu spüren, dass sie auf dem richtigen Weg waren – auch wenn der Weg selbst immer gefährlicher wurde.

—-

Das elegante Café, in dem sich Lotta und Markus nun wiederfanden, war eine Oase der Normalität mitten im Chaos. Die Marmortische und die goldverzierten Spiegel an den Wänden strahlten eine Ruhe aus, die in scharfem Kontrast zu Lottas innerem Zustand stand. Ihr Kopf schwirrte immer noch von der Begegnung mit Mayer und dem, was das Tagebuch vielleicht noch preisgeben würde.

„Ich kann nicht glauben, dass wir uns hier einfach hinsetzen", murmelte Lotta und nahm einen Schluck ihres viel zu starken Kaffees. „Als ob wir nicht gerade von Leuten verfolgt werden, die wahrscheinlich besser ausgerüstet sind als die Avengers."

„Wir müssen unauffällig bleiben", erwiderte Markus ruhig, während er sich in seinem Stuhl zurücklehnte. „Außerdem brauchen wir Informationen. Und diese Informationen kommen gleich durch die Tür."

Lotta folgte seinem Blick zur Eingangstür, die sich genau in diesem Moment öffnete. Zwei Gestalten traten ein, ein Mann und eine Frau, deren Lächeln so freundlich war, dass es fast unheimlich wirkte. Sie wirkten wie perfekte Postkarten-Touristen – modisch gekleidet, entspannt, und doch… irgendetwas an ihnen ließ Lottas Alarmglocken schrillen.

„Lass mich raten", flüsterte sie, ohne den Blick von den beiden abzuwenden. „Das sind die ‚Touristen'?"

„Genau", sagte Markus, sein Ton war angespannt. „Bleib ruhig und lass mich reden."

Die beiden setzten sich an ihren Tisch, und die Frau, eine elegante Blondine, deren Augen zu viel wussten, streckte Lotta die Hand entgegen. „Anna", stellte sie sich vor, ihre Stimme war warm, aber berechnend. „Und das ist Peter."

„Lotta", sagte Lotta, ohne das Lächeln der Frau zu erwidern. „Und das ist Markus, der Mann mit mehr Geheimnissen als ein schlecht geschriebener Spionageroman."

Markus warf ihr einen warnenden Blick, bevor er sich an Anna und Peter wandte. „Was wollt ihr?"

Anna lehnte sich zurück, ihre Haltung war entspannt, fast zu entspannt. „Wir könnten die gleiche Frage stellen, Markus. Aber das wäre unhöflich, nicht wahr?"

„Oh, bitte", mischte sich Lotta ein. „Unhöflich sind wir hier schon längst. Warum nicht einfach alles auf den Tisch legen? Zum Beispiel, warum ihr uns verfolgt?"

Peter lächelte, aber es war ein Lächeln, das nicht die Augen erreichte. „Wir folgen euch nicht, Frau Weber. Wir beobachten. Ein großer Unterschied."

„Ah, ja", sagte Lotta und verschränkte die Arme. „Und ich wette, das hat rein gar nichts mit dem Tagebuch zu tun, das zufällig mehr Aufmerksamkeit auf sich zieht als ein brennender Weihnachtsbaum."

Markus unterbrach sie, bevor sie weitermachen konnte. „Lotta, lass sie reden."

Anna nickte, als ob sie einen unsichtbaren Punkt gewonnen hätte. „Wir sind hier, um euch zu warnen. Das, wonach ihr sucht, ist gefährlich. Es gibt Kräfte, die weit über das hinausgehen, was ihr euch vorstellen könnt."

„Oh, fantastisch", sagte Lotta und lehnte sich zurück. „Jetzt haben wir auch noch ein paar mysteriöse Kräfte im Spiel. Das macht die Sache ja gleich viel einfacher."

Peter sah sie an, seine Augen blitzten kurz auf. „Das ist kein Witz, Frau Weber. Ihr spielt mit Dingen, die besser verborgen bleiben sollten."

„Und was genau soll das sein?" fragte Markus, seine Stimme war kühl. „Wer seid ihr wirklich?"

Anna hielt kurz inne, bevor sie antwortete. „Wir sind... Vermittler. Unser Ziel ist es, sicherzustellen, dass bestimmte Informationen nicht in die falschen Hände geraten."

„Vermittler", wiederholte Lotta und zog die Augenbrauen hoch. „Das klingt ja fast so vage wie Markus' Lebenslauf."

„Lotta", warnte Markus, aber sie ignorierte ihn.

„Und was genau vermittelt ihr?" fuhr Lotta fort. „Macht? Geheimnisse? Oder einfach nur die besten Plätze für Kaffee in Wien?"

Anna und Peter wechselten einen Blick, bevor Anna antwortete. „Wir arbeiten für eine Organisation, die daran interessiert ist, die Balance zu bewahren. Mehr müsst ihr nicht wissen."

„Natürlich", sagte Lotta. „Weil ‚nicht zu wissen' bisher so gut für uns funktioniert hat."

Peter lehnte sich vor und fixierte Markus mit einem intensiven Blick. „Wir wissen, wer hinter euch her ist, Markus. Und wir wissen, dass ihr Hilfe braucht."

„Wir brauchen keine Hilfe", sagte Markus scharf.

„Doch, braucht ihr", sagte Anna, ihre Stimme war jetzt leiser, fast sanft. „Und wir sind die Einzigen, die euch diese Hilfe anbieten können."

Die Spannung am Tisch war greifbar, und Lotta spürte, wie sich ihre Nackenhaare aufstellten. Sie war sich nicht sicher, was sie mehr beunruhigte – die Tatsache, dass diese beiden so viel wussten, oder die Tatsache, dass Markus nicht sofort abwehrte, was sie sagten.

„Und was wollt ihr im Gegenzug?" fragte Lotta schließlich.

Anna lächelte schwach. „Nur das, was wir immer wollen – dass das Gleichgewicht gewahrt bleibt."

„Wow", sagte Lotta trocken. „Das ist ja mal die kryptischste Antwort aller Zeiten. Glückwunsch, ihr habt gerade den Preis für die besten Nicht-Antworten gewonnen."

Markus stand plötzlich auf, seine Haltung war angespannt. „Wir werden darüber nachdenken. Aber jetzt haben wir genug geredet."

Anna nickte, als hätte sie genau diese Reaktion erwartet. „Denkt schnell nach, Markus. Die Zeit läuft."

Lotta folgte Markus aus dem Café, ihre Gedanken rasten. Als sie draußen waren, packte sie ihn am Arm und drehte ihn zu sich um. „Also, was war das? Wer sind diese Leute wirklich? Und warum habe ich das Gefühl, dass wir gerade ein Bündnis mit dem Teufel in Betracht ziehen?"

Markus sah sie an, sein Gesichtsausdruck war verschlossen. „Ich weiß es nicht, Lotta. Aber eines ist sicher – wir müssen vorsichtig sein."

„Vorsichtig?" wiederholte Lotta und schnaubte. „Das ist ein bisschen spät, findest du nicht?"

Doch obwohl sie frustriert war, konnte sie das Gefühl nicht abschütteln, dass dies nur der Anfang eines noch größeren Spiels war – eines, in dem sie beide nicht mehr nur Spieler waren, sondern auch Spielfiguren.

—-

Die kühle Nachtluft schien nicht zu helfen, Lottas Gedanken zu klären. Sie folgte Markus durch die stillen Straßen Wiens, wobei ihr Herz noch immer von dem seltsamen Gespräch im Café hämmerte. „Also, Markus", begann sie schließlich, ihre Stimme mit einem Hauch von Sarkasmus durchzogen, „wie fühlt es sich an, von zwei angeblichen ‚Vermittlern' über unsere Lebenserwartung belehrt zu werden?"

Markus blieb stehen, sein Gesichtsausdruck verriet, dass er ihre Stimmung teilte – auch wenn er es weniger sarkastisch ausdrücken würde. „Ich habe keine Ahnung, was ihr Spiel ist, Lotta. Aber sie wissen eindeutig mehr, als sie zugeben."

„Oh, das ist beruhigend", sagte sie trocken. „Weil ‚Mehr wissen, als sie zugeben' genau die Art von Leuten sind, die ich in meinem Leben brauche. Direkt nach Stalkern und russischen Geschäftsmännern."

Sie erreichten ein Gebäude, das so unscheinbar war, dass Lotta es fast übersehen hätte. Markus zog einen Schlüssel aus seiner Tasche und öffnete die Tür. „Wir sind hier sicher", sagte er knapp.

„Oh, fantastisch", sagte Lotta und folgte ihm ins Innere. „Noch ein dunkles Versteck. Wenn ich hier jemals lebend rauskomme, schreibe ich einen Reiseführer: ‚Wiens beste Verstecke für Verfolgte und Paranoide'."

Markus warf ihr einen Blick zu, der irgendwo zwischen Geduld und Amüsement lag, während er die Tür hinter ihnen verriegelte. „Lotta, kannst du für fünf Minuten ernst bleiben?"

Der Raum, in den sie eingetreten waren, war klein, aber funktional. Ein Tisch, ein paar Stühle, ein Computer – alles, was man brauchte, um anonym zu bleiben. Markus setzte sich an den Tisch und begann, einige Dokumente aus seiner Tasche zu ziehen. Lotta nahm ebenfalls Platz, ihre Arme verschränkt, und wartete, dass er endlich sprach.

„Also", begann er schließlich, ohne sie anzusehen. „Anna und Peter arbeiten offensichtlich für eine Organisation, die in der modernen Spionagewelt agiert. Vielleicht eine private Einrichtung, vielleicht sogar etwas Regierungsspezifisches. Es ist schwer zu sagen."

„Oh, wirklich?" Lotta hob eine Augenbraue. „Du hast die Hälfte deines Lebens mit Geheimnissen verbracht, und jetzt willst du mir sagen, dass du keine Ahnung hast, wer sie sind?"

Markus sah auf und fixierte sie mit einem ernsten Blick. „Ja, Lotta. Es gibt Dinge, die selbst ich nicht weiß."

Lotta lehnte sich zurück und beobachtete ihn, wie er wieder in seine Papiere vertieft war. „Und was genau wollen diese modernen Spione von uns? Abgesehen davon, dass wir ein verdammt altes Tagebuch haben."

„Das Tagebuch ist der Schlüssel", sagte Markus ruhig. „Was auch immer darin versteckt ist, hat nicht nur historische Bedeutung, sondern könnte auch aktuelle Machtverhältnisse beeinflussen."

„Machtverhältnisse", wiederholte Lotta und schnaubte. „Du weißt schon, dass ich vor ein paar Wochen noch gedacht habe, die größte Macht, die ich in meinem Leben habe, ist die Fähigkeit, alte Bücher zu verkaufen, oder?"

Markus warf ihr einen kurzen Blick zu, bevor er sich wieder den Dokumenten widmete. „Lotta, ich weiß, dass das für dich absurd klingt. Aber es gibt Dinge, die über unsere persönlichen Leben hinausgehen. Dieses Tagebuch... es könnte der Schlüssel zu etwas sein, das größer ist, als wir uns vorstellen können."

„Oh, fantastisch", sagte sie mit gespielter Begeisterung. „Noch mehr Geheimnisse. Weißt du was, Markus? Ich wünschte, ich hätte nie ein einziges Buch verkauft. Dann würde ich jetzt wahrscheinlich gemütlich mit meinem Kater auf dem Sofa sitzen und Krimis lesen, anstatt einen zu leben."

Markus stand auf, seine Haltung war angespannt. „Ich verstehe, dass das für dich schwer ist, Lotta. Aber wir haben keine Wahl. Wenn wir jetzt aufgeben, wird jemand anderes das Tagebuch in die Hände bekommen – und ich garantiere dir, dass sie es nicht für etwas Gutes benutzen werden."

Lotta sah ihn an, ihre Wut und Frustration wichen langsam einer anderen Emotion – einem seltsamen Gefühl von Resignation. „Also, was machen wir jetzt?"

„Jetzt überlegen wir uns, wem wir vertrauen können", sagte Markus. „Und wie wir weitermachen, ohne uns selbst zu gefährden."

Lotta lachte trocken. „Vertrauen? Das ist ein interessantes Wort, Markus. Wen sollen wir denn bitte vertrauen? Den ‚Touristen'? Dir? Oder vielleicht mir selbst, weil ich die Einzige bin, die keine Ahnung hat, was hier wirklich los ist?"

Markus trat näher, seine Augen funkelten vor Entschlossenheit. „Dir kann ich vertrauen, Lotta. Das weiß ich. Aber du musst mir jetzt auch vertrauen."

Für einen Moment war die Spannung zwischen ihnen fast greifbar. Lotta wollte etwas sagen, doch sie wusste nicht, was. Stattdessen nickte sie schließlich, obwohl ihre Zweifel nicht ganz verschwanden.

„Na schön", sagte sie leise. „Aber wenn du mich noch einmal in eine Situation bringst, in der ich mein Leben für ein verdammtes Buch riskiere, werde ich das Tagebuch in den nächsten Fluss werfen."

Markus lächelte leicht, und obwohl die Dunkelheit des Raumes sie umgab, fühlte Lotta für einen Moment, dass sie vielleicht doch auf der gleichen Seite standen – zumindest vorerst.

—-

Der Raum war von einer angespannten Stille erfüllt, als Markus und Lotta die Notizen auf dem Tisch ausbreiteten. Lottas Augen wanderten über die Seiten, die voll von kryptischen Zeichnungen, alten Koordinaten und Fragmenten von Wörtern waren, die genauso gut aus einer fremden Sprache stammen könnten.

„Weißt du, Markus", begann sie mit einer Mischung aus Frustration und Sarkasmus, „wenn du mir jetzt noch sagst, dass wir einen Indiana-Jones-Hut und eine Peitsche brauchen, breche ich offiziell zusammen."

Markus lächelte schwach, sein Blick blieb auf den Dokumenten. „Keine Sorge, Lotta. Für den Hut bist du nicht geeignet."

„Sehr witzig", murmelte sie, bevor sie sich auf einen der Stühle fallen ließ. „Also, was machen wir jetzt? Ein weiteres Treffen mit mysteriösen Fremden, die uns halbwahre Informationen geben? Oder wartest du darauf, dass noch jemand durch die Tür kommt und uns ein Angebot macht, das wir nicht ablehnen können?"

Kaum hatte sie die Worte ausgesprochen, ertönte ein leises Klopfen an der Tür. Lotta erstarrte, während Markus aufsprang, seine Hand zur Waffe an seiner Seite wanderte. „Bleib hier", flüsterte er, bevor er zur Tür schlich.

„Oh, klar", murmelte Lotta leise. „Ich bleibe hier und warte darauf, dass der nächste Plot-Twist passiert."

Markus öffnete die Tür einen Spalt breit, seine Haltung angespannt. Zu ihrer Überraschung war es Anna, die elegant wie immer dastand, als wäre sie gerade aus einem Modemagazin gefallen. Neben ihr stand Peter, dessen Blick so undurchdringlich war wie eh und je.

„Wir müssen reden", sagte Anna, ihre Stimme war ruhig, fast sanft. „Und ich schlage vor, dass wir diesmal ehrlich zueinander sind."

Markus ließ sie ein, und Lotta konnte nicht anders, als mit einer Mischung aus Neugier und Misstrauen zuzusehen. „Was für eine Überraschung", sagte sie trocken, während die beiden Gäste Platz nahmen. „Die Touristen von nebenan sind wieder da. Habt ihr die Kamera vergessen oder ist das hier ein rein beruflicher Besuch?"

Anna lächelte leicht, als ob sie Lottas Kommentar nicht gehört hätte. „Wir wissen, dass ihr Fortschritte macht. Aber wir wissen auch, dass ihr Hilfe braucht."

„Oh, wirklich?" Lotta verschränkte die Arme. „Und was bringt euch zu dieser erleuchtenden Erkenntnis?"

Peter lehnte sich vor, seine Stimme war tief und kontrolliert. „Weil wir wissen, gegen wen ihr steht. Und wir wissen, dass ihr ohne uns keine Chance habt."

Markus schnaubte leise. „Das ist ein interessantes Angebot, Peter. Aber warum sollten wir euch trauen?"

„Weil wir nichts zu verlieren haben", antwortete Anna, ihre Augen funkelten. „Wir sind nicht hier, um euch zu schaden. Wir sind hier, um sicherzustellen, dass das, was ihr findet, nicht in die falschen Hände gerät."

„Klingt nach einer großartigen Marketingstrategie", sagte Lotta und lehnte sich zurück. „Aber ich bin noch nicht überzeugt."

„Lotta", mischte sich Markus ein, sein Ton war warnend. Doch sie ignorierte ihn.

„Was wollt ihr wirklich?" fragte sie und richtete ihren Blick direkt auf Anna. „Und kommt mir nicht mit ‚das Gleichgewicht bewahren'. Das klingt mehr nach einer Yoga-Werbung als nach einem echten Plan."

Anna seufzte und sah zu Peter, bevor sie wieder sprach. „Wir wollen, dass ihr uns das Tagebuch gebt. Nicht, um es zu behalten, sondern um sicherzustellen, dass es nicht in die Hände der falschen Leute gerät."

„Ah, also wollt ihr uns schützen, indem ihr uns alles nehmt, was uns bisher am Leben gehalten hat?" Lottas Stimme triefte vor Sarkasmus. „Das klingt absolut vertrauenswürdig."

Peter ignorierte ihren Ton und sprach direkt zu Markus. „Ihr seid intelligent, Markus. Ihr wisst, dass das, was in diesem Tagebuch steht, nicht nur ein Rätsel aus der Vergangenheit ist. Es ist ein Schlüssel zu Macht – und zu Chaos."

„Und was macht euch anders?" fragte Markus, seine Stimme war leise, aber scharf. „Warum sollten wir euch glauben, dass ihr es besser meint?"

„Weil wir kein Interesse daran haben, die Informationen zu nutzen", sagte Anna mit fester Stimme. „Unser einziges Ziel ist es, sicherzustellen, dass sie neutralisiert werden."

„Neutralisiert", wiederholte Lotta spöttisch. „Das klingt ja fast wie ein James-Bond-Film."

„Es ist kein Spiel, Lotta", sagte Peter, seine Augen waren ernst. „Und wenn ihr weitermacht, ohne unsere Hilfe, werdet ihr die Konsequenzen spüren."

Die Stille, die folgte, war angespannt. Lotta sah zu Markus, der offensichtlich mit sich rang. Schließlich drehte er sich zu ihr um, seine Augen suchten ihre. „Lotta, ich weiß, dass du misstrauisch bist. Aber ich glaube, sie meinen es ernst."

„Natürlich tust du das", sagte sie und warf die Hände in die Luft. „Weil es ja so gut funktioniert hat, anderen zu vertrauen."

„Ich frage dich nicht, ihnen zu vertrauen", sagte Markus ruhig. „Ich frage dich, ob du mir vertraust."

Lotta hielt inne, die Worte hingen zwischen ihnen wie ein unausgesprochener Schwur. Schließlich nickte sie langsam, obwohl ihr Inneres rebellierte. „Na schön. Aber wenn das hier schiefgeht, werde ich persönlich dafür sorgen, dass du es bereust."

Markus lächelte schwach, und obwohl die Gefahr noch immer über ihnen schwebte, fühlte es sich für einen Moment an, als wären sie bereit, gemeinsam den nächsten Schritt zu gehen – was auch immer dieser sein mochte.

—-

Der Raum war erfüllt von einer Stille, die nur durch das leise Summen einer kaputten Neonlampe unterbrochen wurde. Lotta saß auf einem der Stühle, ihr Gesichtsausdruck eine Mischung aus Trotz und Nachdenklichkeit. Markus stand am Fenster, seine Silhouette scharf gezeichnet durch das spärliche Licht, das von der Straße hereinfiel.

„Also", begann Lotta schließlich, ihre Stimme durchzogen von trockenem Sarkasmus, „sollen wir jetzt würfeln, ob wir den Touristen vertrauen oder uns selbst in den Wahnsinn treiben?"

Markus drehte sich langsam zu ihr um, seine Stirn in tiefe Falten gelegt. „Das ist kein Spiel, Lotta."

„Oh, wirklich?" Sie hob eine Augenbraue. „Weil es sich genau wie eines anfühlt. Nur dass die Einsätze hier mein Leben sind, und die Regeln... nun ja, es gibt keine Regeln."

Er ließ sich auf einen Stuhl ihr gegenüber sinken, sein Blick intensiv. „Lotta, hör mir zu. Wir müssen eine Entscheidung treffen. Und zwar jetzt."

„Okay", sagte sie und verschränkte die Arme. „Hier ist meine Entscheidung: Ich nehme den nächsten Zug nach Berlin, schließe mich zu Hause ein und ignoriere den Rest meines Lebens, dass dieses Tagebuch jemals existiert hat."

Markus lehnte sich zurück, ein schwaches Lächeln auf seinen Lippen. „Das ist keine Option."

„Natürlich nicht", murmelte Lotta. „Weil nichts in meinem Leben jemals einfach sein kann."

Die Tür öffnete sich leise, und Anna trat ein, gefolgt von Peter. Ihre Schritte waren leise, fast lautlos, aber ihre Präsenz füllte den Raum. Lotta konnte nicht anders, als die Ironie zu bemerken – zwei Menschen, die so viel zu verbergen hatten, und doch so selbstsicher wirkten.

„Habt ihr euch entschieden?" fragte Anna, ihre Stimme war ruhig, aber bestimmend.

Lotta sah zu Markus, der noch immer nichts sagte. Also nahm sie das Wort. „Entschieden? Nun, ich überlege noch, ob ich euch beiden überhaupt glauben kann. Oder ob ich lieber eine Münze werfe."

Peter lächelte kalt. „Vertrauen ist eine knappe Ressource, Frau Weber. Aber wir haben auch keine Zeit, es zu verdienen."

„Ah, die alte ‚Vertrau uns oder stirb'-Nummer", sagte Lotta trocken. „Ihr müsst wirklich eine Menge Training in Manipulation gehabt haben."

Markus hob eine Hand, um sie zu stoppen. „Lotta, bitte. Lass sie sprechen."

„Natürlich." Sie lehnte sich zurück und verschränkte die Arme. „Ich liebe es, wenn Leute mir Vorschriften machen, wie ich sterben soll."

Anna ignorierte Lottas Kommentare und richtete ihren Blick auf Markus. „Die Informationen im Tagebuch könnten nicht nur historische Geheimnisse enthüllen, sondern auch moderne Netzwerke zerstören – Netzwerke, die für die Stabilität in Europa entscheidend sind."

„Und wir sollen euch das Tagebuch einfach geben?" fragte Markus, seine Stimme war ruhig, aber scharf. „Ohne zu wissen, was ihr wirklich damit macht?"

„Wir haben euch unser Ziel erklärt", sagte Peter. „Wir wollen verhindern, dass es in die falschen Hände gerät. Und wenn ihr es behaltet, werdet ihr genau das Risiko eingehen."

„Ihr seid also die Guten?" Lottas Stimme triefte vor Sarkasmus. „Versteht mich nicht falsch, ich liebe es, wenn Menschen moralisch einwandfrei sind. Aber irgendwie fällt es mir schwer, das zu glauben, wenn sie in schicke Anzüge gekleidet sind und mit rätselhaften Blicken sprechen."

Anna ließ sich von Lottas Bemerkungen nicht aus der Ruhe bringen. „Ihr habt keine andere Wahl. Ihr könnt uns vertrauen – oder ihr könnt zusehen, wie die Menschen, die euch jagen, euch einholen."

Markus schloss kurz die Augen, als ob er innerlich einen Kampf austragen würde. Lotta konnte sehen, wie angespannt er war, wie sehr er mit sich selbst haderte. Schließlich hob er den Kopf und sah Anna direkt an.

„Wir machen es zu unseren Bedingungen", sagte er.

Lotta blinzelte überrascht. „Unsere Bedingungen? Was genau sind unsere Bedingungen, Markus?"

„Wir geben euch das Tagebuch nicht vollständig", fuhr Markus fort, ohne Lotta anzusehen. „Ihr bekommt nur das, was notwendig ist, um die Informationen zu sichern. Aber wir behalten die Kontrolle."

Anna zögerte einen Moment, bevor sie leicht nickte. „Einverstanden. Aber denkt daran – jede Verzögerung bringt euch näher an den Abgrund."

„Oh, großartig", sagte Lotta und warf die Hände in die Luft. „Weil ich ja nicht schon genug Stress habe. Jetzt arbeite ich offiziell mit den wandelnden Rätseln von nebenan zusammen."

Peter trat einen Schritt näher. „Es ist die richtige Entscheidung. Glaubt mir, ihr werdet es verstehen, wenn die Zeit kommt."

„Ah, wieder dieses ominöse ,Wenn die Zeit kommt'", murmelte Lotta. „Ich liebe es, wenn Leute mich wie eine Romanfigur behandeln."

Nachdem Anna und Peter gegangen waren, kehrte eine erdrückende Stille in den Raum zurück. Lotta stand auf und begann, auf und ab zu gehen, ihre Gedanken rasten. Schließlich blieb sie vor Markus stehen, ihre Augen voller Wut und Verzweiflung.

„Also, Markus", begann sie, ihre Stimme zitterte leicht. „Bist du dir sicher, dass wir das Richtige tun? Oder werden wir einfach nur in ein Spiel gezogen, das wir nie gewinnen können?"

Markus sah sie an, sein Blick war entschlossen, aber auch voller Schuld. „Ich weiß es nicht, Lotta. Aber ich weiß, dass wir kämpfen müssen. Für uns. Für die Wahrheit."

Lotta sah ihn an, und obwohl sie noch immer Zweifel hatte, spürte sie, dass er es ernst meinte. Sie nickte schließlich, ihre Schultern sanken. „Na gut. Aber wenn das hier schiefgeht, werde ich dich dafür verantwortlich machen."

„Das ist ein Risiko, das ich eingehen muss", sagte Markus leise, und für einen Moment fühlte es sich an, als hätten sie trotz allem eine kleine, zerbrechliche Allianz geschmiedet. Eine, die vielleicht das einzige war, was sie vor dem drohenden Sturm retten konnte.

Kapitel 17

Das Museum war so beeindruckend, wie es einschüchternd war. Majestätische Säulen zierten den Eingang, und die riesigen Fenster schimmerten im sanften Morgenlicht. Lotta betrachtete das Gebäude mit einer Mischung aus Ehrfurcht und Besorgnis.

„Also, Markus", begann sie und zog ihren Mantel enger um sich, „ist das der Teil, wo wir uns als normale, unverdächtige Menschen ausgeben sollen?"

„Genau", sagte Markus trocken, während er die große Glastür aufhielt. „Du bist eine Expertin für alte Bücher, und ich bin... na ja, ich bin hier, um sicherzustellen, dass du nicht gleich alles verrätst."

„Fantastisch", murmelte Lotta. „Ich liebe es, wenn ich in deinen brillanten Plänen nur dazu da bin, nichts zu ruinieren."

Die Empfangshalle des Museums war beeindruckend, mit hohen Decken und Marmorböden, die bei jedem Schritt widerhallten. Ein Mann mittleren Alters mit einer perfekt gebügelten Weste und einem professionellen Lächeln kam ihnen entgegen.

„Willkommen im Museum der Europäischen Geschichte", sagte er in einem Ton, der eindeutig geübt war. „Mein Name ist Dr. Friedrich Klaus, ich leite die Abteilung für historische Artefakte. Wie kann ich Ihnen helfen?"

„Dr. Klaus", begann Markus mit der charmanten Selbstsicherheit, die Lotta manchmal gleichermaßen beeindruckte und irritierte, „mein Name ist Markus Schmid, und das ist meine

Kollegin, Frau Weber. Wir haben Informationen über ein bedeutendes Artefakt, das möglicherweise für Ihre Sammlung von Interesse sein könnte."

„Ein bedeutendes Artefakt, sagen Sie?" Dr. Klaus' Augen leuchteten vor Interesse, während er sie zu einem kleinen Besprechungsraum führte. „Das klingt faszinierend. Bitte erzählen Sie mir mehr."

Lotta setzte sich auf den Stuhl und versuchte, nicht nervös mit ihren Fingern zu spielen. „Nun ja", begann sie, ihre Stimme leicht zittrig, „wir haben ein Tagebuch gefunden, das Hinweise auf eine historische Begebenheit enthält, die bisher... sagen wir mal... nicht im Rampenlicht stand."

„Ach wirklich?" Dr. Klaus hob eine Augenbraue und lehnte sich interessiert vor. „Und was genau macht dieses Tagebuch so besonders?"

Markus warf Lotta einen kurzen Blick zu, bevor er die Führung übernahm. „Es enthält kodierte Nachrichten, die möglicherweise mit Spionageaktivitäten aus dem frühen 20. Jahrhundert zusammenhängen. Wir glauben, dass es Verbindungen zu wichtigen historischen Ereignissen gibt, die bisher nicht vollständig aufgeklärt wurden."

„Kodierte Nachrichten?" Dr. Klaus' Tonfall war eine Mischung aus Neugier und Skepsis. „Das ist in der Tat ungewöhnlich. Und warum glauben Sie, dass unser Museum der richtige Ort ist, um diese Informationen zu teilen?"

„Weil Ihr Museum einen exzellenten Ruf hat, wenn es um die Sicherung und Aufarbeitung historischer Artefakte geht", antwortete Markus glatt. „Wir wollen sicherstellen, dass diese Informationen nicht in die falschen Hände geraten."

Lotta, die bisher stumm zugehört hatte, konnte nicht anders, als leise zu murmeln: „Oder in gar keine Hände, wenn wir so weitermachen."

Dr. Klaus schien den Kommentar nicht zu hören – oder er war höflich genug, ihn zu ignorieren. „Ich bin interessiert", sagte er schließlich. „Aber ich muss natürlich die Details prüfen, bevor ich eine Entscheidung treffen kann."

„Natürlich", sagte Markus, sein Ton war ruhig, aber bestimmt. „Wir sind bereit, Ihnen die relevanten Informationen zu zeigen, allerdings unter der Bedingung, dass diese streng vertraulich behandelt werden."

Dr. Klaus nickte, und für einen Moment schien alles nach Plan zu laufen. Doch Lotta konnte das Gefühl nicht abschütteln, dass etwas nicht stimmte. Die Spannung im Raum war fast greifbar, und sie spürte, wie sich ihre Nackenhaare aufstellten.

„Also", sagte sie schließlich und zwang sich zu einem Lächeln, „was halten Sie von einem kleinen Einblick in unser Artefakt?"

Dr. Klaus lächelte zurück, aber seine Augen wirkten schärfer, als sie sollten. „Ich denke, das wäre ein ausgezeichneter Anfang."

Während Markus mit Dr. Klaus über die nächsten Schritte sprach, ließ Lotta ihren Blick durch den Raum wandern. Es war zu still, zu perfekt. Sie konnte nicht sagen, warum, aber irgendetwas an der ganzen Situation fühlte sich falsch an.

„Na schön", dachte sie. „Wenn das hier schiefgeht, werde ich Markus daran erinnern, dass ich von Anfang an gewarnt habe."

Doch trotz ihrer Zweifel wusste sie, dass sie keine andere Wahl hatten. Die Geheimnisse des Tagebuchs waren zu wichtig – und zu gefährlich –, um sie der Welt zu überlassen. Was auch immer als Nächstes passieren würde, Lotta war entschlossen, zumindest ein kleines bisschen Kontrolle zu behalten. Oder zumindest so zu tun, als hätte sie welche.

Lotta hatte gerade ihren zweiten Kaffee in der Museumscafeteria ausgetrunken – eine Flüssigkeit, die eher an braune Tinte erinnerte als an echten Kaffee –, als die Tür aufflog und eine Stimme erklang, die sie sofort erkennen würde.

„Na, wenn das nicht meine Lieblingsbuchhändlerin ist!"

Sie erstarrte. Nein. Es konnte nicht wahr sein. Nicht hier. Nicht jetzt.

Langsam hob sie den Kopf, nur um in das allzu vertraute Gesicht von Thomas Wagner zu blicken. Sein Lächeln war ebenso strahlend wie selbstgefällig, und seine perfekt sitzende Jacke passte zu seinem unerträglich makellosen Haar.

„Thomas", murmelte sie und zwang ein Lächeln auf ihre Lippen, das mehr Zähne zeigte, als wirklich nötig war. „Wie... wunderbar, dich hier zu sehen. Und was, wenn ich fragen darf, verschlägt dich ins Museum? Studierst du jetzt antike Egos?"

Thomas ließ sich ungefragt auf den Stuhl ihr gegenüber fallen, seine Bewegungen waren so geschmeidig wie die eines gut geölten Zahnrads – oder eines Raubtiers. „Ach, Lotta, dein Humor ist so scharf wie eh und je. Ich bin geschäftlich hier. Ein wenig Kunsthandel, ein bisschen Geschichte, du weißt schon, wie das ist."

„Oh, natürlich", sagte Lotta süffisant. „Weil du ja so bekannt dafür bist, Dinge zu schätzen, die älter als deine letzte Gehaltserhöhung sind."

Er ignorierte ihren Kommentar, lehnte sich zurück und betrachtete sie mit einem Blick, der ihr unangenehm vertraut war – der Blick eines Mannes, der mehr wusste, als er preisgab. „Aber was ist mit dir? Was treibt dich hierher? Ich nehme an, du bist nicht wegen der tollen Cafeteria gekommen."

Lotta spürte, wie ihre Nackenhaare sich aufstellten. „Ich recherchiere für ein Projekt", sagte sie knapp. „Alte Bücher, du weißt schon. Mein Fachgebiet."

„Oh, ich weiß", sagte er mit einem vielsagenden Lächeln. „Dein Fachgebiet ist immer wieder faszinierend. Und oft gefährlich, wenn ich mich recht erinnere."

„Gefährlich?" Sie hob eine Augenbraue. „Du meinst, wie deine Geschäftspartner?"

Er lachte, ein sanfter, aber berechnender Klang. „Ach, Lotta, wir könnten stundenlang über meine Geschäftspartner reden. Aber ich bin viel mehr daran interessiert, über deine Projekte zu sprechen."

In diesem Moment kam Markus zurück, sein Gesichtsausdruck war angespannt, als er Thomas erblickte. „Wagner", sagte er kühl, ohne ihn zu begrüßen. „Was machst du hier?"

„Markus!" Thomas stand auf, seine Arme ausgebreitet wie ein alter Freund, der zufällig vorbeischaute. „Was für eine Überraschung! Es ist doch immer wieder ein Vergnügen, dich zu sehen."

Markus ignorierte den Versuch eines freundlichen Tons und setzte sich an Lottas Seite. „Ich habe dich gefragt, was du hier machst."

„Beruhige dich", sagte Thomas mit einem schiefen Grinsen. „Ich bin nur hier, um ein paar Geschäfte abzuwickeln. Es gibt keinen Grund zur Sorge."

„Oh, ich bin nicht besorgt", sagte Markus, seine Stimme klang gefährlich ruhig. „Aber ich bin neugierig, warum du ausgerechnet jetzt in Wien bist."

Thomas hob die Hände, als wollte er seine Unschuld beteuern. „Es ist reiner Zufall, das schwöre ich. Aber jetzt, wo ich euch beide hier sehe, frage ich mich, ob dieser Zufall nicht ein wenig... oszilliert."

„Oszilliert?" wiederholte Lotta mit einem spöttischen Lächeln. „Das ist ein großes Wort für jemanden, der normalerweise nur in Aktienmärkten denkt."

Thomas lachte wieder, aber diesmal klang es hohl. „Lotta, ich habe dich immer für deine Schlagfertigkeit bewundert. Aber vielleicht sollten wir alle ein bisschen ehrlicher sein, oder? Was macht ihr wirklich hier?"

„Das geht dich nichts an", sagte Markus scharf. „Und ich würde dir raten, dich aus unseren Angelegenheiten herauszuhalten."

Thomas tat, als wäre er verletzt. „Oh, Markus, so feindselig. Wir sind doch alle zivilisierte Erwachsene, oder? Warum machen wir uns nicht einen schönen Nachmittag und sprechen offen über... sagen wir, gemeinsame Interessen?"

„Weißt du was, Thomas?" Lotta lehnte sich vor, ihre Augen funkelten vor Gereiztheit. „Ich habe keine Ahnung, was du hier suchst. Aber wenn du uns in Schwierigkeiten bringst, werde ich dir persönlich ein Buch über Anstand und Rücksichtnahme schicken. Mit Widmung."

Thomas' Lächeln wurde kühler, seine Augen glitzerten gefährlich. „Keine Sorge, Lotta. Ich bringe euch nicht in Schwierigkeiten. Ich... beobachte nur. Wer weiß, vielleicht überschneiden sich unsere Wege ja auf interessante Weise."

Bevor Lotta oder Markus etwas erwidern konnten, erhob sich Thomas und richtete seine Jacke. „Aber ich möchte nicht länger stören. Genießt euren Aufenthalt im Museum. Ich bin sicher, wir sehen uns bald wieder."

Als er ging, herrschte eine angespannte Stille zwischen Lotta und Markus. Schließlich brach sie das Schweigen. „Also, was war das? Ein Exkurs in passive Aggressivität?"

Markus' Kiefer mahlte, seine Hände ballten sich zu Fäusten. „Das war ein Warnschuss. Thomas weiß etwas, und er will uns damit spielen lassen."

„Oh, fantastisch", sagte Lotta und ließ sich in ihren Stuhl zurücksinken. „Weil das genau das ist, was wir brauchen. Noch jemand, der in unser kleines Chaos eintaucht."

„Er wird nicht so leicht verschwinden", murmelte Markus, seine Stimme war hart. „Aber wir dürfen ihm nicht zeigen, dass er uns beunruhigt."

„Zu spät", sagte Lotta trocken. „Ich bin schon beunruhigt. Und außerdem: Seit wann magst du Thomas nicht? Ich dachte, ihr beide seid... na ja, keine besten Freunde, aber zumindest keine Feinde."

Markus warf ihr einen ernsten Blick zu. „Menschen ändern sich, Lotta. Und Thomas? Er hat nie aufgehört, sich für seine eigenen Ziele zu ändern."

Die Worte hingen zwischen ihnen wie ein schweres Gewicht, und Lotta spürte, dass dies nur der Anfang eines noch größeren Spiels war – eines, bei dem niemand mit offenen Karten spielte.

—-

Die Luft im kleinen Besprechungsraum des Museums war so dicht, dass Lotta fast das Gefühl hatte, sie könnte sie schneiden. Markus stand mit verschränkten Armen am Fenster und starrte hinaus, während Lotta am Tisch saß und auf die Dokumente vor sich blickte. Sie fühlte sich, als ob sie Teil eines komplizierten Puzzles war, bei dem ständig neue Teile auftauchten – und keines von ihnen passte.

„Also", begann sie schließlich, ihre Stimme vor Sarkasmus triefend, „wollen wir über den Elefanten im Raum sprechen? Oder ist es mehr so ein Mammut, das Thomas heißt?"

Markus drehte sich um, seine Augen schmal. „Was willst du damit sagen?"

„Ich will damit sagen", sagte Lotta und hob die Hände, „dass dein alter ‚Freund' nicht zufällig hier ist. Und dass er definitiv nicht hier ist, um antike Kunst zu bewundern."

Markus stieß einen tiefen Seufzer aus und lehnte sich gegen die Wand. „Ich weiß, dass Thomas etwas im Schilde führt. Aber wir haben im Moment größere Probleme."

„Oh, wirklich?" Lotta hob eine Augenbraue. „Weil ein schmieriger Geschäftsmann, der zufällig in unsere Pläne stolpert, nicht auf meiner Liste ‚größere Probleme' steht?"

Markus trat einen Schritt näher, seine Stimme war leise, aber fest. „Thomas ist gefährlich, ja. Aber er ist auch berechenbar. Solange wir ihn im Auge behalten, wird er uns nicht überraschen."

„Fantastisch", murmelte Lotta. „Also behalten wir ihn im Auge. Vielleicht sollten wir ihm auch eine Einladung zu unserem nächsten geheimen Treffen schicken?"

Plötzlich wurde die Tür aufgerissen, und Dr. Klaus stürmte herein, seine Gesichtszüge angespannt. „Entschuldigen Sie die Unterbrechung, aber ich dachte, Sie sollten das wissen."

Er warf eine Mappe auf den Tisch, deren Inhalt brisant genug aussah, um Lottas Nackenhaare aufzustellen. Markus öffnete sie, und sein Gesichtsausdruck verhärtete sich, während er die Dokumente durchging.

„Das ist unmöglich", murmelte er.

„Was ist unmöglich?" fragte Lotta und lehnte sich vor, um einen Blick auf die Papiere zu werfen. „Bitte sag mir, dass es nichts ist, was uns noch mehr Probleme macht."

Markus warf ihr einen Blick zu, der alles andere als beruhigend war. „Thomas arbeitet mit Volkov zusammen."

Die Worte schienen den Raum zu erschüttern, und Lotta spürte, wie ihr Herz schneller schlug. „Volkov? Du meinst den russischen Geschäftsmann, der uns schon seit Wochen verfolgt? Den Typen, der uns wahrscheinlich am liebsten in einem Kofferraum sehen würde?"

„Genau den", sagte Markus, seine Stimme klang jetzt kalt. „Es sieht aus, als ob Thomas ihm Informationen liefert – und möglicherweise Zugang zu wichtigen Ressourcen."

Lotta lehnte sich zurück, ihre Gedanken rasten. „Okay, also lassen wir das mal sacken. Dein ehemaliger Freund und ein russischer Geschäftsmann arbeiten zusammen, um uns – oder besser gesagt, dieses Tagebuch – in die Finger zu bekommen. Hast du noch irgendeinen alten Kumpel, der zufällig auftauchen könnte? Vielleicht jemand, der mit der Mafia zusammenarbeitet?"

Markus ignorierte ihren Kommentar und wandte sich an Dr. Klaus. „Wie sind Sie an diese Informationen gekommen?"

„Ein Informant", antwortete Dr. Klaus knapp. „Jemand, der das Museum regelmäßig mit Insiderwissen versorgt. Es scheint, als ob Thomas und Volkov planen, heute Nacht zuzuschlagen."

Lotta blinzelte. „Heute Nacht? Wie in ‚heute heute'?"

Dr. Klaus nickte. „Ja. Sie haben Pläne, die anscheinend mit den Archiven des Museums zusammenhängen. Und mit Ihrem Artefakt."

„Natürlich", sagte Lotta trocken. „Weil es ja nicht reicht, uns nur tagsüber in Schwierigkeiten zu bringen. Warum nicht gleich eine Nachtschicht einlegen?"

Markus ignorierte ihren Sarkasmus und drehte sich zu ihr um. „Wir müssen uns vorbereiten. Wenn Thomas und Volkov vorhaben, heute Nacht zuzuschlagen, dürfen wir nicht unvorbereitet sein."

Lotta stand auf, ihre Augen funkelten vor Entschlossenheit. „Na gut. Aber ich sage dir eines, Markus: Wenn ich heute Nacht in einer Verfolgungsjagd ende oder mir jemand eine Waffe an den Kopf hält, werde ich dir persönlich dafür danken."

„Ich werde mein Bestes tun, um das zu vermeiden", sagte Markus, ein schwaches Lächeln auf seinen Lippen.

Doch trotz seiner Worte spürte Lotta, dass die Nacht voller Gefahren war – und dass ihre Gegner immer näher kamen.

Die Nacht senkte sich über das Museum, und die schimmernden Fassaden, die zuvor imposant gewirkt hatten, verwandelten sich in drohende Schatten. Lotta stand mit verschränkten Armen in einem kleinen Nebenraum, während Markus letzte Anweisungen mit Dr. Klaus besprach. Ihre Geduld war so dünn wie das Papier, auf dem die geheimnisvollen Notizen des Tagebuchs standen.

„Also, Markus", begann sie, ihre Stimme vor Sarkasmus triefend, „wie genau sieht dein brillanter Plan aus? Lass mich raten: Wir verstecken uns in einer Ecke und hoffen, dass Volkov und Thomas vor Langeweile einschlafen?"

„Lotta", murmelte Markus, ohne sie anzusehen, „das hier ist ernst. Bitte, für einmal, spar dir deine Kommentare."

„Oh, ernst ist es also?" Sie stemmte die Hände in die Hüften. „Weil es ja so unglaublich lächerlich war, als wir uns heute Morgen mit mysteriösen Spionen getroffen haben oder als dein Ex-Freund plötzlich aus dem Nichts auftauchte."

„Du weißt, dass Thomas nicht mein Ex-Freund ist", erwiderte Markus trocken, während er sich zu ihr umdrehte. „Und bitte hör auf, ihn so zu nennen."

„Wie auch immer", murmelte Lotta und rollte mit den Augen. „Ich hoffe nur, dass dieser Plan weniger Löcher hat als der letzte."

Markus trat zu ihr, seine Stimme wurde weicher. „Lotta, ich weiß, dass das alles chaotisch ist. Aber wenn wir heute Nacht nicht aufpassen, werden sie das Tagebuch bekommen. Und wenn das passiert, haben wir keine Kontrolle mehr darüber, was damit geschieht."

Lotta seufzte und sah ihn an. Trotz ihrer Gereiztheit konnte sie nicht anders, als den Ernst in seinen Augen zu spüren. „Okay, Schmid. Ich bin dabei. Aber wenn das schiefgeht, werde ich nicht zögern, dir das bis an mein Lebensende vorzuhalten."

„Abgemacht", sagte Markus mit einem schwachen Lächeln.

Ein plötzliches Geräusch unterbrach ihre Unterhaltung. Es klang wie das leise Kratzen eines Schlosses, das aufgebrochen wurde. Markus und Lotta wechselten einen Blick, bevor sie sich in Bewegung setzten. Mit gedämpften Schritten schlichen sie durch die dunklen Gänge des Museums, wobei jedes Echo wie ein Warnsignal klang.

Als sie die Ecke zu einem der Archive erreichten, sahen sie zwei Silhouetten. Einer von ihnen war eindeutig Thomas, dessen Haltung selbst im Dunkeln überheblich wirkte. Der andere war ein massiver Mann – Volkov. Seine breiten Schultern wirkten wie eine Bedrohung, selbst aus der Entfernung.

„Da sind sie", flüsterte Lotta und zog Markus am Ärmel. „Dein bester Freund und sein neuer Kumpel. Was machen wir jetzt?"

„Wir warten", sagte Markus knapp. „Wenn sie den Fehler machen, die Dokumente zu berühren, greifen wir ein."

„Warten?" Lottas Stimme war kaum mehr als ein Zischen. „Markus, die beiden sehen aus, als könnten sie uns in zwei Sekunden aus dem Weg räumen. Wartest du darauf, dass sie uns bemerken und uns mit einem Glas Rotwein und einem Dankesschreiben erledigen?"

„Vertrau mir", sagte Markus, seine Augen fixierten die beiden Männer. „Sie machen Fehler, wenn sie sich sicher fühlen."

Doch bevor Markus' Theorie getestet werden konnte, ertönte ein lauter Knall. Die Tür des Archivs flog auf, und zwei Gestalten stürmten herein. Es waren niemand Geringeres als Möller und Krause – die beiden tollpatschigen Detektive, die bei jedem Auftritt für unfreiwillige Komik sorgten.

„Halt! Polizei!" schrie Möller, während er seine Taschenlampe wie eine Waffe in den Raum hielt.

„Wir haben euch erwischt!" fügte Krause hinzu, während er versuchte, hinter Möller hervorzukommen, dabei aber fast über seine eigenen Füße stolperte.

Thomas und Volkov blieben wie angewurzelt stehen, bevor Thomas begann zu lachen – ein ruhiges, fast spöttisches Lachen. „Polizei?" wiederholte er und trat einen Schritt vor. „Ihr beiden seid das komischste Duo, das ich je gesehen habe."

„Wir nehmen das als Kompliment", sagte Möller, obwohl er eindeutig nicht wusste, wie er reagieren sollte. „Aber... äh... geben Sie die Dokumente her. Sofort!"

Volkov, der bisher geschwiegen hatte, trat vor, sein Gesicht eine Maske der Verachtung. „Und wenn nicht? Was wollt ihr kleinen Clowns dann tun?"

Bevor die Situation eskalieren konnte, trat Markus aus dem Schatten, seine Stimme war ruhig, aber scharf. „Ihr werdet die Dokumente zurücklegen und dieses Gebäude verlassen. Jetzt."

Lotta, die neben ihm auftauchte, fügte hinzu: „Und falls ihr es nicht tut, wird euer Plan in einer Art und Weise scheitern, die selbst Hollywood nicht schreiben könnte."

Thomas drehte sich langsam zu ihnen um, ein Lächeln spielte auf seinen Lippen. „Ah, Markus. Ich hätte wissen müssen, dass du irgendwo in den Schatten lauerst."

„Hör auf mit den Spielchen, Thomas", sagte Markus scharf. „Du bist hier, um zu stehlen. Aber du wirst scheitern."

Die nächsten Sekunden waren eine Mischung aus Chaos und Slapstick. Möller und Krause versuchten, Volkov zu überwältigen, scheiterten aber kläglich. Thomas nutzte die Verwirrung, um in Richtung Ausgang zu fliehen, doch Lotta streckte ein Bein aus und brachte ihn zu Fall.

„Oh, entschuldige", sagte sie süffisant, als er zu Boden ging. „Meine Beine haben ein Eigenleben."

In der darauf folgenden Verwirrung gelang es Markus, die Dokumente zu sichern, während Volkov und Thomas schließlich das Weite suchten. Möller und Krause blieben zurück, sichtlich erschöpft, aber zufrieden.

„Ich glaube, wir haben sie in die Flucht geschlagen", sagte Krause stolz, während er versuchte, sich den Staub von der Jacke zu klopfen.

„Natürlich", murmelte Lotta und sah zu Markus. „Weil ihre ultimative Waffe ein Taschenlampenlicht war."

Markus schüttelte nur den Kopf und hielt die Dokumente in der Hand. „Das hier ist noch nicht vorbei, Lotta. Nicht mal annähernd."

Und sie wusste, dass er recht hatte.

—-

Die Stille nach der dramatischen Auseinandersetzung war fast so laut wie der vorangegangene Tumult. Lotta saß auf einem der antiken Stühle des Archivs, ihre Hände auf die Knie gestützt, während sie versuchte, ihren Atem zu beruhigen. Möller und Krause standen in der Mitte des Raums, jeder von ihnen sah auf eine unglamouröse Art und Weise wie ein Held aus, der gerade vom Schlachtfeld zurückkehrte – allerdings ohne den Ruhm.

„Na, das war ja mal eine Show", murmelte Lotta schließlich, ihre Stimme triefte vor Sarkasmus. „Wenn ich jemals einen Film über tollpatschige Helden schreibe, werde ich euch beide in den Hauptrollen besetzen."

Möller straffte sich und klopfte auf seine Brust, als ob er ein unsichtbares Abzeichen polierte. „Das war ein gezielter Einsatz, Frau Weber. Wir haben die Situation unter Kontrolle gebracht."

„Unter Kontrolle?" Lotta hob eine Augenbraue. „Einer von euch hat über einen Mülleimer gestolpert, und der andere hat fast seine Taschenlampe in einen 500 Jahre alten Globus geworfen. Wenn das unter Kontrolle ist, sollte ich vielleicht einen neuen Maßstab für Chaos entwickeln."

Krause, der sich den Kragen seiner viel zu großen Jacke zurechtrückte, murmelte: „Man kann nicht alles planen, wissen Sie. Improvisation ist eine Kunst."

„Ja, und eure Kunst ist eine Mischung aus Slapstick und Pech", entgegnete Lotta trocken, während sie aufstand.

Markus, der bisher schweigend am Rand des Raums gestanden hatte, hielt die Dokumente in der Hand und beobachtete die Szene mit einer Mischung aus Belustigung und Besorgnis. „Danke für eure Hilfe", sagte er schließlich und wandte sich an die beiden Detektive. „Aber ich glaube, ihr habt Volkov und Thomas gerade genug Zeit verschafft, um sich einen neuen Plan zu überlegen."

„Das war Strategie", verkündete Möller mit Nachdruck. „Wir haben sie abgelenkt, damit Sie... äh... Ihre Arbeit erledigen können."

Lotta schnaufte und flüsterte Markus zu: „Wenn das Strategie ist, möchte ich niemals ihren Plan B sehen."

Markus ignorierte ihren Kommentar und trat einen Schritt nach vorne. „Egal, was sie vorhatten, sie sind jetzt gewarnt. Wir müssen sicherstellen, dass diese Dokumente keinen weiteren Angriffen ausgesetzt sind."

„Ich hoffe, du hast einen brillanten Plan", sagte Lotta, ihre Arme vor der Brust verschränkt. „Etwas, das nicht beinhaltet, dass wir uns in ein weiteres dunkles Versteck zurückziehen und warten, bis die Welt explodiert."

„Lotta", begann Markus, aber sie schnitt ihm das Wort ab.

„Nein, wirklich, Markus", fuhr sie fort. „Weil ich das Gefühl habe, dass wir hier von einer Krise in die nächste stolpern, und ich bin es langsam leid, immer diejenige zu sein, die mitten im Chaos steht."

Krause, der offensichtlich versuchte, die Spannung zu entschärfen, räusperte sich. „Nun, Frau Weber, vielleicht sehen Sie das falsch. Es könnte schlimmer sein. Sie könnten mit uns auf Streife gehen."

„Oh, das klingt fantastisch", erwiderte Lotta sarkastisch. „Nichts gegen euch, aber ich habe keine Ambitionen, mich noch mehr in absurde Situationen zu stürzen."

Möller trat vor, seine Brust geschwellt vor Stolz. „Aber wir haben bewiesen, dass wir effektiv sind. Ohne uns wären diese Schurken mit den Dokumenten entkommen."

„Natürlich", sagte Lotta und lächelte süffisant. „Ihr seid die Retter der Nacht. Ich werde nie wieder Zweifel an eurer Effizienz haben."

Markus hob die Hand, um die Diskussion zu unterbrechen. „Genug. Wir haben keine Zeit für Diskussionen. Diese Dokumente müssen sicher verwahrt werden, und wir müssen herausfinden, was als Nächstes passiert."

„Was als Nächstes passiert?" wiederholte Lotta und schnaubte. „Ich kann dir sagen, was passiert. Volkov wird nicht aufgeben, und Thomas ist der Inbegriff von Hinterhältigkeit. Sie werden einen neuen Plan schmieden, und wir werden wieder die Ersten sein, die davon erfahren – auf die harte Tour."

„Genau deshalb müssen wir vorbereitet sein", sagte Markus fest. „Lotta, ich brauche dich an meiner Seite."

Die Worte, die mit einer solchen Ernsthaftigkeit gesprochen wurden, ließen Lotta innehalten. Sie sah ihn an, ihr Herz hämmerte vor unausgesprochenen Gefühlen und der Erkenntnis, dass sie in diesem Chaos nicht allein war. Sie nickte schließlich und sagte leise: „Na schön, Markus. Aber wenn das hier schiefgeht, wirst du mir ein Leben voller ruhiger Tage schulden."

Er lächelte schwach, und für einen Moment schien die Dunkelheit des Raums nicht mehr so bedrückend. Doch beide wussten, dass dies nur ein kurzer Moment des Friedens war – die wahre Herausforderung wartete noch auf sie.

Kapitel 18

Der Wiener Park war in ein weiches, goldenes Licht getaucht, als die Sonne sich langsam dem Horizont neigte. Die Luft roch nach frisch gemähtem Gras, und das leise Rascheln der Blätter im Wind mischte sich mit dem entfernten Klang eines Straßenmusikers, der ein melancholisches Stück auf seiner Geige spielte. Lotta und Markus schlenderten nebeneinander her, beide in Gedanken versunken – eine Seltenheit, wenn man Lottas Vorliebe für Sarkasmus und scharfzüngige Kommentare bedachte.

„Also, Markus", begann sie schließlich und warf ihm einen Blick zu. „Haben wir uns hier verabredet, um über das Wetter zu reden, oder hast du einen dieser düsteren, geheimnisvollen Monologe vorbereitet, die du so liebst?"

Markus schnaubte leise und schob die Hände in die Taschen. „Vielleicht wollte ich einfach mal einen Moment der Ruhe genießen. Mit dir. Ohne Chaos, ohne Verfolgungsjagden, ohne Volkov."

„Oh, wie romantisch", sagte Lotta mit einem übertrieben süßen Ton. „Ein Spaziergang im Park, während im Hintergrund die Gefahr lauert. Wirklich, Markus, du solltest für einen Reiseführer schreiben."

Er lächelte schwach, sein Blick war jedoch weiterhin auf den Weg vor ihnen gerichtet. „Weißt du, Lotta, manchmal denke ich, dass du es genießt, dich zu beschweren."

„Natürlich tue ich das", gab sie unverblümt zu. „Beschweren ist meine Superkraft. Was wäre ich ohne meinen Charme und meinen unerschöpflichen Vorrat an Sarkasmus?"

Markus blieb stehen und drehte sich zu ihr um. Sein Gesicht war ernst, doch in seinen Augen lag eine Sanftheit, die Lotta selten sah. „Du wärst immer noch Lotta Weber. Und das ist mehr als genug."

Für einen Moment war sie sprachlos, etwas, das ihr nicht oft passierte. „Wow", sagte sie schließlich, ihre Stimme etwas leiser. „Das war... fast poetisch. Markus Schmid, der geheime Romantiker."

„Es gibt viele Dinge, die du über mich nicht weißt", sagte er, ein Hauch von Schalk in seinem Tonfall. „Und ich bin mir nicht sicher, ob du sie alle wissen willst."

„Das klingt ja vielversprechend", erwiderte Lotta und setzte sich auf eine der alten Holzbänke am Wegesrand. „Dann los, Schmid. Erleuchte mich mit deinen dunklen Geheimnissen."

Er setzte sich neben sie, seine Haltung war entspannt, doch Lotta spürte, dass er innerlich mit sich rang. Schließlich brach er das Schweigen. „Es gibt einen Grund, warum ich immer so... vorsichtig bin, Lotta. Warum ich nicht alles teile."

„Das habe ich gemerkt", sagte sie trocken. „Ich meine, dein Spitzname könnte ‚Mr. Verschlossenheit' sein."

Er lächelte kurz, doch es verschwand ebenso schnell wieder. „Ich habe in meiner Arbeit Dinge gesehen und getan, die... nun ja, sagen wir einfach, sie würden dir nicht gefallen."

„Markus", sagte Lotta und sah ihn direkt an, „ich bin eine Buchhändlerin, keine Heilige. Glaub mir, ich habe in meinen Krimis schlimmere Dinge gelesen."

„Das hier ist kein Buch, Lotta", erwiderte er leise. „Das ist die Realität. Und sie ist oft viel hässlicher, als wir es uns vorstellen können."

Lotta wollte gerade etwas Sarkastisches erwidern, doch irgendetwas an seinem Ton hielt sie zurück. Stattdessen lehnte sie sich zurück und schaute in den Himmel, wo die ersten Sterne zu sehen waren. „Weißt du, Markus, manchmal glaube ich, dass du dir zu viele Gedanken darüber machst, was ich denken könnte."

„Vielleicht tue ich das", gab er zu. „Aber ich will nicht, dass du in etwas hineingezogen wirst, das du nicht verstehst."

„Zu spät", sagte Lotta trocken. „Ich bin schon mittendrin, falls du es noch nicht bemerkt hast."

Er lachte leise, und der Klang brachte etwas Leichtigkeit in die schwere Atmosphäre. „Ja, das bist du wohl. Und irgendwie machst du das Ganze erträglicher."

„Das höre ich nicht oft", sagte Lotta mit einem Lächeln. „Normalerweise beschweren sich die Leute darüber, dass ich Dinge komplizierter mache."

„Vielleicht liegt das daran, dass sie nicht verstehen, wie du wirklich bist", sagte er, sein Ton war jetzt sanfter. „Aber ich tue es."

Lotta fühlte, wie ihr Herz schneller schlug, doch sie tat es ab. „Na gut, Markus. Du hast mich fast überzeugt, dass du ein netter Kerl bist. Aber vergiss nicht, ich habe einen eingebauten Bullshit-Detektor."

„Ich weiß", sagte er mit einem schiefen Lächeln. „Und genau das mag ich an dir."

Die beiden saßen eine Weile schweigend da, während die Welt um sie herum in die Dunkelheit glitt. Lotta wusste, dass dieser Moment nicht von Dauer sein würde – dass das Chaos bald zurückkehren würde. Aber für jetzt war sie bereit, ihn einfach zu genießen.

—-

Die Sterne funkelten jetzt heller, und die leichten Windstöße trugen den Duft von Rosen aus einem nahegelegenen Garten herüber. Lotta saß noch immer auf der Bank, ihre Beine übereinandergeschlagen, während Markus ein paar Schritte vor ihr auf und ab ging. Er schien zu überlegen, ob er sprechen oder schweigen sollte – eine Entscheidung, die Lotta ganz und gar nicht in den Kram passte.

„Markus", begann sie schließlich und lehnte sich zurück, ihre Arme ausgebreitet wie eine Operndiva, „wenn du so weitermachst, wirst du den Boden unter deinen Füßen durchlaufen, bevor du etwas sagst."

„Ich versuche, die richtigen Worte zu finden", sagte er, ohne stehen zu bleiben.

„Ach, die richtigen Worte", murmelte Lotta sarkastisch. „Du hast mich mit einem russischen Spion, einem Ex-Freund mit zweifelhaften Absichten und zwei inkompetenten Detektiven durch halb Europa gejagt, aber jetzt, wo wir ein ruhiges Gespräch führen könnten, fehlen dir die Worte?"

Markus blieb abrupt stehen und sah sie an. „Es ist nicht so einfach."

„Nichts in meinem Leben ist einfach, seit ich dich getroffen habe", entgegnete Lotta mit einem spöttischen Lächeln. „Warum also nicht einfach loslegen? Ich verspreche, dass ich nicht in Ohnmacht falle."

Er setzte sich neben sie, seine Haltung schwer, als trüge er eine unsichtbare Last auf seinen Schultern. „Lotta, ich weiß, dass ich manchmal verschlossen wirke. Vielleicht sogar oft."

„Oft?" Lotta hob eine Augenbraue. „Das ist die Untertreibung des Jahrhunderts."

„Ich habe meine Gründe", sagte er und fuhr sich mit der Hand durch die Haare, eine Geste, die er immer machte, wenn er nervös war. „Ich bin es gewohnt, Dinge für mich zu behalten. Es ist Teil dessen, wer ich bin. Und was ich tue."

„Ah, was du tust", wiederholte Lotta und lehnte sich interessiert vor. „Das mysteriöse ‚Was ich tue', das du immer nur andeutest. Möchtest du mich endlich einweihen, oder ist es ein weiteres dieser

Geheimnisse, die ich mit ins Grab nehmen soll – natürlich nicht mein eigenes Grab, sondern eines, das von Volkov oder Thomas vorbereitet wurde?"

Er sah sie mit einer Mischung aus Amüsement und Ernst an. „Du bist unmöglich, weißt du das?"

„Das sagen alle, die mich mögen", antwortete sie mit einem unschuldigen Lächeln. „Und jetzt, Markus, hör auf, um den heißen Brei herumzureden. Was willst du mir wirklich sagen?"

Er zögerte einen Moment, bevor er schließlich sprach. „Meine Arbeit... sie ist kompliziert. Gefährlich. Und sie bringt Menschen in Schwierigkeiten. Menschen wie dich."

„Menschen wie mich?" Lotta lachte trocken. „Ich bin eine Buchhändlerin, Markus. Die gefährlichste Sache, die ich vor dir getan habe, war, einen Bestseller als ‚literarischen Müll' zu bezeichnen. Glaub mir, ich kann damit umgehen."

„Du bist keine gewöhnliche Buchhändlerin, Lotta", sagte er und sah ihr direkt in die Augen. „Und das weißt du. Deine Intelligenz, deine Hartnäckigkeit – das sind Qualitäten, die in meiner Welt genauso wertvoll wie gefährlich sind."

Lotta spürte, wie eine Mischung aus Stolz und Irritation in ihr aufstieg. „Also sagst du, dass ich eine wandelnde Gefahr bin? Großartig. Setz das auf meine Visitenkarte."

„Ich sage, dass ich dich beschützen möchte", erwiderte Markus mit ernster Stimme. „Weil ich weiß, was auf dem Spiel steht. Und weil ich weiß, dass du es nicht verdienst, in diese Welt gezogen zu werden."

Sie schwieg einen Moment, bevor sie schließlich sagte: „Markus, ich bin längst in dieser Welt. Du bist vielleicht derjenige, der mich hineingezogen hat, aber ich bleibe nicht, weil ich muss. Ich bleibe, weil ich will."

Er sah sie überrascht an, seine Lippen öffneten sich leicht, als wolle er etwas sagen, doch dann hielt er inne. Stattdessen griff er nach ihrer Hand, seine Berührung war warm und unerwartet zärtlich.

„Du bist mutiger, als ich es je sein könnte", sagte er leise.

„Oder dümmer", antwortete Lotta mit einem schwachen Lächeln. „Das liegt im Auge des Betrachters."

Ein Lächeln schlich sich auf seine Lippen, und für einen Moment schien die Schwere des Augenblicks von ihnen abzufallen. „Ich glaube, das ist genau der Grund, warum ich dich brauche."

„Brauchen?" Lotta hob eine Augenbraue. „Markus, wenn das ein Geständnis ist, dann solltest du wirklich an deiner Technik arbeiten."

„Vielleicht ist es das", sagte er, sein Tonfall wurde weicher. „Aber was auch immer das hier ist, Lotta, ich will es nicht verlieren."

Für einen Moment war Lotta sprachlos, etwas, das selten vorkam. Sie spürte, dass dies mehr war als ein einfacher Spaziergang im Park. Es war der Beginn von etwas, das sie beide nicht ganz kontrollieren konnten – und vielleicht auch nicht wollten.

—-

Die Spannung zwischen ihnen war greifbar, und Lotta konnte fühlen, wie ihre eigenen Gedanken wie ein Tornado durch ihren Kopf wirbelten. Aber Markus schien endlich bereit, ein wenig von der Rüstung abzulegen, die er so hartnäckig um sich getragen hatte. Er atmete tief durch und begann zu sprechen, während seine Augen auf die Dunkelheit des Parks gerichtet blieben.

„Weißt du, Lotta, ich bin nicht immer Historiker gewesen. Zumindest nicht nur. Es gibt Dinge, die ich getan habe, von denen ich nie dachte, dass ich dazu fähig wäre."

„Klingt vielversprechend", murmelte Lotta, ihre Augen funkelten vor Ironie. „Fangen wir mit den einfachen Dingen an. Hast du irgendwann ein dunkles Geheimnis, das mit... sagen wir... einer geheimen Organisation zu tun hat?"

Er lächelte schwach. „Vielleicht."

„Natürlich", sagte Lotta und verschränkte die Arme. „Das erklärt, warum du so gut darin bist, Menschen zu lesen – und so schlecht darin, sie aus deinem Leben herauszuhalten."

„Das ist kein Talent, auf das ich stolz bin", gab er zu. „Aber es ist nützlich. Und in meiner früheren Arbeit war es überlebenswichtig."

Lotta beugte sich vor, ihre Neugier siegte über ihren Sarkasmus. „Also gut, Markus. Hör auf, mich auf die Folter zu spannen. Was genau hast du gemacht?"

Er seufzte und sprach mit einer leisen Stimme, als würde er versuchen, die Worte abzuwägen, bevor sie den Raum füllen konnten. „Ich habe für eine Einheit gearbeitet, die darauf spezialisiert war, alte Informationen zu entschlüsseln und neue zu schützen. Es war meine Aufgabe, historische Artefakte und Dokumente zu sichern, die für politische oder wirtschaftliche Zwecke genutzt werden konnten."

„Oh, wie romantisch", sagte Lotta trocken. „Du warst also so etwas wie Indiana Jones, aber ohne Hut?"

„Nicht ganz", sagte er mit einem schwachen Lächeln. „Indiana Jones hatte wenigstens einen klaren Feind. In meiner Welt war der Feind oft nicht so leicht zu erkennen."

„Lass mich raten", fuhr Lotta fort, ihre Stimme wurde ernster. „Du hast nicht nur Bücher und Manuskripte gesammelt, oder?"

Markus zögerte, bevor er schließlich nickte. „Manchmal ging es um mehr. Um Menschen. Um Leben. Es war nie einfach, und ich habe mehr Fehler gemacht, als ich zählen kann. Aber ich habe es getan, weil ich dachte, dass es richtig war."

„Richtig", wiederholte Lotta mit einem Hauch von Spott. „Und wer entscheidet, was richtig ist? Du? Oder deine mysteriösen Auftraggeber?"

„Ich weiß es nicht mehr", gab er zu, seine Stimme klang jetzt erschöpft. „Vielleicht habe ich es nie gewusst."

Lotta schwieg für einen Moment, ihre Gedanken rasten. Sie wollte ihn anklagen, wollte ihm sagen, dass er egoistisch gewesen war, dass er Menschen benutzt hatte – doch etwas in seinem Gesicht hielt sie zurück. Er wirkte verletzlicher, als sie ihn je gesehen hatte.

„Markus", sagte sie schließlich leise. „Du hast Fehler gemacht, ja. Aber du bist kein schlechter Mensch."

„Wie kannst du das sagen?" fragte er, seine Augen suchten ihren Blick. „Du kennst nicht einmal die Hälfte von dem, was ich getan habe."

„Vielleicht nicht", sagte Lotta. „Aber ich kenne dich jetzt. Und ich weiß, dass du kein Mensch bist, der leichtfertig handelt. Du bist stur, du bist verschlossen, aber du bist auch jemand, der sich kümmert. Und das bedeutet etwas."

Er sah sie an, und für einen Moment war es, als würde er nach den richtigen Worten suchen, um ihr zu antworten. Doch dann senkte er den Kopf und lächelte schwach. „Du bist unglaublich, weißt du das?"

„Das höre ich oft", sagte Lotta mit einem schelmischen Lächeln. „Aber genug von mir. Was willst du jetzt tun, Markus?"

Er zögerte, bevor er antwortete. „Ich weiß es nicht. Ich weiß nur, dass ich das hier nicht aufgeben will – weder das Tagebuch noch... uns."

Lotta fühlte, wie ihr Herz schneller schlug, doch sie hielt ihre Fassade aufrecht. „Oh, das ist mal eine Aussage. Aber lass uns eines klarstellen: Wenn du mich noch einmal in ein Geheimnis hineinziehst, ohne mir die Wahrheit zu sagen, werde ich dich höchstpersönlich mit einem Buch verprügeln. Einem dicken."

Er lachte leise. „Abgemacht."

Doch in seinen Augen lag etwas, das Lotta nur schwer entschlüsseln konnte – eine Mischung aus Schuld, Hoffnung und etwas, das sie nicht benennen konnte. Sie wusste, dass dies erst der Anfang war, und dass die Schatten seiner Vergangenheit noch immer über ihnen schwebten.

—-

Die Nacht hatte sich endgültig über den Park gesenkt, und die Straßenlaternen warfen warmes Licht auf die geschwungenen Pfade und die alten Bänke. Lotta und Markus standen jetzt am Rand eines kleinen Teichs, dessen Oberfläche sanft im Mondlicht schimmerte. Der Moment hätte kitschiger nicht sein können, und Lotta spürte, wie ihr innerer Zyniker bereits eine sarkastische Bemerkung auf der Zunge hatte – doch irgendetwas hielt sie zurück.

„Weißt du", begann Markus, seine Stimme war leise, fast zaghaft, „ich habe mir oft vorgestellt, wie es wäre, ein normales Leben zu führen."

„Oh, ich auch", sagte Lotta, ein leichtes Lächeln auf den Lippen. „Ein Leben, in dem ich nicht ständig von russischen Geschäftsmännern und zwielichtigen Ex-Freunden verfolgt werde. Klingt traumhaft."

Markus schnaubte leise, doch sein Blick blieb ernst. „Ich meine es ernst, Lotta. Ein Leben ohne Geheimnisse. Ohne Lügen. Nur... mit dir."

Für einen Moment war Lotta sprachlos. Ihr Herz schlug schneller, und sie spürte, wie eine Mischung aus Verlegenheit und Aufregung in ihr aufstieg. Natürlich konnte sie das nicht zeigen. „Oh, wie romantisch", sagte sie schließlich, ihre Stimme triefte vor Ironie. „Du, ich, ein Häuschen im Grünen und ein Golden Retriever namens Schnuffi?"

„Warum nicht?" fragte Markus, ein Hauch von Lächeln auf seinen Lippen. „Aber ich dachte eher an ein etwas... weniger chaotisches Leben."

„Weniger chaotisch?" Lotta hob eine Augenbraue. „Du weißt schon, dass du mit mir sprichst, oder? Chaos ist mein zweiter Vorname."

„Das habe ich gemerkt", sagte Markus trocken. „Aber das ist es, was ich an dir liebe."

Lotta erstarrte. Die Worte hingen zwischen ihnen wie ein unaufgelöstes Rätsel, und sie war sich nicht sicher, ob sie richtig gehört hatte. „Was hast du gerade gesagt?"

Markus trat einen Schritt näher, seine Augen suchten ihren Blick. „Ich habe gesagt, dass ich dich liebe, Lotta. Und bevor du irgendetwas Sarkastisches sagst – ja, ich meine es ernst."

Lotta spürte, wie ihr Herz einen kleinen Hüpfer machte, doch sie verschränkte die Arme und zwang sich, ruhig zu bleiben. „Oh, das ist ja... nett. Aber Markus, wir sind gerade inmitten eines Spionagedramas, und du denkst, das ist der richtige Moment für ein Geständnis?"

„Es gibt keinen richtigen Moment für so etwas", sagte er schlicht. „Aber ich wollte nicht länger warten. Nicht, wenn ich vielleicht morgen nicht mehr die Chance dazu habe."

„Du bist ja heute richtig optimistisch", murmelte Lotta, doch ihre Stimme war weicher geworden. Sie blickte auf den Teich und dann zurück zu ihm. „Markus, ich weiß nicht... ich meine, ich bin nicht gut in solchen Dingen."

„Ich auch nicht", gab er zu. „Aber ich weiß, dass das, was wir haben, echt ist. Und ich will nicht so tun, als wäre es das nicht."

„Du weißt schon, dass ich dich mit einem Buch schlagen könnte, wenn ich wollte?" fragte sie mit einem schwachen Lächeln.

„Das wäre es wert", sagte er, und der Hauch von Humor in seinen Augen brachte auch sie zum Lächeln.

Lotta trat einen Schritt näher, ihre Arme immer noch verschränkt, aber ihre Haltung war jetzt weniger defensiv. „Okay, Markus. Aber wenn wir das hier machen, solltest du wissen, dass ich keine einfache Person bin. Ich bin stur, ich bin sarkastisch, und ich habe eine Vorliebe dafür, in Schwierigkeiten zu geraten."

„Perfekt", sagte er, seine Stimme war warm. „Das passt, denn ich bin stur, ich bin geduldig, und ich habe eine Vorliebe dafür, dir aus Schwierigkeiten herauszuhelfen."

Lotta lachte, und das Lachen fühlte sich so leicht und echt an, dass sie fast vergaß, in welcher chaotischen Lage sie sich befanden. „Na gut, Schmid. Aber vergiss nicht, dass ich immer die Oberhand behalte."

„Das habe ich nie bezweifelt", sagte er und griff vorsichtig nach ihrer Hand.

Als ihre Finger sich berührten, war es, als würde der Rest der Welt für einen Moment verschwinden. Lotta wusste, dass sie verrückt sein musste, sich auf so etwas einzulassen – doch gleichzeitig fühlte es sich richtig an.

„Markus", sagte sie schließlich leise, „wenn du mich wieder in eine lebensgefährliche Situation bringst, werde ich dich persönlich dafür verantwortlich machen."

„Abgemacht", sagte er, ein schwaches Lächeln auf seinen Lippen.

Die beiden standen dort noch eine Weile, Hand in Hand, während die Sterne über ihnen funkelten. Doch in der Ferne zeichnete sich bereits das nächste Kapitel ihres Abenteuers ab – und sie wussten beide, dass die Ruhe nicht von Dauer sein würde.

—-

Die Nacht schien Lotta und Markus einen Moment des Friedens zu gönnen, doch in der Welt, die sie inzwischen teilten, war Ruhe ein flüchtiges Gut. Gerade, als Lotta den Eindruck hatte, dass sie den Park verlassen und sich mit einem Glas Wein in ihrem Hotelzimmer entspannen könnte, ertönte ein schrilles Klingeln. Es durchbrach die Stille wie ein unerwünschter Gast auf einer Party.

Markus' Handy vibrierte in seiner Jackentasche, und sein Gesicht verfinsterte sich augenblicklich, als er den Anrufer sah. Lotta, deren Neugier immer auf höchstem Level war, neigte den Kopf und versuchte, einen Blick auf das Display zu werfen.

„Wer ruft an? Dein geheimer Spionageklub?" fragte sie mit einem spöttischen Lächeln.

„Nicht jetzt, Lotta", murmelte Markus, während er sich vom Teich entfernte und den Anruf annahm. „Schmid hier."

Lotta verdrehte die Augen. Natürlich war es etwas Mysteriöses. Es war immer etwas Mysteriöses. Während Markus in einem leisen, angespannten Ton sprach, der so gut wie nichts preisgab, überlegte Lotta, ob sie ihm eine Unterrichtsstunde in ‚Wie man eine neugierige Frau beruhigt' anbieten sollte.

Er wandte ihr den Rücken zu, was Lotta natürlich nur noch mehr reizte. Sie konnte sich geradezu vorstellen, wie er mit irgendeinem düsteren Kontakt über ihr Schicksal verhandelte, während sie dort stand und nichts tun konnte, außer sich selbst Geschichten auszudenken.

Nach ein paar Minuten legte Markus auf und steckte das Handy mit einem Ausdruck zurück, der irgendwo zwischen „besorgt" und „verärgert" lag. Er drehte sich zu ihr um, und bevor er etwas sagen konnte, verschränkte Lotta die Arme.

„Lass mich raten", begann sie, ihre Stimme vor Ironie triefend. „Das war der Präsident? Oder vielleicht ein mysteriöser Auftraggeber, der dir ein neues, noch gefährlicheres Abenteuer aufträgt?"

„Lotta..." begann Markus, doch sie ließ ihn nicht ausreden.

„Oder war es Volkov, der uns höflich mitteilen wollte, dass er jetzt ein für alle Mal gewinnen wird?"

Markus trat einen Schritt näher, seine Stirn lag in Falten. „Es war wichtig."

„Natürlich war es wichtig", sagte Lotta mit einem süffisanten Lächeln. „Alles ist immer wichtig, wenn es um dich geht."

Er seufzte, doch es war keine Verärgerung in seinem Gesicht, sondern ein Hauch von Zuneigung. „Lotta, kannst du für einmal aufhören, alles zu hinterfragen?"

„Natürlich nicht", gab sie zurück. „Das ist mein Lebensinhalt. Wenn ich aufhöre, dich zu hinterfragen, bleibt mir nichts anderes übrig, als auf einer Parkbank zu sitzen und Enten zu füttern."

Markus' Mundwinkel zuckten, doch er hielt seine ernste Haltung. „Es war ein Anruf, der... unsere Pläne beeinflussen könnte."

„Oh, wirklich?" Lotta hob eine Augenbraue. „Vielleicht möchtest du mich einweihen, bevor ich in noch ein weiteres Geheimnis hineinstolpere."

„Noch nicht", sagte er knapp. „Aber ich verspreche dir, es betrifft uns beide."

„Uns beide? Wie romantisch", sagte Lotta, doch in ihrem Inneren begannen sich die Räder des Misstrauens zu drehen. Was konnte so dringend und gleichzeitig so geheim sein, dass Markus es nicht sofort teilen konnte?

„Lotta", sagte er sanfter und trat noch näher. „Ich verspreche dir, dass ich dir bald alles erklären werde. Aber im Moment musst du mir einfach vertrauen."

„Vertrauen?" Sie sah ihn mit schmalen Augen an. „Markus, ich bin eine Frau, die einem Buch mehr vertraut als den meisten Menschen. Du verlangst gerade eine Menge."

„Und trotzdem bist du hier", sagte er ruhig, seine Augen suchten ihren Blick. „Das bedeutet etwas."

Lotta wollte gerade eine spitze Bemerkung machen, doch sie hielt inne. Da war etwas in seiner Stimme, eine Ehrlichkeit, die sie nicht ignorieren konnte. Sie seufzte und hob die Hände. „Na gut, Schmid. Aber wenn dieses Geheimnis mich in noch mehr Schwierigkeiten bringt, werde ich dich persönlich dafür verantwortlich machen. Und diesmal nehme ich ein besonders dickes Buch."

Er lächelte schwach. „Ich nehme die Herausforderung an."

Doch während sie den Park verließen und zurück zu ihrem Hotel gingen, konnte Lotta das seltsame Gefühl nicht abschütteln, dass dieser Anruf der Beginn von etwas war, das ihr Leben noch weiter durcheinanderbringen würde – und vielleicht auch ihr Herz.

Kapitel 19

Lotta saß inmitten eines chaotischen Meeres von Papieren, Büchern und Notizen. Der kleine Schreibtisch in ihrem Hotelzimmer war kaum noch sichtbar, unter einer Schicht von alten Karten, handgeschriebenen Notizen und, warum auch immer, einer leeren Teetasse, die jemand als Aschenbecher benutzt hatte. Markus stand neben ihr, die Arme vor der Brust verschränkt, und blickte mit gerunzelter Stirn auf das Rätsel, das sie seit Stunden zu knacken versuchten.

„Du weißt schon", begann Lotta, ohne von dem vergilbten Stück Papier vor ihr aufzusehen, „dass ich irgendwann eine Gehaltserhöhung verlangen werde. Oder zumindest eine Prämie. Ich bin hier wie Sherlock Holmes, nur ohne den berühmten Mantel."

„Und ohne die berühmte Konzentration", murmelte Markus trocken und nahm eine der Karten auf, die halb vom Tisch rutschte. „Du hast diese Notiz jetzt schon dreimal gelesen. Vielleicht wäre es hilfreich, wenn du aufhörst, über deine hypothetische Karriere als Detektivin nachzudenken und dich stattdessen auf die Buchstaben konzentrierst."

„Oh, entschuldigen Sie, Herr Schmid", erwiderte Lotta mit übertriebener Höflichkeit. „Ich wusste nicht, dass Sie den Nobelpreis für entschlüsselte Spionagerätsel bereits in der Tasche haben."

Markus legte die Karte beiseite und seufzte. „Lotta, wenn wir nicht bald herausfinden, was diese Botschaft bedeutet, könnte Volkov uns zuvorkommen."

„Ach, Volkov", sagte Lotta und hob eine Augenbraue. „Was würde ich nur ohne seine konstanten Drohungen und seinen schlechten Modegeschmack tun? Wahrscheinlich ein entspannteres Leben führen."

„Das Leben wäre langweilig ohne etwas Drama", murmelte Markus und zog einen Stuhl heran. „Lass mich sehen, was wir haben."

Lotta schob ihm die Notiz hinüber, die in einer Mischung aus lateinischen Buchstaben und scheinbar sinnlosen Symbolen geschrieben war. „Bitte sehr, Meister der Kryptographie. Zeig mir, wie's geht."

Markus beugte sich vor, seine Augen fixierten die Notiz mit einer Intensität, die Lotta fast ein wenig beeindruckte. Fast. Nach ein paar Minuten des Schweigens konnte sie nicht anders, als die Stille zu durchbrechen.

„Soll ich dir ein paar Kerzen holen? Vielleicht ein bisschen mystische Musik?"

„Lotta", murmelte Markus ohne aufzusehen, „bitte."

„Okay, ich halte den Mund. Aber wenn du jetzt auf die Idee kommst, dass der Code ,Ich liebe dich, Lotta' bedeutet, werde ich dich verdächtigen, das Ganze selbst inszeniert zu haben."

Markus schnaubte, doch dann hob er plötzlich den Kopf. „Warte mal."

„Was?" fragte Lotta, ihre Neugier sofort geweckt. „Hast du etwas gefunden?"

„Diese Symbole", sagte Markus und zeigte auf eine Reihe von Zeichen. „Sie sind nicht zufällig. Sie ähneln den Koordinaten eines alten Vermessungssystems. Ich habe etwas Ähnliches in historischen Karten gesehen."

„Koordinaten?" Lotta beugte sich vor und betrachtete die Zeichen genauer. „Du meinst, wir haben eine Schatzkarte? Das ist ja wie in einem Abenteuerroman."

„Vielleicht", sagte Markus, während er eifrig nach einer passenden Karte suchte. „Wenn ich recht habe, dann führen diese Zahlen uns direkt zu unserem nächsten Ziel."

Lotta lehnte sich zurück, ein triumphierendes Lächeln auf den Lippen. „Na bitte, ich wusste, dass wir das schaffen. Und jetzt sag mir bitte, dass das Ziel irgendwo ist, wo es guten Kaffee gibt. Ich bin bereit, mir alles anzusehen – solange es keine weiteren Überraschungen gibt."

„Bei uns gibt es immer Überraschungen", erwiderte Markus mit einem leichten Lächeln. „Aber wenn wir recht haben, sind wir dem Ziel näher, als ich dachte."

Doch während sie über die Karte gebeugt saßen und die Koordinaten überprüften, konnte Lotta das Gefühl nicht abschütteln, dass sie nur die Spitze des Eisbergs berührten. Und irgendwo da draußen, in der Dunkelheit, wartete Volkov auf seinen nächsten Zug.

—-

Die Koordinaten führten Lotta und Markus in die tieferen Ecken von Wien, fernab von Touristenmassen und den glänzenden Fassaden des Stadtzentrums. Ein verfallenes Gebäude, das einst eine elegante Tanzhalle gewesen war, stand nun einsam inmitten eines verwilderten Parks. Die Fenster waren zerbrochen, und das Dach sah aus, als hätte es bessere Tage gesehen – vielleicht vor einem Jahrhundert.

„Das soll unser großer Zielort sein?" fragte Lotta skeptisch und zog die Stirn kraus. „Ich habe schon bessere Szenen in Horrorfilmen gesehen."

„Das macht Sinn", murmelte Markus, während er eine alte Karte aus seiner Tasche zog und sie mit den Koordinaten abglich. „Es ist abgelegen, unauffällig und ideal für geheime Treffen."

„Unauffällig?" Lotta hob eine Augenbraue. „Es sieht aus, als ob hier jede Sekunde ein Geist auftauchen könnte und uns um unsere Seelen bittet. Aber klar, unauffällig."

Markus schüttelte den Kopf und begann, das Gebäude zu umrunden. „Du solltest aufhören, so viele Krimis zu lesen."

„Und du solltest anfangen, mehr davon zu lesen", erwiderte Lotta. „Vielleicht lernst du dann, wie man ein gruseliges Gebäude vermeidet."

Markus blieb stehen, seine Augen suchten die Umgebung ab. „Hier ist etwas."

„Ja, das habe ich auch bemerkt. Es heißt ‚eine unheimliche Atmosphäre'", sagte Lotta trocken.

„Nein, schau." Er zeigte auf eine kleine Metallplatte, die halb unter einem Haufen alter Blätter verborgen war. Mit einem kurzen, entschlossenen Tritt legte er sie frei und enthüllte eine Art Zugangsschacht.

Lotta starrte ihn an. „Bitte sag mir, dass du nicht vorhast, da hineinzugehen."

„Hast du eine bessere Idee?" fragte Markus und öffnete die Klappe. Eine kleine Leiter führte in die Dunkelheit.

„Ja, ich habe eine bessere Idee", sagte Lotta und verschränkte die Arme. „Wir rufen jemanden, der dafür bezahlt wird, in dunkle Löcher zu klettern. Ich bin nur hier, um die witzigen Kommentare zu machen."

Markus seufzte und begann, die Leiter hinunterzuklettern. „Du kannst entweder hier oben bleiben und warten, bis Volkov auftaucht, oder du kommst mit."

„Erpressung. Wie charmant", murmelte Lotta und folgte ihm widerwillig. „Wenn ich mir dabei das Bein breche, werde ich dich verklagen."

Der Schacht führte sie in einen kleinen, feuchten Raum, der nach Moder roch. An den Wänden hingen alte Gaslampen, die schwach glommen, als ob sie auf magische Weise von der Zeit unberührt geblieben wären.

„Okay, das ist definitiv der gruseligste Ort, an dem ich je war", sagte Lotta und schlang die Arme um sich. „Und ich war schon in einem Keller voller Spinnen."

Markus ignorierte ihren Kommentar und begann, den Raum zu untersuchen. „Hier muss etwas sein. Irgendein Hinweis."

„Vielleicht ein Schild, das sagt: ‚Schatz hier'?" schlug Lotta vor und schaute sich skeptisch um. „Oder eine Pfeilspur aus alten Knochen?"

Doch bevor Markus antworten konnte, hörten sie ein Geräusch – Schritte, die sich näherten. Lotta hielt den Atem an und griff instinktiv nach Markus' Arm.

„Sag mir bitte, dass das du warst", flüsterte sie.

„Ich würde lügen", antwortete er und zog sie schnell in einen Schattenbereich.

Die Schritte wurden lauter, und bald tauchten zwei Gestalten in der Öffnung des Schachts auf. Ihre Silhouetten waren im schwachen Licht kaum zu erkennen, doch Lotta konnte den unverkennbaren, selbstzufriedenen Ton von Volkovs Stimme hören.

„Na, na, na", sagte er, seine Stimme triefte vor Spott. „Was für eine Überraschung, euch hier zu sehen. Dachtet ihr wirklich, ich würde euch diese Gelegenheit einfach so überlassen?"

Lotta rollte die Augen. „Natürlich. Weil wir sonst nichts zu tun haben, als dir die Show zu stehlen."

„Lotta", flüsterte Markus warnend.

„Was?" zischte sie zurück. „Ich habe doch nur gesagt, was wir alle denken."

Doch bevor Volkovs Männer sie entdecken konnten, ertönte ein ohrenbetäubendes Geräusch – ein Klicken und ein Knallen, gefolgt von einem dumpfen Schlag. Das gesamte Gebäude schien kurz zu erzittern.

„Was zur Hölle war das?" flüsterte Lotta und hielt sich an Markus fest.

„Ich glaube, wir haben gerade den ersten Zug in Volkovs Spiel gesehen", murmelte Markus. „Und ich wette, er ist nicht allein."

Während die Geräusche über ihnen lauter wurden, wusste Lotta, dass sie schnell handeln mussten. Doch wie – und ob sie dem Ganzen entkommen konnten – blieb ein Rätsel, das sie nur lösen konnten, wenn sie die letzte Hürde überlebten.

—-

Die Geräusche über ihnen wurden lauter, und Lotta fühlte, wie sich ihre Nerven bis zum Zerreißen spannten. Volkov war eindeutig nicht hier, um sich freundlich zu unterhalten, und sie bezweifelte, dass er eine Einladung zur Teezeit in der Hand hielt.

„Hast du einen Plan?" flüsterte Lotta, während sie sich an Markus' Seite duckte, um im Schatten zu bleiben.

„Lebe bis morgen", antwortete Markus trocken, seine Augen scannten den Raum nach möglichen Fluchtwegen.

„Oh, großartig", murmelte Lotta. „Du solltest Motivationsredner werden. Ich bin inspiriert."

Bevor Markus eine Antwort geben konnte, flutete ein blendendes Licht den Raum. Lotta kniff die Augen zusammen und hörte, wie Volkovs tiefe, sardonische Stimme die Stille durchbrach.

„Ach, Lotta und Markus. Mein Lieblingsduo", begann er, während er mit gemessenen Schritten in den Raum trat. Zwei seiner Männer folgten ihm, beide bewaffnet und eindeutig nicht hier, um Bücher zu kaufen.

„Volkov", sagte Markus kühl. „Wie schön, dass du dir die Zeit genommen hast."

„Wie könnte ich nicht?" antwortete Volkov mit einem übertriebenen Lächeln. „Schließlich seid ihr die Hauptattraktion dieses kleinen Spiels."

„Spiel?" wiederholte Lotta und stemmte die Hände in die Hüften, trotz ihrer offensichtlich schlechten Lage. „Was bist du, der Bösewicht in einem schlechten James-Bond-Film?"

„Oh, Lotta", sagte Volkov, sein Lächeln wurde breiter. „Dein Humor ist ebenso charmant wie fehl am Platz. Aber ich mag das an dir."

„Schön zu wissen, dass ich einen Fan habe", erwiderte Lotta mit gespielter Leichtigkeit. Doch innerlich überlegte sie fieberhaft, wie sie aus dieser Situation herauskommen konnten.

Volkov ging langsam durch den Raum, seine Augen musterten alles, bevor er schließlich bei Lotta und Markus stehen blieb. „Ihr dachtet wirklich, ihr könntet dieses kleine Geheimnis vor mir verbergen? Die Koordinaten, das Tagebuch, der Schlüssel zu etwas, das von unschätzbarem Wert ist?"

„Uns war nicht klar, dass du eine Einladung wolltest", sagte Markus ruhig, obwohl Lotta die Spannung in seiner Stimme hören konnte. „Vielleicht sollten wir nächstes Mal eine Postkarte schicken."

Volkovs Lächeln verblasste, und seine Augen wurden kalt. „Du scheinst zu glauben, dass dies ein Spiel ist, Markus. Aber glaub mir, das hier ist kein Schachspiel, bei dem du am Ende noch einen Zug machen kannst."

Lotta spürte, wie sich die Luft im Raum verdichtete, während Volkovs Männer ihre Waffen hoben und auf sie richteten. Sie wusste, dass sie schnell handeln mussten, doch ihr Verstand ratterte ohne Ergebnis.

„Okay, Volkov", sagte sie schließlich und hob die Hände in einer Geste der Kapitulation. „Du hast gewonnen. Aber könntest du uns wenigstens erklären, warum du so besessen davon bist? Ich meine, wir alle lieben ein gutes Geheimnis, aber das hier wirkt ein bisschen... übertrieben."

Volkov schnaubte. „Du würdest es nicht verstehen."

„Versuch's mal", erwiderte Lotta. „Ich bin überraschend gut darin, verrückte Monologe zu interpretieren."

Doch bevor Volkov antworten konnte, geschah etwas Unerwartetes. Ein leises Zischen ertönte, gefolgt von einem leisen Plopp. Volkovs Männer fuhren herum, doch bevor sie reagieren konnten, wurde der Raum von einer Rauchwolke erfüllt, die ihnen die Sicht nahm.

„Was zum...?" rief Volkov, während Lotta und Markus die Gelegenheit nutzten, sich in Deckung zu werfen.

„Ich wusste es", murmelte Lotta, während sie versuchte, durch den Rauch etwas zu erkennen. „Das ist der Teil, in dem wir gerettet werden, oder? Bitte sag mir, dass das der Teil ist."

Inmitten des Chaos ertönte plötzlich eine vertraute Stimme, die vor Ironie nur so triefte. „Lotta, meine Liebe, du solltest wirklich lernen, dich aus Schwierigkeiten herauszuhalten."

„Baroness?" rief Lotta, ihre Augen weiteten sich vor Überraschung. „Ich dachte, du wärst zu alt für solche... James-Bond-Momente!"

„Unsinn", rief die Baroness, während sie elegant durch den Rauch trat. „Ich habe meinen Nachmittagstee aufgegeben, um dich zu retten. Sei ein bisschen dankbarer."

Markus und Lotta nutzten das Chaos, um aus ihrer Deckung zu kommen, während die Baroness mit einer kleinen, unscheinbaren Pistole auf Volkovs Männer zielte. „Vielleicht sollten wir jetzt verschwinden, bevor der gute Volkov sich erholt."

„Einverstanden", sagte Markus, und sie begannen, sich hastig zurückzuziehen. Doch Lotta konnte nicht widerstehen, sich noch einmal umzudrehen und Volkov ein siegessicheres Lächeln zu schenken.

„Bis zum nächsten Mal, Volkov! Und vielleicht solltest du deinen Plan B überdenken. Dieser hier war... sagen wir mal, nicht dein bester."

Sein Blick war eisig, doch bevor er reagieren konnte, waren sie schon durch die Tür verschwunden und in die Dunkelheit der Wiener Nacht eingetaucht. Der Kampf war noch nicht vorbei, doch für den Moment hatten sie zumindest diesen Zug gewonnen. Und das nächste Kapitel ihres Abenteuers wartete bereits.

—-

Die Nachtluft fühlte sich wie ein erfrischender Schlag ins Gesicht an, als Lotta, Markus und die Baroness aus dem verfallenen Gebäude stürmten. Hinter ihnen dröhnte noch immer Volkovs wütende Stimme, während seine Männer im Chaos des Rauchs versuchten, sich neu zu organisieren.

„Also wirklich, Baroness", keuchte Lotta, während sie mit schnellen Schritten durch den verwilderten Park liefen. „Haben Sie gerade einen actionfilmreifen Auftritt hingelegt? Und das ohne Ihren Hut?"

„Manchmal muss man Stil opfern, um effektiv zu sein", erwiderte die Baroness, ihre Stimme kühl, doch ihre Lippen zu einem leichten Lächeln verzogen. „Außerdem, meine Liebe, wer hätte gedacht, dass ich euch retten muss? Ich dachte, Markus hätte die Lage im Griff."

„Ich hatte die Lage im Griff", protestierte Markus und warf der Baroness einen finsteren Blick zu. „Bis Volkov beschlossen hat, eine Privatvorstellung zu geben."

„Ach, Markus", sagte die Baroness mit einem amüsierten Tonfall. „Du hattest genauso wenig die Kontrolle wie Lotta, wenn sie versucht, ihren Kater zu dressieren."

„Hey!", rief Lotta empört. „Sherlock ist sehr gut erzogen. Zumindest meistens."

„Natürlich", sagte die Baroness trocken. „Wie auch immer, wir haben Wichtigeres zu tun, als über Haustiere zu diskutieren. Habt ihr herausgefunden, wohin uns diese Koordinaten führen?"

Markus hielt inne, holte die alte Karte hervor und überprüfte sie in der spärlichen Beleuchtung der Straßenlaternen. „Wir waren auf dem richtigen Weg. Es muss irgendwo in der Nähe sein."

„Großartig", sagte Lotta und stemmte die Hände in die Hüften. „Also sind wir nicht nur von einem Verrückten gejagt, sondern spielen auch noch Schatzsuche im Dunkeln. Was könnte schon schiefgehen?"

„Alles, wenn du weiter so laut redest", sagte Markus scharf, während er die Karte zurückfaltete. „Kommt, wir müssen weiter."

Die drei setzten ihren Weg fort, die Baroness führte mit erstaunlicher Geschwindigkeit, die Lotta insgeheim beeindruckte. „Also, Baroness", begann Lotta, um die Stille zu brechen. „Darf ich fragen, warum Sie so plötzlich beschlossen haben, sich in unser kleines Drama einzumischen? Nicht, dass ich undankbar wäre."

„Du bist charmant, Lotta", sagte die Baroness mit einem Lächeln. „Aber naiv. Glaubst du wirklich, ich würde zulassen, dass Volkov mit etwas davonkommt, das meiner Familie gehört?"

„Also geht es um Eigentum", sagte Lotta, ihre Augenbrauen hoben sich. „Das erklärt natürlich alles. Nichts bringt Menschen schneller zusammen als ein Streit um Vermögenswerte."

„Nicht ganz", erwiderte die Baroness, doch sie ging nicht weiter ins Detail. Stattdessen blieb sie abrupt stehen und deutete auf eine unscheinbare, überwucherte Steinplatte. „Dort. Wenn ich mich nicht irre, ist das der Eingang."

„Ein Eingang?" fragte Lotta skeptisch. „Zu was, bitte schön?"

„Zum nächsten Teil dieses Rätsels", sagte Markus und begann, die Platte zu untersuchen. „Helft mir, das hier freizulegen."

Mit vereinten Kräften schoben sie die schwere Platte zur Seite und enthüllten einen schmalen, steinernen Durchgang, der in die Dunkelheit führte. Lotta starrte die Öffnung an, ihre Hände an den Hüften.

„Natürlich", sagte sie. „Weil nichts Gutes jemals in der Dunkelheit verborgen liegt, oder?"

„Möchtest du hier bleiben und Volkov Gesellschaft leisten?" fragte Markus, während er eine Taschenlampe aus seiner Tasche zog.

„Du weißt, dass ich nicht Nein sagen kann, wenn Abenteuer und potenzielle Lebensgefahr auf dem Spiel stehen", sagte Lotta mit einem gespielt dramatischen Seufzen. „Also los."

Die drei stiegen nacheinander in den Durchgang hinab, die Wände waren feucht und der Boden rutschig. Die Luft roch nach Moos und alten Steinen, und Lotta fragte sich, wie viele Abenteuer noch notwendig wären, bevor sie sich endlich zur Ruhe setzen konnte – idealerweise mit einem großen Glas Wein.

„Bleibt dicht zusammen", sagte Markus, während sie sich durch die Dunkelheit bewegten. „Wenn das hier wirklich ein Versteck ist, wird es nicht leicht sein, den Weg zu finden."

„Natürlich", sagte Lotta. „Weil wir bisher so viele einfache Lösungen hatten."

Die Baroness führte mit einer überraschenden Sicherheit, als ob sie den Weg schon einmal gegangen wäre. Lotta bemerkte, wie Markus sie von Zeit zu Zeit misstrauisch ansah, doch er sagte nichts. Was auch immer die Baroness wusste, sie spielte ihre Karten nah an der Brust – und Lotta hatte das Gefühl, dass die Dame noch einige Asse im Ärmel hatte.

„Wir sind fast da", sagte die Baroness schließlich, ihre Stimme war fester geworden. „Bereitet euch vor."

„Bereitet euch vor?" wiederholte Lotta. „Auf was genau? Ein geheimes Dinner? Eine Explosion? Ein Familientreffen?"

„Vielleicht alles zusammen", sagte Markus trocken.

Und als sie um die letzte Ecke bogen, stand Lotta plötzlich vor einer massiven, verzierten Tür aus altem Eisen. Ihre Handflächen wurden feucht, und ihr Herzschlag beschleunigte sich. Was auch immer hinter dieser Tür lag, es würde ihr Leben noch komplizierter machen – und vielleicht auch ein paar Antworten bringen.

—-

Die alte Eisentür schien Lotta wie eine physische Manifestation aller Rätsel und Komplikationen der letzten Wochen. Sie war massiv, verziert mit komplizierten Mustern und Symbolen, die aussahen, als könnten sie aus einem anderen Jahrhundert stammen.

„Na großartig", murmelte Lotta und verschränkte die Arme. „Wir haben es endlich geschafft – die Mutter aller Türen. Ich nehme an, wir müssen jetzt ein geheimes Passwort murmeln oder einen magischen Schlüssel verwenden?"

Markus ignorierte ihren Sarkasmus und begann, die Tür zu untersuchen. „Das Schloss ist alt, aber nicht unknackbar. Wenn wir Glück haben, ist es nur eine Frage der richtigen Technik."

„Glück? Technik?" Lotta hob eine Augenbraue. „Markus, du klingst, als wärst du ein Safe-Knacker aus einem schlechten Film."

„Oder ein Historiker mit einem Faible für alte Mechanismen", erwiderte Markus trocken, während er ein kleines Werkzeugset aus seiner Tasche zog.

„Natürlich", sagte Lotta und lehnte sich an die feuchte Wand. „Das ist genau die Ausrüstung, die ein normaler Historiker immer bei sich trägt. Und ich dachte, ich wäre die Seltsame hier."

Die Baroness, die bisher stumm geblieben war, trat nach vorne und beobachtete Markus' Bemühungen mit einem wachsamen Blick. „Das ist ein sehr altes Design", bemerkte sie schließlich. „Hast du Erfahrung mit solchen Schlössern?"

„Ein bisschen", antwortete Markus, ohne aufzusehen. „Hatten wir nicht alle diese Phase im Studium?"

Die Baroness schmunzelte, während Lotta ihren Kopf schüttelte. „Ich wusste es. Ihr seid alle heimlich Mitglieder eines Geheimbunds. Wahrscheinlich nennt ihr euch ‚Die Wächter der rostigen Schlösser'."

„Nicht ganz", murmelte Markus, während ein leises Klicken durch den Raum hallte. „Aber nah dran."

Mit einem triumphierenden Blick öffnete er die Tür, die mit einem schweren Knarren aufschwang. Dahinter lag ein dunkler Raum, der von einem schwachen, unheimlichen Glühen erhellt wurde. Lotta konnte nicht anders, als einen Schritt zurückzutreten.

„Und da ist es", sagte sie leise. „Die Höhle der Mysterien. Oder der Horror."

Markus zückte seine Taschenlampe und leuchtete in den Raum. Das Licht fiel auf eine massive Truhe in der Mitte, umgeben von alten, verstaubten Artefakten und Regalen voller Pergamente.

„Ist das...?" begann Lotta, doch ihre Stimme versagte.

„Der Schatz", sagte Markus, seine Stimme voller Ehrfurcht. „Oder zumindest ein Teil davon."

Die Baroness trat vor und betrachtete die Szene mit einem leichten Lächeln. „Es scheint, als hätten wir die letzte Hürde genommen."

„Moment, Moment", sagte Lotta und hob eine Hand. „Bevor jemand diese Truhe öffnet, sollten wir sicherstellen, dass sie nicht mit einer Falle ausgestattet ist. Ich habe genug Filme gesehen, um zu wissen, wie das endet."

Markus musterte die Truhe skeptisch, während er Lotta zustimmend zunickte. „Du hast recht. Es wäre unklug, unvorsichtig zu sein."

„Unklug?" Lotta lachte leise. „Das ist das understatement des Jahres."

Langsam öffnete Markus die Truhe, seine Hände zitterten leicht vor Anspannung. Das Licht fiel auf ein Bündel von Dokumenten, die sorgfältig gestapelt waren, sowie auf einige schimmernde Objekte, die im Schein der Taschenlampe aufblitzten.

„Das ist unglaublich", murmelte Markus und griff vorsichtig nach einem der Dokumente. „Das sind Originaldokumente aus der Zeit des Ersten Weltkriegs. Unglaublich gut erhalten."

„Fantastisch", sagte Lotta, ihre Stimme triefte vor Ironie. „Wir haben unser Leben riskiert, um ein paar alte Papiere zu finden."

„Es sind nicht nur ‚alte Papiere', Lotta", sagte Markus, seine Augen leuchteten vor Begeisterung. „Das hier könnte die Geschichte neu schreiben."

„Das ist ja schön und gut", erwiderte Lotta. „Aber was ist mit den funkelnden Sachen? Kann ich wenigstens ein bisschen Glamour erwarten?"

Die Baroness beugte sich vor und holte eine kleine, filigrane Schatulle hervor. Als sie sie öffnete, funkelten darin Schmuckstücke, die so prächtig waren, dass Lotta für einen Moment die Sprache verschlug.

„Okay", sagte Lotta schließlich. „Das entschädigt ein bisschen. Nur ein bisschen."

Doch bevor sie den Schatz weiter begutachten konnten, hörten sie Schritte – schnelle, schwere Schritte, die sich dem Raum näherten. Lotta und Markus tauschten einen alarmierten Blick aus.

„Volkov", murmelte Markus und zog Lotta hinter sich. „Wir haben nicht viel Zeit."

„Ihr geht", sagte die Baroness ruhig. „Ich werde sie aufhalten."

„Was?" Lotta starrte sie an. „Das ist verrückt! Sie können doch nicht..."

„Oh, bitte, meine Liebe", sagte die Baroness mit einem gefährlichen Lächeln. „Ich bin vielleicht alt, aber ich bin noch lange nicht fertig."

Lotta wollte protestieren, doch Markus zog sie zur Seite. „Lotta, wir müssen gehen. Sie weiß, was sie tut."

Widerwillig folgte Lotta ihm, während sie durch einen schmalen Korridor eilten, der tiefer in das unterirdische Labyrinth führte. Hinter ihnen hörte sie die Baroness' Stimme, scharf und kontrolliert, während sie mit Volkovs Männern sprach.

„Markus", flüsterte Lotta, ihre Stimme zitterte leicht. „Glaubst du, sie schafft das?"

„Wenn jemand das kann, dann sie", sagte Markus, doch seine Stimme klang nicht ganz überzeugt.

Und so liefen sie weiter, tiefer in die Dunkelheit, den Schatz in ihren Händen und die Gefahr im Nacken. Was auch immer als Nächstes kommen mochte, Lotta wusste eines: Dieses Abenteuer war noch lange nicht vorbei.

Kapitel 20

Das Museum war still, fast unheimlich, als Lotta und Markus die große Halle betraten. Die hohen Decken und die antiken Statuen warfen lange Schatten, und Lotta hatte das seltsame Gefühl, Teil einer geheimen Verschwörung zu sein – was, wie sie zugeben musste, nicht weit von der Wahrheit entfernt war.

„Also, das ist es? Der große Showdown im Tempel der Kultur?" murmelte Lotta, während sie sich umsah. „Ich hätte ein bisschen mehr Drama erwartet. Vielleicht einen roten Teppich? Ein paar Paparazzi?"

„Das hier ist nicht Hollywood, Lotta", erwiderte Markus trocken, während er die Umgebung beobachtete. „Und ich bezweifle, dass Volkov in Stimmung für Glanz und Glamour ist."

„Volkov ist nie in Stimmung für irgendetwas anderes als Drohungen und schlechten Kaffee", fügte Lotta hinzu und setzte sich auf eine der marmornenen Bänke. „Also, wo ist unser Lieblingsbösewicht? Lässt er sich wie immer Zeit, um den großen Auftritt zu machen?"

„Er wird hier sein", sagte Markus, seine Stimme war angespannt. „Das ist der Ort, an dem alles zusammenkommt."

Kaum hatte er das gesagt, öffnete sich eine der schweren Doppeltüren, und Volkov betrat die Halle mit einem Blick, der gleichzeitig siegessicher und müde wirkte. Hinter ihm standen zwei seiner üblichen Handlanger, die finster dreinschauten und so aussahen, als hätten sie zu viele Filme über Gangster gesehen.

„Ach, die üblichen Verdächtigen", sagte Lotta fröhlich und winkte ihm zu. „Willkommen zur großen Enthüllungsshow. Bitte nimm Platz und genieße die Vorstellung."

Volkov ignorierte sie und richtete seine Aufmerksamkeit auf Markus. „Also, Schmid. Hast du wirklich gedacht, dass du mich überlisten kannst?"

„Ich hatte Hoffnung", antwortete Markus kühl. „Manchmal ist es erstaunlich, was ein bisschen Optimismus bewirken kann."

„Optimismus ist für Narren", sagte Volkov mit einem sardonischen Lächeln. „Und du wirst bald lernen, dass die Realität immer gewinnt."

„Das ist wirklich inspirierend", warf Lotta ein und verschränkte die Arme. „Vielleicht solltest du Motivationscoach werden, Volkov. ‚Wie man Leute mit Drohungen motiviert.' Ein Bestseller, garantiert."

In diesem Moment öffnete sich eine weitere Tür, und die Baroness erschien, gefolgt von den „Touristen" – Anna und Pjotr, die wie immer verdächtig unschuldig aussahen. Lotta konnte nicht anders, als zu schmunzeln. Es war wie der Höhepunkt eines schlecht inszenierten Theaterstücks, aber sie musste zugeben, dass sie es irgendwie genoss.

„Ah, die ganze Familie ist versammelt", sagte Lotta und klatschte in die Hände. „Fehlt nur noch das Popcorn."

Die Baroness warf ihr einen scharfen Blick zu. „Lotta, bitte. Das hier ist eine ernste Angelegenheit."

„Oh, ich nehme das sehr ernst", sagte Lotta mit gespielter Ernsthaftigkeit. „Ich meine, wie oft hat man die Chance, Zeuge eines solchen Dramas zu sein?"

Die Spannung in der Halle war greifbar, während die verschiedenen Parteien sich gegenseitig misstrauisch beäugten. Lotta konnte nicht anders, als sich zu fragen, wie dieser verrückte Abend enden würde. Eines war jedoch sicher: Es würde alles andere als langweilig werden.

Die Luft in der Museumshalle fühlte sich plötzlich schwerer an, als die Baroness in die Mitte des Raumes trat und die anderen mit einem durchdringenden Blick musterte. Lotta war sich sicher, dass die Frau in einem früheren Leben Generälin gewesen sein musste – niemand sonst konnte so viel Autorität ausstrahlen, während sie eine Perlenkette trug.

„Also gut", begann die Baroness, ihre Stimme klar und bestimmend. „Ich denke, es ist an der Zeit, dass wir die Karten auf den Tisch legen. Genug von diesem Katz-und-Maus-Spiel."

„Oh, wie aufregend", murmelte Lotta und lehnte sich an eine Säule. „Die große Enthüllung. Ich hoffe, jemand hat einen Trommelwirbel vorbereitet."

„Lotta", zischte Markus, während er die Baroness aufmerksam beobachtete.

Die Baroness ignorierte Lottas Sarkasmus und wandte sich direkt an Volkov. „Du glaubst, dass diese Dokumente dir gehören, nicht wahr? Dass sie dein Recht und dein Vermächtnis repräsentieren."

„Das tun sie auch", erwiderte Volkov kalt. „Mein Großvater hat sie geschaffen, und sie wurden ihm gestohlen."

„Ah, die gute alte ‚gestohlene Ehre'-Geschichte", sagte Lotta trocken. „Die funktioniert immer."

Volkov warf ihr einen finsteren Blick zu, doch bevor er antworten konnte, fuhr die Baroness fort. „Es ist wahr, dass dein Großvater beteiligt war. Aber du verstehst nicht, was diese Dokumente wirklich sind – oder was sie repräsentieren."

„Dann klären Sie uns doch bitte auf", sagte Volkov, seine Stimme triefte vor Sarkasmus. „Ich liebe eine gute Geschichtsstunde."

Die Baroness holte tief Luft und begann, die Geschichte hinter den Dokumenten zu erzählen. Sie sprach von Geheimabkommen, verlorenen Schätzen und Spionageoperationen, die das Gesicht Europas verändert hatten. Lotta hörte fasziniert zu, obwohl sie sich nicht ganz sicher war, ob sie alles glauben sollte.

„Also sind diese Papiere nicht nur alte Zettel, sondern der Schlüssel zu einer ganzen Reihe von Geheimnissen?" fragte Lotta schließlich. „Das erklärt natürlich, warum alle so besessen davon sind."

„Genau", sagte die Baroness und blickte Lotta an. „Diese Dokumente könnten die Vergangenheit verändern – und damit auch die Gegenwart."

„Das ist alles sehr bewegend", sagte Volkov unbeeindruckt. „Aber am Ende des Tages zählt nur eines: Wer sie in den Händen hält."

„Das mag in deiner Welt stimmen, Volkov", erwiderte Markus ruhig. „Aber in der Realität zählt, was damit getan wird."

Lotta hob eine Augenbraue. „Oh, Markus, das war ja fast philosophisch. Was kommt als Nächstes? Ein Gedicht?"

„Das ist kein Witz, Lotta", sagte Markus ernst. „Diese Dokumente könnten großen Schaden anrichten, wenn sie in die falschen Hände geraten."

„Und wer entscheidet, was die ‚richtigen' Hände sind?" fragte Volkov mit einem gefährlichen Lächeln. „Ihr?"

Die Spannung im Raum stieg, und Lotta konnte fühlen, wie sich die Situation immer weiter zuspitzte. Irgendwo im Hintergrund spürte sie, wie die „Touristen" leise tuschelten, während die Baroness Markus einen vielsagenden Blick zuwarf.

„Das ist eine Entscheidung, die wir gemeinsam treffen müssen", sagte die Baroness schließlich. „Aber eines ist sicher: Sie gehören nicht dir, Volkov."

„Oh, bitte", sagte Volkov und machte einen Schritt vorwärts. „Was wollt ihr tun? Mich aufhalten? Glaubt ihr wirklich, dass ihr die Macht habt, mich zu besiegen?"

Lotta verdrehte die Augen. „Wirklich, Volkov? Das ist deine große Rede? Ich habe schon bessere Dialoge in Seifenopern gehört."

Doch bevor Volkov antworten konnte, ertönte ein plötzlicher Lärm von der Seite – das unerwartete Geräusch von Sirenen. Lotta spürte, wie sich die Stimmung im Raum veränderte, als die Polizei durch die großen Türen stürmte.

„Na endlich", murmelte Lotta und verschränkte die Arme. „Die Party wird interessanter."

—-

Die Sirenen hallten noch nach, als die Polizei die große Halle des Museums betrat. Angeführt von einem imposanten Kommissar, dessen Schnurrbart aussah, als hätte er ihn speziell für diesen Anlass gewachst, bewegten sich die Beamten schnell und entschlossen in Richtung Volkov und seiner Männer.

„Oh, wunderbar", flüsterte Lotta zu Markus, während sie den Anblick genoss. „Das wird sicher Volkovs Ego einen netten kleinen Dämpfer verpassen."

Volkov schien weniger beeindruckt. Seine Augen verengten sich zu Schlitzen, und sein Körper spannte sich wie eine Katze vor dem Sprung. „Ihr glaubt also, dass ihr mich so leicht ausschalten könnt?" Seine Stimme war voller Spott, aber Lotta bemerkte, dass er einen Schritt zurückwich.

„Volkov", sagte der Kommissar, seine Stimme war ruhig, aber autoritär. „Im Namen des Gesetzes fordere ich Sie auf, Ihre Waffen niederzulegen und sich zu ergeben."

„Oh, wie dramatisch", murmelte Lotta und grinste. „Hätte er nur einen Mantel, den er im Wind flattern lassen könnte."

Die Baroness warf Lotta einen warnenden Blick zu. „Lotta, vielleicht solltest du diesmal einfach still sein."

„Warum? Ich bin hier eindeutig das Highlight der Show", erwiderte Lotta mit einem unschuldigen Lächeln.

Volkov schnaubte und blickte von der Polizei zu Lotta, dann zu Markus. „Ihr habt keine Ahnung, was ihr hier anrichtet. Diese Dokumente sind mehr wert, als ihr euch vorstellen könnt."

„Oh, wir wissen genau, was sie wert sind", sagte Markus ruhig. „Deshalb wollen wir sie an einem sicheren Ort wissen – und nicht in deinen Händen."

Volkovs Männer bewegten sich unruhig, aber die Polizisten waren schneller. Mit einem klaren Kommando wurden die beiden Männer entwaffnet und in Handschellen gelegt, bevor sie überhaupt richtig reagieren konnten. Volkov hingegen blieb stehen, sein Gesicht war steinern, doch seine Augen verrieten den brodelnden Zorn.

„Das ist nicht das Ende", knurrte er, als zwei Beamte auf ihn zukamen. „Ihr glaubt, ihr habt gewonnen, aber ihr habt keine Ahnung, was ihr da angefangen habt."

„Das klingt ja fast wie ein Filmtrailer", sagte Lotta mit gespielter Begeisterung. „,Volkov kehrt zurück', demnächst in Ihrem Kino."

Der Kommissar ignorierte Volkovs Drohungen und nickte seinen Beamten zu, die den Verbrecher abführten. Lotta konnte nicht anders, als ihm zum Abschied zuzuwinken. „Auf Wiedersehen, Volkov! Und denken Sie daran: Immer freundlich bleiben."

„Lotta", sagte Markus und zog sie zur Seite, bevor sie noch mehr Ärger anrichtete. „Könnten wir das vielleicht professionell angehen?"

„Professionell?" Lotta hob eine Augenbraue. „Markus, das ist nicht der Moment für Professionalität. Das ist der Moment für einen Siegertanz."

Während die Polizei den Raum verließ und die Ruhe langsam zurückkehrte, wandte sich die Baroness an Markus. „Nun, das war unerwartet effektiv."

„Es war eine riskante Strategie", gab Markus zu. „Aber es war die einzige Möglichkeit, Volkov unschädlich zu machen."

„Riskant ist untertrieben", murmelte Lotta. „Aber hey, ich liebe ein gutes Drama."

Die Baroness warf Lotta einen amüsierten Blick zu. „Du hast einen seltsamen Geschmack, meine Liebe. Aber ich muss zugeben, dein Humor ist manchmal... erfrischend."

„Ich nehme das als Kompliment", sagte Lotta mit einem breiten Grinsen. „Also, was jetzt? Feiern wir unseren Sieg oder stürzen wir uns direkt ins nächste Abenteuer?"

„Wir haben noch Arbeit zu erledigen", sagte Markus ernst und blickte auf die Dokumente, die sie sicher im Museum deponiert hatten. „Das war nur der erste Schritt."

„Oh, natürlich", sagte Lotta und seufzte dramatisch. „Das nächste Abenteuer wartet schon. Ich hoffe nur, es beinhaltet weniger gruselige Gebäude und mehr Cocktails."

—-

Der Raum, der eben noch vor Spannung bebte, war jetzt merkwürdig still. Nur die alte Standuhr in der Ecke tickte leise vor sich hin, als ob sie die verbleibenden Sekunden eines unsichtbaren Countdowns abzählte. Lotta, Markus und die Baroness standen vor dem massiven Eichentisch, auf dem die Dokumente sorgfältig gestapelt lagen. Das schwache Licht einer antiken Lampe warf Schatten, die den Moment noch ernster erscheinen ließen.

„Also, was jetzt?" fragte Lotta und verschränkte die Arme. „Versteigern wir die Papiere? Ich meine, ich könnte ein neues Sofa gebrauchen."

Markus warf ihr einen scharfen Blick zu. „Lotta, das hier ist nicht der Moment für Witze."

„Entschuldigung", erwiderte Lotta mit gespielter Reue. „Ich dachte, nach all dem Drama könnten wir ein bisschen Leichtigkeit gebrauchen."

„Markus hat recht", sagte die Baroness ernst und legte eine Hand auf die Dokumente. „Was wir hier haben, ist ein Stück Geschichte – ein gefährliches Stück. Es muss sorgfältig gehandhabt werden."

„Sorgfältig?" Lotta hob eine Augenbraue. „Wir reden von denselben Papieren, die uns fast umgebracht haben, oder? Vielleicht sollten wir sie einfach verbrennen. Problem gelöst."

„Das wäre Verschwendung", sagte die Baroness streng. „Diese Dokumente enthalten Wissen, das für die Welt von unschätzbarem Wert ist."

„Ja, und genau deshalb wollte Volkov sie haben", entgegnete Lotta. „Weil er dachte, er könnte die Welt damit erpressen oder so."

Markus trat einen Schritt vor und schaute Lotta direkt an. „Es geht nicht darum, was Volkov wollte. Es geht darum, was wir tun können, um sicherzustellen, dass niemand sie missbraucht."

„Großartig", sagte Lotta und ließ sich auf eine nahegelegene Bank fallen. „Dann lasst uns das Schicksal der Welt entscheiden, während ich hier sitze und so tue, als ob ich wichtig bin."

Die Baroness lächelte leicht. „Du bist wichtiger, als du denkst, Lotta. Deine Perspektive ist manchmal... einzigartig."

„Ein Kompliment?" Lotta legte die Hand aufs Herz. „Baroness, ich glaube, ich werde rot."

Markus schüttelte den Kopf, doch ein schwaches Lächeln stahl sich auf sein Gesicht. „Also gut. Wir haben mehrere Optionen. Die Dokumente könnten ins Museum gehen, wo sie für die Öffentlichkeit zugänglich sind, aber unter strenger Kontrolle."

„Oder", fügte die Baroness hinzu, „sie könnten an eine Regierungsorganisation übergeben werden, die sicherstellt, dass sie niemals in die falschen Hände geraten."

„Oder", sagte Lotta, „wir könnten sie in eine Kiste packen und sie in den tiefsten Ozean werfen. Ich meine, es hat für ein paar Flüche und Juwelen funktioniert."

Die drei blickten einander an, jeder in Gedanken versunken. Die Entscheidung war schwerer, als Lotta gedacht hatte. Sie wusste, dass sie sich selbst oft als Außenstehende betrachtete, als jemand, der nur zufällig in dieses Abenteuer geraten war. Doch jetzt fühlte sie die Last der Verantwortung, die auf ihnen allen lastete.

„Ich glaube, die Baroness hat recht", sagte Markus schließlich. „Die Dokumente sollten geschützt werden, aber sie gehören nicht in die Hände eines Einzelnen."

„Einverstanden", sagte die Baroness. „Aber wir müssen sicherstellen, dass die richtige Organisation sie erhält. Und das erfordert... Diskretion."

„Diskretion?" Lotta lachte leise. „Das ist ja niedlich. Ich bin mir sicher, dass die ‚Touristen' eine Meinung dazu haben."

„Lotta", warnte Markus, aber sie hob die Hände. „Schon gut, schon gut. Ich halte den Mund. Aber nur, weil ich keine Lust habe, noch jemanden mit einem Geheimplan auftauchen zu sehen."

Die Baroness nickte. „Dann ist es beschlossen. Wir werden uns an eine vertrauenswürdige Institution wenden, die diese Dokumente bewahren kann. Aber wir müssen vorsichtig sein – es gibt immer jemanden, der bereit ist, alles zu riskieren, um solche Macht in die Hände zu bekommen."

„Oh, fantastisch", sagte Lotta und stand auf. „Mehr Geheimhaltung, mehr Spannung, und wahrscheinlich mehr Menschen, die uns verfolgen wollen. Mein Leben wird immer aufregender."

„Ich hoffe, du bist bereit", sagte Markus mit einem schwachen Lächeln. „Denn ich habe das Gefühl, dass das hier noch nicht das Ende ist."

„Oh, Markus", antwortete Lotta mit einem Augenzwinkern. „Mit dir an meiner Seite bin ich für alles bereit. Sogar für noch mehr Drama."

Die Dokumente wurden sorgsam verstaut, und die drei verließen den Raum mit dem Gefühl, dass sie das Richtige getan hatten – auch wenn niemand wirklich wusste, was als Nächstes kommen würde.

—-

Die kühle Abendluft umhüllte Lotta, als sie zusammen mit Markus und der Baroness die Stufen des Museums hinabstieg. Die Lichter der Stadt glitzerten in der Ferne, und für einen Moment fühlte sie sich fast wie in einem dieser alten Schwarzweißfilme, in denen alles eine Mischung aus Geheimnis und Romantik war.

„Nun, meine Lieben", sagte die Baroness und zog ihren Mantel enger um sich. „Ich denke, das war ein äußerst produktiver Tag."

„Produktiv?" Lotta warf ihr einen skeptischen Blick zu. „Wir haben uns mit einem Psychopathen herumgeschlagen, fast eine historische Katastrophe ausgelöst und die Polizei gerufen. Wenn das produktiv ist, möchte ich nicht wissen, was Sie als langweilig betrachten."

Die Baroness lächelte. „Lotta, mein Leben war nie langweilig. Aber ich glaube, ich werde mich jetzt verabschieden. Ihr zwei habt sicher noch einiges zu besprechen."

Bevor Lotta etwas erwidern konnte, hatte sich die Baroness bereits in die Nacht davongemacht, ihre elegante Silhouette verschwand in den Schatten. Lotta sah ihr nach, ein seltsames Gefühl der Ehrfurcht und Verwirrung in sich.

„Sie ist... etwas Besonderes", sagte Lotta schließlich und wandte sich an Markus. „Und jetzt? Was machen wir? Gehen wir einfach nach Hause, als wäre nichts passiert?"

Markus lächelte leicht, aber seine Augen waren ernst. „Ich dachte, wir könnten einen Spaziergang machen. Es gibt etwas, das ich mit dir besprechen möchte."

„Oh, großartig", murmelte Lotta, während sie neben ihm die Straße entlangging. „Das klingt nie nach einer guten Nachricht. Bitte sag mir, dass du nicht vorhast, mir zu beichten, dass du heimlich ein Doppelagent bist."

Markus blieb stehen und drehte sich zu ihr um, sein Gesicht war von einer Mischung aus Ernsthaftigkeit und Zärtlichkeit geprägt. „Lotta, hör auf. Du machst es mir nur schwerer."

Lotta verschränkte die Arme und sah ihn neugierig an. „Schwerer? Markus, was ist los? Wenn du mich noch länger so ansiehst, werde ich wirklich nervös."

„Es ist nur...", begann Markus, seine Stimme klang zögerlich, was für ihn äußerst untypisch war. „Du hast mich verändert, Lotta. Seit ich dich kenne, ist mein Leben... komplizierter geworden. Aber auf die beste Art."

Lotta blinzelte überrascht. „Das ist... unerwartet. Ich dachte, du liebst Ordnung und Struktur. Und ich bin... nun ja, das genaue Gegenteil."

Markus lachte leise. „Genau das macht dich so besonders. Du bringst Chaos in mein Leben, Lotta. Aber es ist ein Chaos, ohne das ich nicht mehr leben möchte."

Lotta spürte, wie ihr Herz schneller schlug, doch sie bemühte sich, ihre Stimme locker zu halten. „Das klingt ja fast wie ein Antrag, Markus."

„Vielleicht ist es das", sagte Markus leise, während er in seine Tasche griff. Lotta hielt die Luft an, als er eine kleine, schlichte Schachtel hervorholte. Er öffnete sie, und darin lag ein einfacher, aber wunderschöner Ring, der im Licht der Straßenlaternen funkelte.

„Lotta", begann Markus, seine Stimme war ruhig, aber voller Emotionen. „Ich weiß, dass unser Leben alles andere als normal ist. Aber ich weiß auch, dass ich keinen einzigen Tag davon missen möchte – solange du an meiner Seite bist. Willst du mich heiraten?"

Lotta starrte ihn an, unfähig, einen klaren Gedanken zu fassen. Für einen Moment war sie sicher, dass sie träumte. Doch als sie Markus' nervösen, aber hoffnungsvollen Gesichtsausdruck sah, wusste sie, dass es real war.

„Oh, Markus", sagte sie schließlich, ihre Stimme war leise, aber fest. „Du weißt, dass ich eine Katastrophe bin, oder? Dass ich keine Ahnung habe, wie man ein normales Leben führt?"

„Das macht nichts", erwiderte Markus, ein sanftes Lächeln umspielte seine Lippen. „Normales Leben ist überbewertet."

Lotta lachte leise, Tränen der Freude sammelten sich in ihren Augen. „Dann ist die Antwort ja. Natürlich ja."

Markus steckte ihr den Ring an den Finger, und für einen Moment schien die Welt stillzustehen. Lotta konnte nur an eines denken: Vielleicht war ihr Leben tatsächlich ein einziges Chaos, aber mit Markus an ihrer Seite fühlte es sich genau richtig an.

„Nun", sagte Lotta schließlich, als sie sich wieder in Bewegung setzten. „Ich hoffe, du weißt, dass ich jetzt noch höhere Abenteuererwartungen habe. Ein einfacher Alltag kommt für uns nicht infrage."

Markus lächelte und legte einen Arm um sie. „Ich hätte nichts anderes erwartet."

Und so gingen sie weiter in die Nacht, bereit, die nächste Herausforderung gemeinsam anzugehen – was immer sie auch sein mochte.

Epilog

Die Kapelle war perfekt – so perfekt, dass Lotta sich nicht sicher war, ob sie in einer kitschigen Rom-Com gelandet war. Der Duft von weißen Rosen erfüllte die Luft, die Sonne schien durch die bunten Glasfenster, und selbst der Organist spielte mit einer Leidenschaft, die fast verdächtig wirkte.

„Es ist... wunderschön", flüsterte Lotta, während sie vor dem Spiegel stand und ihr Hochzeitskleid betrachtete. Es war schlicht, elegant und genau richtig – bis auf den Schleier, der irgendwie immer wieder in ihrem Gesicht landete.

„Du siehst aus wie eine Prinzessin", sagte ihre Nachbarin Frau Schultze, die es sich zur Aufgabe gemacht hatte, Lottas Trauzeugin zu sein. „Eine sehr chaotische, aber bezaubernde Prinzessin."

„Danke, Frau Schultze", murmelte Lotta, während sie den Schleier erneut zurechtrückte. „Genau das wollte ich hören – dass ich wie jemand aus einem Märchen aussehe, der gleich stolpert."

Die Tür öffnete sich, und Markus' Stimme erklang: „Bist du bereit, Lotta?"

„Bereit? Markus, ich bin geboren, um Chaos in dein Leben zu bringen", rief sie zurück und versuchte, sich nicht an der Tür zu stoßen, während sie in Richtung Altar ging.

Markus stand dort, in einem perfekt sitzenden Anzug, der ihn fast unverschämt gut aussehen ließ. Lotta konnte nicht anders, als zu denken, dass sie wirklich Glück hatte – und dass er wahrscheinlich genauso nervös war wie sie.

„Du bist wunderschön", sagte er, als sie vor ihm stand.

„Und du siehst aus, als ob du gleich ohnmächtig wirst", konterte Lotta mit einem Grinsen. „Aber danke."

Der Priester begann die Zeremonie, und Lotta spürte, wie ihre Nervosität langsam verschwand. Die Worte des Priesters verschwammen in ihrem Kopf, während sie Markus' Hand hielt und in seine Augen blickte. Es war, als ob die Welt für einen Moment stillstand – zumindest bis Frau Schultze laut schniefte und jemand im Publikum leise „Jetzt küss sie doch endlich!" flüsterte.

Als der Priester die Worte sprach, auf die alle gewartet hatten, küssten sich Lotta und Markus. Der Applaus war laut, und Lotta konnte nicht anders, als zu lachen. Es war perfekt – auf ihre chaotische, unkonventionelle Art. Und sie wusste, dass es der Beginn von etwas noch Größerem war.

—-

Die Hochzeitsfeier fand in einem kleinen, charmanten Gartenlokal statt, das Lotta mehr an eine romantische Szene aus einem Jane-Austen-Roman erinnerte – wenn Jane Austen einen Hang zu überladenen Blumenarrangements und kitschigen Girlanden gehabt hätte. Die Tische waren liebevoll dekoriert, und Lotta musste zugeben, dass alles verdächtig reibungslos verlief. Zu reibungslos.

„Es ist, als ob das Universum darauf wartet, mir eine Torte ins Gesicht zu schleudern", murmelte sie zu Markus, während sie die Gäste beobachtete, die fröhlich plauderten.

„Vielleicht solltest du einfach den Moment genießen", sagte Markus und reichte ihr ein Glas Champagner. „Es ist unsere Hochzeit, Lotta. Selbst du kannst dir doch einen Tag ohne Katastrophen gönnen."

„Du kennst mich zu gut", sagte Lotta und prostete ihm zu. „Aber wenn jemand plötzlich anfängt, russische Agenten aus dem Kuchen zu ziehen, bin ich die Erste, die rennt."

Markus lachte, doch bevor er antworten konnte, trat die Baroness mit einem breiten Lächeln auf sie zu. In ihren Händen hielt sie eine kleine, elegant verpackte Schachtel.

„Meine Lieben", begann die Baroness, ihre Stimme wie immer von einer königlichen Aura durchdrungen. „Ich wollte euch beiden etwas Besonderes schenken – etwas, das eure Reise zusammen symbolisiert."

„Oh nein", flüsterte Lotta leise. „Das klingt nach einem mysteriösen Artefakt oder einem kryptischen Hinweis."

„Lotta, benimm dich", murmelte Markus, während er die Schachtel entgegennahm.

Die Baroness' Lächeln vertiefte sich. „Ihr werdet sehen, es ist etwas... Einzigartiges. Öffnet es doch."

Markus löste die Schleife und öffnete vorsichtig den Deckel. Darin lag eine alte, kunstvoll geschnitzte Brosche, deren Oberfläche eine seltsame Gravur zeigte – eine Mischung aus Symbolen und Buchstaben, die Lotta an den rätselhaften Stil alter Spionagenachrichten erinnerte.

„Oh, wie hübsch", sagte Lotta mit übertriebener Begeisterung. „Ein Accessoire, das garantiert irgendein dunkles Geheimnis birgt. Genau das, was wir brauchen."

„Es ist nicht nur ein Schmuckstück", erklärte die Baroness, ihre Augen funkelten vor Belustigung. „Es ist ein Teil der Geschichte eurer Abenteuer. Und vielleicht... ein Schlüssel zu etwas Größerem."

Lotta starrte sie an, dann drehte sie sich zu Markus. „Hast du das gehört? Sie kann nicht einmal bei unserer Hochzeit aufhören, mysteriös zu sein."

Markus lächelte, während er die Brosche betrachtete. „Es ist ein wunderschönes Geschenk, Baroness. Vielen Dank."

„Aber natürlich", sagte die Baroness, ihre Stimme sanft. „Ihr beide seid etwas Besonderes. Und ich habe das Gefühl, dass eure Geschichte gerade erst beginnt."

Lotta hob die Brosche an und betrachtete sie kritisch. „Markus, wenn diese Gravur eine versteckte Nachricht enthält, die uns in ein neues Abenteuer stürzt, gebe ich dir die Schuld."

„Und trotzdem wirst du nicht widerstehen können", erwiderte Markus trocken.

Die Baroness lächelte nur und hob ihr Glas. „Auf eure Zukunft – möge sie so abenteuerlich und aufregend sein wie eure Vergangenheit."

Lotta konnte nicht anders, als zu schmunzeln. „Oh, ich bin mir sicher, dass das Universum schon etwas vorbereitet hat."

—-

Die Feier schien gerade ihren Höhepunkt zu erreichen. Der Kuchen war angeschnitten, die Gäste waren bester Laune, und Lotta hatte bereits mindestens drei Gläser Champagner intus – was sie allerdings nicht davon abhielt, die Tanzfläche zu meiden. Sie beobachtete lieber das Geschehen von der Bar aus, wo sie eine unerwartete Begegnung hatte.

„Lotta", sagte eine vertraute, sanfte Stimme. „Oder sollte ich sagen: Frau Schmid?"

Lotta drehte sich um und fand sich Auge in Auge mit Anna und Pjotr wieder, die wie immer so aussahen, als wären sie direkt einem Katalog für diskrete Mode entstiegen. Ihre unauffälligen Outfits und die perfekt neutralen Gesichter waren so klischeehaft, dass es fast schon komisch war.

„Ach, die ‚Touristen'", sagte Lotta und hob ihr Glas. „Habt ihr eure nächste Reise geplant? Oder seid ihr nur hier, um die freie Bar auszunutzen?"

Pjotr lächelte schwach, während Anna einen Schritt nach vorne machte. „Wir sind hier, um euch unsere Glückwünsche zu überbringen", sagte sie, ihre Stimme wie immer makellos höflich. „Und vielleicht, um euch zu warnen."

„Warnen?" Lotta hob eine Augenbraue. „Das klingt ja gleich viel spannender. Lasst mich raten: Irgendwo da draußen wartet schon die nächste Verschwörung auf uns?"

Anna sah sie mit einem leichten Schmunzeln an. „Vielleicht. Oder vielleicht auch nicht. Es ist schwer zu sagen. Aber in unserer Branche ist es immer gut, vorbereitet zu sein."

„Eure Branche", wiederholte Lotta mit gespielter Nachdenklichkeit. „Das klingt so harmlos. Ihr solltet wirklich darüber nachdenken, euch Visitenkarten drucken zu lassen."

„Wir sind nicht hier, um Scherze zu machen, Lotta", sagte Pjotr mit ernster Stimme. „Die Dokumente, die ihr gesichert habt, sind zwar in Sicherheit, aber es gibt immer noch Leute, die ein Interesse daran haben könnten."

„Natürlich gibt es das", murmelte Lotta und nahm einen Schluck aus ihrem Glas. „Aber wisst ihr was? Heute ist meine Hochzeit. Also, wenn die Welt explodieren will, soll sie das morgen tun."

Anna lachte leise, eine seltene, fast menschliche Reaktion. „Das verstehen wir. Aber wir dachten, es wäre fair, euch eine kleine... Erinnerung zu geben. Bleibt wachsam."

„Wachsam." Lotta legte das Glas ab und stützte ihr Kinn auf die Hand. „Das klingt wie eine dieser Botschaften, die man in Glückskeksen findet."

Pjotr lächelte schwach. „Nimm es, wie du willst. Aber eines ist sicher: Mit euch beiden wird es nie langweilig."

Markus gesellte sich in diesem Moment zu ihnen, eine Augenbraue skeptisch hochgezogen. „Ah, unsere alten Freunde. Habt ihr Lotta schon eure ominösen Warnungen gegeben?"

„Natürlich", sagte Anna und nickte. „Wir wollten nicht unhöflich sein."

„Wie nett von euch", erwiderte Markus trocken. „Und, habt ihr sonst noch etwas zu berichten? Oder seid ihr einfach nur gekommen, um die Party aufzumischen?"

„Wir wollten nur sichergehen, dass ihr vorbereitet seid", sagte Anna. „Mehr nicht."

Lotta lachte leise. „Ihr seid wirklich wie ein schlechtes Drehbuch aus einem Spionagefilm. Ich meine das als Kompliment, versteht sich."

Die „Touristen" tauschten einen Blick, bevor sie sich höflich verabschiedeten. Lotta sah ihnen nach, ein amüsiertes Lächeln auf den Lippen. „Markus, ich glaube, wir haben die seltsamsten Freunde der Welt."

Markus nickte, legte einen Arm um sie und zog sie näher. „Vielleicht. Aber solange ich dich habe, kann ich mit allem anderen umgehen."

„Oh, das ist so kitschig, dass ich es fast süß finde", sagte Lotta und drückte ihn leicht. „Komm, lass uns zurück zur Party gehen, bevor noch jemand anfängt, mich nach Geheimplänen zu fragen."

Und mit einem letzten Blick auf die Tür, durch die die „Touristen" verschwunden waren, gingen sie zurück ins Getümmel – mit einem vagen Gefühl, dass das nächste Kapitel ihres Abenteuers nicht lange auf sich warten lassen würde.

—-

Die Party war in vollem Gange, die Musik wurde lauter, und die Gäste tanzten ausgelassen, als Lotta eine kurze Verschnaufpause auf der Terrasse einlegte. Die kühle Nachtluft war eine willkommene Abwechslung zu der Wärme und dem Trubel drinnen. Sie lehnte sich gegen das Geländer und sah auf die funkelnden Lichter der Stadt hinunter.

„Endlich mal ein Moment der Ruhe", murmelte sie und schloss für einen Augenblick die Augen. Doch natürlich war es nur eine Frage der Zeit, bis Markus sie fand.

„Da bist du ja", sagte er, als er mit zwei Gläsern Champagner auftauchte. „Ich dachte schon, du hättest dich vor der nächsten Runde Smalltalk davongeschlichen."

„Könnte ich dich wirklich allein lassen, um mit Frau Schultze über ihren Kaktus zu reden?" Lotta grinste, nahm ein Glas und prostete ihm zu. „Wie läuft's drinnen? Hat jemand angefangen, über Geheimpläne zu reden?"

„Noch nicht", antwortete Markus und trat neben sie. „Aber ich gebe uns noch zehn Minuten."

Lotta lachte leise, doch bevor sie etwas erwidern konnte, bemerkte sie einen kleinen Umschlag, der auf dem Tisch in der Ecke lag. Er war elegant versiegelt, mit einem Wachssiegel, das wie aus einem alten Film wirkte. Sie runzelte die Stirn und deutete darauf. „Was ist das? Hat jemand beschlossen, uns Post zu schicken?"

Markus folgte ihrem Blick, nahm den Umschlag und betrachtete ihn misstrauisch. „Das ist... interessant. Es hat keine Adresse."

„Natürlich nicht", sagte Lotta trocken. „Das wäre ja viel zu einfach."

Er öffnete den Umschlag vorsichtig, als ob er damit rechnen würde, dass er explodiert, und zog eine kleine, gefaltete Notiz heraus. Lotta spähte über seine Schulter und versuchte, die Worte zu entziffern, doch die Schrift war in einer alten, verschlungenen Handschrift gehalten.

„Bitte sag mir, dass das nicht wieder ein Rätsel ist", seufzte Lotta. „Ich habe genug Rätsel für ein ganzes Leben gelöst."

„Es sieht ganz danach aus", murmelte Markus und las die ersten Zeilen. Seine Augenbrauen zogen sich zusammen, und ein vertrauter Ausdruck von Konzentration erschien auf seinem Gesicht.

„Also?" fragte Lotta ungeduldig. „Was steht da?"

„Es ist... kryptisch", antwortete Markus schließlich. „Eine Art Anweisung. Es erwähnt einen Ort, aber es ist vage."

„Natürlich ist es das", sagte Lotta und nahm ihm die Notiz aus der Hand. „Warum können diese geheimnisvollen Nachrichten nicht einmal klar und direkt sein? So etwas wie: ‚Trefft euch morgen um fünf im Café und bringt Kekse mit.'"

Markus lächelte schwach. „Das wäre wohl zu einfach. Es sieht so aus, als ob jemand uns ein weiteres Rätsel aufgeben möchte."

„Oh, wunderbar." Lotta verdrehte die Augen. „Gerade, als ich dachte, dass wir endlich mal ein normales Leben führen könnten."

„Lotta", sagte Markus und legte eine Hand auf ihre Schulter. „Vielleicht ist es nichts. Vielleicht ist es nur ein Zufall."

„Markus, du weißt genauso gut wie ich, dass in unserem Leben nichts Zufall ist", sagte Lotta und steckte die Nachricht in ihre Tasche. „Aber weißt du was? Das ist ein Problem für morgen. Heute bin ich einfach nur die glücklichste Braut der Welt."

Markus zog sie in eine Umarmung, und für einen Moment vergaßen sie die Welt um sich herum. Doch tief in ihrem Inneren wusste Lotta, dass dieses neue Rätsel der Beginn von etwas war – etwas, das wahrscheinlich noch verrückter und gefährlicher werden würde als alles, was sie bisher erlebt hatten. Aber das war eine Sorge für einen anderen Tag. Heute war ihre Nacht, und sie würde jeden Moment davon genießen.

Die Feier neigte sich dem Ende zu. Die letzten Gäste verabschiedeten sich, die Musik war verstummt, und der Mond stand hoch am Himmel, als Lotta und Markus endlich Zeit fanden, allein zu sein. Sie saßen auf einer der Bänke im Gartenlokal, die Champagnergläser immer noch in der Hand, und genossen die Stille.

„Wir haben es tatsächlich geschafft", sagte Lotta und lehnte sich an Markus. „Ich meine, nicht nur zu heiraten, sondern auch, dass niemand versucht hat, uns während der Zeremonie zu entführen. Das ist fast ein Wunder."

„Ich glaube, das ist ein neuer Rekord", erwiderte Markus mit einem Lächeln. „Vielleicht haben wir endlich das Chaos hinter uns gelassen."

„Oh Markus, du bist so naiv", sagte Lotta, während sie auf die Brosche der Baroness blickte, die sie noch immer trug. „Du weißt, dass wir nicht so einfach aus der Nummer rauskommen."

„Das war ein Geschenk", entgegnete Markus. „Vielleicht hat es diesmal nichts zu bedeuten."

Lotta warf ihm einen skeptischen Blick zu. „Das glaubst du doch selbst nicht."

Gerade als sie sich entspannen wollten, zog Lotta die geheimnisvolle Nachricht aus ihrer Tasche, die sie zuvor gefunden hatten. „Und was machen wir damit?" fragte sie und hielt das Papier hoch. „Lassen wir es einfach liegen und hoffen, dass es niemand anders findet?"

Markus seufzte. „Es ist wohl besser, wenn wir uns das genauer ansehen. Aber nicht jetzt. Lass uns wenigstens eine Nacht Ruhe haben."

„Eine Nacht Ruhe?" Lotta grinste. „Das klingt zu schön, um wahr zu sein. Aber gut, ich werde mich bemühen."

Doch bevor sie die Nachricht wieder einstecken konnte, bemerkte Lotta etwas an der Rückseite. „Moment mal... Markus, da ist etwas. Siehst du das?"

Markus beugte sich vor, und tatsächlich: Im schwachen Licht der Laternen war eine Prägung sichtbar – fast wie eine versteckte Markierung. „Das ist definitiv kein Zufall", murmelte er.

„Natürlich nicht", sagte Lotta. „Wann war in unserem Leben jemals etwas ein Zufall?"

Markus nahm die Nachricht und betrachtete sie eingehender. „Es könnte ein Code sein. Oder eine versteckte Botschaft."

„Oh, wie aufregend", sagte Lotta trocken. „Ich kann es kaum erwarten, mich in ein neues Rätsel zu stürzen."

Markus sah sie an, sein Blick eine Mischung aus Belustigung und Zuneigung. „Du kannst es kaum erwarten, oder? Gib's zu, Lotta – du liebst das."

„Vielleicht", gab sie zu und zuckte die Schultern. „Aber nur, weil ich weiß, dass du dabei bist."

Markus zog sie in eine sanfte Umarmung. „Was auch immer kommt, wir machen es zusammen."

Die beiden saßen noch eine Weile dort, die geheimnisvolle Nachricht zwischen ihnen, und sprachen leise über die Zukunft. Lotta konnte nicht anders, als sich zu fragen, was dieses neue Abenteuer mit sich bringen würde. Doch in diesem Moment, mit Markus an ihrer Seite und einem Hauch von Geheimnis in der Luft, fühlte sie sich bereit für alles.

„Na gut", sagte sie schließlich und stand auf. „Lass uns nach Hause gehen. Wer weiß, was der Morgen bringt."

„Vielleicht noch ein bisschen mehr Chaos?" schlug Markus vor.

Lotta lachte. „Ganz sicher. Aber das ist genau das, was ich an unserem Leben liebe."

Und mit diesem Gedanken gingen sie Hand in Hand in die Nacht – bereit für alles, was das Schicksal für sie bereithielt. Ein neues Kapitel begann, und Lotta konnte es kaum erwarten, zu sehen, wohin es sie führen würde. Denn wenn sie eines wusste, dann war es dies: Mit Markus an ihrer Seite war jedes Abenteuer es wert.

Don't miss out!

Visit the website below and you can sign up to receive emails whenever David Krämer publishes a new book. There's no charge and no obligation.

https://books2read.com/r/B-A-BJISC-BVRIF

BOOKS 2 READ

Connecting independent readers to independent writers.

Also by David Krämer

Dunkle Balance: Ein Kriminalroman über tödliche Rituale und die Suche nach Gerechtigkeit im finsteren Dresden
Die schwarze Gilde: Ein historischer Thriller voller dunkler Geheimnisse
Die Spionin von nebenan: Ein historischer Thriller voller dunkler Geheimnisse